KB126509

최교수의 한시이야기

최교수의 한시이야기

최일의 지음

차이나하우스

책을 펴내며

이 책은 ≪한시로 들려주는 인생이야기≫(차이나 하우스)의 자매편으로 기획되었다.

바쁜 현대를 사는 우리는 요즘 시를 잊은 듯이 각박하게 살아가고 있다. 팍팍한 현실에서 시는 밥이 되지 못하니 외면 받을 수밖에 없다. 시 읽기는 그저 국어교과서에 실려 있는 시를 중심으로 입시성적을 올리기 위해서 줄 치며 읽었던 정도에 불과할 뿐이다. 현실은 왜 우리를 시와 멀어지도록 만드는 것일까?

가장 큰 이유는 신자본주의 경제사조가 세계를 지배하고 있는 작금의 상황에서 오직 경쟁과 효율을 중시하는 시장경제 논리만이 우리 사회의 지배적 이념과 가치로 통용되고 있기 때문이라고 생각된다.

토끼와 거북이가 서로 이기려고 경주를 한다. 올바르고 공정한 경쟁인가? 육상동물과 수중동물이라는 전혀 다른 종이 나란히 출발선상에 선 것도 잘못되었고, 또 아무리 쉬지 않고 걷는 진지한 모습이 박수를 칠 만 하다 하더라도 도중에 낮잠을 자고 있는 토끼의 곁을 몰래 그냥 지나침으로써 오직 목표점에 먼저 도착하는 것만을 지상과제로 삼고 있는 거북이의 모습도 썩 좋아보이지는 않는다. 공정하게 경쟁하면서 경쟁자를 속이지 않고 정정당당하게 겨루며 또 설사 경쟁에서 이겼다 하더라도 승자가 패자를 안아줄 수 있는 사회를 기대할 수는 없을까?

인공지능, 로봇, 드론, 빅 데이터 등의 4차 산업혁명이 도래함으로 인해서 장차 산업현장에 많은 직업의 변화가 있을 거라 전망하고 있다. 장래의 우리나라 경제를 이끌어갈 성장 동력이 되어줄 산업이 바로 4차 산업혁명과 관련이 있다며 대학의 교육과정부터 혁신을 하라고 압박이 대단하다. 그간 산업현장에 효율적으로 대응하지 못하는 기초학문을 마구잡이로 도태시켜왔던 우리 사회와 대학 및 산업체가 이제는 4차 산업혁명에 더욱 부응할 수 있도록 학과와 교육과정을 다시 재편하라고 압력을 넣고 있는 것이다. 작금의 변화와 추세, 그리고 우리나라 전반의 경박한 조급증 등은 모두 효율성을 무기로 삼은 것으로 대학에서 비효율적인 인문학을 전공하고 있는 사람들의 숨 쉴 여지와 공간을 틀어막고 있다.

요즘 대중인문학은 수요가 많으니 강단 인문학자가 여기에 적절하게 부응하지 못하고 있는 것 아니냐는 불만 섞인 목소리도 들린다. 그러나 생각해보라. 이른바 대중인문학은 경영을 합리화시키기 위해서라든지, 혹은 색다른 경영과 발명을 위한 아이디어를 위해서라든지, 또는 정신을 치유하고 쉬게 하는 힐링을 위한 것이라든지 하는 목적성을 띠고 찾고 있는 인문학이니 이 역시 효율성의 가치를 인문학에 덧씌운 결과물이라고 말하지 않을 수 없다.

그나마 다행인 것은 사람들이 힘들게 살고 있기는 하지만 따뜻한 위로를 건네주는 시의 역할까지 완전히 잊어버린 것 같지는 않다. 중국의 시가인 한시 역시 아직 우리 주변의 일상 속에 자취를 남기고 있다. 족자와 액자 그리고 병풍에서, 동양화와 전통음악에서 한시의 흔적을 엿볼 수 있으며 우리말 성어나 여러 가지 언어습관에서도 한시의 자취는 찾을 수 있다.

기실 한시는 조선조까지 우리 조상들에게 정치적인 수단으로서 역할을 했을 뿐만 아니라 문화적인 교류와 소통을 유지하는 데도 필수적인 매개체였다. 이런 전통이 요즘이야 끊겼지만 그러나 족자나 편액 또는 병풍에 써놓고 감상하는 방식으로 그 명맥을 유지하고 있는 것이다. 이처럼 우리 일상생활 주변에 여전히 남아 있어 무척 고맙고 다행스럽기는 하지만 요즘 사람들의 한문에 대한 소양이 날이 갈수록 부족해지면서 매일 눈앞에 놓고도 읽지 못하는 그저 장식에 불과한 것이 되어 버린 점이 또한 우리를 안타깝게 만든다.

요즘 우리 사회에 이른바 '스몰 토크(small talk)'를 중시하는 분위기가 확대되고 있다. 소소한 일상을 대화의 소재로 삼아 아기자기한 정겨움을 주고받는 것이 얼마나 소중한지를 알게 된 것이다. 우리나라에서는 그동안 민주화운동이라든지 신자본주의경제라든지 하는 거대 담론이 사회의 프레임을 지배해왔기에 가족간, 친구간, 연인간의 소소한 일상에 대한 사소한 대화는 그저 쓸데없이 수다 떠는 데 불과하다고 생각하면서 가볍게 여기는 경향이 없지 않아 있었다. 그래서 어느 한 정치가는 가족들과 저녁을 함께 먹는 풍경을 만드는 것을 자신의 정치 목표로 삼겠다는 슬로건을 내걸어서 꽤 호응을 얻은 적이 있다. 그만큼 우리는 소소한 일상의 대화에 목말라 있었나보다.

이 책은 모두 9장으로 구성되어 있는데 필자가 일상생활 중에 느꼈던 소소한 소재들을 중심으로 한시와 관련시켜 풀어본 이야기들이거나 중국의 문화전통을 한시와 연관시켜 사색해본 이야기들이 대부분이다. 대부분 비교적 독립적인 장들로 구성하였기 때문에 독자들은 손이 가는 대로 순서 없이 읽어도 무방하리라 생각된다. 또한 각 장의 말미에는 본 장의 한시 주제와는 그다지 관련이 없는 내용들을 후기(後記)처럼 덧붙여서 비교적 개인적인 경험과 생각들을 자유롭게 얘기했다.

이 책에는 지금까지 살면서 갖게 된 나의 인생관, 그리고 앞으로 살아가기 위해 다짐하고 있는 나의 지향과 좌우명을 사이사이에 소개하였다. 요즘 마음속에 품고 있는 생각들 중에 혹시 아직 꺼내 놓지 못한 얘기가 있지는 않을까 마음 구석구석을 점검해 보고 꼼꼼히 정리하려 나름 애를 써봤다. 이미 지천명(知天命)에 들어선 이즈음에 과감한 고백성사를 통한 중간 점검이 필요한 시점이 되었다고 판단되었기 때문이다. 내 인생관을 고스란히 담은 이 책에 나는 앞으로 다른 책들보다 더 정을 줄지도 모르겠다. 가끔은 이 책을 쓰다듬으면서 내가 내뱉은 말들의 의미와 무게들을 곱씹게 될

지도 모르겠다. 이 책을 계기로 무한한 앎과 학문의 세계에서 더 이상 나태하거나 혹은 주눅 들지 않고 과감하게 용기와 열정을 내서 정진할 수 있는 올곧은 결기가 되살아날 수 있다면 더 바랄 나위 없겠다.

이 책은 2012년에 쓴 ≪중국시의 세계≫(신아사)와 2016년에 쓴 ≪한시와 인생이야기≫(해람기획)의 일부 장절을 가져다가 새로운 관점에서, 그리고 일관된 체계를 지니게끔 대폭 수정하였다. 어느덧 몇 년간의 시간이 흐르면서 자료가 보강이 되고 관점이 새로워진 관계로 내용을 보충해야 할 필요성이 생겼기 때문이다.

이 조그마한 책을 내는 데도 많은 분들의 도움이 있었다. 항상 옆에서 묵묵하게 자리를 지켜 주고 있는 아내에게 감사하고 구순(九旬)을 넘기신 사랑하는 어머니와 형제 가족들에게도 고마운 마음을 나누고 싶다. 그리고 이 책의 출판을 흔쾌히 허락해 준 차이나하우스의 이건웅 사장님과 안우리 실장님, 그리고 편집 및 디자인 책임자에게도 깊이 감사드린다.

2019. 3.

저자 최일의 삼가 씀

목차

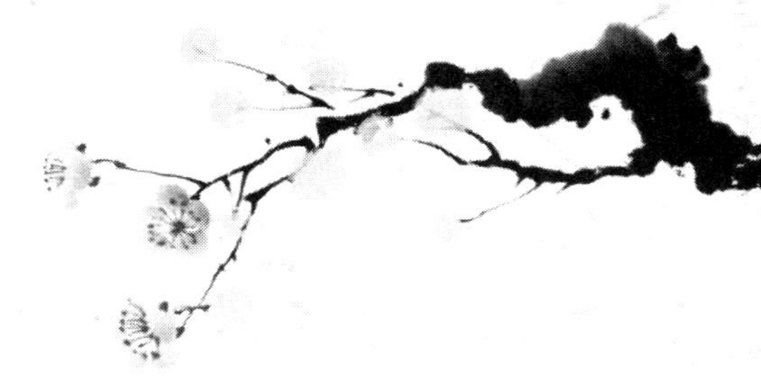

제1장

일상생활 속에서의 한시

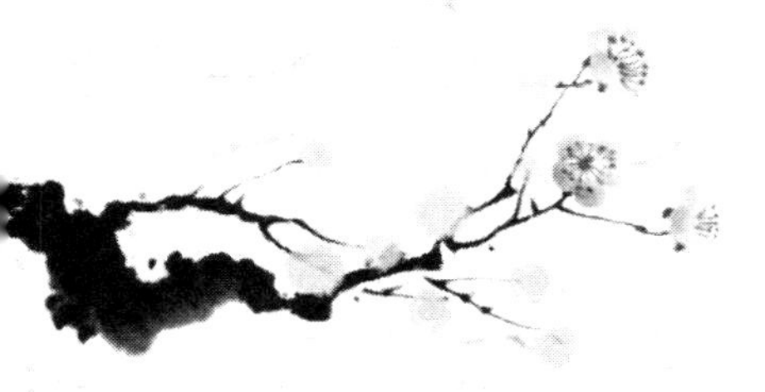

소년은 늙기 쉬우나 배움은 이루기 어려우니, 한순간도
가벼이 여겨서는 아니 되네.
(少年易老學難成, 一寸光陰不可輕)

1.1. 인문학과 한시

바쁜 현대를 사는 우리는 요즘 시를 잊은 듯이 살아가고 있다. 각박한 현실에서 시는 밥이 되지 못하기 때문이다. 시 읽기는 그저 국어교과서에 실려 있는 시를 중심으로 입시성적을 올리기 위해서 줄 치며 읽었던 정도에 불과할 뿐이다. 그러나 사람들이 힘들게 살고 있기는 하지만 따뜻한 위로를 건네주는 시의 역할까지 완전히 잊어버린 것 같지는 않다. 다만 현실이 시를 잊고 살아가도록 몰아가기 때문에 잠시 시를 손에서 놓고 있을 뿐이라고 생각된다. 이처럼 현실은 왜 우리를 시와 멀어지도록 만드는 것일까?

'경쟁과 효율의 시장경제논리'

가장 큰 이유는 신자본주의 경제사조가 세계를 지배하고 있는 작금의 상황에서 오직 경쟁과 효율을 중시하는 시장경제 논리만이 우리 사회의 지배적 이념과 가치로 통용되고 있기 때문이라고 생각된다. 시장경제의 논리가 지배할 때 가장 우려해야 할 상황은 두 가지다.

하나는 금전만능의 천박한 자본주의가 기승을 부려 재물의 신인 맘몬(Mammon)을 숭배하는 현상이 공공연하게 벌어진다는 것이다. 모든 가치 기준은 금전과 재물이 됨으로써 세속적인 가치가 이 세상을 잠식하고, 그럼으로써 인간으로서 인간다움을 추구하는 진정한 가치나 초월적 가치들은 비정상적이거나 부적합한 것으로 쉽게 평가절하 되어 버린다.

또 하나는 더 나쁜 현상이긴 하지만 오직 약육강식의 경쟁에서 승리해야만 이 신자본주의사회를 잘 살고 승리하는 것이 되기 때문에 약자를 배려하지 않는 승자독식주의가 판을 친다. 그래서 인간 사회에 응당 존재해야 할 약자나 고통 받는 자, 상처 받은 자들과 더불어 사는 사람다운 삶은 항상 비효율적이고 시대착오적인 것으로 쉽게 폄하되곤 한다.

이처럼 시장경제의 논리가 기승을 부릴 때, 경쟁과 효율의 시각이 지배적일 때 사회에 생존하기 위해서 필요한 것은 실용적인 지식과 응용 학문일 뿐, 삶의 가치와 의미를 성찰하게 하며 더불어 사는 삶을 통찰하게 하는 인문학은 아무런 도움이 안 되는 지식으로 전락하게 되며, 그 결과 인문학의 본령인 문학과 사학 및 철학 등은 심심풀이 삼아 잠깐 들여다보는 대상일 뿐, 인간다운 삶을 추구하고자 할 때 절대적으로 필요한, 그래서 마치 공기와도 같은 필수불가결한 존재라는 인식을 결코 할 수가 없게 된다. 효율적으로 살고 경쟁에서 이겨서 재물을 많이 확보하는데 시는 아무 필요도 없기에 시는 사라져 갈 수밖에 없는 것이다.

우리 사회는 갈수록 감동을 주지 못하고 메말라 가고 있다. 정치인들이 감동을 주지 못한 거야 어제 오늘의 일이 아니고, 그밖에도 어른은 아이들에게, 선생님은 학생들에게, 아버지는 자식들에게 감동을 주지 못하고 있는 것이 오늘의 현실이다. 우리는 왜 감동을 받지 못하고 더 이상 설렘과 떨림 등의 느낌을 소중하게 생각하지 않고 방기하게 된 것일까? 치열하고 각박한 현실을 승리하며 살아가고자 한다면 쉽게 감동하고 들떠서 설레는 행동은 당연히 부적절한 것으로 간주되게 마련이다. 사람들에게 도리어 유치하다, 순진하다, 유약하다 등의 부정적인 평가를 듣게 될 것이다. 우리는 그렇게 감동을 잊고 타성에 젖어서 오직 내일의 성공만을 향해서, 내일의 물질만을 위해서 전력투구하고 오늘 하루가 내 인생에 차지하는 의미와 가치에 대해서는 도외시하고 있다. 내일을 위해 해야만 할 일들이 눈앞에 산더미처럼 쌓여 있고 언제 끝날 줄도 모르며 현실의 걱정거리 역시 가득 짊어지고 살고 있다. 이런 악조건 속에서도 현실에서 승리하는 삶을 살려고 한다면 더욱 치열하게 살아야 한다. 그러니 감성은 날이 갈수록 더욱 무디어지고 닳아져 간다. 잠시만이라도 멈춰 서서 나 자신을 뒤돌아보고 성찰해야 하는데 그럴 시간이 없고 그렇게 하기가 아까운 것이다.

오늘 여기 피어 있는 꽃 한 송이, 지저귀는 새의 울음소리, 떠가는 구름, 밝은 달빛이 얼마나 소중한지 모르고 내일은 무언가 해서 꼭 어떤 사람이 되리라 다짐하며 살아가고 있는 것이다. 그렇게 열심히 살아서 우리가 유예시키고 잃어버린 것이 바로 오늘의 감동이고 또 살아가는 가치와 의미이며 나아가 시가 아니었을까! 감동이 없는 사회는 사람들로 하여금 자연스레 시에서 멀어지게 만드는 것이다.

'자본을 최고의 가치로 여긴다'

이제 우리 사회는 자본을 최고의 덕목으로 여기고 경쟁과 효율 및 부의 축적을 으뜸 가치로 간주하는 세속적 가치 관념에 대해 통렬하게 반성하면서 성찰을 해야 할 때가 온 것처럼 보인다. 승자가 모든 것을 독식하는 사회가 되면서 소외된 이웃이 갈수록 늘어나는 작금의 상황에서 사회 전체에 감동도 기쁨도 없는 병적인 상태를 치유하기 위해서는 전체 사회가 지향해야 할 가치 관념을 새롭게 정립할 필요가 있다고 생각된다. 경제의 고른 분배에 더욱 주의를 기울이면서 내 옆에 있는 고통 받는 사람에게 좀 더 따뜻한 손길을 보내고 내 이웃들과 소통하고 공감하면서 더불어 사는 사회를 만들어가야 하는 것이다. 무얼 먹고 사느냐도 중요하지만 어떻게 먹고 사느냐는 더욱 중요하다는 가치관을 회복해야 한다. 이렇게 사람답게 사는 사회를 건설할 때 사회가 감동의 물결이 넘칠 것이고 연민과 공감의 감동적 정서가 확산될 것이며 그 결과 고통과 결핍을 따뜻하게 응시하고 삶을 위로해 주는 시가 그들의 손에서, 그들의 일상에서 마치 밥과 공기처럼 떠나지 않게 될 것이라 생각된다.

기실 한시는 조선조까지 우리 조상들에게 정치적인 수단으로서의 역할을 했을 뿐만 아니라 문화적인 교류와 소통을 유지하는 데도 필수적인 매개체가 되었다. 이런 전통이 요즘이야 끊겼지만 그러나 족자나 편액 또는 병풍에 한시를 써놓고 감상하는 방식으로 그 명맥을 겨우 유지하고 있다. 이처럼 한시가 여전히 일상생활 주변에 남아 있기는 하지만 사람들의 한문에 대한 소양이 날이 갈수록 부족해지고 나아가 시에 대한 관심이 엷어지면서 매일 눈앞에 놓고도 읽지 못하는 그저 장식에 불과한 것이 되어 버린 게 오늘날 우리나라 한시의 현주소라고 해도 과언이 아닐 것이다.

1.2. 우리 주변에서 흔히 보는 한시

오늘 이 장에서는 우리 주변에 있는 액자나 편액, 병풍 등에서 보이는 한시들에 대해 얘기를 풀어가 보고자 한다.

'백인당중유태화'

예전에 몇 년간 여러 대학에서 교양한문 수업을 하면서 우리나라 사람들이 편액이나 족자로 걸어 놓고 좌우명이나 경계로 삼고 싶어 하는 글귀를 수집해 오는 과제물을 부여한 적이 있는데 통계를 내보니 인성 수양과 관련된 말이 제일 많았고 그 중에서도 '인(忍)'과 관련된 말이 압도적으로 많다는 사실을 발견했다. 주로 다음과 같은 글귀들이었다.

忍爲高 和爲貴	인내는 고상하며 조화는 고귀하다.
事能三思終不悔 人能百忍自不憂	일은 세 번 생각하고 실행하면 끝내 후회가 없고 사람은 백 번 참을 수 있으면 저절로 근심이 없어진다.
百忍堂中有泰和	백 번 참는 집 안에 큰 평화가 있다.

세상이 살기 힘들다고 감정대로 행동했다가는 자칫 다치기 쉬운 사회상황에서 인내를 강조하는 것은 아무리 많이 해도 지나치지 않을 것이다. 실제 소년범죄를 계도하는 역할을 담당했던 어느 검사의 얘기를 들은 적이 있다. 그가 소년원 수감생의 범죄 원인을 추적해보니 대부분 '욱' 하는 성질 때문이었다고 한다. '욱' 하는 기분만 잠깐 참으면 되는데 그것을 참지 못하고 결국 싸움을 일으키고 그 결과 범죄를 저지르기에 이른 것이다. 어렸을 때는 혈기가 왕성해서 분노 조절이 잘 안 되는 경우가 많은데 평소 이렇게 자기가 경계로 삼는 글귀를 옆에 두고 있으면 감정과 행동을 자제하고 절제해 나가는데 어느 정도 도움이 되어줄 것이라 생각된다.

'소년이로학난성, 일촌광음불가경'

인성 수양을 권하는 글귀 다음으로 편액이나 족자에 많았던 내용이 역시 젊은이들에게 배우기를 권유하는 말이었다. 그 중에서도 단연 선호하는 대상은 역시 주희(朱熹)의 〈 권학시(勸學詩) 〉였다. 자손들이 잘 되기를 바라고 나아가 가문이 번성하고 성세가 계속 유지되기를 바라는 차원에서 이루어지는 자연스러운 행위로 보인다.

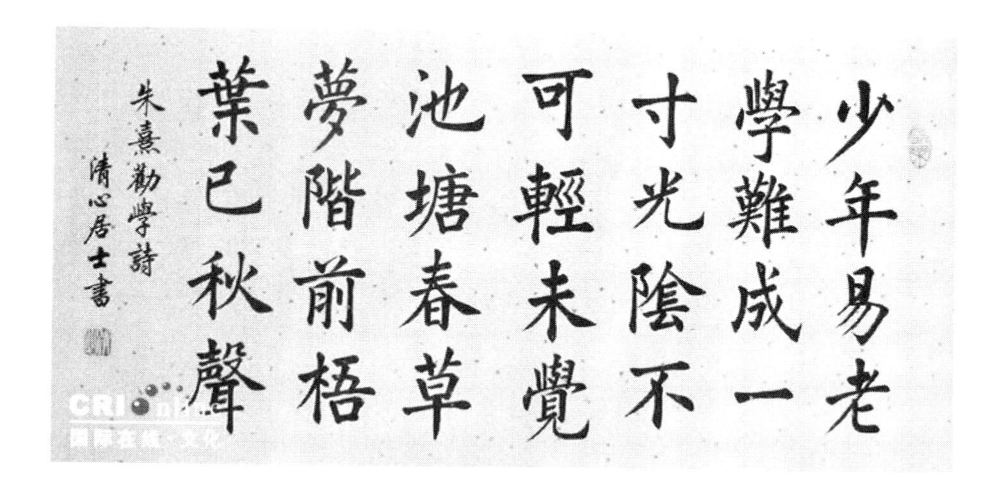

少年易老學難成	소년은 늙기 쉬우나 배움은 이루기 어려우니
一寸光陰不可輕	한순간도 가벼이 여겨서는 안 된다.
未覺池塘春草夢	연못가에서 꾼 봄꿈에서 아직 깨어나지도 않았는데
階前梧葉已秋聲	섬돌 앞 오동나무 잎에선 이미 가을소리 나는구나.

봄에는 날씨가 화창하고 온갖 화초가 만발하니 마냥 신이 나서 산으로 들로 놀러 다니기 좋다. 또한 1년의 시작이니 계획을 열심히 세우며 꿈에 부풀어 지낼 때이다. 그런데 시간은 쏜살같이 흘러 봄에 꾸었던 꿈에서 아직 깨어나지도 못했는데 벌써 섬돌 앞 오동나무 잎 위로 가을바람이 사각사각 불어온다. 그러니 한순간도 가벼이 여겨서는 안 된다. 시간은 이토록 빨리 지나가서 우리 인생도 쉬이 늙어 버리는 데 비해 배움이란 정말 이루기 어렵다. 그러니 촌음을 아껴 가면서 책을 읽고 마음에 양식을 쌓아야 한다. 그렇지 않으면 늙어서 반드시 후회하게 되어 있다.

중국의 어느 잡지사에서 60세 이상의 노인들에게 지금까지 살면서 어떤 일이 가장 후회되는지 설문조사를 실시하였다. 그 결과 75% 이상의 노인들이 젊어서 노력이 부족하여 어떤 일도 성공적으로 완수하지 못한 사실을 들었다. '소장불노력(少壯不努力), 노대도상비(老大徒傷悲)'라는 중국 속담처럼 젊어서 노력하지 않으면 늙어서 오직 후회되고 비통할 뿐이다.

'시간은 흰 망아지가 문틈으로 지나가듯 빠르게 흘러'

시간은 순식간에 지나기 마련이다. 그런데 시간이 지나가는 느낌은 나이와 비례한다. 어렸을 때는 더디 흘러가다가도 나이 들어서는 쏜살같이 흘러간다. 어렸을 때는 주변에 보이는 일들이 모두 다 재미난 것이어서 하루가 어떻게 가는지도 모르고 흘러간다. 그렇지만 한 해 한 해 지나가는 것은 너무 더디 간다고 생각된다. 왜 그런가? 하는 일마다 모두 새롭고 신기해서 뇌 속에 그대로 다 저장이 되기 때문에 1년 365일 하루하루의 부피가 그대로 생생하게 느껴져서 그렇다.

그러나 어른이 될수록 매일의 생활이 판에 박힌 일들이요 이미 경험한 일들이다. 모든 게 다 시들하다. 심지어 사랑도 시들하다. 그러니 하루하루는 그런대로 재미있게 살아가는 듯하지만 1년 전체로 따지고 보면 기억에 남는 일은 그렇게 많지 않고 그 결과 1년이란 시간은 쏜살같이, ≪장자·외편(外篇)·지북유(知北遊)≫편에서의 표현대로라면 '사람이 한 세상 살다 가는 일은 흰 망아지가 문틈으로 지나가는 것을 바라보는(人生一世間, 如白駒過隙)' 것처럼 순식간이고, 손가락을 한 번 튕기는(彈指一回間) 것처럼 매우 짧다.

나이 들어서 시간을 좀 충분히 즐기고 있다는 느낌을 갖게 하려면 새롭고 낯선 일들을 접하고 경험해야 하는데 나이 들수록 새로운 모험을 하려는 용기도 함께 줄어드니 어떻게 해야 하는가? 그래서 결국은 여행을 많이 나서는 수밖에 없다. 여행을 통해서 낯선 사람과 낯선 자연환경, 낯선 사회를 보고 경험한다면 그때는 뇌리에 많은 일들이 기억되면서 시간을 온전히 썼다는 느낌을 받게 될 테고 너무 허무하도록 빨리 지나가 버린다는 느낌을 지울 수 있을 것이다.

'안분지족', '지족상락'

다음으로 우리나라 사람들이 족자나 편액에 담기를 좋아하는 글귀는 시인데 시 중에서도 주로 전원이나 자연산수에서 사는 안분지족(安分知足), 지족상락(知足常樂)의 자족적 삶을 노래한 부류의 시들을 선호하는 것으로 조사되었다. 특히 도연명(陶淵明)처럼 전원에서의 유유자적한 삶을 노래한 전원시나 왕유(王維), 맹호연(孟浩然)처럼 산수의 아름다움을 담담하게 노래한 자연산수시를 선호하였다. 물론 이백과 두보의 시는 대가의 시라서 그런지 이백의 경쾌하고 재기 넘치며 환상적인 시풍이든 두보의 고통스런 이웃들의 삶을 노래한 침울하고 비장한 시풍이든 모두 가까이 걸어 놓고 즐겨 감상하는 것으로 밝혀졌다.

'새는 더욱 희고 꽃은 타오려는 듯 붉다'

두보의 〈 절구(絶句)이수(二首) 〉 중 제2수는 봄날의 정경을 선명한 색채 대비를 통해 잘 묘사하고 있는 시로서 우리나라 사람들이 선호하는 시 중의 하나이다.

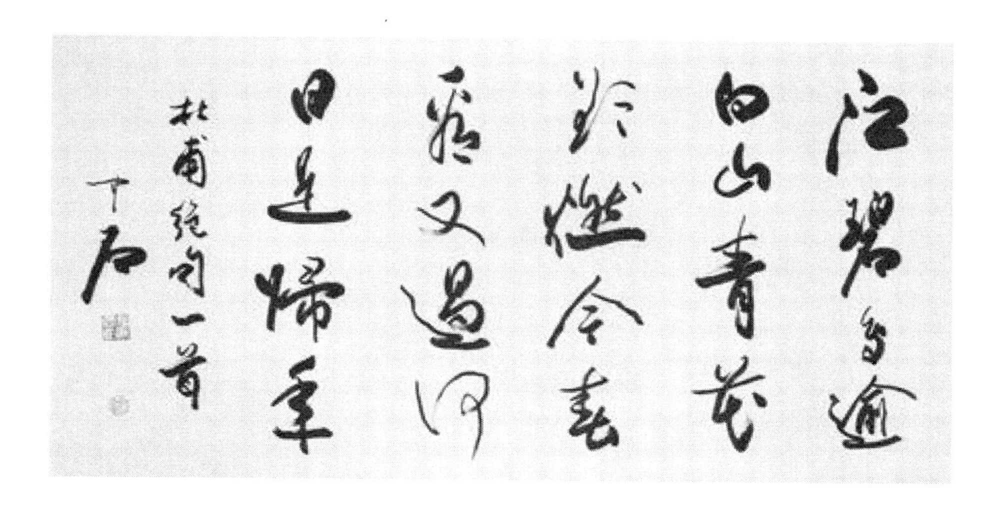

江碧鳥逾白,	강물 파래서 새는 더욱 희고
山青花欲燃.	산이 푸르니 꽃은 타오려는 듯 붉다.
今春看又過,	금년 봄도 또 지나가는 게 보이는데
何日是歸年.	어느 때나 고향에 돌아가려나?

이 시는 봄날의 정경을 선명한 색채 대비를 통해 잘 묘사하고 있는 시이다. 파란 강물과 하얀 물새, 푸른 산과 타오르려는 듯 붉은 꽃이 절묘하게 대비되며 절정의 봄날 분위기를 한층 고조시키고 있다. 파란색과 푸른색, 흰색과 붉은색이 적절하게 조화를 이루며 대비되고 있어 한 폭의 수채화를 연상시킨다. 그런데 시인의 눈은 흐드러지게 핀 꽃에만 머물지는 않는다. 다시 그 너머로 지나가고 있는 봄을 생각하고, 문득 다시 고향에 생각이 미친다. 나는 언제나 가족 곁으로 돌아갈 수 있을 것인가? 시인의 탄식 소리가 귓가에 아련히 들려오는 듯하다.

제3구에서 쓴 '과'를 통해서 시인의 시선을 관찰해 보자면 시인의 시선은 지나가는 시간을 향해 머물러 있고 오고 있는 시간을 등지고 있음을 알 수 있다. 이렇게 지나가는 시간을, 이미 과거가 되어버린 시간을 하염없이 지켜보고 있는 것은 동양인의 공통적인 정서이다.

'사막에 피어오르는 연기 곧고, 황하에 지는 해 둥글다'

위의 두보 〈 절구이수 〉 시 제1, 2구에서와 같이 대구가 절묘한 시가 바로 왕유의 〈 사신으로 변경에 가다(使至塞上) 〉 시 중 아래 제5, 6구이다. 중국 한시 중 대구로 치면 가장 압권이라고 칠 만큼 공간과 색채, 선과 면 등이 적절하게 대비를 이루고 있다.

大漠孤烟直,	광활한 사막에 외로운 연기는 곧고
長河落日圓.	아득한 황하에 지는 해는 둥글다.

이 시는 그냥 뜻만 가지고 읽으면 단순하기 그지없다. 여기에 대구의 기법을 첨가해서 읽어야 비로소 묘미를 느낄 수 있게 된다.

먼저 공간의 대비를 살펴보자. 사막은 크고 넓은 데 비해 황하는 길다. 하나의 면과 하나의 가로선으로 대비가 된다. 한 줄기 연기는 선이고 지는 해는 점으로 대비가 되는데 하나는 직선이고 하나는 둥글다. 이 공간은 하나의 면에서 가로선이 좌우로 폭을 벌려 주고 직선과 둥근 점이 상하로 공간을 확장시켜주어 시야가 확 트인 웅장하고 광활한 변방의 느낌을 주는 동시에 안정감과 평안함을 주기도 한다.

이 시는 색채 대비도 강렬하다. 사막은 황색인 데 반해 강물은 푸른색이다. 연기는 회색인 데 반해 지는 해는 붉은 색이다. 대비가 분명한 색채로 인해 자연 경물들이 모두 아주 선명한 형상들로 다가온다. 원색으로 강렬하게 색칠해 안료의 질감을 두드러지게 표현한 한 폭의 색채 산수화를 연상시킨다.

그런데 어떻게 사막에 피어오르는 연기가 곧게 오를 수 있을까? 밥 짓는 연기인가? 사막에는 바람이 불지 않는단 말인가? 이 연기는 봉화 연기로서 병사들이 경계 보고를 위해 사용하는 것이며 이리의 똥을 태우기에 바람에도 연기가 흔들리지 않고 곧게 위로 솟아오를 수 있다고 한다.

'창 안에 천 년 쌓인 눈, 문 앞에 만 리 가는 배'

한편 위의 두보 〈 절구이수 〉 중 제2수와 마찬가지로 대비가 절묘하여 우리나라 사람들이 좋아하는 시가 또한 두보의 〈 절구(絶句)사수(四首) 〉 중 제3수이다.

兩個黃鸝鳴翠柳,	한 쌍의 노란 꾀꼬리 푸른 버드나무에서 지저귀고
一行白鷺上青天,	한 줄로 늘어선 백로는 푸른 하늘로 날아오르네.
窓含西嶺千秋雪,	창 안으로 천 년 눈이 쌓인 서령을 담고 있고
門泊東吳萬里船.	문 앞에는 만 리 동오에서 온 배가 머물러 있네.

'창함'은 창밖으로 서령을 바라보니 흡사 서령이 창틀 안으로 들어와 마치 액자 속에 있는 그림처럼 보였기에 이렇게 말한 것이다. '서령'은 성도(成都) 서남쪽에 있는 민산(岷山)을 가리키는데 눈이 항상 녹지 않아서 '천추설'이라 표현한 것이다. 동오(東吳)는 장강 하류 지역에 있는 강소(江蘇) 일대를 가리키는데 성도의 수로가 장강으로 통해 있기에 장강 만 리를 가는 배라고 말한 것이다.

이 시는 매 구가 한 폭의 동양화를 연상하게 한다. 집 안 뜰에 있는 버드나무 위에 앉아 한 쌍의 꾀꼬리가 우는 광경은 근경(近景)의 산수화요, 집 밖에 끝없이 펼쳐진 하늘로 한 떼의 백로가 날아오르는 광경은 원경(遠景)의 산수화이다. 이 시 역시 위에서 감상하였던 두보 본인의 〈 절구이수 〉 중 제2수나 왕유의 〈 사신으로 변경에 가다(使至塞上) 〉 시와 마찬가지로 대구가 절묘하다. '양개황리'와 '일행백로', '명취류'와 '상청천'이 각각 문장성분 구조상 대구를 이루었는데, 꾀꼬리와 백로는 날짐승으로 대비되고, '지저귀다'와 '날아오르다'는 동작으로 대비를 이루고 있다. 또한 이 네 마디는 다시 '황', '백', '취', '청'의 네 가지 색채가 대비를 이루어 색감이 선명하게 부각되도록 하고 있다.

제3구와 4구 사이에도 대구를 이루고 있다. 실제로는 시인이 창을 열고 밖을 내다보니 높은 꼭대기에 천 년 동안 눈이 녹지 않고 쌓여 있는 민산이 바라보인 광경인데 마치 창 안을 하나의 액자인 양 간주하여 창 안이라는 네모난 화폭에 눈 쌓인 민산의 풍경이 가득 담겨 있다고 묘사하고 있다. 그리고 장강으로 통해 있는 집 앞에는 만 리 떨어진 동오, 곧 소주(蘇州)에서 온 배가 머물러 있다. '창함'과 '문박', '서령'과 '동오', '천추설'과 만리선'이 각각 대구를 이루고 있으니 하나는 천 년이란 시간으로, 하나는 만 리란 공간으로 대비를 이루고, 하나는 눈 쌓여 있는 산의 정태적인 모습이라면 하나는 언제든 만 리 멀리 떠날 배의 동태적인 모습으로 좋은 대조를 이루고 있는 것이다.

한편 제1, 2구와 제3, 4구, 즉 위 연과 아래 연 사이에도 의미상 대구가 이루어지고 있다. 꾀꼬리와 백로는 자유롭게 지저귀고 맘껏 푸른 하늘로 날아오른다. 그에 비해 화자로서 시인은 고향으로부터 멀리 떠나서 이곳 사천 성도에 살면서 창밖으로 천 년 동안 서령에 쌓인 눈을 바라보고 있어야만 하는 처지이며 또한 멀리 만 리 떨어진 동오에서 와서 전쟁으로 인해 떠나지 못 하고 묶여 있는 배와 같은 신세이니 타향에 묶여 있는 자유롭지 못한 상황이 부각되고 있다.

그런데 '동오만리선'은 만 리 떨어진 동오에서 온 배라고 할 수도 있고, 만 리 떨어진 동오에서 와서 장차 동오로 다시 돌아갈 배로 보아도 무방하다고 생각된다. 전자처럼 하면 하릴 없이 묶여 있는 배와 비슷한 시인의 처지가 더욱 강조되지만 후자처럼 하면 앞으로 돌아갈 희망이 그래도 존재한다는 사실이 강조된다. 이 배가 언제라도 출발하기만 하면 시인의 마음도 이 배를 따라 저 멀리 만 리 떨어진 동오로 돌아가서 맘껏 포부를 펼쳐볼 수 있을 거라는 희망 말이다.

‘쉬이 시든 붉은 꽃은 낭군의 마음인가!’

당대 유우석(劉禹錫)에게 사천(四川)성 동부지방의 민요곡에 맞추어 지은 〈 죽지사(竹枝詞) 〉가 있는데 사랑과 관련된 순수한 감정을 표현한 명시여서 그런지 사람들의 사랑을 받고 편액으로 감상되곤 한다.

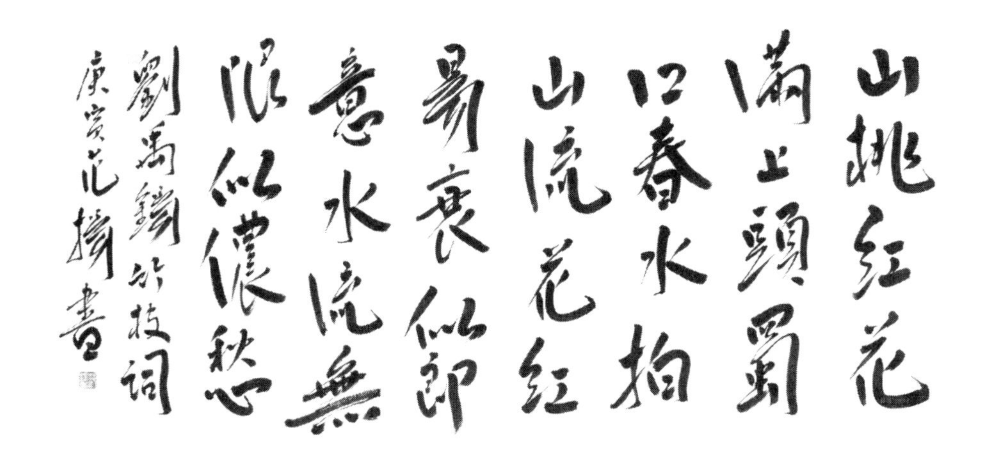

山桃紅花滿上頭,	산 복숭아 붉은 꽃 산 위쪽에 가득하고,
蜀江春水拍山流	촉 강의 봄물은 산을 철썩이며 흐른다.
花紅易衰似郎意	쉬이 시든 붉은 꽃은 낭군의 마음이런가,
水流無限似儂愁	하염없이 흐르는 강물은 이내 수심이어라!

전반부는 봄날의 전형적인 모습을 잘 그리고 있다. 산 위쪽에는 붉은 복숭아꽃이 가득 피어 있고, 불어난 강물은 산에 부딪치며 흘러간다. 후반부는 감흥을 자아낸 봄꽃과 강물을 빌어 화자의 감정을 기탁하는 정경(情景)의 융합이 이루어지고 있다. 열흘 붉은 꽃 없고(花無十日紅), 예쁜 꽃이 항상 피어 있는 것은 아니다.(好花不常開) 나를 향한 낭군의 마음은 어차피 쉬이 시들게 마련인 붉은 꽃처럼 그렇게 지금은 사라지고 없을지도 모르겠다. 그러나 떠나간 낭군을 그리워하는 나의 수심은 하염없이 흘러가는 저 강물처럼 끝없이 계속된다. 박정한 남자와 정이 많은 여인이 대비되면서 여인의 순수하고 농밀한 정감에 가슴이 먹먹해진다.

우리나라 지하철 3호선 경복궁역에 가보면 항상 서예작품이나 동양화 등을 상설 전시해놓고 있다. 아마도 어떤 동호인 모임에서 번갈아가면서 작품을 걸어 놓는 것으로 보인다. 그 중에서 장적(張籍)의 〈 양주사(凉州詞) 〉를 제화시로 하여 그린 그림이 인상적이었다. 이 시를 한 번 감상해보자.

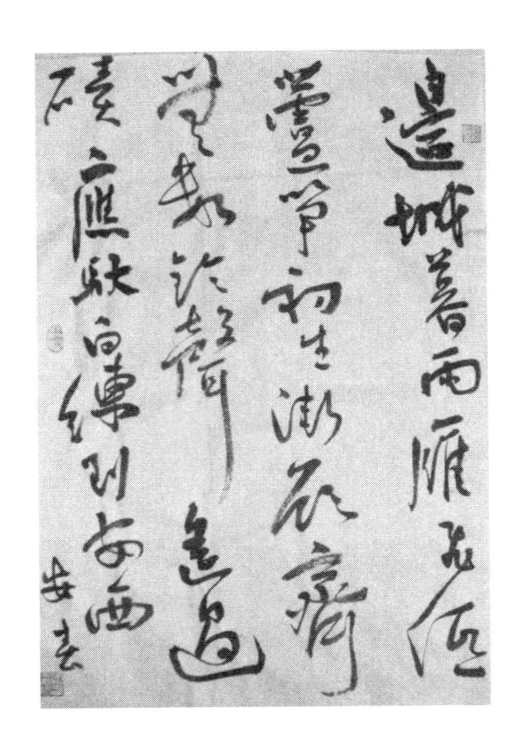

邊城暮雨雁飛低, 변방의 성에 저녁비 내리니 기러기 낮게 날고
芦笋初生漸欲齊. 갈대순은 갓 나더니 점차 자라 나란해지려 한다.
無數铃聲遥過碛, 무수한 방울소리 멀리 사막을 울리며 지나가니
應驮白練到安西. 응당 하얀 비단 싣고 안서로 가는 행렬이리라.

'호순'은 갈대순. '적'은 고비 사막. '백련'은 하얀 비단. '안서'는 안서도호부가 있던 곳으로 치소(治所)는 지금의 신강(新疆)성 고차(库車)에 있었다. 이곳 안서도호부는 구자(龟兹), 언기(焉耆), 우진(于阗), 소륵(疏勒) 등 네 개의 진을 관할하고 있었다. 정원 6

년에 토번(吐蕃)에 의해 함락되어 이 시를 쓰던 시기에는 가볼 수 없는 곳이 되었다.

장적의 〈 양주사 〉는 악부시의 이름으로서 이 곡조로 서북 변방지역의 풍광과 이야기들을 많이 묘사하였다. 〈 양주사 〉는 모두 3수로 이루어져 있는데, 변방의 황량함, 변방이 침략 당할지도 모른다는 것에 대한 걱정, 변방장군의 부패 등 세 가지 방면의 내용을 묘사하여 변방의 참담한 정경을 재현하였고 시인의 깊은 우환을 표현하였다.

이 시는 〈 양주사 〉 3수 중 제1수이다. 제1구는 변방의 성에서 올려다 본 하늘의 경치를 묘사하였고 제2구는 변방의 성에서 내려다 본 지상의 풍경을 묘사하였다. 갈대순이 자라 나란해지려 한다는 것은 곧 갈대가 무성해지려고 하는 모습을 형용한 말이다. 제3, 4구는 옛날, 토번에 함락되기 이전의 상황을 상상하고 있다. '응', 곧 '응당'이란 말을 통해서 실크로드가 있던 안서지방에서 옛날 벌어졌던 일들을 상상하고 있음을 알 수 있다. 옛날이라면 이곳은 무수한 방울소리가 멀리 사막을 울리며 많은 비단상인들이 이곳 안서지방에 있는 실크로드를 지나고 있을 것이다. 그러나 지금 그곳은 토번에 의해 점령되어 더 이상 갈 수 없는 곳이 되어 버렸다. 그러니 너무 안타까울 뿐이다. 나아가 그런 몰락해 가고 있는 당나라 왕조를 생각하니 비통한 감정을 숨길 수 없는 것이다.

제3구는 소리를 통해 형상을 전달하는 '인성현형(因聲見形)'의 수사법을 구사하고 있다. 다만 사막 저 멀리서 들려오는 방울소리만 묘사하였지 낙타와 호송하는 사람들에 대해서는 묘사하지 않았다. 그렇지만 실크로드를 따라 화물을 싣고 사막을 천천히 지나가는 낙타 행렬을 충분히 연상할 수가 있다. 소리를 통해서 형상을 드러낸 것이다. 백도유(帛道猷)는 "띠풀로 이은 지붕은 숨어 보이지 않는데도 닭울음 소리가 사람이 살고 있음을 알게 하네.(茅茨隱不見, 鷄鳴知有人.)"(〈 능봉채약촉흥위시(陵峰采藥觸興爲詩) 〉)라고 해서 인가나 사람이 보이지 않지만 닭울음소리에 사람 사는 마을이 있음을 알게 되었다고 하였고, 도잠(道潛)은 "아득히 먼 밖에서 몇 마디 부드럽게 노 젓는 소리, 밤이 들자 어디선가 강촌으로 돌아옴이라.(數聲柔櫓蒼茫外, 何處江村入夜歸.)"(〈 추강(秋江) 〉)고 하여 노 젓는 소리를 듣고 밤이 되자 멀리서 강촌으로 돌아오는 배가 있음을 추측할 수 있다고 하였다. 백거이(白居易)는 "밤 깊어지자 눈이 겹겹이 쌓인 것을 알겠으니, 때때로 대나무 부러지는 소리 들림이라.(夜深知雪重, 時聞折竹

聲.)"(〈야설(夜雪)〉)고 하여 대나무 부러지는 소리만 듣고서 눈이 겹겹이 쌓였을 것이라고 추측하고 있다. 대나무가 부러진 것은 눈이 겹겹이 쌓여 대나무가 그 무게를 견디지 못했을 것이기 때문이었다. 이 시들도 역시 모두 소리로 형상을 전달한 시들이다.

시인은 낙타의 방울소리로 인하여 사라져가는 낙타소리를 따라 상상을 통해 사막 너머 저편의 보이지 않는 곳으로, 지금은 갈 수 없지만 언제나 그리워하고 있는 안서 지방으로 상상이 미치고 있다. 그곳 안서에는 옛날에 도호부가 있어 네 진(鎭)을 관할하였었는데 지금 안서도호부는 토번에 의해 함락당해서 더 이상 안서로 갈 수 없었던 것이다. 성당(盛唐)의 기상(氣象)처럼 웅장하고 자신감에 넘쳤던 기풍이 사회 전반을 지배했던 당 왕조가 이제는 쓸쓸하게 쇠락해 가고 있는 역사적 사실을 이 시는 반영하고 있으며 그에 따라 느껴지는 시인의 비통하고 쓰라린 정서를 담고 있다.

우리나라 사람들이 족자나 편액, 병풍 등에 적은 한시 글귀는 때로는 오자가 보이기도 한다. 중국의 한 대학에서 손님들이 와서 한국 전통의 맛을 보여 주기 위해 강릉의 어느 유명한 한정식집에 데리고 간 적이 있다. 잘 차려진 식탁 뒤에는 병풍이 있었고 팔 폭의 병풍에는 각 폭마다 5언 절구 한 수씩이 적혀 있었다. 그 중 한 시를 조금 공부한 사람이면 익히 잘 알고 있는 맹호연(孟浩然)의 시 〈춘효(春曉)〉가 있었는데 읽다가 보니 그 중에 한 글자가 틀리게 적힌 것을 발견하고 얼굴이 화끈거린 적이 있었다. 중국인들에게 이 시는 너무 잘 알려져 있어 그들도 분명히 이를 알아차렸을 것이기 때문이다. 예전에 중국음식점 체인점으로 차이웍(菜鍋)이란 식당이 있었는데 웬일로 입구 유리창에 한자들을 가득 새겨 놓았었다. 자세히 들여다보니 유명한 도연명의 〈음주〉시의 내용이긴 한데 새겨진 글자들의 순서가 뒤죽박죽 엉망으로 되어 있어서 이 시를 아는 사람이 아니면 도리어 이게 도대체 무슨 내용이지 하고 고개를 흔들 수밖에 없는 엉터리 도안이었다. 아마도 이곳 체인점 사장은 중국의 문화가 베여 있는 중국집이라는 사실을 간접적으로 암시하게 하기 위해서 한시를 생각했었을 것이고 유리 조각가에게 그 시를 맡겼을 텐데 조각가가 그 시를 알 턱이 없어서 무작위로 그저 글자의 형상만 흉내 내는 정도로 조각을 해 버린 것으로 짐작된다. 물론 사장 역시 글자의 순서와 정확성을 따질 필요도 못 느꼈을 것이다. 그 결과 그저 한자가 많이 새겨져 있구나 하는 사실을 알게 할 뿐 이게 시인지 뭔지도 모르게 그저 일종의 장식물 역할만을 할 뿐이어서 그 집에 들를 때마다 매우 씁쓸한 느낌을 받아야 했었다. 이것도 어쩌면 식자우환(識字憂患)의 일종이라 할 수도 있겠지만 말이다.

'꽃은 웃어도 소리가 들리지 않네'

우리나라 병풍은 8폭이 많고 한 폭마다 주로 한시 한 수가 적혀 있는 경우가 많다. 때로는 한시 중에서도 잘된 시구를 간추려 놓는 경우도 있는데 다음 〈병풍에 적는 여덟 곡의 노래(八曲)〉도 그런 예이다.

花笑聲未聽,	꽃은 웃어도 그 소리를 듣지 못하고
鳥啼淚難看.	새는 울어도 눈물 보기가 어렵다.
影沈衣無濕,	그림자는 물에 잠기어도 옷이 젖지 않고
夢踏脚不勞.	꿈속에서는 걸어도 다리가 아프지 않네.
露草蟲聲濕,	이슬 맺힌 풀에 벌레 소리 젖고
風枝鳥夢危.	바람 이는 가지에 새의 꿈이 위태롭다.
風前松奏琵,	바람 앞에서 소나무가 비파를 연주하고
雨後澗生琴.	비 온 뒤 산골짜기에서는 금 소리가 난다.
雁引愁心去,	기러기는 수심을 끌고 가고
山含好月來.	산은 좋은 달을 안고 온다.
棹穿波底月,	노는 물밑의 달을 뚫고
船壓水中天.	배는 물속 하늘을 누른다.
鼠嫌羊有角,	쥐는 뿔 난 양을 싫어하고
牛憎馬不耕.	소는 밭 갈지 않는 말을 미워한다.
雪山鳥夢白,	눈 덮인 산에 새의 꿈은 희고
花枝雨聲紅.	꽃 핀 가지에 비 소리는 붉다.

위 시들은 모두 여러 사람의 5언 시중에서 잘된 부분을 떼서 함께 모아 놓은 시들이다.

'사랑은 불타도 연기나 나지 않네'

고려시대 이규보는 만년에 친구에게 보낸 편지에서 평생 8,000여 수의 시를 지었다고 털어 놓기도 하였는데 위 병풍시의 제1연은 그가 6세 때 지은 것으로 알려져 있다. 이 시구에 다른 시구를 붙여서 아래와 같이 한 수의 시로 완전하게 만든 시도 전해져 내려온다.

花笑聲不語,	꽃은 웃어도 소리로 말하지 않고
鳥泣淚未流.	새는 울어도 눈물 흘리지 아니하네.
情燃煙難見,	사랑은 불타도 연기는 보기 어렵고
心碎迹無痕.	마음은 깨져도 자취에는 자국이 없네.

우리나라에는 한시의 신동들이 제법 있었다. 이규보처럼 고려시대 남호 정지상도 7세 때 벌써 강물에 떠 있는 오리를 보고 "누가 신묘한 붓을 잡았는가? 강 물결 위에 '을'자를 써 놓았네.(何人把神筆? 乙字寫江波.)"라는 시를 지었다고 한다. 오리가 헤엄치면서 수면에 남긴 물결의 모양이 '을'자처럼 생겼을 뿐만 아니라 '을'자의 뜻이 '새'라는 점에 착안한 기발한 발상이 돋보이는 시이다.

조선시대 천재이자 기인인 김시습은 생후 8개월에 글자를 알았고 믿기 어렵지만 3세 때 시를 지었다고 한다. 그 시가 바로 "비도 내리지 않는 날 천둥소리 어디서 울리나, 누런 구름 조각조각 사방으로 흩어지네.(無雨雷聲何處動, 黃雲片片四方分)"이다.

한편 위의 병풍 시중 제6연은 우리나라 신라출신 최치원이 먼저 운을 띄우고 "수조부환몰(水鳥浮還沒), 산운단부련(山雲斷復連)" 이라는 대구를 짓자 여기에 화답하여 당대 가도(賈島)가 지은 대구라고 한다. 서거정(徐居正)의 동인시화(東人詩話)에 나오는 얘기다. 두 사람, 즉 최치원과 가도의 대구를 이어서 한 수로 완전하게 만들어 감상해 보자.

水鳥浮還沒,	물새는 떠올랐다가 다시 가라앉고
山雲斷復連.	산구름은 끊어졌다 다시 이어진다.

棹穿波底月,	노는 물 속의 달을 뚫고
船壓水中天.	배는 수면 가운데 하늘을 누른다.

물새가 오르락내리락 날아가는 모습, 산 속의 구름이 끊어졌다 이어지며 흘러가는 모습은 조금은 평이하고 단순한 시구로 보인다. 그러나 물 속에 비친 달을 마치 뚫듯이 노를 저어 배를 타고 가는데 다시 배는 강 수면 가운데 비친 하늘을 누르며 앞으로 전진하고 있는 것처럼 묘사한 후반부는 매우 절묘하고 탁월한 비유라고 할 수 있다.

1.3. 현대 중국에서 만나는 한시

중국에서 고대 시가는 그저 옛 전통을 좋아하는 사람들의 단순한 감상 대상으로만 남는 것이 아니라 대학교 입학시험에 출제될 정도로 아주 현실 가까이에 있어서 우리를 부럽게 만들기도 한다.

'한밤중 종소리 객선에 이르네'

가을과 나그네, 쓸쓸함을 연결시킨 탁월한 7언 절구인 장계(張繼)의 〈풍교야박(楓橋夜泊)〉은 중국의 대학입학고사 물리과목 시험에 출제되었다. 순수 문학으로서의 시작품이 물리학 문제에 응용될 수 있다는 것이 신기하고 또 인문학과 자연과학의 융합이 이루어지고 있다는 점에서 주목할 만 하다 하겠다.

月落烏啼霜滿天,	달 지고 까마귀 울며 서리는 하늘에 가득한데,
江楓漁火對愁眠.	강가의 단풍나무 고기잡이배의 불은 근심스런 잠을 마주하고 있네.
姑蘇城外寒山寺,	고소성 밖 한산사,
夜半鐘聲到客船.	한밤중 종소리가 나그네 배에 들려오는구나.

물리과목시험에 출제된 문제는 다음과 같았다. "왜 한산사의 종소리가 한밤중에는

객선에까지 이르는데, 대낮에는 이르지 않는가? 원인이 어디에 있는가?(何以寒山寺的鐘聲, 夜半傳到客船, 白天傳不到客船來, 原因何在?)"

정확한 답안은 다음과 같았다. "대낮에는 공기가 더워져서 소리의 파장이 위로 전해지기 때문에 대낮에는 한산사의 종소리를 객선에서 들을 수 없다. 그러나 밤중에는 공기가 차가워져서 소리의 파장이 아래로 전해지기 때문에 강위에서도 종소리를 들을 수 있는 것이다.(因爲白天空氣熱, 聲波往上傳, 所以白天時寒山寺的鐘聲在客船聽不到, 夜間空氣冷, 聲波往下傳, 所以江上可以聽到鐘聲.)"

공기 온도가 낮아짐으로 인해 파장이 아래로 향하기 때문에 소리가 멀리까지 전달된다는 것이 과학적인 설명이다. 대낮에는 들리지 않던 옆 마을의 개 짖는 소리가 밤중에는 커다랗게 들린다는 사실을 우리는 경험적으로 잘 알고 있다. 부부 싸움하는 소리도 밤중에는 옆 동네까지 들리니 매우 조심해야 한다.

파장이 아래로 향하기 때문에 소리만 멀리서 들을 수 있는 게 아니라 향기도 멀리서 맡을 수 있다. 그러니 꽃향기를 진하게 감상하려면 반드시 한밤중에 맡아야 한다. 그래서 은은한 암향부동(暗香浮動)의 매화 향기를 맡으려면 반드시 밤중에 가서 살랑거리는 바람결에 맡아야 좀 더 진하게 감상할 수가 있다. 밤중에 밤꽃 아래서 데이트를 즐기는 연인은 바로 데이트의 진수를 즐긴다고 할 수 있겠으니 이는 유경험자만 이해할 수 있는 말이기도 하다.

또한 과연 한밤중에 소주에서는 종을 치는지에 관한 논쟁이 벌어지기도 하였다. 이에 대해 엽소온(葉少蘊)은 ≪석림시화(石林詩話)≫에서 정확히 고증을 한 적이 있다. "'고소성외한산사, 야반종성도객선.' 이 시는 장계가 고소성의 서풍사에 대해 쓴 시이다. 구양수 선생께서는 일찍이 한밤중에는 종을 치는 때가 아닌데도 종을 친다고 말한 점을 이 시의 흠으로 여긴 적이 있었다. 아마도 선생께서 오나라땅에 가보신 적이 없었기 때문에 그렇게 말씀하신 것 같은데, 지금 이 지역에 있는 절들은 실제로 한밤중에 종을 친다.(姑蘇城外寒山寺, 夜半鐘聲到客船. 此唐張繼題姑蘇城西楓寺詩也. 歐公嘗病其夜半非打鐘時, 蓋公未嘗至吳中, 今吳中寺實半夜打鐘.)"

'잎은 살찌고 꽃은 말랐으리라'

또 중국의 대학입학시험에 출제된 작품이 바로 송대 이청조(李淸照)의 사 〈 여몽령·어제 밤 비는 뜨음해졌지만 바람은 사나웠네(如夢令·昨夜雨疏風驟) 〉 이다.

昨夜雨疏風驟,	어제 밤 비는 뜨음해졌지만 바람은 사나웠는데
濃睡不消殘酒.	실컷 잤어도 남은 술기운이 가시질 않네.
试问卷簾人,	발 걷는 시녀에게 물어보았더니
却道海棠依舊.	도리어 해당화는 여전하다고 말하네.
知否, 知否?	정말이지 알고나 있는 거니?
應是綠肥紅瘦.	잎은 무성하더라도 꽃은 떨어져 성기어졌기 마련인 것을.

이 문제는 네 개 선택지 중 이 사 작품에 관한 서술이 부정확한 것 하나를 고르는 문제였다.

1번 선택지는 제2구 '불소(不消)'와 관련하여 술기운이 가시지 않는 것은 곧 슬픔과 번민의 정서를 지울 수 없다는 뜻이라고 서술하였는데 이는 맞는 설명이라고 할 수 있다. 잠결에 사나운 바람소리를 들었을 테니 곧 꽃들이 떨어지고 나아가 봄이 떠나가리란 사실을 충분히 유추할 수 있기에 화자가 술기운이 채 가시지 않았다는 것은 곧 떠나가는 봄날에 대한 근심과 수심이 사라지지 않았다는 것을 의미한다고 보아야겠다.

2번 선택지는 제6구의 '녹(綠)'과 '홍(紅)'이 각각 잎과 꽃을 대신하고, '비(肥)'와 '수(瘦)'가 잎이 무성하고 꽃이 떨어지는 것을 각각 형용하고 있다고 서술하였는데 이 역시 맞는 설명이라고 할 수 있다. 살찌고 말랐다는 것은 곧 잎이 무성하고 꽃이 떨어져 성기어진 모습을 형상적으로 비유한 것이라고 볼 수 있다.

3번 선택지는 이 시는 구조상 일반적인 서술로 시작해 문답 형식으로 바뀌고 이어서 가정과 탄식을 통해 의미가 확대되고 깊어지고 있다고 서술하였는데 이 역시 맞는 설명이라고 할 수 있다. 바람이 사납게 불었던 한밤중의 일과 술기운이 가시지 않는 아침의 상황을 일반적으로 서술하였다가 발을 걷고 있는 시녀에게 묻고 해당화는 여전하다고 대답하는 문답 형식을 거친다. 그리고 이어서 알고나 있는 거니? 알 리가 없을 거야! 추측하고 가정하면서 마지막으로 꽃이 바람에 떨어져 성기어졌음을 탄식하고 있는 구조라고 볼 수 있기 때문이다.

4번 선택지는 시인이 자신의 감정을 직접적으로 서술하는 방식으로 봄날에 대한 아쉬움의 정서를 표현했다고 서술하였는데 이것이야말로 부정확한 설명이라고 할 수 있다. 마음속의 아쉬움과 근심을 완곡하게 에둘러서 표현했지 직접적으로 서술한 것은 아니기 때문이다.

'습감', '상선약수'

학교의 공식적인 업무차 중국에 있는 고등학교 몇 곳을 직접 방문하여 교정을 둘러보고 그곳 교장 선생님을 위시한 담당자들과 환담을 나눈 적이 있다. 그런데 물론 중국에 있는 학교이기에 십분 이해한다손 치더라도 곳곳에 한시가 걸려 있고 심지어 운동장 울타리에도 시가 적힌 포스터들이 붙어 있는 것을 보고 중국 문화전통 속에 면면히 흐르고 있는 시에 대한 사랑과 깊이에 매우 놀란 적이 있다.

그런 중에도 아직도 잊을 수 없는 글귀가 있다. 강소(江蘇)성 형주(荊州)시에 있는 빈해(濱海) 고등학교를 방문하였을 때인데 그곳 교문을 통과하자마자 아마도 교훈처럼 보이는 두 글자가 큰 돌에 새겨져 있었다. 바로 '습감(習坎)' 두 글자였다. '습감'의 뜻은 원전(原典) 본래의 뜻과 현대적으로 확대된 뜻 두 가지로 풀이가 가능하겠다.

≪역경(易經)≫의 풀이를 먼저 참조해보자. 습감은 ≪역경≫ 제29괘의 괘명(卦名)이다. 이 괘는 감(坎)괘가 위와 아래로 중첩되어 있다. '습(習)'은 ≪설문(說文)≫에 의하면 '자주 날갯짓을 하며 익히다.[삭비(數飛)]'는 뜻으로 '중복하다'의 뜻과 '실행하다'의 뜻을 지니고 있다. '감(坎)'은 본래 구덩이의 뜻으로 울퉁불퉁하다, 험난하다는 뜻을 지닌다. 제29괘는 감괘가 중첩되어 있고 습감이라 명명하였으니 곧 습감의 뜻은 험난함[감(坎)]이 중첩[습(習)]되어 있다, 즉 매우 험난하다는 뜻을 가리킨다고 할 수 있다. 그렇다면 습감이 구체적으로 가리키는 뜻은 무엇일까?

본래 감괘는 물을 가리킨다. 중국에서 전통적으로 물은 군자의 도(道)를 나타내는 것으로 여겨진다. 물은 만물을 이롭게 하면서도 다투지 않고 가장 부드럽고 연약하지만 이기지 못하는 것이 없으며 자기를 더럽혀 남을 깨끗하게 씻어주기도 하니 거의 도의 모습에 가깝다고 볼 수 있다. 그리하여 최고의 선, 곧 도는 물과 같다는 뜻으로

'상선약수(上善若水)'라고 하였다. 이러한 도를 이루기 위해 가야할 길은 험난하고 또 험난하여 결코 쉽지 않으니 도를 이루려는 자들은 마땅히 이 점을 명심해서 그 일을 반복적으로 실천함으로써 완성의 길에 이를 수 있어야 한다는 것이 습감의 구체적인 뜻이라고 할 수 있겠다.

한편 이 습감은 중국어에서 현대적인 의미로 확대되어 쓰이기도 한다. '감'은 '어렵다', '힘들다'는 뜻으로, '습'은 '배우고 익히다'는 뜻으로 쓰여 어렵고 힘든 가운데서 참고 견디며 지식을 배우고 또 성장하여 자신을 더욱 강하게 하라는 뜻을 가리킨다고 말할 수 있다.

종합하면, 이 습감은 원전(原典)에 나온 뜻이든, 현대적인 의미든 간에, 힘들고 어려운 중에도 쉬지 않고 부단히 실천하여 도를, 그리고 공부를 완성하라는 의미로 볼 수 있을 것이다.

이 고등학교 교정에는 습감이라는 말이 새겨진 비석 외에도 옆에 또 '상선약수(上善若水)'라는 말이 새겨진 비석이 있었다. 아마도 이 학교가 장강 유역에 있었기 때문에 물을 통해 학생들에게 교훈을 주려는 의도로 보였다.

물은 만물을 적시며 이롭게 해주면서도 자기의 공로를 내세우지 않고 항상 낮은 데로 흐르는 겸손한 덕성을 지녔고, 아주 날카로운 병 조각도 무디게 만들 수 있는 부드러움을 갖추었으며 불순물이 끼어들어도 시간이 지나면 여과시켜 버리고 자신의 맑음을 항상 유지할 수 있는 성질도 지니고 있다. 그래서 물은 가장 최고의 선에 곧잘 비유되곤 하면서 '상선약수'라는 명제가 탄생하게 된 것이다. 그러니 이런 최고선의 모습을 간직하고 있는 물을 통해 인생의 도리를 배우도록 하자고 '상선약수'를 교훈으로 내걸은 것도 충분히 이해가 되었다. 우리나라 학교들은 보통 성실, 공경, 자유, 진리 등을 교훈으로 내거는 곳이 많은데 이곳은 역시 깊은 문화적 전통을 지녀서 그런지 ≪주역≫과 ≪노자≫에 나오는 지혜들을 수용하여 활용하고 있음을 보고 많이 부럽기도 하였다.

중국 고등학교 관계자들과 공식 업무를 논의한 후에 시내에 있는 음식점에 초대를 받았는데 아래 사진과 같은 커다란 질그릇에 사방으로 전부 다섯 수의 한시가 가득 새겨져 있는 것을 보고 '습감'이라는 고등학교 교훈을 보고 느꼈던 부러움을 다시 한

번 느껴야 했다. 이제 차근차근 그 그릇에 새겨진 한시들을 감상해보자.

당대 왕유의 〈 궐제(闕題) 이수(二首) 〉 중 제1수가 새겨져 있었다. 시가 후대로 전해지는 과정에서 제목이 없어진 것을 후인이 편집하면서 제목이 없다는 뜻의 '궐제(闕題)'를 제목으로 붙인 것이다.

荊溪白石出,　　형계에 흰 돌이 드러나고
天寒紅葉稀.　　날이 추워지자 붉은 잎이 드물어졌다.
山路元無雨,　　산길에는 원래 비가 내리지 않았는데도
空翠濕人衣.　　허공의 비취빛이 사람의 옷을 적신다.

'형계'는 진령산(秦嶺山)에서 발원하여 장안(長安) 동북쪽 파수(灞水)로 흘러들어가는 하천이다.

시인이 산행하면서 본 소감으로서 초겨울 산중의 경치가 묘사되어 있다. '백석출', '홍엽희'로부터 형상적으로 독자들에게 초겨울 산중의 경치를 압축적으로 보여주고 있다. 그런데 제3, 4구에서 산속의 또 다른 정취를 드러내 준다. 소나무와 측백나무 등이 연출하는 생명력이 충만한 '허공의 비취빛'이 온몸을 감싸서 비가 오지 않았는데도 이미 옷이 모두 다 젖은 것 같은 느낌을 자아내게 해준다고 하고 있다. '습', 곧 '젖었다'는 실제인 듯 가장한 가상의 촉각에 대한 표현을 통해 산속 '허공의 비취빛'이 얼마나 진하고 강렬한지를 잘 드러내 주고 있다. 이 시의 절묘함은 '습'자 하나에 모두 담겨 있다고 할 수 있다.

'보아도 싫증나지 않는 건 경정산 너뿐이로구나'

이어서 이백의 〈독좌경정산(獨坐敬亭山)〉을 감상해 보자.

衆鳥高飛盡,	높이 나르던 뭇 새들 사라지고
孤雲獨去閑.	외로운 구름은 홀로 한가로이 떠나간다.
相看兩不厭,	서로 좋아하며 둘이 싫증내지 않는 건
只有敬亭山.	오직 경정산 너뿐이로구나.

'양'은 시인과 경정산. '염'은 물리다. 싫증나다. '불염'은 싫증내지 않는다는 뜻, 그런데 아무리 쳐다봐도 만족하지 못하고 계속 보게 된다는 뜻으로 풀 수도 있다. 이때 '염'은 '만족하다'는 뜻이 된다. '경정산'은 지금 안휘(安徽)성 선성(宣城)시 북쪽에 있다.

구름은 외로움, 무심함, 한가로움, 정처 없이 떠다님 등의 여러 가지 이미지를 공유한다. 그래서 각각 고운(孤雲), 한운(閒雲), 부운(浮雲) 등의 수식어를 수반하기도 한다. 새들은 높이 날다가 자취를 감추고, 떠돌던 외로운 구름은 머무르려는 생각이 없는지 천천히 먼 곳을 향해 떠나간다. 오직 나는 저 높디높은 경정산을 보고 있는데, 경정산 역시 묵묵히 아무 말 없이 나를 주시하고 있을 뿐이다. 우리 둘은 보고 또 봐도 싫증을 느끼지 못한다. 한편으로 아무도 만족하지 못하고 계속 갈망하며 바라보고 또 바라볼 뿐이다. 적막하고 쓸쓸한 나의 마음을 이해하는 이는 오직 저기 높고 웅장한 경정산뿐이기 때문이다. 제3구, 4구는 시적 화자와 경정산이 일체화되었음을 보여주고 있다.

'그대가 옆에 있어도 그대가 그립다'

외로움과 고독의 차이는 무엇인가? 개인적인 외로움이 정화되어 근원적인 외로움이 될 때 그것을 고독이라 한다. 부모 형제나 친척 친구, 이성으로부터 고립되는 것은 외로움이다.

그런데 고독은 좀 더 근원적이다. 인간은 본질적으로 혼자일 수밖에 없다. 우리나라 현대시인 유시화가 "그대가 옆에 있어도 그대가 그립다."는 다소 모순적인 언설을 펼 수밖에 없었던 것도 바로 이 근원적인 고독감 때문이다. 고독에는 종교성이 가미된다.

여기서 말하는 종교성이란 곧 초월적인 존재를 긍정하고 이 존재를 향한 갈망과 동경의 염원을 품기 시작하는 것을 가리킨다. 우리나라 현대시인 신경림이 〈 갈대 〉에서 "언제부터인가 갈대는 속으로 조용히 울고 있었다."고 한 것도 바로 존재로서의 근원적 고독에 대한 자각과 초월적 존재를 향한 애타는 갈망으로 해석할 수 있겠다.

'눈이 오려는데 한 잔 하시겠소?'

이어서 백거이의 〈 문유십구(問劉十九) 〉시를 감상해보자.

綠蟻新醅酒, 푸른 거품 나는 새로 빚은 술
紅泥小火爐. 붉은 흙으로 빚은 작은 화로.
晩来天欲雪, 저녁 오니 하늘에선 눈이 내리려는데
能飮一杯無? 한 잔 하실 수 있겠소?

'유십구'는 당대 시인 유우석의 사촌형인 유우동(劉禹銅). 유우석은 형제 항렬로 따져서 '유이십팔(劉二十八)'로 불렸다. '녹의'는 새로 빚은 술을 거르지 않아 떠오르는 녹색 거품. '배'는 빚다. '설'은 동사로 눈 내리다. '무'는 여기서는 의문어기사로서 '…합니까?'의 뜻.

이 시는 바람과 눈이 휘날리는 저물 무렵 술을 마시면서 같이 즐거움을 나누자며 사촌형을 초대하는 상황을 묘사하였다. 시어가 일상생활에서 말하는 것처럼 매우 소박하며 함께 술을 나누기를 간절히 바라는 마음속에서 친구들 간의 친밀한 우정이 드러나 있다. 눈이 오는 날, 비가 내리는 날 어찌 술 한 잔 생각이 간절하지 않을 수 있겠는가? 눈이 내릴 때는 뜨끈한 어묵 국물과 함께 따뜻한 정종 한 잔이 그립고, 비가 올 때는 파전과 함께 먹는 막걸리 한 잔이 그립다.

'거울 같은 하늘 터럭 하나 없네'

이어서 두목(杜牧)의 〈 장안추망(長安秋望) 〉을 감상해 보자.

樓倚霜樹外,	누각은 서리 내린 나무 밖에 기대어 서 있으니
鏡天無一毫.	거울 같은 하늘은 터럭 하나도 없다.
南山與秋色,	남산과 가을빛은
氣勢兩相高.	둘 다 기상이 드높다.

'추망'은 가을에 멀리 조망하다. '의'는 기대어 서 있다. '운수'는 서리 맞은 나무로서 깊은 가을의 나무. '경천'은 거울 같이 맑은 하늘. '기세'는 기상, 기운.

깊은 가을 높은 나무 위로 기대어 서 있는 누각에서 멀리 바라보니 가을 하늘은 티 없이 맑고, 남산의 가을빛은 기상이 드높아 보인다. 가을 하늘은 높고 가을 기운은 상쾌한 '추고기상(秋高氣爽)', 즉 천고마비의 모습을 잘 보여 주고 있는 시이다. 기후적으로 일 년 중 가장 쾌적하고 상쾌한 시간이 눈앞에 펼쳐져 있다. 계절과 기후가 가져다주는 행복감이 얼마나 큰지 이루 다 말할 수 없음을 우리 모두는 잘 알고 있음이라.

'석양은 무한히 좋은데 다만 황혼이 가까이 왔으니'

이어서 아름다운 석양을 찬미한 이상은(李商隱)의 〈등낙유원(登樂游原)〉시를 감상해보자.

向晩意不適,	저물 무렵 기분이 울적하여
驅車登古原.	수레 몰아 고원에 오른다.
夕陽無限好,	석양은 무한히도 좋은데
只是近黃昏.	다만 황혼이 가까이 왔으니.

'낙유원'은 장안성 남쪽에 있는 지대가 높은 고원 지대. '부적'은 어긋나다, 울적하다. 곧 뜻대로 안 되는 경우를 가리킨다. '고원'은 낙유원.

사실 뜻대로 되는 일이 과연 얼마나 되겠는가마는 시인은 기분이 울적하여 고원 지대에 올랐다. 거기서 서쪽으로 바라보니 끝없이 펼쳐진 석양 노을이 무한히도 보기 좋았다. 이처럼 석양은 아름다워 보기 좋은데도 황혼 무렵이어서 머지않아 어둠이 내려앉으면 더 이상 볼 수 없을 것이라는 사실에 대해 안타까워하고 있다.

그러나 한편으로 돌이켜 생각해 보자. 석양은 왜 아름다운 것일까? 하루의 마지막인 황혼이 가깝게 다가와서 이제 조금 지나면 사라져 버릴 아쉬운 광경이기에, 그리고 마치 마지막인 줄 알고 자신의 최대한의 정열을 다 쏟아낸 듯 그렇게 붉음을 토해내기에 그렇게 아름답다고 여기게 되는 것이 아닐까? 인간들은 일반적으로 자신과 동병상련의 정서를 갖게 되어야 거기에 마음을 주고 좋아하게 되는 것이니깐.

하여간 마지막이 언제인 줄을 알고 제 몸을 과감하게 비울 줄 아는 물상들에게서 자연의 순리가 무엇인지를 배워야 한다. 그렇게 되면 자연의 순리를 알고 따르는 모습이 참으로 아름답다는 사실에 대한 깨달음도 얻게 될 것이다. 우리나라 현대시인 이형기는 〈 낙화 〉에서 "가야 할 때가 언제인가를 분명히 알고 가는 이의 뒷모습은 얼마나 아름다운가!"라고 하며 자연의 순리를 따르는 낙화에게서 아름다움을 발견하였다. 도종환은 〈 단풍 드는 날 〉에서 "버려야 할 것이 무엇인지를 아는 순간부터 나무는 가장 아름답게 불탄다. 제 삶의 이유였던 것 제 몸의 전부였던 것 아낌없이 버리기로 결심하면서 나무는 생의 절정에 선다."고 하여 생의 절정에 섰음을 아는 듯 아름다움을 불태우는 나무와 단풍잎의 모습을 찬미하였다.

****

'생은 너무 짧아서 오로지 사랑할 시간밖에 없더라'

〈 톰 소여의 모험 〉, 〈 허클베리 핀의 모험 〉 등을 쓴 미국의 유명한 소설가 마크 트웨인은 말한 적이 있다. "인생은 너무 짧아서 다투고 언짢아하고 책임 추궁하고 그럴 시간이 없다. 오로지 사랑할 시간, 순간들 밖에 없더라."

사람들이 죽음 앞에 서면 거의 공통적으로 하는 후회가 있는데 바로 "좀 더 사랑했더라면!", "좀 더 베풀었더라면!"이란 말이라고 하니 결국 생전에 후회 없이 사랑을 좀 더 실천했어야 했는데 그러지 못 했던 것에 대한 아쉬움과 반성일 것이다.

미국의 정신분석학자 에리히 프롬은 말했다. "우리는 의식적으로 사랑받지 못하는 것을 두려워하지만, 사실은 무의식중에 사랑하는 것을 두려워한다." 사랑으로 상처를 입게 될까봐 사랑하지 못하는 것이다. 연인과 헤어져도 쿨(cool)한 이별이라고 하는데 이렇게 아프지 않은 이별에 과연 진정 사랑했다 할 수 있을까?

'울지 마라 외로우니까 사람이다'

다만 완전히 이타적인 사랑이 아닌 한, 그리고 완벽하게 이타적인 사랑은 신이 아닌 이상 할 수 없을 것이기 때문에 우리가 사랑을 하게 되면 필연적으로 겪어야 할 통과의례가 바로 외로움과 그리움이다. 외로움과 그리움의 고통을 감내하지 않으면 사랑할 용기를 낼 수조차 없다. 때문에 우리나라 정호승 시인은 〈 수선화에게 〉에서 본디 외로운 것이 사람의 숙명이라고 우리를 따뜻하게 다독여주며 눈물 닦아주고 있다.

"울지 마라/ 외로우니까 사람이다/ 살아간다는 것은 외로움을 견디는 일이다./ 공연히 오지 않는 전화를 기다리지 마라/ 눈이 오면 눈길을 걸어가고/ 비가 오면 빗속을 걸어가라/ 갈대숲에서 가슴 검은 도요새도 너를 보고 있다/ 가끔은 하느님도 외로워서 눈물을 흘리신다/ 새들이 나뭇가지에 앉아 있는 것도 외로움 때문이고/ 네가 물가에 앉아 있는 것도 외로움 때문이다/ 산 그림자도 외로워서 하루에 한 번씩 마을로 내려온다/ 종소리도 외로워서 울려 퍼진다."

사랑하기에 외롭고 외롭기에 그리움도 깊어진다. 그러나 그리움 없이, 간절함 없이 우리가 무엇 하나 제대로 해낼 수 있었던가? 사랑이, 외로움이, 그리움이 우리를 나답게 하고 사람답게 한다. 그래서 사랑은, 외로움은, 그리움은 누구나 반드시 한 번 겪어보아야 할 그 무엇이다.

어느 시인은 "그리움이 깊으면 정말 꽃으로 피어나는 거야?"라는 물음에 대답한다. "그렇다니까. 어디 꽃인들 그냥 마구 피어나겠어? 모두 그리움이 너무 깊어서 피어난 거야."

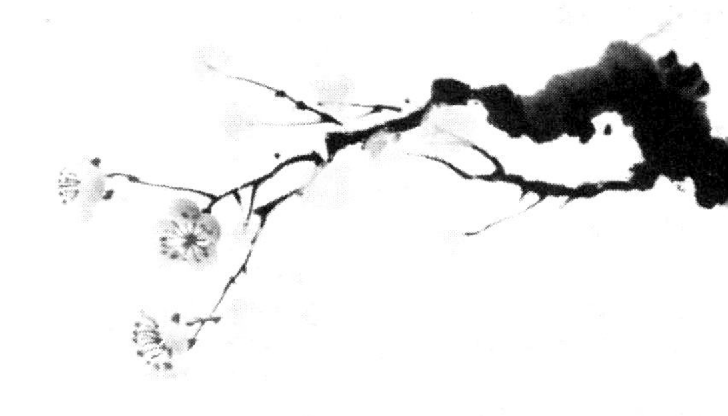

제2장

경계선

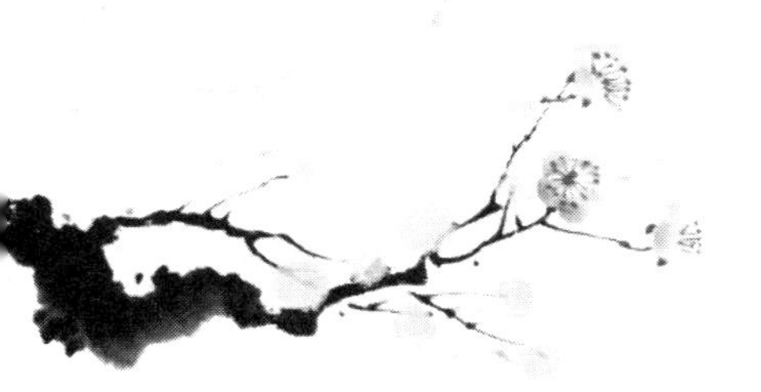

세상 속에서 멀리 구름 낀 텅 빈 산을 바라본다.

(世中遙望空雲山)

2.1. 중국 문화의 경계선

경계선이란 사전적인 정의에 의하면 사물이 어떠한 기준에 의하여 분간되는 한계 또는 지역이 구분되는 한계를 이루는 선을 가리킨다. 일반적으로 판연히 다른 특징을 지닌 양쪽을 나누는 선을 경계선이라 할 수 있을 것이다. 그런데 이 경계선은 때로는 윤리적인 성격이 부여되어 넘지 말아야 할 선이 되기도 하며, 때로는 반드시 넘어서야만 한 단계 더 진보하거나 새로운 세계를 맞이할 수 있는 선이 되기도 하는 등 중층의 함의가 포함되어 있기도 하다.

아이슬란드 공화국은 북대서양의 섬나라이다. 이 나라는 북미 대륙판과 유럽대륙판이 만나고 있어서 화산과 지진 활동이 활발한 나라이다. 판(板)이란 지각과 맨틀의 윗부분을 포함하는 깊이로 약 100km까지의 단단한 암석층이다. 판 구조론에 따르면 지구의 표면은 여러 개의 판으로 이루어져 있으며, 각각의 판이 맨틀 대류를 따라 움직이면서 화산 활동, 지진과 같은 지각 변동이 일어난다는 이론이다. 판은 서로 충돌해서 히말라야 산맥이나 안데스 산맥을 만들어내기도 한다. 그런데 한 나라에 이런 두 대륙판이 서로 만나고 있는 경계선이 존재한다고 한다면 아무리 그곳의 경치가 좋다고 하더라도 잠깐 동안의 관광이라면 모를까 아무래도 그 나라의 국민으로서 거주하기에는 왠지 꺼림칙하고 불안해서 못 살 것 같다.

경계선은 나라의 영토를 구분하는 중요한 선이 되기도 한다. 지금도 동아시아 여러 나라들이 이 경계선 때문에 영토 분쟁을 일으키고 있다. 우리 한국이 소유하고 있는 독도(獨島)를 일본은 죽도(竹島)라고 부르면서 자기네 영토라고 주장하고 있다. 한편 대만 북동쪽에 있는 자그마한 섬을 놓고 중국은 조어도(釣魚島)라고 부르고, 대만은 조어대(釣魚臺)라고 부르고 일본은 센카쿠열도(尖閣列島)라고 부르면서 각각 자기네 영토라고 주장하면서 매우 민감하게 대치하고 있다. 이 경우는 소위 경계선이라는 하지만 각자의 입장에 따라, 이해관계에 따라 설정한 경계선이기 때문에 여전히 첨예한 분쟁 중에 있는 것이다.

중국에는 동악 태산(泰山), 서악 화산(華山), 남악 형산(衡山), 북악 항산(恒山), 중악 숭산(嵩山) 등의 오악(五嶽)이 있는데 이 산들이 바로 고대 중국의 영토 경계선 역할을 하였다. 중국에서 오악의 관념은 다양한 요소들이 복잡하게 작용하여 형성되었다. 중국 고대 원시사회의 산악숭배 사상과 역대 제왕의 봉선(封禪) 의식, 오행(五行) 사상, 중화주의(中華主義)적 관념 등이 복합적으로 작용하였다고 할 수 있다.

그런데 이런 관념들 중에서도 중국인들의 오랜 중화주의(中華主義)적 관념이 더욱 크게 작용한 것이 아닌가 생각된다. 그리하여 예로부터 오악은 사독(四瀆), 곧 황하(黃河)·장강(長江)·회하(淮河)·제수(濟水) 등 4대 강과 함께 중국의 영토 경계선을 가리키는 동시에 중화 문명의 상징적 역할을 해서 오악 밖에 있는 주변 국가나 지역들과의 차별성을 강조하는 역할까지도 담당하였던 것이다.

우리나라 속담 중에 강남 갔던 제비가 돌아온다는 말이 있다, 이 때 강남은 바로 중국 장강 유역 일대의 지역을 가리킨다고 볼 수 있다. 결국 철새인 제비의 남방 이동 경계선은 중국 강남이라고 할 수 있다.

평사낙안(平沙落雁)은 소상팔경(瀟湘八景) 가운데 하나의 경관을 가리킨다. 이 경관을 이루는 지역은 지금 호남성 형양(衡陽)시 회안봉(回雁峰)에 있다. 소상(瀟湘)강은 영주(永州)에서 아래로 수백 킬로미터를 흘러 남악(南岳) 형산(衡山)의 72봉 가운데 으뜸인 회안봉에 도달한다. 형양 지역은 가을·겨울에도 기후가 따뜻하고 넓은 들과 평평한 모래밭에 갈대가 무더기로 자라서 항상 남하하던 기러기들이 내려앉아 겨울을 나도록 이끌어 준다. 그래서 가을 기러기가 모래밭에서 장난치는 모습이 한 폭의 그림(秋雁戏沙图)과 같은 아름다운 광경을 연출한다.

옛날 사람들은 기러기가 북방의 겨울 추위를 피해 남하하는데 바로 형양에 이르러서는 더 이상 남쪽으로 날아가지 않는다고 여겼다. 즉 형양은 기러기가 남하할 수 있는 경계선이자 한계선으로 여긴 것이다. 다음 〈 평사낙안(平沙落雁) 〉 시는 기러기 남하의 경계선을 좀 더 시적으로 묘사하고 있다.

山到衡陽盡,	형양에 이르면 형산의 산세는 다 끝나 버리고
峰回雁影稀.	회안봉의 그림자 역시 희미해진다.
應憐歸路遠,	가련할 손 기러기여! 돌아가야 할 길 멀어
不忍更南飛	차마 다시 더 남으로 날아가지 못하나니.

북녘으로 돌아가야 할 길이 멀기 때문에 차마 다시 더 남으로 날아가지 못하고 이곳 호남성 형양시에 있는 회안봉에 내려앉을 수밖에 없다고 문학적으로 표현하였지만 좀 더 과학적으로 규명하자면 이곳이 기러기가 남하할 수 있는 남방한계선이었기 때문이라고 하는 것이 좀 더 정확할 것이다. 하여간 더 이상 남으로 내려가지 않고 군무를 추며 평평한 모래사장에 내려앉는 기러기 떼는 장관이 아닐 수 없었을 테니 소상 유역의 여덟 개 경관 가운데 하나를 이룰 수 있었을 것이다.

'귤이 회수를 건너면 탱자가 된다'

우리는 어려서부터 귤이 회수를 건너면 탱자가 된다(橘化爲枳)는 말을 흔히 들어왔다. 결국 회수(淮水)가 귤과 탱자를 나누는 경계선이 된다는 것이다. 이 말은 본래 춘추(春秋)시대 제(齊)나라 안영(晏嬰)이 ≪안자춘추(晏子春秋)·잡하십(雜下十)≫에서 "저는 귤이 회수 남쪽에서 자라면 귤이 되고 북쪽에서 자라면 탱자가 된다고 들었사온데 잎만 겨우 비슷할 뿐 사실 맛은 다릅니다. 그렇게 된 까닭은 무엇이겠습니까? 물과 토양이 서로 다르기 때문입니다.(嬰聞之, 橘生淮南則爲橘, 生于淮北則爲枳, 葉徒相似, 其實味不同. 所以然者何? 水土異也.)"고 하여 수질과 토양이 다르기 때문에 그런 구분이 생겼다고 보고 있다. 실제 회수는 온대와 아열대를 나누는 경계선이라고 한다. 이 때문에 회수 일대는 거주민들의 문화 특징 역시 달라져서 회수 이북은 북방문화를 지니고 있는가 하면 이남은 남방문화를 고수하고 있다고 한다. 이런 문화적 특징 때문에 그런지 회수가 위치해 있는 지금의 강소(江蘇)성 염성(鹽城) 지역은 각종 사투리의 보고라고 한다. 그만큼 서로 다른 문화가 상존하면서 여러 지역민들이 혼재해서 살았을 것이고 그 결과 사투리 역시 다양하게 발전했을 것으로 보인다.

이처럼 '귤이 회수를 건너면 탱자가 된다'는 이른바 '귤화위지(橘化爲枳)'론은 곧 회수를 경계선으로 식생자원의 차이가 보이듯이 문화 역시 선명하게 구분된다는 것을 천명한 이론이라고 할 수 있다.

중국은 지역을 경계선으로 확연히 문화적 차이를 보이며 나라 자체가 넓기 때문에 각 지역 간의 차이는 한국보다 더욱 심하다고 할 수 있다. 대표적으로 음식문화의 차이에 대하여 '남첨·북함·동랄·서산(南甜北咸東辣西酸)'이라고 하는데, 즉 같은 중국음식이라도 소주(蘇州)·상해(上海) 등의 동쪽 지역은 달고, 산동(山東) 일대의 북쪽 지역은 짜며, 호남(湖南)·강서(江西)·사천(四川) 일대의 동쪽 지역은 맵고 운남(雲南)·귀주(貴州) 일대의 서쪽 지역은 시다는 뜻이다. 또 예로부터 산동지역 남자들은 키가 크고 기개도 호탕하다고 하여 '산동호한(山東好漢)'이라 불러왔고, 동북지역 사람들은 호랑이처럼 성정이 사납다고 하여 '동북노호(東北老虎)'라고 불러왔다.

'남면 북미' '남선 북마'

중국의 지역간 문화적 차이는 아마도 남북이라는 양대 부류의 구분만큼 더욱 명확하고 간명한 것이 없을 것 같다. 중국문학사에서는 가장 먼저 출현하는 선진(先秦)시기의 문학으로서 ≪시경(詩經)≫과 초사(楚辭)를 각각 남북문화의 차이를 대표하는 문학작품들이라고 설명하고 있다. 식생문화에 있어서도 북방지역은 밀농사가 주류를 이루기 때문에 밀가루 음식을 좋아하고 남방지역은 쌀농사가 주류를 이루기 때문에 쌀밥을 좋아하는 문화적 현상은 '남면북미(南面北米)로 개괄되면서 아마도 중국의 남북문화의 차이를 가장 극명하게 보여주는 사례가 아닐까 생각된다.

그럼 중국의 남북문화의 차이를 보여주는 성어들을 통해서 그 차이의 구체적 양상을 살펴보자. 지리적 차이에 따라 교통수단으로 남방은 배를 이용하고 북방은 말을 이용하기에 '남선북마(南船北馬)'라 한다. 인종의 차이에 따라 남방은 키가 작고 북방은 키가 크기에 '남왜북고(南矮北高)'라 한다. 기질의 차이에 따라 남방은 부드럽고 북방은 굳세기에 '남유북강(南柔北剛)'이라 한다. 사상의 차이에 따라 남방은 도가를 숭상하고 북방은 유가를 숭상하기에 '남도북유(南道北儒)'라 한다. 건축문화의 차이에 따라 남방은 트여 있고 북방은 밀폐되어 있기에 '남창북봉(南敞北封)'이라 한다. 무술의 차이에 따라 남방은 손을 쓰는 권법을, 북방은 다리 쓰는 각술을 주로 하기에 '남권북각(南拳北脚)'이라 한다. 정치경제의 차이에 따라 남방은 경제의 중심이 되고 북방은 정치의 중심이 되었기에 '남경북정(南經北政)'이라고 한다.

그런데 화교(華僑)의 기원이 위에서 살핀 '남면북미'의 지역적 차이를 만들어낸 쌀의 경계선과 깊은 관련이 있음은 매우 흥미로운 사실이다. 옛날에 중국에서 쌀은 주로 장강(長江) 일대에서만 재배되었다. 즉 장강이 경계선이었던 셈이다. 그래서 북방에서는 주로 밀을 먹을 수밖에 없었다. 그런데 중국 봉건 통일왕조의 영역이 역대로 넓어짐에 따라 수도가 있었던 북쪽 지역의 사람들도 쌀밥이 맛있다는 것을 알게 되어 쌀에 대한 수요가 폭발적으로 늘어났다. 장강 유역에서 나는 쌀의 양으로는 국민들의 쌀의 수요를 감당할 수 없자 조정에서는 하는 수없이 동남아시아로 사절단과 무역상들을 파견하여 쌀을 수입해 올 수밖에 없었다. 그때 일부 사절단과 무역상들은 계속 동남아시아 현지에 남아서 쌀의 수입을 관리하거나 독려하지 않을 수 없었으니 그들이 곧 화교의 기원이 되었다는 얘기다.

2.2. 일상 속에서의 경계선

어느 중학교에서 14세인 1학년 학생들에게 '경계선'을 주제로 느낀 점을 적어보라고 했단다. 어린 학생들은 저마다 그 나이 또래들이라면 으레 느낄 법한 경계선에 대한 생각을 가감 없이 표현하였다. "거울을 볼 때마다 내 외모를 평가하게 된다. 내 진짜 모습을 잊어버리는 경계선이다." "왜 심하게 다퉈도 가족과는 멀어질 수 없는 걸까? 가족 사이에는 어떤 경계선이 있는 걸까?" "교회에 가면 욕도 안 하고 행동을 예뻐게 하는데, 학교에 오기만 하면 욕도 많이 하고 행동도 별로 신경을 안 쓰는 것 같다. 교회와 학교 사이에는 경계선이 있는 것 같다."

우리나라에는 문화적 차이를 보이게 하는 경계선이 실제로 존재하고 있을까?

고등학교 시절, 전라북도에 있는 만경강을 경계선으로 하여 이북지역은 무를 '무수' 라 하고 이남지역은 '무시' 라고 한다는 얘기를 국어 선생님으로부터 듣고 깜짝 놀란 적이 있다. 그 조그만 강에 의해서도 어휘가 분명히 구분될 수 있다는 사실을 알았기 때문이다. 실제 같은 전라북도라고 하여도 나제통문을 기준으로 백제가 점령했던 지역은 전라도 사투리를, 신라가 점령했던 지역은 경상도 사투리를 쓰고 있다고 하니 정말이지 경계선이 미치는 영향은 얼마나 클까 우리를 꽤나 놀라게 한다.

강원도 강릉 대관령에 내린 빗물은 아주 미묘한 경계선에 의해 하나는 동쪽으로 남대천을 지나 동해안으로 흘러가고 하나는 남한강으로 흘러 한강을 경유하여 서해안으로 흘러들어 간다. 또한 전북 진안 마이산에 내린 빗물은 경계선에 의해 금강과 섬진강으로 나뉘어 하나는 서해로 흘러가고 하나는 남해로 흘러들어 간다. 순간의 선택이 십 년을 좌우한다고 했던 어느 TV가전제품의 광고 문구를 떠올리게 된다. 순간의 선택으로 바다를 달리하는 결과를 낳는 셈이다.

'우리나라 팔도의 문화적 특징'

우리는 흔히 일반화의 오류를 무릅쓰고서라도 전체를 개괄적으로 조망해보려는 시도를 하곤 한다. 이런 방식이 전체에 대한 이해를 쉽고 설득력 있게 할 수 있기 때문이다. 그러한 예로서 해당 지역민 개개인 간에 편차가 분명히 있음에도 불구하고 사람들은 쉽게 지역을 경계선으로 삼아 문화의 지역적 특징과 차이를 한마디로 짧고 간명하게 개괄하려 든다.

예로부터 우리나라 팔도의 지역민들이 지닌 문화적 특징에 대해서, 경기도 사람은 경중미인(鏡中美人)이라 하여 '거울속의 미인처럼 우아하고 단정하다'고 보았고, 강원도 사람은 암하노불(巖下老佛)이라 하여 '큰 바위 아래에 있는 부처님처럼 어질고 인자하다'고 보았고, 충청도 사람은 청풍명월(淸風明月)이라 하여 '맑은 바람과 큰 달처럼 부드럽고 고매하다'고 보았고, 전라도 사람은 풍전세류(風前細柳)라 하여 '바람결에 날리는 버드나무처럼 멋을 알고 풍류를 즐긴다'고 보았고, 경상도 사람은 태산준령(泰山峻嶺)이라 하여 '큰 산과 험한 고개처럼 선이 굵고 우직하다'고 보았다. 지역민들이 지니고 있는 문화적 특징을 차별적으로 간명하게 개괄한 것이다.

우리나라에서는 이전에는 삼팔선 부근을 벼농사의 북방한계선으로 보기도 하였다. 물론 지금은 사람들의 노력에 의해 북방한계선이 훨씬 더 위로 북상하였지만 말이다. 이처럼 북방한계선 근처에 위치함으로 인해서 우리는 이모작, 삼모작은 언감생심, 그저 한 번이라도 때를 맞춰 심고 가꾸고 수확하지 않으면 벼농사를 망치게 된다. 그러니 농번기 한 철에 온 나라가 바쁘지 않을 수 없는 것이다. 우리나라 농촌에서 두레나 품앗이 등이 발달한 이유도 바로 여기에 있다고 할 수 있다. 서로 돕지 않으면 벼농사 자체를 지을 수 없기 때문이다. 그런데 일제 강점기에 중국의 북간도로 이주한 우리나라 국민들이 벼농사를 그곳 지역까지 유포시킨 것을 보면 먹고 살려고 어쩔 수 없이 했다손 치더라도 그 근면한 불굴의 정신을 높이 살 만 하다. 북간도는 이미 벼농사의 북방한계선을 한참 벗어난 곳이기 때문이다.

'부리와 발톱을 부러트리는 고통의 경계선을 넘어야'

조류 중에서도 맹금류로는 매 목(目) 수리 과(科)에 속하는 솔개, 독수리 등이 있는데 이들은 날래고 용맹한 것으로 유명하다. 솔개는 다른 맹금류에 비해 두 배의 삶을 더 살 수 있다고 한다. 그런데 솔개가 수명을 두 배로 연장하는 거듭나기가 가능해지려면 반드시 하나의 경계선을 넘어야 한다고 전해진다. 솔개 스스로가 자신의 부리와 발톱을 부러뜨리고 뽑아내야만 새 부리와 발톱을 가질 수 있고 나아가 수명을 더 늘릴 수 있기 때문에 반드시 스스로 고통이라는 경계선을 넘겠다는 결단을 내려야 한다는 것이다.

한편 같은 매 목에 속하지만 매 과(科)에 속하는 송골매나 보라매, 수지니, 날지니 등의 매가 있다. 이 이름들은 모두 몽골어에서 유래하였다고 알려졌는데 태어난 지 얼마 안 된 새끼를 길들여 사냥에 사용할 수 있다. 그래서 고려 때는 응방(鷹坊)이라는 관직을 설치하여 매의 사육을 담당하기도 했다. 특히 송골매의 다른 이름으로서, 우리나라 매의 이름인 해동청(海東青)의 용맹함은 원나라에까지 널리 알려졌다. 조선

시대에도 매사냥이 있었으나 고려 때처럼 그렇게 성행하지는 않았던 것으로 보인다. 그런데 이들 매들에게 솔개 같은 거듭나기가 있다고 알려지지는 않았다. 어떤 학자의 주장에 의하면 솔개의 거듭나기 스토리도 허구라는 설도 있지만 말이다.

'성과 속을 가르는 불이문'

경계선은 때로는 성(聖)·속(俗)의 경계와 같은 정신적·심리적인 경계를 가르는 선을 가리키기도 하기 때문에 불분명하고 모호할 수도 있다. 우리나라 불교 사찰에 가면 대부분 입구에 아치형의 다리가 있으니 속세에서 불국(佛國)으로 들어가는 곧 상과 속을 나누는 경계선이기도 하다. 또 사찰에는 불이문(不二門)이 세워져 있다. 이 문의 뜻은 진리는 둘이 아니라는 데서 유래하였다. 이 문은 주로 본당에 들어서는 곳에 세우는데 이곳을 통과해야만 진리의 세계인 불국토에 들어갈 수 있음을 상징적으로 보여주기 위해서이다. 부처와 중생이 다르지 않고, 생과 사, 만남과 이별 역시 그 근원은 모두 하나라는 '불이(不二)'의 뜻을 알게 되면 해탈할 수 있으므로 이 불이문을 해탈문이라고도 한다. 하여간 이 문은 아치형 다리와 더불어 사찰에서 성(聖)과 속(俗)을 구분하는, 다시 말해서 성스러운 공간과 세속의 공간을 구분하는 경계선의 역할을 하는 셈이다.

'스스로를 경계선 밖으로 추방한 사람'

수도자와 수도원을 경계선 관점에서 정의해보자. 수도자들은 스스로를 경계선 밖으로 추방한 사람들이요, 사찰과 수도원은 스스로 경계선 밖으로 추방당한 사람들이 사는 공간이다. 흔히 종교인들을 경계선 위에서 사는 사람이라고 정의하기도 한다. 삶과 죽음의 경계, 교회와 세상의 경계, 하늘과 땅의 경계, 두 세계 사이에 놓여 있는 긴장을 놓지 않고 모두 품어 안으면서 거리를 유지할 수 있어야 비로소 자기만의 우상(偶像)에 빠져들지 않는다고 한다.

'성과 속의 경계선은 30리'

그렇다면 여러분은 성과 속의 거리가 얼마 정도나 된다고 생각하는가? 다시 말해서 성은 속에서 얼마나 떨어져 있다고 생각되는가? 도대체 구체적인 거리로 환산이나 할 수 있을까? 중국 시인들도 이에 대한 고민이 있었는지 송대 이학가 정호(程顥)는 〈 가을 달(秋月) 〉 시에서 나름대로 그 거리를 형상화시켜 놓았다.

清溪流過碧山頭,	맑은 시냇물 푸른 산 끝으로 흘러가는데
空水澄鮮一色秋.	하늘과 냇물 맑고 산뜻하니 온통 가을빛이로세.
隔斷紅塵三十里,	홍진 세상과 삼십 리 단절된 이곳
白雲紅葉兩悠悠.	흰 구름과 붉은 잎 둘 다 한가롭네.

푸른 산 저 멀리로 흘러가는 맑은 시냇물, 넓은 하늘과 냇물이 맑고 산뜻해 보이니 거기에 가을빛이 가득 어려서이다. 이곳은 흰 구름과 붉은 단풍잎조차 한가롭고 여유가 있어 보인다. 왜 그런가? 이곳은 바로 홍진 세상과 단절된 거리가 삼십 리인 피안(彼岸)의 세계이기 때문이다. 중국인들은 옛날 30리를 1사(舍)로 규정하였다. 즉 군대가 하루 동안 걷고 나서 쉬는 거리가 30리였다는 것인데 우리나라로 치면 5·60리에 해당된다고 한다. 지금 도량형으로 환산하면 20~24킬로미터쯤 되는 셈이다. 심리적인 거리를 이처럼 구체적인 거리로 환산하면 조금 재미없어진다. 다만 속세와 단절된 거리를 설정한 발상은 아주 재미있다. 풍진으로 뒤덮인 인간 세상으로부터 적어도 30리 정도는 떨어져야 세속의 이기적인 욕망에 물들지 않고 깨끗하고 맑은 성정을 지닌 채 유유자적 한가롭게 살아가는 평화로운 세상이 펼쳐질 수 있다고 본 것이다. 성속의 거리 내지는 경계선의 폭은 30리이다.

우리는 흔히 아주 먼 곳에 있는 느낌을 강조할 때 세상끝이란 표현을 쓴다. 천애(天涯)라고 표현할 수 있다. 그렇다면 왜 하늘 끝이란 표현을 썼을까? 옛 사람들은 하늘은 둥글고 땅은 네모나다, 곧 천원지방(天圓地方)이라고 생각하였다. 땅은 사각으로 네모가 져 있기에 항상 세상의 끝은 낭떠러지와도 같을 것이라 여겼다. 때문에 그들에게 바다로 나가는 것은 세상 끝으로 떨어지는 것과도 같다고 생각할 수밖에 없었다. 공자(孔子)는 " '나의 도가 실현되지를 않는구나. 뗏목을 타고 바다에 둥둥 떠 있고 싶다. 이럴 때 나를 따르는 자는 오직 자로겠지?' 자로(子路)가 이 말을 듣고 기뻐 어쩔 줄을 몰랐다. 이에 공자께서 말씀하셨다. '자로는 용맹을 좋아하는 것은 분명 나를 뛰어 넘는다. 그러나 그는 사리를 헤아리는 바가 부족하다.' "고 하였다. 바다로 뗏목 타고 나갈 때 그를 따를 사람은 자로밖에 없을 것이라고 한 이유는 바다가 곧 천원지방의 지리적 관념에 따라 땅의 끝으로서 낭떠러지 절벽과도 같을 것이라고 여긴 것이고 이렇게 죽음을 각오한 곳을 간다고 했을 때 성큼 동행하겠다고 나서는 이는 오직 용기 있는 자로뿐일 것이라는 얘기다. 자로는 불같은 성질의 무뢰한이어서 때로는 사리 분별력이 뒤떨어지긴 하였지만 그러나 용맹스럽고 거칠 것이 없는 용기 있고 의리 있는 제자였기에 공자는 그를 옆에 가까이에 두고 싶었을 것이라 생각된다.

'역부족하다는 것은 중도에서 그만두는 것'

내 능력 안의 일과 능력 밖의 일을 나누는 경계선도 존재한다. 그렇지만 우리는 흔히 이 경계선을 제대로 인식하지 못하고 지내는 경우가 허다하다. 이 경계선은 매우 주관적이고 임의적인 것이기 때문이다. 공자의 제자인 염구(冉求)는 자가 자유(子有) 또는 염유(冉有)로서 공문십철(孔門十哲)의 하나다. 그는 스승의 도리를 평소 좋아하기는 하였지만 그러나 그 도리를 실천하는 데는 역부족이라고 인식하였다. 이에 대해 공자는 "역부족이라는 것은 중도에서 그만두는 것을 말하는데, 지금 너는 스스로 자신의 능력의 한계를 짓고 있다.(力不足者, 中道而廢, 今女劃.)"고 엄하게 꾸중을 한다. 충분히 할 수 있는 데도 불구하고 나는 할 수 없다고, 내 능력 밖의 일이라고 미리 경계선을 그어 버리는 일은 중도에 힘이 달려서 그만두는 것과는 완전히 다르다는 것을 강조한 말이다. 결국 능력 안이냐 밖이냐를 구분하는 경계선을 찾기는 매우 어렵다는 것을 알 수 있다.

'눈 한 방울의 무게에 부러지는 나뭇가지'

겨울에는 습기를 잔뜩 머금은 눈, 이른바 습설(濕雪)이 내리는 때가 종종 있다. 이런 눈이 쌓이면 집 지붕이나 비닐하우스가 눈 무게를 견딜 수 없어 붕괴될 때가 종종 있다. 그런데 냉철하게 분석하면 붕괴는 눈 한 방울의 무게에서 비롯된 것이다. 눈 한 방울의 무게만 더 견뎠더라면 무너지지 않을 수도 있는 것이다. 나뭇가지가 눈이 쌓여 부러지는 것도 결국 눈 한 방울의 무게일 뿐이다.

눈 한 방울이 경계선을 이루듯이 흙을 담는 삼태기 하나가 일의 성사를 좌우하는 경계선이 될 수도 있다. 공자는 "산을 쌓는데 흙 한 삼태기를 더 놓지 않아 산을 못 이룬 것도 곧 자신이 중도에 포기했기 때문이라고 하면서(譬如爲山, 未成一簣, 止, 吾止也.)" 흙 한 삼태기가 일을 성사시키는 경계선이 되고 있음을 명확히 가르쳐 주고 있다.

2.3. 계절의 경계선

사시사철 계절의 순환에도 경계선이 있다. 경계선이 있다는 것을 우리는 어떻게 알 수 있는가? 특히 시인의 시상을 자극하는 봄과 가을에는 시인의 민감한 촉수에 포착된 계절 경계선의 특별한 표지가 시에 자주 노래된다. 가고 오는 계절의 변화를 허투루 그냥 넘기는 시인이 과연 시를 제대로 써낼 수 있겠는가마는.

'매경한고발청향'

봄이 왔다는 표지는 역시 매화의 역할이다. 겨우내 추위를 견디고 이른 봄에 가장 먼저 꽃 소식을 알리기 때문에 매화는 지조와 절개의 상징으로 받아들여지며 사람들의 찬미를 한 몸에 받는 꽃이 되었다. '매화는 추위의 고통을 견디며 피기에 맑은 향기를 내고(梅經寒苦發淸香), 사람은 어려움을 만날수록 그 절개가 드러난다.(人逢艱難顯其節)'며 매화의 인고와 청향의 미덕을 찬미하며, '오동나무는 천 년을 살아도 항상 가락을 간직하고(桐千年老恒藏曲), 매화는 평생을 추위 속에 살아도 향기를 팔지 않는다(梅一生寒不賣香)'고 하여 매화의 지조와 절개를 찬미하곤 하였다.

'봄이 응축된 매화 가지 하나'

그런데 아직 추위가 가시지 않은 초봄에 피는 매화는 가지에 잎도 달지 않고 꽃만 달랑 붙어 피기 시작한다. 그렇지만 그 꽃잎 하나에 사방으로 퍼져 가는 봄의 기운이 하나로 응축되어 있다. 그렇기에 '일지춘(一枝春)', 곧 가지 하나에 피어난 매화꽃으로 봄이 시작되었음을 알리기에 충분하다. 육조(六朝)시대 육개(陸凱)가 장강 북쪽에 사는 친구 범엽(范曄)에게 일찍 꽃 피우는 강남 지방의 매화나무 가지 하나를 보내며 "강남에서 가진 것이라곤 없어, 에오라지 봄이 응축된 매화가지 하나 보내네.(江南無所有, 聊贈一枝春.)"라고 하여 '일지춘'을 노래하고 있다.

육유(陸游)의 〈 조매(早梅) 〉 역시 겨울 지나 막 피기 시작한 매화를 노래한 시로서 수준작이라 칠 수 있다.

一樹寒梅白玉條,	백옥 같은 가지를 뻗은 한 그루 한매,
逈臨村路傍溪橋.	멀리 마을 길을 향해서 시내 다리의 곁에 서 있네.
不知近水花先發,	가까운 시냇가에 매화꽃이 먼저 핀 줄도 모르고,
疑是經冬雪未消.	겨울이 지났어도 눈이 아직 녹지 않은 거라 의심하네.

그런데 봄은 매화에 의해서만 발견되는 것은 아닌가 보다. 겨울과 봄의 경계선을 오리가 제일 먼저 감지했다고 전하는 소식(蘇軾)이 쓴 〈 혜숭의 '춘강만경도(봄 강 해질녘 풍경의 그림)'(惠崇春江晩景) 〉 시 두 수 가운데 첫 번째 작품을 감상해 보자.

竹外桃花三兩枝,	대나무 숲 밖의 복사꽃 두세 가지
春江水暖鴨先知.	봄 강물 따뜻해지니 오리가 먼저 아네.
蔞蒿滿地蘆芽短,	땅에는 쑥 가득하고 갈대 싹 짧게 돋아나니
正是河豚欲上時.	바로 복어가 강으로 올라오려는 때로구나.

이 시는 제화시의 일종이다. 제화시란 그림을 제재(題材)로 한 시라는 뜻으로 두 종류가 있다. 하나는 화가 자신이 작품의 내용에 대한 감상자들의 이해를 돕기 위해 제목을 대신해서 직접 그림 위에 지은 시이다. 다른 하나는 그림을 보고 감동한 시인이 그림 위가 아닌 다른 곳에 따로 쓴 일종의 감상시이다.

이 시의 모티브가 된 그림은 혜숭의 〈 춘강만경도(春江晩景圖) 〉이다. 혜숭은 송대 초기 '구시승(九詩僧)' 중 한 명으로 시와 그림으로 명성이 높았던 승려로서 '혜숭소경(惠崇小景)'이라고 할 정도로 주로 새나 짐승이 노니는 강가 마을의 풍경 소품을 잘 그렀다. 소식과 동시대 사람은 아니었기에 소식은 그를 만난 적은 없을 것이며 오직 그의 그림만을 보고 상상으로 이 시를 썼을 것이라 생각된다.

'오리가 먼저 봄을 알아보네'

막 봄이 시작되었다. 어떻게 봄이 왔음을 알 수 있는가? 대나무숲 밖으로 복사꽃이 두세 가지에 피었음을 보았기 때문이다. 복사꽃에는 봄기운이 응축되어 완연하다. 복사꽃이 막 피어나기 시작하는 초봄, '춘강수난압선지(春江水暖鴨先知)', 겨우내 움츠렸던 오리가 먼저 계절의 변화를 알고 연못으로 나와 물장구를 친다. 물론 혜숭의 그림에 대한 묘사이기는 하지만 겨울과 봄이 교체되는 경계선을 오리가 제일 먼저 감지하였다는 표현을 통해 이른 봄기운이 찾아온 강남지역의 풍경을 생동적으로 잘 묘사하였다고 할 수 있다. 또한 미식가이자 요리사였던 소식의 눈에 더부룩한 쑥과 연하게 솟아나는 갈대 싹의 그림을 보고서 자연 이것들과 좋은 조화를 이루는 요리재료로서 이때쯤 마침 강으로 올라오기 시작하는 복어에 생각이 미칠 수밖에 없었을 것이다. 따뜻한 봄이 막 찾아오자 헤엄치는 오리, 그리고 쑥과 갈대 싹, 다시 상상으로 이어지는 복어 등이 일상적 생활의 한 장면을 연출하면서 정겨운 우리네 삶의 모습을 재현해 주고 있다.

'스몰 토크(small talk), 소소한 일상의 대화'

요즘 우리 사회에 스몰 토크(small talk)를 중시하는 분위기가 만연해지고 있다. 이른바 소소한 일상에 대한 대화의 소중함을 알게 된 것이다. 우리나라에서는 그동안 민주화운동이라든지 신자본주의경제사회라든지 하는 거대 담론이 사회의 논의를 지배해왔기에 가족간의, 친구간의, 연인간의 소소한 일상에 대한 사소한 대화는 그저 쓸데없는 수다에 불과하다고 생각하면서 가볍게 여기는 경향이 없지 않아 있었다. 그래서 어느 한 정치가는 가족들과 저녁을 함께 먹는 풍경을 만드는 것을 자신의 정치 목표로 삼겠다는 슬로건을 내걸어서 꽤 호응을 얻은 적이 있다. 그만큼 우리는 소소한 일상의 대화에 목말라 있었나보다.

계절의 변화에 따라 쑥과 갈대싹, 그리고 복어를 시로 노래한 이 시는 소소한 일상이지만 미식가인 소식에게 매우 소중한 삶의 가치가 되었으리라 생각된다.

명청(明清) 두 조대의 시인들 마음속엔 오직 당시만 존재하여 송시를 눈에 두지 않았다. 강희(康熙) 연간의 학자이자 시인이었던 모희령(毛希齡)은 이 소식의 시에 대해 "봄 강물이 따뜻한 줄을 반드시 그 오리만 알고 거위는 알지 못한단 말인가?(春江水暖, 定该鸭知, 鹅不知耶?)"하며 냉소적으로 비판하기도 하였다. 그러나 이것은 그저 트집 잡기 위한 근거 없는 비판에 불과할 뿐 시를 시답게 제대로 읽은 평론은 아니라고 생각된다.

그런데 혜숭의 그림에 대한 제화시는 소식과 동시대의 황정견(黃庭堅)도 남기는데 그가 쓴 〈 정방의 화집에 쓰다(題鄭防畫夾) 〉 시 다섯 수 중 제1수를 보자.

惠崇煙雨歸鴈,	혜숭의 〈 안개비 속에 돌아가는 기러기 〉는
坐我瀟湘洞庭.	저절로 나를 소수(瀟水)와 상수(湘水) 흘러가는 동정호로 이끄네.
欲喚扁舟歸去,	일엽편주 불러 고향으로 돌아가려 하니
故人言是丹青.	친구가 이것은 단청 그림이라 말해 주네.

여기서 '좌(坐)'는 '인(因)', 즉 '때문에'라는 뜻의 접속사로 풀어도 좋겠고, '무고(無故)', '자연이연(自然而然)' 등의 부사적인 뜻으로 '이유 없이', '저절로', '저도 모르게' 등으로 푸는 것도 좋을 거라 생각된다.

그림을 보고 배를 불러 고향으로 돌아가려고 했다는 말은 혜숭의 그림이 대단히 핍진하게 사실적으로 묘사되어 그림과 현실을 잠시 혼동할 정도였음을 칭송한 것이다. 다시 한 번 혜숭의 그림 솜씨를 짐작하게 하는 말이다.

'동정호에 나뭇잎 하나 떨어지면 온 누리에 가을일레라'

매화가지 하나가 봄의 전령사라면 가을의 전령사는 '일엽추(一葉秋)', 곧 낙엽 하나이다. 낙엽 하나 떨어지면서 거기에 응축되어 있는 가을의 기운이 널리 퍼져 나가는 것이다. 여름과 가을의 경계선은 다른 데 있지 않고 떨어지는 낙엽 한 장에 있는 것이다.

명나라 이몽양(李夢陽)이 소상팔경 가운데 하나인 평사낙안을 시로 노래한 〈 평사낙안(平沙落雁) 〉을 감상해 보자.

西風萬里雁,	서풍 부니 만 리에서 기러기 날아오고,
一葉洞庭秋.	동정호에 나뭇잎 하나 떨어지며 가을이 시작된다.
羣浴金沙軟,	떼 지어 씻고 있는 금빛 모래 부드럽고,
瀟湘霜氣流.	소상에는 서리 기운이 흐른다.

가을바람이 불어오고 낙엽이 지기 시작하였다. 그러자 만 리 먼 곳에서 기러기들이 떼 지어 날아온다. 이제 동정호에도 나뭇잎 하나 떨어지며 가을이 시작된다. 금빛처럼 반짝이는 부드러운 모래사장에서 기러기들은 떼 지어 날개를 비벼대는데, 이곳 소수와 상수 일대에는 서리 기운이 서리며 써늘한 가을이 완연해진다. 한 폭의 동양화를 보는 듯하다.

이 시의 압권은 두 번째 구에 있는 '일엽……추'라고 할 수 있을 것이다. 무릇 모든 조짐과 기운은 하나의 점에서 시작된다. 눈곱만 한 겨자씨 한 알에서 완전한 생명체가 탄생하듯이 말이다. 잎사귀 하나에 서린 가을이란 곧 누런 잎사귀 하나가 떨어지면서 가을이 비로소 시작되는 것을 의미한다. "오동나무 잎사귀 하나 떨어지면 가을이 시작되는 것을 세상 사람들이 다 알게 된다.(梧桐一葉秋, 天下盡知秋.)"(≪광군방보(廣群芳譜)≫) 그래서 일엽지추(一葉知秋)라고 하는 것이니, 일엽추(一葉秋)는 가을의 온 에너지가 압축되어 있는 정화라고 볼 수 있다. 터져 나오는 원기의 흐름과 순환을 느끼면서 동시에 살아 움직이는 가을을 엿보게 된다.

나뭇가지 하나에 매달린 매화가 겨울과 봄의 경계선에 서서 봄을 전하는 전령사라면, 오동잎은 여름과 가을의 경계선에 서 있는 전령사이다. 청대 여성시인 석패란(席佩蘭)의 〈 오동나무 잎이 떨어지다(桐葉落) 〉를 감상해보자.

萬綠驕新雨,	온통 푸르름이 갓 내린 비로 왕성한데
翩然一葉飛.	오동나무 잎 하나 경쾌하게 날아간다.
未經搖落候,	아직 흔들리며 떨어지는 때가 되지 않았어도
先判盛衰機.	먼저 홍성과 쇠퇴의 조짐을 판별할 줄 안다.

暑散红莲沼,	더위는 붉은 연꽃 못에 흩어져 사라져가고
涼生白苧衣.	서늘함이 하얀 모시옷에 생겨난다.
人間趨热者,	인간 세상에서 더위를 좇아가는 것들은
輸爾最知幾.	가을 조짐을 가장 잘 아는 너에게 지게 되리라.

예로부터 오동잎에 가을비가 후드득 떨어지는 소리가 들리면 독수공방하던 여인들은 흔히 잠 못 이루기 십상이었다. 차가워진 가을비에 혼자 자는 이불속이 더욱 차갑게 느껴져서 이리 뒤척 저리 뒤척 하는데 오동잎에 후드득 떨어지는 빗소리는 더더욱 잠을 못 이루게 하는 것이다. 그런 오동나무 잎은 무성해야 할 때와 떨어져야 할 때의 조짐을 제일 먼저 알고 경쾌하게 떨어져 날아간다. 날아가는 오동나무 잎 하나에 가을의 조짐과 기운이 가득 서려 있다. 드디어 계절은 여름의 경계선을 넘어 온 대지를 가을 기운으로 물들이게 되는 것이다.

'마음속에 있는 그분은 강가 건너편에 있건만'

내가 있는 이 진영의 경계선 밖을 흔히 '너머'로 표현할 수 있는데 그 너머는 종종 도달할 수 없는 공간일 때가 많다. 일단 너머로 표현했다는 것은 내가 도달할 수 있는 영역의 경계선을 벗어나 있기 때문이라고 생각된다.

사랑하는 임을 찾아보지만 임은 도달할 수 없는 저기 너머에 있다는 것을 절묘하게 표현한 ≪시경·진풍(秦風)·겸가(蒹葭)≫시를 감상해보자.

蒹葭蒼蒼,	갈대가 무성하니,
白露爲霜,	흰 이슬이 서리가 되었구나.
所謂伊人,	마음속 그분은,
在水一方,	물가 저쪽에 있도다.
遡洄從之,	물결을 거슬러 올라가 따르려 하나,
道阻且長,	길은 험난하고 또 길며,
遡游從之,	물결을 따라 내려가 따르려 하나,
宛在水中央.	마치 강물 가운데 있는 듯하도다.
…(후략)…	

이 시는 구슬프면서 깊은 정취를 지니고 독특한 의경을 형성하고 있다고 평가되고 있다. 갈대가 무성하고 흰 이슬이 서리가 되었다고 하는 첫머리는 일종의 흥(興)의 수법으로 독자로 하여금 상상과 연상을 일으켜 다음에 나올 내용에 대한 이해를 돕도록 하는 부분이라고 할 수도 있고, 혹은 백묘(白描)수법으로 당시 정경을 그대로 묘사한 것이라고도 볼 수 있다.

이렇게 깊어진 가을 이른 아침에 화자는 강가에 이르렀다. 마음속의 그분을 찾아보기 위해서이다. 강가는 무성한 갈대숲으로 가득하여 차갑고 적막한 분위기를 한껏 키우고 있다. 그분은 어디에 계실까? 이곳 경계선을 너머 강가 건너편 저쪽에 계실 것 같다. 때문에 이곳 너머 강가 저편은 곧 연모와 그리움을 보내는 곳이 된다.

시인은 마음속 그분을 찾기 위하여 물결을 거슬러 올라가 보는데, 가는 뱃길은 험난하면서 길기도 하다. 또 어떤 때는 그분이 강 한 가운데 계신 듯하기도 하여 물결을 따라 내려오기도 하지만 여전히 그분에게 다가설 방법이 없다. 이렇듯 그분이 계신 저곳은 보일 듯 말듯 하고, 바라볼 수는 있어도 다가갈 수는 없는 아련하고 안타까운 저 너머의 세계이다.

감지할 수는 있어도 그것을 손에 넣을 수는 없는 세계, 몽롱하고 아득한 경계, 공중지음(空中之音)·상중지색(相中之色)이요 경중지화(鏡中之花)·수중지월(水中之月)이다. 때문에 훗날 이 시는 후대인들에 의해 부단히 호응을 받으면서 '갈대숲에서의 그리움(蒹葭之思)', '갈대숲의 그분(蒹葭伊人)' 등의 성어로 굳어지며 서신에서 사람을 그리워할 때 쓰는 상투어가 되기도 하였다.

사랑하는 사람이나 정말 갖고 싶은 것은 항상 경계선 저 너머(在水一方)에 있기 마련이다. 꿈속에서 보듯 그님은 잡힐 듯 말 듯, 안타깝게 하는 사람이다. 사랑하는 사람과 매번 어긋나게 되는 것이 곧 사랑의 운명이자 귀결이란 말인가? 하기야 경계선 안쪽, 즉 내가 언제든지 도달할 수 있는 곳에 있다면 우리는 더 이상 그립지도 않고 아쉽지도 않은 그 무엇이 되어버리지 않겠는가? 사람의 마음은 참으로 간사하고 오뉴월 여름 날씨처럼 자주 변한다.

'저만치 혼자서 피어 있네'

이렇듯 잡힐 듯 잡히지 않는 경계선 너머를 우리말로 적절하게 표현하자면 '저만치'라고 할 수 있지 않을까 생각된다. 우리나라 시인인 김소월의 〈 산유화 〉에 나오는 '저만치'란 말처럼 소월의 마음을 잘 표현한 시어도 드물 것이다.

> 산에는 꽃 피네
> 꽃이 피네
> 갈 봄 여름 없이
> 꽃이 피네
> 산에
> 산에
> 피는 꽃은
> 저만치 혼자서 피어 있네.

김소월은 늘 자신이 추구하고 욕망하는 대상으로부터 '저만치' 떨어져 있다. 그 거리는 아름다운 꽃이 바로 여기 내 눈앞에 있어서 똑 딸 수 있을 만 한 거리도 아니고, 그렇다고 저기 멀리 있어서 손이 닿을 수 없는 곳이라서 포기하게 만드는 그런 거리도 아니다. 그 아름다운 꽃은 꼭 '저만치' 피어 있다. 그냥 가자니 손을 조금만 뻗으면 딸 수 있을 것 같고, 따려고 하자니 건너편 닿기 힘든 곳에 홀로 피어 있어서 주춤거리고 머뭇거리다가 결국 시간만 흐르고 그냥 돌아서야 한다. 그의 운명처럼. 그래서 그의 시를 읽으면 읽는 이가 도리어 답답해지고 한이 맺히는 듯하다. 김소월 시의 화자들은 그리워 말을 하고 싶어도 못 하고, 그렇다고 그냥 가버릴까 생각하지만 가지 못하는 이러지도 저러지도 못 하는 경우가 많아서 독자를 답답하고 속상하게 만드는 경우가 많다.

'몽롱하고 아련하며 아스라한 그 자리'

이처럼 '저만치'는 경계선 너머에 있기는 하지만 그렇다고 아예 포기하게 만드는 거리는 아니다. 잡힐 듯 말 듯한 거리에 있기에 몽롱하고 아련하며 아스라하게 자리하고 있다. 그 즈음이 바로 '저만치'이고, 바로 이 지점에 시인의 말 못 할 정한(情恨)이 층층으로 겹겹이 쌓여 읽는 이를 깊이 감동시킨다.

'저만치'는 마치 그림이나 설계도 등에서 물체를 투시(透視)하여 연장선을 그었을 때, 선과 선이 만나는 점, 눈으로 보았을 때 평행한 두 선이 멀리 가서 한 점으로 만나는 소실점(消失點)과도 같다. 아름다움이 모인 자리이고 감동의 포인트라고 할 수 있겠다.

이른바 '너머' 미학의 압권은 우리나라 현대시인 김동환의 〈 산너머 남촌에는 〉이다. "산 너머 남촌에는 누가 살길래 해마다 봄바람이 남으로 오나" 산 너머 남촌은 상상 속의 마을이다. 화자가 그리워하고 동경하는 이상향을 친근하게 묘사하였다. 해마다 사랑과 희망의 봄바람이 동쪽에서 남으로 불어올 거라고 화자는 기대하고 있다. 갈 수 없는 곳이기에, 얻을 수 없는 것이기에 마음속에는 더욱 그리움이 솟아난다. 이 산 너머 남촌은 일제강점기의 절망적인 상황을 대신할 수 있는 정신적인 낙토(樂土)로 보기도 하지만 일반적인 의미에서의 이상향으로 간주해도 무방할 것이다.

경계선 너머는 가 볼 수 없는 곳이기에 우리가 도달할 수 있는 수준을 훨씬 벗어난 경지를 의미하는 때가 많다. 중국어에서는 '너머'가 '밖'을 뜻하는 '외(外)'로 표현되곤 한다. 하늘 위에 또 하늘이 있는, 그래서 정말 뛰어난 사람이 있는 세계를 천외천(天外天)이라 하고 또 일반적인 건물이나 상점의 경지를 벗어나 최고로 멋진 건물이나 상점을 누외루(樓外樓)라고 한다. 그에 비해서 우리말에서는 보통 '위'로 표현 되는데 속담 중에 '뛰는 놈 위에 나는 놈'과 같은 말이 그 예이다.

2 .4. 마음의 경계선

'천애가 지척이요, 지척이 천애이네'

하늘 끝을 '천애'라고 한다면 아주 가까운 거리를 '지척(咫尺)'이라고 한다. 천애와 지척의 경계선은 공간거리 상의 차이로 인해서 너무 명료하다. 그런데도 하늘 끝이 지척과도 같다는 '천애지척(天涯咫尺)'이란 표현을 쓰곤 한다. 그 이유는 어디에 있는가? 아무리 하늘 끝 먼 거리라고 하더라도 사랑하는 사람이 그곳에 있다든지 한다면 우리는 상상 속에서 순식간에 그곳에 도달할 수 있기에 그곳은 지척 간에 있다고 말할 수 있는 것이다.

사 장르에서 진정을 표현한 것으로 후대에 가장 많이 애송되는 명구는 금(金)대 원호문(元好問)의 〈 모어아(摸魚兒)·안구(雁丘) 〉일 것이다. 원호문이 16세 때 지은 작품인데, 그 중 "문세간(問世間), 정위하물(情爲何物)? 직교생사상허(直教生死相許)." 곧, "세상에 묻노니, 정이란 도대체 무엇이기에 삶과 죽음까지도 함께 나누게 하는가?"라고 한 구절은 젊은 청춘 남녀에게 천고에 걸쳐 유행하는 명구가 되었다.

이 사 작품이 지어진 배경도 재미있다. 원호문이 길을 가다 기러기를 포획하는 자를 만났다. 오늘 기러기 한 마리를 잡아 죽였는데, 그물을 벗어난 나머지 한 마리가 울면서 떠나지 않더니 결국에는 스스로 땅에 몸을 던져 자살하고 말았다고 한다. 그러자 원호문이 기러기를 사다가 분수(汾水) 가에 묻어주고 그 위에 돌을 쌓아 표지를 하고서는 안구(雁丘)라고 불렀다고 한다.

한편 원호문의 '정위하물(情爲何物)?'에 대한 해답은 송대 진관(秦觀)의 사 〈 작교선(鹊桥仙) 〉의 맨 마지막 구절에서 찾을 수 있다고 생각한다. "두 사람의 감정이 영원히 함께 할 수 있다면 또 어찌 아침마다, 저녁마다 함께 있어야 할 필요 있으랴!(兩情若是長久時, 又豈在朝朝暮暮!)" 두 사람이 진심으로 사랑한다면, 그래서 그 사랑이 영원히 변함이 없다면 매일 만나 같이 지낼 필요가 없는 것이다. 이 사의 두 구는 진정이 뚝뚝 묻어나는 애정 송가(頌歌) 중에서도 절창이 되었다.

마찬가지 논리로 사랑이 없고 서로 미움만 존재한다면 지척 간의 가까운 거리라고 해도 천 리 먼 곳처럼 여겨질 테니 '지척천리(咫尺千里)'란 말이 가능할 것이다. 결국 '천애'냐, '지척'이냐 하는 것은 실제 있는 곳의 공간거리라기보다는 심리상의 거리라고 말할 수 있겠다.

'네 앞에 서 있어도 넌 내가 사랑하는 줄 몰라.'

세상에서 가장 먼 거리는 얼마일까? 즉 그 사이를 가르고 있는 경계선이 가장 길고 넓은 것은 무엇일까? 그것은 삶과 죽음의 거리가 아니다. 그것보다 더 먼 것이 있다. 바로 내 앞에 서 있는 너와 나 간의 거리이다. 네 앞에 서 있어도 내가 널 사랑하는 줄 모르고 있으니 그 사이는 정녕 은하수보다 더 길고 넓은 경계선이 흐르고 있음이라.

결국 마음에 따라 지척 간에 있어도 천 리라고 인식할 수 있고, 천 리 먼 곳에 있어도 지척 간이라고 인식할 수 있다 하겠다. 마음이 어떤 상태에 처해 있느냐, 어떤 시선으로 바라보느냐의 차이가 이렇게 만드는 것일지도 모른다.

'회두시안(回頭是岸)', 고개만 돌리면 그곳이 곧 극락세계인데, 머리만 돌리면 그곳이 곧 사랑이 넘치는 세계인데, 그렇지만 그 고개 돌리기가 얼마나 어려운지 우리 모두는 잘 알고 있다. 누군가에게 사랑 한 번 보내기가 얼마나 어려운지 우리는 경험으로 너무나 잘 알고 있다.

희노애락의 감정으로서 즐거움과 슬픔의 경계선은 어디에 있을까? 다음 한무제(漢武帝)의 〈추풍사(秋風辭)〉를 통해 그 일단을 엿보기로 하자.

秋風起兮白雲飛,	가을바람이 일어남이여, 흰구름 날도다.
草木黃落兮雁南歸.	나뭇잎이 누렇게 떨어짐이여, 기러기가 남쪽으로 돌아가도다.
蘭有秀兮菊有芳,	난초가 빼어남이여, 국화는 향기롭구나.
懷佳人兮不能忘.	어여쁜 사람을 생각함이여, 잊을 수 없구나.
泛樓船兮濟汾河,	이층배를 띄움이여, 분하를 건너는구나.
橫中流兮揚素波.	강복판을 가로지름이여, 흰 물결을 날리노라.
簫鼓鳴兮發棹歌,	퉁소와 북소리 울림이여, 뱃노래를 부르노라.
歡樂極兮哀情多.	환락이 지극함이여, 슬픈 정도 많도다.
少壯幾時兮奈老何?	젊은 날은 얼마 동안일까, 늙어 감을 어찌하랴.

가을바람이 일어나고 나뭇잎은 떨어지고 기러기는 남쪽으로 날아가는 때다. 가인에 대한 그리움이 일어나 배를 띄웠다. 강을 가로지르며 뱃노래를 신나게 부르니 기쁨과 즐거움이 지극해졌다. 이제는 잊었나 싶었는데 도리어 까닭 없이 슬픈 심정이 스멀스멀 가슴 밑바닥에서 복받쳐 오른다. 그 이유는 어디에 있을까? 물론 여전히 가인에 대한 그리움이 가슴 한복판에 남아 있는 게 가장 큰 이유일 것이다.

'흘러가는 것은 저 강물과 같구나'

그런데 이 외에도 우리는 시간에 대한 중국 시인의 전통적인 관점을 통해서 그 이유를 살펴볼 수도 있다고 생각된다. 공자 이래로 중국 지식인들은 '서자여사부(逝者如斯夫)'의 시간관념을 지니고 있다. 쉬지 않고 흘러가는 물을 통해 끊임없이 흘러가는 시간을 인식하고 나아가 그 뒤로 흘러가는 우리 인생의 시간을 통찰하게 되면서 시간에 대한 안타까움을 갖게 된다.

이런 시간관념을 바탕으로 중국 시인들은 광활한 공간의 경험에 대해서도 시간으로 해석하곤 한다. 가령 '천장지구(天長地久)'와 같은 명제도 천지라는 광대무변한 공간을 장구한 시간관념으로 해석하고 있다. 때문에 어떤 아름다운 광경을 만나도, 어떤 장엄한 장면을 만나도 중국 시인의 가슴 속에서는 최종적으로 인간의 유한한 삶에 대한 안타까움과 슬픔의 정서가 뒤따르게 되는 것이다. 이미 슬픔이 많아서 슬퍼할 준비가 되어 있는 사람에게 기쁨의 순간은 그리 오래 가지 못 하고 항상 짧게 끝나기 마련이다. 어쩌면 중국 시인에게 즐거움은 이미 슬픔을 예비하고 있는, 또는 전제하고 있는 즐거움일지도 모른다. 위 시에서 화자가 뱃놀이하는 즐거움도 결국 시간인식으로 인한 슬픔으로 귀결되고 있는 것이다.

따라서 중국 지식인들에게 즐거움을 지나 슬픔으로 이르는 경계선은 그가 곧 시간을 인식하기 시작했는지, 다시 말해서 그의 유한한 생명에 대해 다시 한 번 환기를 했는지의 시점으로부터 시작된다고 볼 수 있다.

'대나무가 없으면 사람이 속되게 되네'

송대 소식은 대나무가 없으면 사람이 속되어질 수 있다는 재미난 주장을 하였다. 그가 항주통판으로 재직할 적에 지은 〈 오잠 스님의 녹균헌(於潛僧綠筠軒) 〉시를 살펴보자.

寧可食無肉,	식사에 고기가 없는 것은 괜찮지만
不可居無竹.	집에 대나무가 없어서는 안 된다.

無肉令人瘦,	고기가 없으면 사람을 마르게 하지만
無竹令人俗.	대나무가 없으면 사람을 속되게 만든다.
人瘦尚可肥,	사람이 마르면 여전히 살찌게 할 수 있지만
士俗不可醫.	선비가 속되면 치료할 수가 없다.

소식은 지조 없이 남에 의해 휩쓸리거나 저속한 기풍을 매우 혐오하였다. 그러니 대나무처럼 꼿꼿한 기상과 지조를 높이 평가할 수밖에 없었고 이로 인하여 사람을 속된 경계선으로 빠져들지 않게 하려면 항상 대나무를 보면서 몸가짐과 생각을 배워야 한다고 보았던 것이리라.

그런데 설사 경계선 너머 세상사의 밖에 뜻을 두고 있다고 하더라도 우리 모두가 세속을 벗어나 출가하여 살 수는 없기 때문에 세속에 있으면서도 세상 밖에 뜻을 두며 살아갈 수밖에 없을 것이다.

동진 시기 도연명은 세속에서 흔히 집착하는 현세의 영달이나 복을 초월하여 스스로 만족할 줄 알았다. "젊은 나이부터 세상사의 밖에 뜻을 두었고, 마음을 금과 책에 쏟았다. 갈옷 걸치고도 기꺼이 자득하였고, 자주 끼니 걸러도 항상 편안하였다."(弱齡寄事外, 委懷在琴書. 被褐欣自得, 屢空常晏如.)(〈시작진군참군경곡아(始作鎭軍參軍經曲阿)〉) 세상에 있으면서도 세상 밖에 뜻을 두며 살 수 있었던 것이다.

'세상 속에 서서 구름 낀 산을 바라본다'

당대 왕유(王維)의 7언 악부시 〈도원행(桃源行)〉은 도연명의 서사산문 〈도화원기(桃花源记)〉를 시로 다시 표현한 것이다. 그 시에 "세상 속에서 구름 낀 빈 산을 아득히 바라보네.(世中遥望空雲山)"라는 시구가 있다. 이 시구는 이 세상과 '빈 산' 간의 경계선을 묘사한 것으로서 빈 산은 세속적인 욕망을 추구하는 삶으로부터 멀어진 경지로서 일종의 도원경이자 이상향이라고 할 수 있다. 시인은 무욕의 자연 산수를 그리워하며 욕망이 넘치는 이 세상을 살면서도 한가하고 유유자적한 생활 태도를 지향하고 있는 것이다.

'죽음의 기쁨을 어찌 알랴!'

경계선 중에서 가장 극명하면서도 분명하게 나뉘는 것은 역시나 삶과 죽음의 경계선이 아닐까 생각된다. 영국시인 알프레드 테니슨(Alfred Lord Tennyson)의 시 〈 모래톱을 건너서(Crossing The Bar) 〉는 모래톱을 삶과 죽음의 경계선으로 묘사하고 있다.

해 지고 저녁 별 뜨니
날 부르는 또렷한 소리!
나 바다로 나가는 날
모래톱에 슬픈 울음 없고

소리도 거품도 없이 넘실대며
지는 듯 움직이는 밀물만 있기를
한없는 심해에서 나온 생명
다시 제 집으로 돌아갈 적에

황혼녘 저녁종 울리니
그 다음은 어둠!
내가 배에 오를 때에
이별의 슬픔 없기를

시간과 공간의 경계 넘어
이 몸 물결에 멀리 실려 가도
모래톱 건너고 나면
내 길잡이 만날 수 있으리니

한없는 심해에서 나온 생명이 이제 저녁이 되자 다시 제 집으로 돌아가려고 한다. 다만 내가 모래톱을 건너 배에 오를 때 남은 자들의 슬픈 울음이 없기를 바랄 뿐이다. 모래톱을 건너고 나면 나를 안내해 줄 길잡이를 만날 것이란 믿음이 내게 있으니, 그러니 굳이 울 필요 없다. 이별을 담담하게 받아들이려면 그만큼 성숙이 필요하다. 성숙한 사람에게 죽음은 치열한 삶 뒤의 영원한 평화와 평안의 안식이 되어 줄 것이다. 우리는 왜 위의 시와 같은 죽음의 노래에 아름다움을 느끼는 것일까? 죽음이 삶을 다시 반추시켜 주고 삶의 의미를 다시 되새기게 해서 우리로 하여금 웰다잉(well-dying)이 곧 웰빙(well-being)에서 비롯된다는 사실을 알게 해주기 때문이 아닐까? 죽음이 있어서 삶이 더욱 빛이 나는 것이라 생각된다.

우리나라 중광스님이 말한다. “삶의 기쁨을 모르는 사람이 죽음의 기쁨을 알랴! 괜히 왔다 간다.” 삶의 기쁨을 온전히 누릴 수 있어야 하리라.

‘천국에도 슬픔이 많다’

어느 시인은 “천국에도 슬픔이 많다.”고 하였다. 일반적으로 고통과 슬픔이 없다고 여겨지는 천국에도 슬픔이 많다는 것은 무슨 말일까? 실제 천국에도 고통스러운 일들이 많으니 괜히 천국을 이상향처럼 그리워할 필요가 없다는 말이거나, 아니면 천국은 이곳 지상세계에 속한 사람들 중에서도 타인을 위해 공감하고 소통하는 인간적인 연민과 동정을 지닌 사람들만이 들어가는 곳이기에 그곳 천국에도 역시 타인을 위해 느끼는 슬픔이 당연히 많을 것이라는 말일 수도 있겠다.

만약 후자처럼 본다면 결국 이 세상에서 연민과 동정을 통해 타인을 위해 아파하고 슬픔을 느끼면서 살아가는 것, 그것이 곧 천국을 보장 받는 삶, 잘 사는 삶이 아니겠느냐는 말로 해석할 수 있지 않을까 생각된다. 그렇게 되면 천국과 지옥의 경계선은 이른바 지상에서의 타인에 대한 연민과 동정이 기준이 될 것이고, 지상에서의 이른바 웰빙의 삶도 혼자 잘 먹고 잘 사는 것이 아니라 타인을 위해 연민하고 동정하는 삶이 아닐까 상상해본다. 그러면 진짜 살맛나는 세상이 되지 않겠는가!

‘길이 끝나는 곳에서도 길이 되는 사람이 있다’

막다른 절망의 경계선을 넘어 스스로 봄이 되고 사랑이 되는 사람을 우리나라 현대 시인 정호승은 〈 봄길 〉에서 노래하였다. “길이 끝나는 곳에서도 / 길이 되는 사람이 있다.” “사랑이 끝난 곳에서도 / 사랑으로 남아 있는 사람이 있다.” 길이 끝나는 곳, 사랑이 끝나는 곳은 이른바 절망의 경계선이 둘러쳐진 곳이다. 그곳은 강물이 흐르지 않고 새들은 더 이상 돌아오지 않고 모든 꽃잎은 떨어져버린 절망의 세계이다. 그런데 절망의 경계선 너머로 스스로를 사랑으로 희생하여 봄길, 생명의 길을 만들어내는 사람이 있을 때 드디어 너머에 희망의 세상이 마련되는 것이다. 본격적으로 살맛나는 세상이 펼쳐지는 것이다.

****

나는 호남평야에서도 가장 넓다고 하는 김제만경평야에서 자랐다. 지평선이 아스라이 보이는 그곳에 떨어지는 황혼녘 불그스름한 낙조는 내 마음속을 물들인 천하 제1경으로 언제 어디서나 가슴속에 선명하게 되살아나는 잊을 수 없는 광경이 되어준다. 그 아름다운 벌판을 초등학교 등교시절 1시간 남짓 오고가며 걷고 뛰고 하였다. 때로는 눈비와 바람도 맞고 때로는 찬란한 햇살도 받으면서 전원의 향취를 흠뻑 느끼며 자랐다.

그런데 내가 그 벌판을 뛰면서 호기심으로 설레던 순간이 있다. 바로 우산도 없이 비를 맨몸으로 맞을 때이다. 책보가 젖을까 염려가 되어서이기도 하지만 혹시 내가 이 비를 앞질러 뛰어간다면 비가 내리지 않는 곳에 빨리 닿을 수도 있지 않겠느냐는 치기어린 바람도 있었기 때문이다. 그런 생각이 들 때면 드넓은 호남평야 한 벌판에서 비가 오는 곳과 비가 오지 않는 곳의 경계선에 서서 광활한 대지의 힘과 기개를 느껴보리라 다짐하곤 했었다. 그러나 나에게 그런 행운은 주어지지 않았다. 호기심이 아쉬움으로 변하긴 했지만 기대와 설렘은 여전한 현재진행형이다. 비가 오고 오지 않는 그 중간 경계선에 서보고 싶은 치기어린 마음을 아직도 버리지 않고 간직하고 있는 것이다.

강릉에서 생계의 터전을 마련한 나는 자연스레 빗물이 동해로 흐를지 아니면 서해로 흐를지 분수령이 되는 대관령 경계선에 서서 비를 맞아 보고 싶다. 때로는 성속(聖俗)의 경계선을 넘나들며 자유롭게 방황도 해보고 싶다. 그리하여 성스러움과 속됨의 맛은 과연 어떠할지 한 번 다 맛보고 싶다. 여행을 하다가 우아한 고급 호텔에 묵고 싶기도 하지만 때로는 아무데나 비닐 한 장 펼쳐 놓고 눕는 비박(bivouac)을 꿈꾸고 있기도 하다.

어쩌면 나는 경계인일지도 모르겠다. 나는 여전히 경계선에 서서 방황하고 있는,

아직도 서로 다른 양쪽을 다 경험해보고자 하는 욕망을 내려놓지 못하고 있고 여전히 흔들리고 있는 아주 미소(微小)하면서 불완전하고 나약한 존재임이 분명하다.

제3장
소리

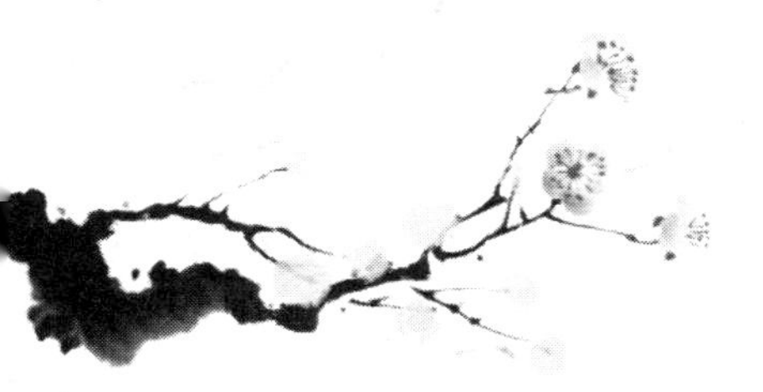

바위 아래 샘물 소리는 젖지 않네.
(岩下泉鳴不濕聲)

3.1. 가장 아름다운 소리

시각보다 청각이 더 뇌리에 깊숙이 각인된다고 하던가! 가슴속에 차곡차곡 쌓여 아직도 잊히지 않는 아름다운 소리들이 많다.

봄이 시작되면 소리의 천국이 열린다. 봄이 오는 길목에서 너른 들판을 걷다 보면 들려오던 얼음장 녹아떨어지는 소리, 계곡을 시원하게 가르며 흘러가는 물소리, 아침잠을 깨우며 바쁘게 지저귀는 새들의 울음소리, 솔방울 가루 터지는 소리, 보리 이삭 패는 소리, 모내기철 뜸부기 우는 소리, 산 에선 짝 찾는 뻐꾸기와 장끼 우는 소리, 바다에선 하얀 포말을 날리며 천군만마처럼 달려오는 파도소리, 대나무 숲을 스치는 바람에 댓잎이 살랑거리면서 사각거리는 서늘하고 귀기(鬼氣) 어린 소리, 소나무 숲에 파도를 일으키며 불어오는 소리인 송도(松濤), 봄밤 물을 대놓은 무논에 참으로 요란하고 장엄하던 개구리 합창 소리.

한여름 뜨거운 대지를 달구던 더위만큼이나 뜨거운 매미들의 짝 찾는 울음소리, 장마철이 되면 슬레이트 지붕 위에 장엄하게 쏟아지는 장맛비 소리. 아직도 기억이 선명하다. 대학교 3학년 여름방학 때, 고향집으로 귀향하여 곁채에 있는 작은 방에서 실연(失戀)의 아픔을 삭이고 있었다. 그때 슬레이트 지붕 위에 떨어지던 장맛비의 장엄한 소리는 나의 처연한 가슴을 무척이나 달래주고 다독여주었다.

봄가을로 두 번씩 누에고치 수매를 하여 학비를 보태게 했던 누에가 뽕잎 갉아 먹는 반가운 소리, 늦가을에 쓸쓸히 낙엽을 밟을 때 휑한 가슴 한편을 후비며 지나가는 소리, 옛날 시가에 자주 등장하기도 하는, 여인의 마음을 밤새 울렸던 오동나무나 파초처럼 넓은 잎에 방울지는 가을비 소리.

봄이 제비의 등에 업혀 온다면 가을은 잠자리 등에 업혀 오고, 가을 저녁은 귀뚜라미 울음소리에 실려 온다. 요란하고 떠들썩하던 가을의 곤충들 노랫소리도 첫 서리가 내리면 모두 사라진다. 적막이 시작된다.

겨울에는 바람소리가 구석구석 들린다. 귀가 밝아져서가 아니라 바람이 맑아졌기 때문이다. 마르고 맑은 바람은 겨우내 빈 산천을 돌며, 벌판을 휘몰아치며 온갖 소리를 낸다. 조릿대 잎새 서걱이는 소리를 낸다. 어떤 날에는 속삭이고 어떤 날에는 고함친다. 겨울 바람소리는 대지에 남아 있는 모든 불필요한 것을 비우는 소리다.

그런데 여담이지만 사람들은 왜 물 흐르는 소리를 좋아할까? 물 흐르는 소리가 심리적인 안정감을 주는 이유는 인간이 몇 백만 년 진화해오면서 물이 인간에게 먹고 살 것을 넉넉하게 준다는 사실을 잘 알게 되었으며 그런 지식이 DNA에 오랜 세월 각인되어 그렇다고 한다.

바닷속도 소리로 가득하다고 하면 잘 이해 못 하는 사람이 많을 것이다. 파도소리야 밖에서 요란하니까 말이다. 그러나 바닷속 해류가 흐르는 소리는 정말 거대하다고 한다. 거기에다 고래 등을 포함한 물고기들이 저마다 교신하며 발출하는 소리까지 더해져 물속은 시끌벅적하다고 한다.

민어는 낮은 주파수 영역대의 소리를 발출할 수 있는 숫컷이 암컷들에게 더 인기가 높다. 7월에서 9월에 이르기까지 민어가 내는 소리로 바다는 요란하다. 이렇게 민어 숫컷들이 산란 시기에 소리를 많이 내기 때문에 어부들은 민어를 잡을 때 바닷물 속에 대나무 관을 넣어 소리를 들음으로써 민어잡이 시기가 무르익었는지 여부를 판별한다고 한다.

심지어 바닷속 딱총새우는 강력한 소리로 사냥을 한다고 한다. 사냥할 때 딱총새우가 내는 소리는 고래가 내는 소리보다 더 크다고 하니 가히 상상을 초월한다. 1억 5천만 년 동안의 진화의 결과라고 하니 생태계의 엄숙함에 숙연할 뿐이다.

그런가 하면 인간의 정과 사람 냄새, 간절한 마음이 묻어나는 소리들이 있다. 쉬는 시간 초등학교 운동장이 떠나가라 떠들어대는 아이들의 재잘거리는 소리, 살랑거리는 봄바람에도 까르르 웃어대는 소녀들의 웃음소리, 화음이 잘 이루어진 성가대 합창반의 성가 부르는 소리, 공사판 현장에서 땀범벅이 된 근육질 노동자가 내려치는 망치소리. "비나이다 비나이다 성주님께 비나이다!" 간절한 염원을 담은 어머니의 치성드리는 기도소리. 사랑하는 이를 영영 떠나보내야 하는 남은 자들의 통곡 소리.

한편 귀로는 들리지 않지만 가슴으로 듣는 소리도 있다. 남자가 운명을 견디며 가슴으로 울어야 하는 소리, 빨간 태양이 수평선에서 솟구치며 떠오르는 소리, 꽃이 시샘하듯 앞 다투어 피는 소리, 고요히 사위를 하얗게 물들이며 내리는 눈 소리. 우스개로 하는 얘기지만 귀신 씨나락 까먹는 소리나 김밥 옆구리 터지는 소리도 모두 가슴으로 들리는 소리이다.

나는 개인적으로 세상에 태어나서 꼭 들어야 할 소리도 세 가지가 있다고 생각한다.

첫째, 사랑한다는 소리다. 이 소리는 많이 들을수록 좋다. 나를 사랑한다고 하는 소리를 듣는 것보다 내가 상대에게 사랑한다고 고백하는 소리는 더 좋다.

둘째, 시간이 속삭이는 소리다. 지나가는 세월이 사람을 단련시키고 수련하게 해서 어떤 결과에 이르게 해야 한다. 그런 세월이 나를 익어가게 하는 소리를 들어야 비로소 성숙한 나의 인격을 얻을 수 있으리라.

셋째, 지혜가 걸어 나오는 소리다. 내면의 정신일 수도 있고 양심일 수도 있고 나의 참모습일 수도 있다. 가면을 벗고 그것들이 내면에서 걸어 나오는 소리를 들을 때 그는 비로소 나와 세상의 진면목을 볼 수 있는 눈을 얻을 수 있으리라.

옛 어른들은 이 세상에서 가장 아름다운 소리가 세 가지 있다고들 하였다. 바로 내 새끼 입에 밥 들어가는 소리, 제 논에 물 들어가는 소리, 자식이 글방에서 책 읽는 소리 등이다.

그렇다면 우리 지식인들은 어느 소리가 아름답다고 여겼을까? 조선 선조 때, 송강 정철, 서애 유성룡, 백사 이항복, 일송 심희수, 월사 이정귀 등 한 나라를 뒤흔드는 쟁쟁한 문장가들이 모두 모여 술자리를 벌인 적이 있었는데 술이 거나하게 취하자 그

중의 한 사람이 어느 소리가 가장 아름답다고 여기는지 각자의 의견을 물었다.

먼저 송강(松江) 정철(鄭澈)이 자기 의견을 제시하였다. "청소낭월(淸宵朗月) 누두알운성(樓頭遏雲聲) 위호(爲好)." 뜻은 이렇다. "맑은 밤 밝은 달빛에 누각 끝의 구름도 머물게 하는 노랫소리가 좋지요." 여기서 '알운'이란 말은 ≪열자(列子)·탕문(湯問)≫편에서 "노랫소리가 쟁쟁하고 감동적이어서 구름조차 앞으로 나가지 못하고 멈추게 만들었다."고 하는 고사에서 나왔다. 다시 말해서 구름조차 앞으로 흘러가지 못하게 노랫소리가 감동적이었다는 뜻이다. 때로는 '알류운(遏流雲)', '알행운(遏行雲)' 등으로도 쓰인다.

그러자 일송(一松) 심희수(沈喜壽)가 주장했다. "만산홍수(滿山紅樹) 풍전원소성(風前猿嘯聲) 절호(絶好)." 뜻은 이렇다. "온 산 가득 붉게 물든 나무숲에서 바람 앞에 우는 원숭이 소리가 정말 좋지요." 이 얘기는 다른 판본에서는 "만산홍수(滿山紅樹) 풍전원수성(風前遠岫聲) 절호(絶好)."라고 되어 있기도 하다. "온 산 가득 붉게 물든 나무숲에 먼 산봉우리에서 바람에 실려 오는 소리가 정말 좋지요."

서애(西崖) 유성룡(柳成龍)이 또 주장했다. "효창수여(曉窓睡餘) 소조주적성(小槽酒滴聲), 우묘(尤妙)." 뜻은 이렇다. "새벽녘 창가에서 막 잠이 깨자 들려오는 작은 술통에서 술이 방울져 떨어지는 소리가 더욱 절묘하지요." 여기서 '수여'는 잠이 깬 뒤를 가리킨다.

월사(月沙) 이정구(李廷龜)가 또 주장했다. "산간초당(山間草堂) 재자영시성(才子詠詩聲) 역가(亦佳)." 뜻은 이렇다. "산간의 초당에서 들려오는 재능 있는 선비의 시 읊조리는 소리 역시 아름답지요."

'여인의 옷 벗는 소리'

마지막으로 백사(白沙) 이항복(李恒福)이 웃으면서 주장했다. "막약동방양소(莫若洞房良宵) 가인해군성야(佳人解裙聲也)." 뜻은 이렇다. "좋은 밤에 신방(新房)에서 들려오는 아름다운 여인의 치마 벗는 소리보다 더 듣기 좋은 소리는 없지요." 그러자 모두 소리 내어 크게 웃었다고 한다. 여기서 '해군성'은 '치마 끈 푸는 소리'로 풀면 더욱 은근하게 들리기도 한다. 하여간 좌중에 있는 사람들은 모두 남자여서 그들에게 백사의 얘기는 자연 낭만적으로 들렸을 테고 그래서 모두 그냥 그의 소리가 최고라고 승복해 버리지 않았을까 추측해본다.

백사 이항복과 유사한 시상을 김광균은 〈 설야 〉에서 묘사한 적이 있다. "먼 곳의 그리운 소식이기에 / 이 한밤 소리 없이 흩날리느뇨. // 처마 끝에 호롱불 여위어가며 / 서글픈 옛 자췬 양 흰 눈이 나려 // 하이얀 입김 절로 가슴이 메어 / 마음 허공에 등불을 켜고 / 내 홀로 밤 깊어 뜰에 나리면 // 머언 곳에 여인의 옷 벗는 소리." 이 시에서 눈의 보조관념으로 '그리운 소식', '서글픈 옛 자취', '여인의 옷 벗는 소리' 등이 차례로 비유되고 있다. "머언 곳에 여인의 옷 벗는 소리." 이 시구에 대해 국어 교과서들은 흔히 '시각의 청각화', '공감각적 이미지' 등 기법적인 측면에서 설명을 한다.

소리가 나는 것이야 청각적 이미지로 표현할 수 있겠지만 소리가 나지 않는다는 것을 과연 어떻게 표현할 수 있을까? 시인이 주목한 것은 밤에 내리는 눈의 소리 없는 고요한 속성이었다. 머언 곳에서 여인의 옷 벗는 소리는 눈 내리는 밤의 고요함을 두 가지 측면에서 더욱 부각시켜 준다.

첫째, 눈 내리는 밤은 여인의 옷 벗는 소리처럼 거의 소리가 들리지 않는 고요가 온 세상을 지배한다는 것이다. 둘째, 또 다른 측면에서 보자면 여인의 옷 벗는 소리는 소리가 나지 않는 소리인데, 바로 이 소리 없는 소리를 들을 수 있을 정도로 오늘 눈 내리는 밤이 고요하다는 것을 강조한 것이다. 어느 쪽이든 설야는 고요하고 적막한 밤이다.

그 고요한 설야를 다른 소리도 아닌 여인의 옷 벗는 소리로 묘사하니 이 소리에 대한 이미지 형상화는 야릇하고 관능적인 설렘을 주는 동시에 신비하면서 몽환적인 환상을 주기도 하고 또한 아련한 그리움과 안타까움을 선사해 주기도 하는 것이다. 그래서 김기림은 김광균이 소리조차 모양으로 번역하고 묘사할 줄 아는 시인이라는 찬사를 보낸 것이리라. 눈 내리는 풍경을 여인의 옷 벗는 소리로 비유한 김광균 시인과 같은 은근함은 한국인 특유의 은근함으로 자못 절절한데 요즘처럼 경쟁과 효율만이 강조되는 각박한 세상에서는 좀처럼 찾기 힘든 여유이기도 하다.

김광균을 포함한 우리나라의 현대 시인들은 소리 묘사에 참으로 탁월하다. "분수처럼 흩어지는 푸른 종소리"(김광균, 〈 외인촌 〉)라든지, "징소리같이 퍼지는 달빛 아래, 검은 산을 헐고, 그리움 넘쳐 내 앞에 피는 꽃, 달맞이꽃"(김용택, 〈 달맞이꽃 〉) 등 어떤 때는 형상으로 소리를, 어떤 때는 소리로 형상적 이미지를 비유하고 있다.

과학적으로도 청각이 시각이나 촉각보다 더 먼저 대뇌에 전달되기 때문에 다른 감각보다 소리에 의해 더욱 빨리 감동을 받는다고 한다. 청각이 가장 먼저 뇌파를 자극하기에 소리가 우리의 상상을 자극할 때가 아주 많다. 빗소리에 부침개 지지는 소리가 연상이 되고 곁들여 자연스레 막걸리가 생각나는 것과 같은 이치다.

소리가 얼마나 아름답게 들렸는지 훌륭한 경관 중 하나로까지 격상된 예도 있다. 중국에서 가장 유명한 경관 가운데 하나인 소상팔경(瀟湘八景) 중 하나가 바로 소상야우(瀟湘夜雨)이다. 소상은 소수(瀟水)와 상강(湘江)의 합칭으로 보기도 하고, 상강 하나만을 가리키는 것으로 보기도 한다. 소상야우란 소상강에 내리는 한밤중의 비라는 뜻인데 한밤중 깜깜한 어둠 속에서 비를 시각으로 감지할 수 있겠는가? 결국 이것은 소상강에 배를 대고 한밤중에 듣는 빗소리를 가리킨다고 보아야 한다.

실제 여러 시들에서도 소상야우는 빗소리를 듣는 경관으로 묘사되고 있다. 남송(南宋)의 유양능(喩良能)은 〈 소상야우(瀟湘夜雨 〉에서 "다시 소상강의 밤에 큰 빗소리를 듣나니 외로운 거룻배에 방울방울 떨어지며 남의 근심 대신해주는구나.(更聽瀟湘夜深雨, 孤篷點滴替人愁.)"이라고 했고, 명대(明代) 육심(陸深)은 〈 소상야우(瀟湘夜雨 〉에서 "소상강 위에 편주를 띄우고, 밤에 소상강에 내리는 빗소리를 듣노라.(扁舟瀟湘上, 夜聽瀟湘雨.)라고 하였다.

'배의 뜸 위를 요란하게 내려치는 밤비'

명대 설선(薛瑄)의 〈 소상야우(瀟湘夜雨) 〉를 감상해 보자.

兩岸叢篁濕,	양 언덕에 빽빽한 대나무숲 젖으며,
一夕波浪生.	하루 밤새 파도가 일어난다.
孤燈蓬底宿,	외로운 등불에 의지해 거룻배 아래서 자는데,

江雨篷背鳴.	강 비는 뜸 등에서 요란하게 내려친다.
南來北往客,	남쪽으로 오고 북쪽으로 가는 나그네,
同聽不同情.	같이 듣지만 마음속 정은 같지 않구나.

밤비에 소상강 양 언덕의 대나무숲이 젖고 밤새 파도가 일어난다. 외로운 등불에 의지하며 거룻배 아래서 잠을 청해 보는데 배의 뜸 지붕에 내려치는 빗소리가 요란하다. 밤비 소리를 듣는 나그네의 마음은 어디로 오고 어디로 가느냐에 따라 또 달라진다. 고향과 경성이 있는 북쪽으로 가는 나그네야 기쁜 마음이겠지만 남쪽 타향으로 좌천 유배된 나그네는 수심에 젖지 않을 수 없는 것이다.

소박(邵博)도 〈 지영상인의 소상야우 그림에 짓다(題智永上人瀟湘夜雨圖) 〉 시에서 소상강에 내리는 밤비 소리를 들으며 귀향의 염원을 묘사하였다.

曾擬扁舟湘水西,	일찍이 상강 서쪽에서 편주를 타려고 하면서,
夜窗聽雨數歸期.	밤 창가에서 빗소리 들으며 돌아갈 날을 헤아렸었지.
歸來偶對高人畫,	이제 돌아와 귀인의 그림을 짝하여 마주하니,
却憶當年夜雨時.	도리어 그 해 밤비 내리던 때가 생각나누나.

이 시는 그림 감상을 통해 본인의 옛날 경험을 상기하게 된 사실을 묘사한 시다. 고향으로 돌아가고픈 정리는 보편적인 정서이긴 하지만 한 번 떠나면 언제 돌아올지 몰랐던 고대 중국 문인들의 상황을 생각해 본다면 그들의 심정이 얼마나 더 절박했을지 미루어 짐작할 수 있다. 화자는 일찍이 고향에 돌아가기 위해 소상강에서 나룻배를 기다리며 묵었던 숙소 창가에서 밤비 소리 들으며 언제나 돌아가나 손꼽아 헤아려본 적이 있었다. 이제 지영상인의 〈 소상야우도 〉를 보고 있노라니 그때 소상강에서 밤비 소리 듣던 때가 새삼 다시 그리워진다.

3.2. 깨달음을 주는 소리

소리 중에서도 유장하게 멀리까지 전달되는 종소리는 더욱 독특한 효과를 발휘한다. 일반 소리처럼 대뇌에 즉각적으로 영향을 주는 소리 본연의 특징에 힘입어 산사에서 울려오는 종소리는 듣는 사람에게 청량감을 주는 동시에 자신의 현재 모습에 대한 성찰을 하도록 도와주는 통로가 되기도 한다. 때문에 선(禪)을 주제로 하는 중국의 선시(禪詩)에서 종소리를 소재로 한 시는 1,000여 수가 넘는다고 한다.

'본래 다 비었음을 진실로 알았나니'

종소리와 깨달음을 노래한 초당(初唐) 시기 장열(張說)의 〈산에서 밤에 종소리를 듣다(山夜聞鐘)〉를 감상해 보자.

夜臥聞夜鐘,	밤에 누워 종소리를 듣는데,
夜靜山更響.	고요한 밤이라 산이 더욱 울린다.
霜風吹寒月,	서리 바람이 차가운 달에 불어오니,
窈窕虛中上.	종소리가 그윽하게 허공 위로 솟아오른다.
前聲旣舂容,	앞소리는 벌써 사라져 조용한데,
後聲復晃蕩.	뒷소리가 다시 흔들거리며 들려온다.
聽之如可見,	들을 적엔 볼 수 있을 것 같아,
尋之定無像.	찾았지만 결국 자취가 없다.
信知本際空,	본래 다 비었음을 진실로 알겠나니,
徒掛生滅想.	부질없이 생멸(生滅)의 망상을 품었구나.

'요조'는 깊숙하고 고요하다. '용용'은 침착하고 조용한 모양. '황탕'은 흔들거리다. '생멸'은 모든 물체의 생김과 없어짐.

장열은 무측천·중종·예종·현종 등 4대 동안 재상을 지낸 시인이다. 이 시는 투명하고 비어 있으면서 생동적인 종소리의 공령(空靈)한 모습을 통해 공(空)의 실상을 잘 보여주면서 동시에 생멸(生滅)에 대한 인간들의 망상을 경계하고 있다. 이런 종소리처럼 소리는 시에서 과연 어떤 역할을 하기에 시인들이 좋아하는 소재가 되었을까?

첫째, 그 소리가 유장하게 울려 퍼져 듣는 이의 심금을 울리면서 깨어 있게 한다. 그리하여 깨달음으로 쉬이 이끌어 주기 때문이다. 둘째, 소리는 느낄 수는 있으나 손으로 잡거나 눈으로 볼 수 없다. 실체는 있으나 보이지 않는 것, 즉 있다고도 할 수 없고, 없다고도 할 수 없는 공(空)과 적멸(寂滅)의 세계를 잘 상징해 주기 때문이다. 셋째, 소리는 계곡물에서도, 비가 올 때도 들을 수 있지만 그 소리는 젖지 않는다. 다시 말해서 더럽고 때 묻은 주변 상황에서도 전혀 물들지 않고 청정심(淸淨心)을 유지할 수 있기 때문이다.

공과 적멸의 세계를 상징하는 소리의 특징에 착안하여 송대 소식은 〈 동림 총장노에게 바치다(贈東林總長老) 〉에서 아예 계곡의 물소리를 부처님의 설법으로 간주하고 있다.

溪聲便是廣長舌,	계곡물 소리가 바로 부처님의 훌륭한 말씀이요,
山色豈非淸淨身.	산색은 어찌 부처님의 청정한 법신이 아니더냐?
夜來八萬四千偈,	밤새 쏟아 내는 팔만 사천 종의 법문을 깨달았으니,
他日如何擧擬人?	다른 날에 어떻게 다른 사람에게 거론하며 설명할 수 있을까?

'광장설'은 장광설(長廣舌). 부처님의 32상(相)의 하나. 넓고 긴 혀라는 뜻으로 극히 교묘한 웅변을 비유하는 말이다. '거의'는 들어 비교하다. 들어 헤아리다는 뜻이다.

시인은 계곡의 물소리는 부처님의 오묘한 말씀이요, 산색은 곧 부처님의 청정한 법신이라고 설파하고 있다. 계곡 물소리는 맑고 투명하며(淸澈) 산색은 밝고 고우니(明麗) 바로 불성(佛性)의 또 다른 표현들인 것이다. 그러니 깨달은 사람의 마음으로 이것들을 보고 듣는다면 곧 현묘한 팔만 사천 가지의 법문을 말하고 있음을 깨우칠 수 있을 것이다. 다만 진리란 문자언어를 통해서 전달할 수 없고(不立文字, 不可言傳), 오직 마음에서 마음으로 깨달을 수 있을 뿐이다(只可意會). 오직 자기 스스로가 진리를 증명해내야지(只可自證), 타인의 도움을 받아 그것을 구할 수는 없는 것이다.

소식은 또한 〈 금시(琴詩) 〉에서 소리를 통해 청정(淸淨)한 자성(自性)을 비유하고 있다.

若言琴上有琴聲,	금 위에서 금소리가 난다고 한다면,
放在匣中何不鳴.	갑 속에 넣어 두면 왜 울리지 않는가?
若言聲在指頭上,	손가락 끝에서 금소리가 난다고 한다면,
何不于君指上聽.	그대 손끝에서는 어찌하여 들리지 않는가?

소리란 감지할 수는 있으나 본래 실체가 없는 존재이다. 반드시 금과 손가락이 스쳐야만 소리가 난다. 금갑 안에 두거나 또는 손가락만 튕긴다면 금의 소리를 들을 수 없는 것이다. 이처럼 감지할 수는 있으나 실체는 없는 존재, 예를 들어 허공속의 소리(空中之音), 형상 속의 빛깔(相中之色), 거울 속에 비친 꽃(鏡中之花), 물속에 비친 달(水中之月) 등은 모두 불가에서 이른바 자성(自性)을 비유할 때 흔히 인용하는 말이다.

또한 모든 존재하는 것들의 특징은 공(空)에 있는데 소리의 무생무멸(無生無滅)의 특징을 통해 공의 본래 모습을 비유하기도 한다. ≪능엄경(楞嚴經)≫에서는 "비록 아름다운 소리가 있어도 훌륭한 손이 없다면 결국 발할 수 없다.(雖有妙音無妙指, 終不能發.)"고 했고, 게(偈)에서는 "소리가 없다 해도 이미 완전히 소멸된 것이 아니요, 소리가 난다 해도 또한 새롭게 생긴 것이 아니다(聲無旣無滅, 聲有亦非生)."고 하였다. 새로 생기는 것도 아니고 완전히 소멸된 것도 아닌 무생무멸만이 비로소 공의 본래면목(本來面目)인 것이다.

젖지 않는 소리의 특징은 어떤 상황에서도 전혀 물들지 않는 청정심(淸淨心)을 비유하는데 사용되기도 한다. 소리는 자족적으로 존재하여 그 무엇에도 붙잡히지도 젖지도 않는, 즉 어디에도 구속되지 않는 자유로운 존재이다. 한암 스님은 오도송(悟道頌)에서 말했다.

着火厨中眼忽明,	부엌에서 불을 때다가 눈이 홀연 밝아졌으니,
從玆古路隨緣淸.	이로부터 옛길이 인연 따라 맑아졌네.
若人問我西來意,	누가 조사께서 서쪽에서 오신 뜻이 무엇이냐고 묻는다면,
岩下泉鳴不濕聲.	바위 아래 샘물 소리는 젖지 않는다 하리라.

눈이 홀연 밝아져서 달마(達摩) 조사께서 서쪽에서 오신 뜻도 알게 되었다. 누가 그

뜻을 물어오면 바위 아래 샘물소리는 젖지 않는다고 대답해 주겠다. 물소리는 청각으로만 들을 수 있는데 다시 젖지 않는다는 촉각을 들어 설명함으로써 마치 들리나 만질 수 없고 보이나 잡히지 않는 존재와 세계들을 연상시키고 있다. 바로 거울 속의 꽃 물 속의 달(鏡花水月)과 같은 자리에 불성(佛性)이 있기 때문에 조사께서 오셔서 설파하고자 함도 바로 거기에 있다고 본 것이라 생각된다. 결국 달마 조사께서도 바로 이 불생불멸(不生不滅)의 본성에 대한 깨달음을 전하기 위해, 청정한 자성(自性)을 알리기 위해 오신 것이다.

한편 물소리는 젖지 않는다는 선적(禪的)인 관점과는 반대로 순전히 문학적인 점에서 종소리가 오히려 비에 젖는다고 보는 관점이 있어 소개하고자 한다. 당대 두보는 〈 기주우습부득상안작(夔州雨濕不得上岸作) 〉에서 "새벽 종소리 구름 밖에서 젖어 있네.(晨鐘雲外濕)"라고 하였다. 어떻게 종소리가 비에 젖을 수가 있는가? 여기에 대해 청대 엽섭(葉燮)은 ≪원시(原詩)·내편(內篇)·하(下)≫에서 매우 자세하게 분석한 바 있다.

> 새벽종을 사물로 간주하여 이것이 젖었다는 말인가? 그런데 구름 밖에 있는 사물들을 세자면 어찌 일억 개뿐이겠는가? 이토록 헤아릴 수 없이 많은 사물 중에 왜 새벽종을 거론한 것인가? 또한 종은 반드시 절 안에 있다. 그런데 절 안에는 종 외에 다른 사물들이 아주 많은데 어찌 유독 종만 젖었다고 하였는가?
> 때문에 이 말을 한 사람은 종소리를 듣고 뭔가 느낌이 와서 그렇게 노래한 것일 게다. 그런데 소리는 형체가 없는 것인데 어떻게 젖을 수 있단 말인가? 종소리는 귀로 들어와 청각으로 감지가 되는데, 귀의 역할은 청각에 있으니 다만 소리를 구별할 수 있을 뿐이다. 그런데 어떻게 소리가 젖었다는 촉각까지도 변별해 낼 수 있단 말인가?
> 구름 밖이라고 했는데, 이 시인은 처음에 구름만 보았지 종 자체는 직접 보지 않았기에 구름 밖이라고 말했을 것이다. 그러나 이 시는 비가 내려 젖은 뒤에 썼다. 비는 구름이 낀 뒤에야 내리며 종소리가 비에 의해 젖었으니 그렇다면 종소리는 구름 안(雲內)에 있는 것으로, 구름 밖이라고 해서는 안 된다.
> 난 모르겠다. 이 시는 귀로 들은 것을 썼나? 아니면 눈으로 본 것을 썼나? 아니면 마음으로 헤아린 것을 썼나? 식견이 없는 유생들 같으면 반드시 "새벽 종소리 구름 밖에 넓네(晨鐘雲外廣)"라든지, 아니면 "새벽 종소리 구름 밖으로 피어나네.(晨鐘雲外發)"라든지 하지, 결코 '습(濕)'자를 쓰지는 못했을 것이다.
> 구름을 사이에 두고 종을 보고, 소리 속에서 젖은 촉각을 감지하여 들어냄으로써 절묘한 말이 자연스럽게 전개되었다. 지극한 이치를 실제의 사실 가운데서 깨달아야 비로

소 이런 경계를 얻을 수 있다는 사실을 저들은 알지 못하는 것이다.

(以晨鐘爲物而濕乎? 雲外之物, 何啻以萬萬計? 且鐘必於寺觀, 卽寺觀中, 鐘之外, 物亦無算, 何獨濕鐘乎? 故爲此語者, 因聞鐘聲有觸而云然也. 聲無形, 安能濕? 鐘聲入耳而有聞, 聞在耳, 止能辨其聲, 安能辨其濕? 曰雲外, 是又以目始見雲, 不見鐘, 故云雲外. 然此詩爲雨濕而作, 有雲然後有雨, 鐘爲雨濕, 則鐘在雲內, 不應雲外也. 吾不知其爲耳聞耶? 爲目見耶? 爲意揣耶? 俗儒於此, 必曰 : "晨鐘雲外廣", 又必曰 : "晨鐘雲外發", 決無下濕字者. 不知其於隔雲見鐘, 聲中聞濕, 妙語天開, 從至理實事中領悟, 乃得此境界也.)

이 글은 모두 여섯 차례의 물음을 던지고 이어서 종합적인 평가를 내리고 있다.

시인이 젖었다는 촉각을 사용하여 묘사하고 있는데 그렇다면 ①새벽종을 소리가 아닌 사물로 보고 젖었다고 하였는가? ②많은 사물 중에서 왜 새벽종이 젖었다고 하였는가? ③절 안에 있는 사물 중 왜 종이 젖었다고 하였는가? 그런데 만약 시인이 종소리를 듣고 느낌이 와서 젖었다고 한다면 ④어떻게 소리가 젖을 수 있는가? ⑤귀로 어떻게 소리가 젖었다는 촉각을 감지하여 구별해낼 수 있는가? 그리고 시인은 구름 밖이라고 표현하였는데 그렇다면 ⑥비가 내리는 것은 구름 안에서의 현상이니 당연히 구름 안이라고 말해야 하지 않는가?

그런 다음 엽섭은 종합적으로 평가한다. 종소리를 통해 구름을 사이에 두고 종을 상상 속에서 보았으며, 즉 청각을 시각으로 전환할 수 있었으며, 또한 귀로 들은 소리 속에서 젖은 촉감을 감지해냈으니, 즉 청각을 촉각으로 전환 할 수 있었으니 이렇듯 묘사하기 어려운 시어들을 절묘하게 빚어낼 수 있었는데 이런 경지는 지극한 이치를 실제 사실 중에서 깨달아야만 도달할 수 있다고 보고 있다.

3.3. 소리의 역설, 고요를 키우는 소리와 침묵의 소리

소리가 젖는다는 이치로 말하자면 향기를 듣고(聽香) 소리를 본다(觀音)고 말할 수도 있겠다. 한편 소리가 젖었다고 보는 시인이 있는가 하면 소리가 나니 오히려 더 고요하다고 역설적인 표현을 한 시인도 있다.

'매미 울음소리에 숲은 더욱 고요해지네'

남조(南朝) 양(梁)대 왕적(王籍)은 〈 약야계에 들어가다(入若耶溪) 〉에서 "매미 울음소리에 숲은 더욱 고요해지고, 새 지저귐에 산은 더욱 그윽해진다.(蟬噪林逾静, 鳥鳴山更幽.)"고 노래한 바 있다. 왕적이 사용한 수사법은 반츤(反衬), 곧 역설적으로 부각시키는 수법이다. 산중의 매미 울어대고 이따금 새들이 지저귄다. 이렇게 매미와 산새들이 자유롭게 울고 지저귀는 이유는 어디에 있는가? 산속에 사람이 없어서 매미와 산새들만의 세상을 이루었기 때문이다. 산속에 사람이 없다는 것은 무엇을 의미하겠는가? 그야말로 적막강산이요, 고요 그 자체라는 얘기가 아니겠는가! 역설적으로 산의 고요를 소리로 더욱 부각시켜 준 격이다.

송대 구양수(歐陽修)가 〈 취옹정기(醉翁亭记) 〉에서 "나무숲은 그늘에 덮여 있고 새소리는 위아래 가득 차 있으니 왜 그런가? 놀던 사람들 떠나가고 뭇 새들만 남아 즐겁게 놀고 있음이라.(樹林陰翳, 鳴聲上下, 游人去而群鳥樂也)"라고 한 상황 묘사가 바로 위의 정경을 정확하게 잘 표현한 것이라고 말할 수 있겠다. 이렇듯 소란한 소리를 통해 고요함이 더욱 드러나도록 하는 수법으로 정리(情理)와 운미(韻味)가 풍부해졌다고 할 수 있다. 이런 수사법은 시인들에 의해서 자주 차용되었다. 두보(杜甫) 역시 동일한 수법을 운용하여 〈 장씨의 은거지에 쓰다(題張氏隱居) 〉에서 "봄 산에 짝도 없이 지내실 터 홀로 그대를 찾아가노라니, 벌목하는 소리 쩡쩡 울려대니 산은 더욱 고요해지더이다.(春山無伴獨相求, 伐木丁丁山更幽.)라고 노래한 적이 있다.

'달 떠오르니 산새들 놀라 운다'

왕유의 〈 새가 산골짜기에서 울다(鳥鳴澗) 〉 시 역시 소리로 산의 고요함을 두드러지게 하고 있다.

人閑桂花落,	한가로운 사람, 떨어지는 계수나무 꽃,
夜静春山空.	고요한 밤에 봄 산은 텅 비었다.
月出驚山鳥,	달 떠오르자 산새들 놀라게 하여
時鳴春澗中.	때때로 봄 산골짜기 가운데서 운다.

계수나무 꽃이 흐드러지게 피었다가 이윽고 지고 있는 봄 산이다. 어떤 소리도 들리지 않아 마치 텅 비어 아무 것도 없는 듯이 고요하다. 산의 고요가 지극한 지경에 이르렀는지라 심지어 달이 무심히 고요하게 떠올라도 보금자리에서 쉬던 산새들을 놀라게 하기에 충분하다. 이 시는 꽃이 지고 달이 떠오르고 산새가 놀라서 우는 동태적인 모습을 들어 역설적으로 텅 비어 있는 봄 산의 밤의 고요를 더욱 두드러지게 부각시켜 주고 있다.

소리가 고요를 더욱 부각시켜 주는 역설적인 상황은 우리에게 다시 좋은 사색을 제공한다. 우리는 고요와 화평을 그 자체로 누리지 못하다가 이윽고 고요와 화평이 깨질 때에 이르러서야 비로소 그것들의 존재와 소중함을 알게 된다. 그러니 이런 우리에게 역설적으로 봄새의 울음소리와 같은 불편한 실체가 존재해 주어야만 비로소 고요와 화평을 진정으로 누릴 수 있는 것인지도 모른다. 장강의 물이 동쪽으로 흘러간다는 것을, 그리고 우리 한강물이 서쪽으로 흐른다는 사실을 알 수 있는 것은 바로 바위나 모래섬과 같은 그 강물을 거스르는 존재가 있어서 흐르는 물결의 방향을 표시해 주기 때문이다. 불편함과 고통을 주는 실체를 방향 지시등으로 삼아 고요와 화평을 내 마음속에 가꾸어 보는 것, 이것이 소리가 우리에게 주는 교훈일지도 모르겠다.

한편 소리 속에서 고요를 더욱 느꼈던 위의 시인들과는 달리 송대 왕안석은 〈 종산에서 즉흥적으로 짓다(鍾山即事) 〉에서 소리가 나지 않으니 고요하다고 비교적 평범하게 직설적으로 표현하고 있다.

澗水無聲繞竹流, 산골짜기 물은 소리 없이 대나무숲을 감돌며 흐르고
竹西花草弄春柔. 대나무숲 서쪽의 화초는 부드러운 봄기운을 희롱한다.
茅檐相對坐終日, 띠집 처마에서 산을 마주하며 종일토록 앉아 있으니
一鳥不鳴山更幽. 한 마리 새도 울지 않아 산은 더욱 고요하다.

'종산'은 지금의 남경시 자금산(紫金山). '즉사'는 눈앞의 사물에 감흥이 일어 직접 바로 묘사를 하다. '상대'는 산을 마주하고 있다는 뜻.

맨 마지막 구는 앞에서 이미 살펴본 왕적의 시구, 곧 '매미 울음소리에 숲은 더욱 고요해지고, 새 지저귐에 산은 더욱 그윽해진다'를 번안한 시구라고 볼 수 있다. 앞에서

왕적이 소리를 통해 고요를 부각시키는 역설적인 수법을 사용한 것과는 달리 왕안석은 직사(直寫), 즉 직설적인 묘사를 한 것이다. 하지만 왕안석이 이런 식으로 바꿔 표현한 것에 대해 많은 사람들이 비판을 하였다. 새 한 마리도 울지 않는 산은 본래 조용한 것인데 그런데도 괜히 조용하다고 말하는 것은 쓸데없이 군더더기 말을 덧붙인 것에 불과하다는 것이었다. 때문에 이런 왕안석의 번안법은 점금성철(點金成鐵), 곧 잘못된 개작(改作)으로 여겨졌다. 왕안석처럼 표현하면 좀 더 직설적이고 명쾌해질 수는 있지만 그러나 중국 한시에서 본래 추구하고 있는 함축미, 여백미 등은 왕적의 시에 비하면 거의 없다고 볼 수 있기 때문이다.

왕안석이 이처럼 새 한 마리 울지 않는다고 표현한 것은 당시 정치상황과 관련이 있다고 보는 견해도 있다. 그는 신법(新法)을 추진하면서 많은 사람의 반대와 비판을 받았다. 그런데 이제 자신이 산속에 은거하고 있으니 더 이상 자기를 공격하는 소리, 즉 새소리처럼 시끄럽게 울어대는 소리가 하나도 들리지 않는다. 그러니 산 속이 새 한 마리 울지 않아 참으로 고요하다는 식으로 자신의 기쁘고 편안해진 심정을 기탁하여 표현한 것이라고도 볼 수 있겠다.

때로는 침묵이 소리보다 더 나을 수 있다. 침묵이 말보다 역설적으로 훨씬 더 많은 얘기를 전달해 줄 수 있기 때문이다. 아이를 바라보는 사랑스러운 엄마의 눈길, 사랑하는 애인을 바라보는 연인의 떨리는 가슴, 아름다운 광경 앞에서 벅차오르는 감동, 오랜 시간 동안 고민에 고민을 거듭하다 문득 인생의 이치를 깨달았을 때 가슴 한편에서 솟아나는 법열(法悅) 등은 결코 말로 표현할 수 없기에 침묵할 수밖에 없는 것이다.

침묵이 소리보다 낫다고 말하는 당대 백거이의 〈 비파행(琵琶行) 〉 시 일부를 감상해 보자.

嘈嘈切切错雜弾,	요란한 소리 구슬픈 소리 뒤섞여 연주되니
大珠小珠落玉盤.	큰 구슬 작은 구슬 옥쟁반에 떨어지는 듯하다.
間關鶯語花底滑,	꽃 아래 꾀꼬리 소리처럼 꾀꼴꾀꼴 미끄러지듯 들리다가
幽咽泉流冰下難.	얼음 밑 샘물 소리처럼 돌돌 어렵사리 흘러가는 듯 들린다.
冰泉冷澁弦凝絶,	샘이 딱딱하게 얼어붙으면서 비파줄이 엉겨 끊어졌는가?

凝絶不通聲暫歇.	엉겨 끊어져 통하지 않는 듯 소리도 잠시 멎는다.
別有幽愁暗恨生,	깊이 묻어 두었던 근심과 한스러움이 또 달리 솟아나니
此時無聲勝有聲.	이때는 침묵이 소리보다 낫구나.

백거이의 〈 비파행 〉은 세상을 떠도는 영락한 가기(歌妓)가 자신의 신세를 한탄하는 내용의 시이다. 요란한 소리에다가 때로는 구슬픈 소리를 서로 뒤섞어가며 연주하니 그 소리가 마치 구슬이 쟁반에 떨어지는 듯한 소리처럼 들린다. 또 미끄러지듯 부드럽게 연주되는 소리는 마치 꽃 아래서 노래하는 꾀꼬리 소리 같고, 또 앞으로 나가기가 어려운 듯 천천히 연주되는 소리는 마치 골짜기 얼음 밑의 샘물이 뭐에 막힌 듯 돌돌 흘러가는 소리와도 같다. 눈에 보이지 않는 소리를 형상화시킨 묘사 수법이 매우 탁월하다.

그런데 한참 연주되던 비파소리가 마치 추위에 비파줄이 끊어져 버리기나 한 듯 잠시 동안 멎는다. 그러자 마음속에 깊이 묻어두고 잠시 잊고 있었던 근심과 한스러움이 침묵과 정적 속에서 갑자기 솟아나기 시작한다. 비파 연주 소리를 통해 느껴지던 감동과는 완전히 다른 느낌이다. 이때는 정말 침묵이 소리보다 더 낫다. 소리가 없는 정적이 도리어 이런 근심과 한스러움을 솟아나게 하였으니 말이다. 중국 현대 소설가 노신(魯迅)이 〈 무제(無題) 〉시에서 "침묵 속에서 우레 소리를 듣는 듯하다(于無聲處聽驚雷)"고 하여 사람들의 침묵과 고요 속에서도 그들의 원망에 찬 분노의 포효를 들을 수 있는 듯하다고 했듯이 침묵 속에서 더 큰 소리를 듣고, 나아가 더 큰 감동을 느낄 수 있는 역설적 이치를 잘 보여 주고 있다.

우리는 일반적으로 우리의 눈과 귀로 보고 듣는 것을 믿는 경향이 있다. 그러나 지금 내가 보고 듣는 현실을 100% 다 믿을 수는 없다는 것에 인생의 슬픔이 존재한다. 버스 안에서 문득 차창 밖을 보았을 때 먼 산야가 움직이는 것을 본다. 그러나 착시(錯視) 현상에 불과하다. 너무나 커서, 또는 너무나 작아서 우리가 들을 수 있는 가청 범위를 벗어나는 소리를 우리는 듣지 못한다. 전자현미경으로밖에 볼 수 없는 세균, 바이러스들이 우리 주변에 득실거리지만 우리는 보지 못한다. 심지어 우리가 지금 느끼는 아픔도 거짓일 수 있다. 다리 잘린 환자가 발끝이 아픈 것처럼 계속 느끼는 환각 같은 고통, 곧 이른바 'phantom limb pain', 환지통(幻肢痛)이 그것이다.

우리의 감관이 때로는 자기의 유한한 관점과 시각에 구속되어 있음으로 인해 제대로 보고 듣지 못할 가능성도 존재한다. 즉 내가 보고 들은 것이 우리는 진짜인 줄 알지만 그러나 우리는 보고 싶은 것만을 보고 듣고 싶은 것만을 듣기 때문에 제대로 보고 듣지 못 하는 경우가 많은 것이다. 이 때문에 기억은 왜곡되고 부정확한 경우가 많다. 제대로 정확하게 보고 듣기 위해서는 어떻게 해야 하는가? 유한한 관점에서 벗어나 좀 더 객관적이고 유연한 관점과 식견을 가지고서 가급적 감관이 왜곡되는 것을 방지하도록 노력해야 할 것이다.

'크게 한 번 아파 보아야 비로소 안다'

우리는 흔히 '쇠귀에 경 읽기', '마이동풍', '너도 나중에 너를 꼭 닮은 애를 한 번 낳아봐라.' 등등의 얘기를 하곤 한다. 한쪽 귀를 막고 들을 준비가 안 되어 있기 때문이다. 어느 시인은 "내려가면서 보았네, 올라가면서 못 본 꽃."이라고 하였다. 그에게 땀 흘리며 오르는 힘겨운 과정이 있었기에 비로소 볼 줄 아는 눈, 들을 줄 아는 귀가 생긴 것이다. 영화 〈 어거스트 러쉬 〉에서 한 말이다. "이 세상은 음악으로 가득 차 있다. 내게 듣는 귀만 있다면."

그렇다면 어떻게 막아 놓은 한쪽 귀와 한쪽 눈을 열어 줄 수 있을까? 경험이 더욱 축적되고 학습이 깊어져야 한다. 매를 한 번 심하게 맞아 보아야 한다. 크게 한 번 아파 보아야 한다. 어른이 되어 보아야 한다. 그때가 되면 눈과 귀가 열릴 가능성이 높아질 것이다. 나아가 내 입장에서만이 아닌 남의 입장과 관점에서 한 번 생각해 볼 수 있는 여지와 아량도 갖게 될 것이다.

'정말 큰 소리는 들리지 않는다'

그렇다면 이제 진짜 보이지 않거나 들리지 않는 것을 보고 듣기 위해서는 어떻게 해야 하는가? ≪노자(老子)≫에서는 '대음희성(大音希聲)'이라고 하였다. 정말 큰 소리는 들을 수 없다는 말인데 무슨 뜻일까? 진정한 덕화(德化)의 소리, 진정 아름다운 소리, 진정 감동을 주는 소리는 말이 없고 오히려 침묵으로 전달된다는 뜻이리라. 우리나라 성덕대왕신종에 새겨진 명문 역시 그와 같은 이치를 표명하고 있다. "무릇 지극한 도는 형상의 바깥에 담겨 있으므로 보려고 해도 그 근원을 볼 수가 없으며, 정말 큰 소리는 하늘과 땅의 사이에서 진동하므로 들으려 해도 그 울림을 들을 수가 없다. (夫至道包含於形象之外, 視之不能見其原, 大音震動於天地之間 聽之不能聞其響.)" 볼 수 없는 형상, 들을 수 없는 소리를 보고 들으려면 결국 마음의 눈을 뜨고 마음의 귀를 밝혀야 한다고 생각된다.

영국의 낭만주의 시인 존 키이츠(John Keats)는 감각적인 현상계를 초월한 침묵을 더 아름다운 것으로 노래하였다. 그래서 "들리는 가락이 아름답긴 하지만 그러나 들리지 않는 가락은 더 아름답다.(Heard melodies are sweet, but those unheard are sweeter.)"고 하였다.

'여운은 귀로 들리지 않아'

들리지 않는 소리가 있다. 소리와 소리 사이에 의해서 감동을 주는 여운이 대표적인 경우이다. 음악은 음표와 음표의 소리에 의해서 감동을 주는 것이 아니라 음표와 음표 사이의 여운에 의해서 청중에게 공명을 일으키고 감동을 준다고 하면 과언일까?

어느 라디오방송에서 들었던 사연이다. 아버지가 병이 들었는데 평소 책을 좋아하시기에 책을 선물하려고 아들은 서점에 갔다. 평소 알고 지내던 주인이 "네 아빠가 주문하려던 책이 있었는데 그 책을 선물하는 게 어떨까?" 제안을 하였다. ≪어른을 위한 동화≫라는 책이었다. 누워 있는 아버지에게 책을 선물하였다. 그런데 아버지가 이 책을 언제 읽으실지 모르고 게다가 어렸을 때 자기에게 자주 책을 읽어 주시던 아버지의 모습이 생각이 나서 그 중의 한 편을 읽어 드렸다.

"귀로 들리지 않는 소리가 있다. 그것은 여운이다. 나는 여운 수집기로 여운을 모으는 여운수집가이다. ……" 눈을 감고 있던 아버지가 갑자기 눈을 뜨시고서는 "우리 아들이 직접 동화를 읽어 주니 참 듣기 좋구나." 하고는 영원히 눈을 감았다는 사연이었다. 귀로 들리지 않는 소리인 여운을 수집한다는 말이 참으로 가슴을 울리고 지나갔다. 어쩌면 이 아버지에게 아들의 목소리야말로 영원토록 천상에까지 간직하고 갈 여운으로 남아 있지 않을까 하는 생각도 해 보았다. 귓전을 맴돌고 가슴을 후비고 지나가는 여운이 그리운 시절이다.

****

'넘어져도 다시 일어서게 해주소서!'

인간은 나약하고 불완전한 존재이기에 자주 넘어질 수밖에 없다. 그래서 흔히 넘어지지 않게 해달라고 기도한다. 그러나 고통은 인간 존재의 본질적 조건인데 과연 이를 피할 수 있을까? 신은 우리에게 이것을 피하게 해주실 것인가?

'인간은 못 바랄 걸 바라면서 진정 바래야 할 것은 정작 못 바란다'

인간이 진정한 기도를 드리려면 아마도 넘어지지 않게 해달라가 아니라 넘어졌어도 다시 일어설 수 있는 용기를 나에게 달라는 것이어야 하지 않을까 생각된다. 우리에게는 할 수 있는 것과 할 수 없는 것을 구분할 수 있는 지혜가 필요하고, 또 할 수 없는 것을 포기하고 할 수 있는 것을 과감하게 선택하는 용기가 필요하다.

실패의 쓰라림도 상처의 눈물도 죄악에 대한 후회도 먼 훗날 돌이켜보면 미리 천상에 쌓아둔 보화일 수도 있다. 직선으로 뚫린 4차선 고속도로보다 굽이굽이 돌아가는 소로길이 훨씬 정취와 멋이 있고 그 길을 걸은 사연도 풍부하다. 모든 것이 나의 삶이다. 받아들이면 자유로워진다.

'세상은 생각대로 되지 않아요. 그래서 생각지도 못한 일이 일어나지요'

캐나다 소설가 몽고메리의 ≪빨강머리 앤≫에서 한 말이다. "세상은 생각대로 되지 않아요. 하지만 생각대로 되지 않는 건 정말 멋져요. 생각지도 못했던 일이 일어나는 걸요."정말 멋진 반전이다. 마치 뜻대로 되지 않는 세상에 보기 좋게 어퍼컷을 날리는 촌철살인의 말인 것 같다. 그렇다 세상 일이 내 맘 같이 되는 때가 얼마나 되던가! 세상 사람들이 내 생각대로 움직여주는 때가 얼마나 되던가! 심지어 내가 낳은 자식조차도 내 맘처럼 되지는 않지 않던가! 그러니 순응하고 받아들여야 한다. 그럴 때 뜻밖의 일이 일어나 내 인생을 도리어 더욱 풍성하게 할 수도 있음을 알아야 하리라.

요즘 노인들이 젊은이들에게 제대로 대접받으려면 'seven up'을 해야 한다고 주문

한다. 흔히들 말하는 '입은 닫고 지갑은 열어라'와 같은 버전에 속한다고 할 수 있다. 지금까지 열심히 살아온 것으로도 부족하여 또 노년에 이런 노력을 해야 한다는 것이 조금 씁쓸하게 만들기는 하지만 안주하지 않고 끝없이 자신을 발전시켜야 한다는 취지에서는 공감할 만 한 내용이기도 하다.

Clean — up, 항상 깨끗한 상태를 유지해라.
Dress — up, 옷을 멋지게 입어라.
Cheer — up, 자주 웃어라.
Show — up, 어깨 펴고 당당하게 걸으라.
Shut — up, 입을 닫아라.
Give — up, 져줘라.
Pay — up, 지갑을 열어라.

'그때는 나에게 남겨진 시간이 많을 줄 알았다'

고통 외에도 인간이 피할 수 없는 것이 죽음일 것이다. 그러니 살아 있을 때 좀 더 많이 사랑해야 한다. 사랑을 나누어야 한다. 그리고 마음의 문을 열어 눈에 보이는 것들을 넘어 사물 너머에 존재하는 아름다움을 찾아낼 수 있는 눈을 기르고 거기에 감동할 수 있는 여유를 가져야 한다. 평상시에 흔히 보는 익숙한 사물을 대하더라도 마치 처음 보는 것인 양, 오늘 만나는 이 사람도 마치 첫 만남인 양 항상 설렘과 호기심을 유지할 수 있어야 한다. 우리에게 주어진 시간 중에 남은 시간이 자꾸만 짧아지기 때문이다.

'인생의 부는 얼마나 감동하며 살았는가에 있다'

프랑스 소설가 앙드레 지드는 ≪지상의 양식≫에서 말한다. "어느 순간 세상이 빛을 잃었다면 시인의 눈으로 바라볼 일이다. 인생의 부(富)를 결정하는 것은 얼마나 많이 느끼고 감동하며 살았는가이다." 세상이 절망으로 가득 차 있다고 인식될 때도 있을 것이다. 그 때조차도 시인의 눈으로 희망과 아름다움을 찾아나간다면, 많이 보고 느끼고 감동한다면 결국 그 사람은 충만한 삶을 살다 가는 것이 아닐까 생각해본다.

영국 시인 윌리엄 워즈워드는 〈 무지개 〉에서 자연에 대한 감동이 삶을 언제나 생동하게 하는 힘이 되어주며 매일 경외감을 느끼며 살아가게 해줄 수도 있다고 보았다. "하늘에 무지개를 보면 내 가슴은 뛰노라. 내 인생 시작되었을 때 그랬고, 지금 어른이 돼서도 그러하며 늙어서도 그러하기를! 그렇지 않으면 차라리 죽는 게 나으리. 아이는 어른의 아버지. 내 살아가는 나날이 자연에 대한 경외로 이어질 수 있다면."

제4장

밤비와 소상야우, 그리고 팔경

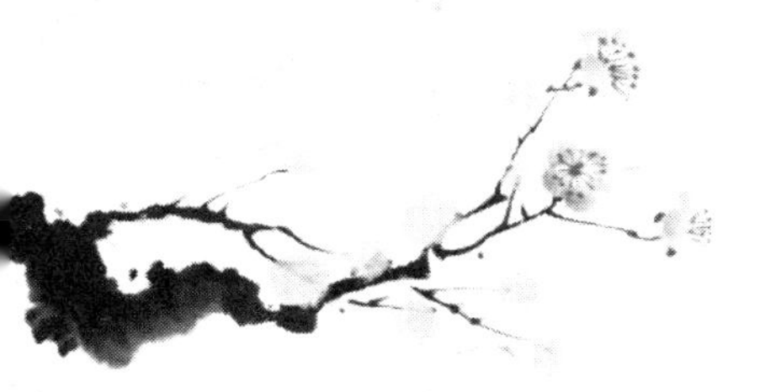

소상강 조각배에서 밤 빗소리 듣네.
(扁舟瀟湘上, 夜聽瀟湘雨.)

4.1. 밤비와 빗소리

밤비는 중국 한시에서 주요 소재로 활용되는 이미지 중의 하나이다. 그래서 밤비와 관련된 명시들 역시 참 많다.

‘밤새 몰아친 비바람 소리’

봄에 내리는 밤비는 사방을 소리 없이 촉촉이 적셔주어 만물을 윤택하게 한다. 당대 두보는 그의 〈 봄밤의 좋은 비(春夜喜雨) 〉에서 “좋은 비 때를 알고 내리니, 봄이 되면서 마침내 만물이 소생한다. 바람을 따라 밤에 조용히 스며들어, 가늘게 소리도 없이 만물을 윤택하게 한다.(好雨知時節, 當春乃發生. 隨風潛入夜, 潤物細無聲.)”라고 노래하였다. 밤에 소리 없이 내리는 봄비에 의해서 만물이 소생하길 밤을 새워가며 새벽녘까지 애타게 기다리는 시인의 모습 속에서 희망에 대한 간절한 바람을 찾아볼 수 있다. 당대 맹호연(孟浩然)은 〈 춘효(春曉) 〉에서 ”밤새 몰아친 비바람 소리, 떨어진 꽃들이 얼마나 되는지 아시는가?(夜來風雨聲, 花落知多少?)“라고 한 시구 속에서 우리는 밤에 내린 봄비에 의해 떨어진 꽃들을 아쉬워하면서 동시에 떠나가는 봄을 안타까워하는 시인의 심사를 잘 읽을 수 있다.

'오동나무에 한밤중 비 내리니'

가을에 내리는 밤비는 사람을 더욱 처량하게 만든다. 특히 홀로 독수공방하며 긴 밤을 지새워야 하는 아녀자에게 후드득후드득 떨어지는 밤비소리는 더욱 잠을 못 이루게 하는 요인이 되기도 한다. 송대 온정균(溫庭筠)은 자신의 대표적인 사(詞)작품 가운데 하나인 〈경루자(更漏子)〉에서 "오동나무에 한밤중 비 내리니, 말 못 할 이별의 아픔 참으로 괴롭구나. 한 잎 한 잎마다 후드득후드득 빈 계단에 밤새도록 떨어지누나!(梧桐樹, 三更雨, 不道離情正苦. 一葉葉, 一聲聲, 空階滴到明.)라고 하였다. 시름에 잠겨 있는 한밤중에, 오동나무 잎새마다 후드득후드득 떨어지는 가을 빗소리에 이별의 정은 더욱 깊어지는데 게다가 이 이별의 아픔을 누구에게도 말할 수 없어 참으로 괴롭기만 하다.

한편 사위가 깜깜한 밤은 본래 사람들을 고요 속에 침잠시키기 쉬운데 거기에 비까지 내리면 등불 아래서 빗소리를 들으며 정담을 나누기에 매우 어울리는 상황이 연출될 수밖에 없다. 오랜만에 만난 사람이라면, 또는 이 밤이 지나고 서로 헤어져야 할 사람들이라면 이 깜깜한 밤에 비 내리는 상황에서 등잔불 아래서 진한 회포를 나누지 않을 수 없을 것이다. 그것이 기쁨의 눈물이든, 또는 슬픔의 눈물이든 간에 눈물도 으레 수반되기 마련일 것이다. 때문에 이런 상황은 자연 민감한 시인들의 심금을 울릴 수밖에 없다.

당대 시인 위응물(韋應物)은 〈전진과 원상에게 보내다(示全眞元常)〉에서 "어찌 알았으리오? 비 내리고 바람 부는 밤에, 다시 여기서 함께 침상을 마주하고 밤을 보내게 될 줄을!(寧知風雨夜, 復此對床眠)"라고 노래하였다. 오늘 밤 비 내리고 바람 부는데 침상을 마주하고 흉금을 털어놓으니 아주 만족스러운데, 이제 헤어지면 어느 때나 다시 이러한 정취를 또 누릴 수 있을까? 아쉽고 아쉽다. 그저 이 순간에 마음을 다 담을 수밖에.

당대 이상은(李商隱)처럼 밤비 소리를 듣기 좋아하는 사람이 또 있을까? 그는 〈낙씨정에서 묵으며 최옹·최곤 형제에 대한 그리움을 부치다(宿駱氏亭寄懷崔雍崔袞)〉시에서 "가을 흐린 기운 흩어지지 아니하고 저물자 서리가 날리는데, 남아 있는 마른 연잎에 떨어지는 밤비 소리를 듣고 있네.(秋陰不散霜飛晩, 留得枯荷聽雨聲.)"라고 하였다. 가을에 날씨는 흐려서 비 기운을 머금었고, 서리가 날리니 연잎은 시들어 있다. 타향 땅 지인의 집에서 묵으며 멀리 있는 친구들을 그리는 마음에 전전반측 잠 못 들고 있는데, 때마침 쓸쓸히 내리던 가을 밤비가 남겨진 시든 연잎에 후드득 떨어지는 소리가 들려오며 뜻밖에도 나의 적막과 외로움을 위로하고 달래준다. 시들었기에 마땅히 떨어졌어야 했던 연잎이건만 고맙게도 아직 남아 있어서 빗소리를 내주고 있기에 '아직도 남아 있다'는 뜻의 '류(留)'를 묘사하여 강조한 것처럼 보인다.

이상은(李商隱)의 〈 야우기북(夜雨寄北) 〉은 밤비를 소재로 하여 인구에 많이 회자되는 천고의 명시다.

君問歸期未有期, 　　그대는 돌아올 기약을 물었지만 아직 기약이 없는데,
巴山夜雨漲秋池. 　　파산에는 밤비 내려 가을 못물이 불어났네.
何當共剪西窓燭, 　　어느 때나 서쪽 창가에 나란히 앉아 촛불 심지 자르며,
却話巴山夜雨時. 　　파산의 밤비 내리는 정경을 다시 이야기할 수 있을까!

시인이 사천성과 섬서성 경계에 있는 파령(巴嶺) 또는 대파산(大巴山) 근처에 있을 때 북쪽 장안에 있던 아내에게 보낸 시이다. 집에 남아 있는 아내를 그리워하며 부부간의 정을 표현한 감동적인 시라고 할 수 있다. 그래서 이 시를 〈 야우기내(夜雨寄內) 〉로 보아야 한다는 사람도 있으니 아내를 뜻하는 '내인(內人)'의 '내(內)'자를 취한 관점이라 할 수 있다. 한편 이 시를 수도 장안에 있는 친구에게 보낸 것이라고 보는 사람도 있다.

이 시는 밤비 내리는 정경, 나그네의 수심, 귀향에의 간절한 염원이 모두 잘 표현되어 있다. 특히 제1구에서 '기(期)'자가 중복 출현하는데, 절구는 본래 글자 수가 적어 일반적으로 글자의 중복을 피하야 한다는 점에서 특히 주목할 만하다. 시인과 시를 보내는 대상인 아내(또는 친구)간에 정이 깊었기 때문에 쌍방 모두 돌아올 날에 대한 기약이 가장 궁금한 사항이었고 그래서 각자 동일하게 돌아올 날에 대해 묻고 대답할 수밖에 없었음을 시에서 강조하기 위해 중복 표현한 것이라 할 수 있다.

오늘 밤비는 내려 못물을 더욱 불어나게 하니 그대에게로 가는 길은 더욱 요원해진다. 그런데 시인이 있는 파산에 줄기차게 내리는 밤비는 시인의 아내에 대한 그리움

을 가리키고 못물이 불어난 것은 시인의 그리움이 불어난 것을 비유한 것이라고 보는 관점도 있다.

언제쯤이나 그대를 다시 만나서 서쪽 창가에서 촛불 태우고 심지 자를까? 이것은 현재의 시점에서 미래를 상상한 내용이다. 그리고 그날이 오면 오늘밤에 파산의 비 내리는 정경을 밤새 추억담처럼 그대에게 다시 들려줄 수 있을텐데 그럴 수 있다면 얼마나 좋을까! 이것은 또한 미래의 시점에서 현재의 상황을 회상할 것이라는 내용이다. 이런 시간의 순환을 따라 공간상으로도 파산에서 장안, 다시 장안에서 파산으로 순환하고 있다. 이처럼 시간상, 공간상으로 왕복과 순환을 통해 그리움의 정서를 진하게 전달하고 있다는 점도 이 시의 중요한 특색으로 들 수 있겠다.

이 시는 후대 시들에 많은 영향을 미치기도 했기 때문에 훗날 소상팔경의 하나로서 소상강에 내리는 밤비를 소재로 한 〈 소상야우 〉 시들의 강한 모티브가 되기도 한다.

한편 송대 소식은 26세(1061년, 인종 가우 6년) 되던 해 8월에 소식은 현량방정능언극간과(賢良方正能言極諫科)에 제3등으로 합격하고 봉상부(鳳翔府, 지금의 산서 봉상) 첨판(簽判)의 관직을 제수 받고 부임하게 된다. 이때 아우 소철과 이별하며 〈 신축년 11월 19일, 정주 서문 밖에서 자유와 헤어진 뒤, 말 위에서 시 한 편을 지어 그에게 부친다.(辛丑十月十九日旣與子由別鄭州西門之外, 馬上賦詩一篇寄之) 〉를 지어 아쉬움을 달래는데 여기서도 밤비는 시흥을 돋우는 이미지 역할을 수행한다. "차가운 등불 아래 서로 마주하던 때를 아우는 기억하시는가? 내리던 밤비의 그 쓸쓸한 소리를 언제나 다시 들을 수 있을까?(寒燈相對记疇昔, 夜雨何時聽蕭瑟.)" 동생과 서로 마주 앉아 차가운 등불 아래 쓸쓸히 내리는 밤비 소리 듣던 그 때가 매우 그리운데, 이제 이별하면 언제나 다시 만나 쓸쓸한 밤비 소리를 다시 들을 수 있을까 하는 물음이 이별의 진한 아쉬움을 느끼게 한다.

'비오는 밤에 아우만 홀로 가슴 아파하리라'

한편 사(詞) 장르에서도 소식은 밤비와 이별이라는 소재를 활용한다. 그는 항주통판으로 있을 때 항주지주인 진양(陳襄)과 사이가 좋았는데 진양이 항주를 떠날 때 그를 송별하며 밤비와 이별의 아픈 마음을 다음과 같이 노래하였다.

歸路晚風清,	돌아오는 길 저녁 바람은 맑은데,
一枕初寒夢不成.	외로운 베개에 갓 추위가 찾아와 잠을 청하나 잠 못 이루네.
今夜殘燈斜照處,	오늘밤 희미해져가는 등불 비스듬히 비추는 곳,
熒熒.	어슴푸레한데,
秋雨晴時淚不晴.	가을비는 그쳤으나 흐르는 눈물은 그치질 않네.

밤비 내리는 상황은 소식에게 정말 특별한 정경이었는지 그가 오대시안(烏臺詩案)으로 투옥된 채 살아남을 수 없으리라 짐작하고 아우 소철에게 절명시(絶命詩) 〈옥중에서 자유에게 부치다(獄中寄子由)〉를 남길 때조차 자신이 죽은 뒤에 비오는 밤 홀로 가슴 아파할 아우를 상상하고 있다.

是處靑山可埋骨,	이곳 청산에 내 뼈야 묻을 수 있을 것이나,
他時夜雨獨傷神.	내 죽은 훗날 비 오는 밤에 아우만 홀로 가슴 아파하리라.
與君今世爲兄弟,	금생에 그대와 형제가 되었으니,
又結來生未了因.	아직 끝나지 않은 인연을 내생에서 또 맺어보세.

'슬픔과 기쁨, 헤어짐과 만남이 언제나 무정하였으니'

밤비와 빗소리를 듣는 감회는 시절마다 다르고 나이마다 다르다. 시간이 흐르면서 이미 변해버린 나 자신에게 같은 자연의 빗소리라도 다르게 들려오는 것이다. 송말(宋末) 원초(元初) 장첩(蔣捷)의 〈우미인·빗소리를 듣다(虞美人·聽雨)〉는 나이에 따라 빗소리를 듣는 감회와 정취가 달라지는 점을 잘 묘사했다는 점에서 매우 탁월한 시이다.

少年聽雨歌樓上,	청소년시절 기루에서 빗소리를 들을 적엔
紅燭昏羅帳.	붉은 촛불이 비단 휘장에 어둠침침하였지.
壯年聽雨客舟中,	장년시절 객선에서 빗소리를 들을 적엔
江闊雲低,	강은 드넓은데 구름은 낮았고
斷雁叫西風.	무리 잃은 외기러기 서풍에 울었지.
而今聽雨僧廬下,	그런데 지금 노년에는 절간에서 빗소리를 듣나니
鬢已星星也,	살쩍은 이미 희끗희끗해졌는데
悲歡離合總無情.	그간의 슬픔과 기쁨, 헤어짐과 만남이 모두 무정하였으니
一任階前,	그저 섬돌 앞에서

點滴到天明.　　날 밝을 때까지 방울지는 빗소리에 귀 기울일 뿐이네.

'가루(歌樓)'는 '기원(妓院)' 곧 기루(妓樓), '단안(斷雁)'은 무리 잃은 외기러기, '성성(星星)'은 머리칼이 희끗희끗해진 모습, '일임(一任)'은 내맡긴다는 뜻을 가리킨다.

이 사는 모두 세 장면으로 구성되어 있는데, 청소년, 장년, 노년의 시간적인 추이에 따라 서로 다른 상황과 상이한 생활환경 그리고 당시의 심정에 대해서 묘사하고 있다.

첫 번째 장면은 기루 안에서 시작된다. 취생몽사(醉生夢死)하던 청소년 시절 붉은 촛불이 비단 휘장에 어둠침침하게 비추던 기루에서 기녀와 청춘의 즐거운 한 때를 뜨겁게 보냈던 일을 회상하고 있다.

두 번째 장면은 기루에서 객선으로 장소가 전환된다. 장년시절에는 송나라가 멸망하는 바람에 이곳저곳을 떠돌아다녀야 했으니 객선이 풍랑에 요동치듯 그의 삶도 그렇게 흔들렸던 것이다. 그러니 무리로부터 떨어진 외기러기의 신세가 구름 낮게 드리운 하늘 아래 끝없이 넓은 강물 위의 객선에 있는 자신의 신세와 너무 흡사한 것처럼 생각된 것이다. 서풍에 우는 외기러기의 울음소리는 마치 망국의 떠도는 신세인 자신의 우수와 근심을 대변해주고 있는 것으로 여겼을 것이다.

세 번째 장면은 객선에서 다시 절간으로 전환된다. 이제 노년이 되어 그간 숱하게 겪어왔던 비환이합(悲歡離合), 즉 슬픔과 기쁨, 그리고 헤어짐과 만남을 이제 생각해보면 모두 무정한 것들이었다. 세월이 나의 의지와 무관하게 속절없이 흐를 때 우리는 무정한 세월이라고 한다. 지금까지 있었던 많은 일들이 나의 의지대로 이루어진 것은 많지 않았다. 살다보면 어떤 일이든지 일어나기 마련이라는 듯이 무정하게도 나의 의지와는 상관없이 일어나고 이루어졌다. 그런 무정한 세월 앞에서 내가 할 수 있는 일이 어디에 있겠는가? 그러니 적막한 절간에서 머물며 날 밝을 때까지 점점이 방울지는 빗소리에 귀 기울이는 일에 내 몸을 내맡긴 채 다른 생각일랑 이제 더 이상 내지 않는다.

'마음이 죽는 것보다 더 슬픈 것은 없다'

청소년 시절 기쁨 속에서 듣던 빗소리, 장년시절 근심 속에서 듣던 빗소리, 이제 노년시절로 들어오면서는 공허와 적막 속에서 빗소리를 듣는다. 그러나 이 노년의 상태는 모든 번뇌를 초탈하여 크게 깨달음에 이른 무심(無心)의 경지로는 보이지 않고 수많은 풍상(風霜)을 다 겪고 난 뒤에 비로소 원망·근심·번민을 자제할 수 있는 능력이 생김으로 인해서 굳이 말로 토로하지 않고 마음속에 담아둔 채 운명에 순응하고자 하는 태도로 보인다. 야속한 세월을 견딘 시인에게 연민과 동정을 느끼는 한편으로 아파도 더 이상 아프다고 하소연하지 않는 시인의 무디어진 마음에 슬픔을 느끼게 된다. 야속하다, 세월이여!

4.2. 그림과 제화시 〈 소상야우(瀟湘夜雨) 〉

소상팔경(瀟湘八景)

〈 소상야우(瀟湘夜雨; 소상강의 밤비) 〉는 본래 소상팔경(瀟湘八景) 중의 한 경관을 가리킨다. 그렇다면 소상팔경(瀟湘八景)에는 모두 어떤 경관들이 있을까? 〈 소상야우 〉 외에 또한 〈 어촌석조(漁村夕照; 어촌의 석양빛) 〉, 〈 산사만종(山寺晚鐘; 산사의 저녁 종) 〉, 〈 평사낙안(平沙落雁; 평평한 모래밭에 내려앉는 기러기) 〉, 〈 강천모설(江天暮雪; 저녁 강 위 드넓은 하늘에서 내리는 눈) 〉, 〈 동정추월(洞庭秋月; 동정호의 가을 달) 〉, 〈 원포귀범(遠浦歸帆; 먼 포구로 돌아가는 배) 〉, 〈 산시청람(山市晴嵐; 산중 신기루의 맑은 이내) 〉 등이 있다.

'송적과<소상팔경도>'

소상팔경은 북송(北宋)의 문인화가 송적(宋迪; 1015~1080)이 그린 그림 〈 소상팔경도(瀟湘八景圖) 〉에서 유래하였다. 심괄(沈括)이 ≪몽계필담(夢溪筆談)≫(卷十七)에 기록한 내용을 참고해보자.

> 도지원외랑인 송적은 그림을 잘 그렸는데, 평원산수를 더욱 잘 그렸다. 그의 득의한 작품으로 〈 평사낙안 〉, 〈 원포귀범 〉, 〈 산시청람 〉, 〈 강천모설 〉, 〈 동정추월 〉, 〈 소상야우 〉, 〈 연사만종 〉, 〈 어촌석조 〉가 있는데 이를 팔경이라고 불렀다. 많은 호사가들이 이를 전하였다.(度支員外郞宋迪工畵, 尤善爲平遠山水, 其得意者, 有〈 平沙落雁 〉, 〈 遠浦歸帆 〉, 〈 山市晴嵐 〉, 〈 江天暮雪 〉, 〈 洞庭秋月 〉, 〈 瀟湘夜雨 〉, 〈 煙寺晩鐘 〉, 〈 漁村夕照 〉, 謂之八景, 好事多傳之.)

송적이 〈 소상팔경도 〉에서 창조한 소상팔경은 동시대인들과 후대인들에게 적극적으로 받아들여지면서 일종의 전형적이고 규범적인 문화현상으로 자리 잡게 되었다. 소상팔경을 제재로 그림과 제화시가 활발하게 창작되었고 다른 문학장르에도 영향을 주어 관련 작품이 다수 창작되었다.

또한 소상팔경은 다른 지역들에도 모티브를 부여하여 중국 전역에 팔경이 형성되게 하였다. 소상팔경과 관련된 회화 및 시는 심지어 남송대에 고려(高麗)와 일본(日本)에까지 전해져서 그 지역의 문예창작에 영향을 주면서 동아시아 예술의 공동 주제가 되었고 나아가 각 지역에 팔경의 경관이 형성되도록 함으로써 팔경은 어느덧 동아시아적 문화현상이 되었다. 결국 후대에 확산된 팔경의 문화현상은 구체적으로 〈 소상팔경도 〉가 출현하고 나서 시작되었다고 말할 수 있다.

송적은 대략 1038년경에 진사를 하였으며 인종(仁宗) 가우(嘉祐) 연간(1056~1063)에 소상 지역에서 형남전운판관상서도관원외랑(荊南轉運判官尙書都官員外郞)을 지낸 적이 있다. 희녕(熙寧) 7년(1074) 9월에는 영흥군(永興軍)과 진봉(秦鳳) 이로(二路)[지금 섬서(陝西)성]의 교자사봉랑(交子司封郞)을 맡아 교자법(交子法) 추진을 책임지고 있었을 때, 마침 궁전 내에 있던 삼사부(三司部)에서 큰 화재가 발생하였다. 화재 원인은 염철사(鹽鐵司)의 환관이 폐청(廢廳)에 있는 난로를 소홀히 관리하였기 때문이었다. 비록 송적은 염철사를 관할한 적이 있었지만 이미 3개월 전에 그 직책에서 떠나 있었는데도 화재에 대한 책임이 있다고 유죄 판결을 받고서 파면 처분을 받았다. 아마도 송적이 신구(新舊) 당쟁의 소용돌이에 연루가 되었기 때문이 아닐까 추측된다.

송적은 신법을 반대하다가 파면된 다른 관리들을 따라 낙양(洛陽)으로 물러나 거주하였다. 당시 낙양은 사마광(司馬光)의 인도 아래 있던 보수파의 중심지였다. 이들은 조정의 지원을 받지 못 하고 있었기 때문에 자신들을 축객(逐客), 즉 쫓겨난 사람들이라 부르기도 하였다.

송적은 본래 그림을 잘 그렸는데, 얼마나 그림을 잘 그렸는지 그가 그린 쥐의 그림을 고양이들이 좇을 정도였다는 일화도 전해진다.

> 동안의 한 선비가 그림을 잘 그려서, 쥐 그림 한 축을 그려 읍령에게 헌상하였다. 읍령은 처음에는 아낄 줄 모르고 그냥 벽에 걸어놓았다. 아침에 지나갈 때면 꼭 그림이 땅에 떨어져 있었다. 누차 걸었지만 계속 떨어졌다. 읍령이 이를 괴이하게 여겼다. 동이 트고 물색이 밝아오자 그림은 땅에 있었는데 고양이가 그 옆에 쪼그리고 있었다. 그림을 들어 올리니 곧 뛰면서 그것을 좇았다. 여러 고양이들에게 이 그림으로 시험해보니 그렇지 않은 고양이가 없었다. 이리하여 그의 그림이 실제 모양과 매우 핍진함을 알게 되었다. 그가 〈 팔경도 〉를 그렸는데 또한 남달리 그윽한 아취가 있었다. (東安一士人善畵, 作鼠一軸獻之邑令, 令初不知愛, 謾懸於壁, 旦而過之, 軸必墜地, 屢懸屢墜, 令怪之, 黎明物色, 軸在地而猫蹲其傍, 逮擧軸, 則跟蹐逐之, 以試羣猫, 莫不然者. 於是始知其畵爲逼眞. 其作〈 八景圖 〉, 亦殊有幽致.)(≪독성잡지(獨醒雜志)≫ 권구(卷九)

소식은 "송적이 그린 산천초목은 오묘하여 한 시대에 빼어났다.(宋復古山川草木妙絶一時.)"(≪동파집(東坡集)≫)고 극찬하기도 하였다. 심지어 그가 그린 〈 소상팔경도 〉가 절묘하여 사람들이 무성시(無聲詩), 즉 소리 없는 시로 부르기도 하였다고 한다.

'원망과 비애라는 소상의 정취 반영'

알프레다 머크(姜斐德)는 〈 소상팔경도 〉는 내용이 감상(感傷)의 이미지로 충만해 있으며 정치적 곤경을 다루고 있기 때문에 송적이 1074년 관직에서 떠난 뒤에야 비로소 창작된 작품일 것이라고 추정하였다.

그는 송적의 〈 소상팔경도 〉는 작가의 원망의 의념을 기탁하여 하소연한 것으로서 소상에 좌천 유배되었던 이전 문인들의 정서를 반영하였다고 보았다. 다시 말하면 송적의 〈 소상팔경도 〉 역시 원망과 비애라는 소상의 정형화된 정취를 그림으로 형상화하였다는 것이다. 송적이 실의와 곤경에 처해 있던 낙양의 시절과 소상산수화의 원형적 이미지를 생각하면 〈 소상팔경도 〉의 창작의도를 충분히 읽을 수 있다.

이어서 소상팔경의 화제(畫題)가 어떻게 구성되었는지에 대해서 살펴보자

≪몽계필담≫에서는 송적의 〈 소상팔경도 〉의 그림 제목, 즉 화제(畫題)를 각각 〈 평사낙안(平沙落雁) 〉, 〈 원포귀범(遠浦歸帆) 〉, 〈 산시청람(山市晴嵐) 〉, 〈 강천모설(江天暮雪) 〉, 〈 동정추월(洞庭秋月) 〉, 〈 소상야우(瀟湘夜雨) 〉, 〈 연사만종(煙寺晩鐘) 〉, 〈 어촌석조(漁村夕照) 〉 등으로 열거하였다.

그런데 이 팔경의 화제가 과연 송적이 직접 남긴 것인지, 아니면 후인이 송적의 그림을 감상하고 나서 남긴 것인지에 대하여 아직도 확정된 의견이 없다. 오히려 후인들이 화제를 붙였다고 간주하는 견해가 더 많다. 다만 분명한 것은 그림이 먼저 그려지고 나중에 화제가 붙여졌다는 사실이다.

팔경 화제의 구성방식을 보면 곧 지점에 경물을 덧붙여 조합하는 방식을 취하였다. 특히 화제를 명명하는 데 지명을 전문적으로 사용하여 하나의 양식으로 확정시킨 예는 송적의 〈 소상팔경도 〉 이전의 회화 작품에는 없었다. 그런데 지점이라고 하더라도 〈 동정추월 〉과 〈 소상야우 〉만이 특정 지명을 가리키고 있을 뿐, 그 나머지 육경은 모두 흔히 일상적으로 보는 자연 풍경과 장소를 이름으로 취하여서 보편성과 추상성을 띠고 있다. 이 때문에 이후 수많은 소상팔경 산수화가 관념화되어 소상 지역을 그린 것이 아닌 데도 언제나 소상팔경을 표방할 수 있었던 계기가 되었다.

팔경의 화제를 통해 보면 팔경의 시간 배경으로서 계절은 가을과 겨울이 많다. 그런데 날씨는 야우(夜雨)·모설(暮雪)·청람(晴嵐) 등 흐리거나 맑은 날씨 등으로 일정하지 않다. 그리고 하루로 보면 팔경은 거의 모두 저물 무렵의 경관이다. 〈 동정추월 〉·〈 소상야우 〉·〈 어촌낙조 〉·〈 연사만종 〉·〈 강천모설 〉 등은 말할 것도 없이 〈 평사낙안 〉·〈 원포귀범 〉 역시 모두가 황혼의 저녁기운을 띠고 있다. 오직 〈 산시청

람 〉만이 비교적 불명확하다. 중국문학에서는 어둑어둑해지는 황혼으로 인하여 귀향 심리가 유발되는 정경이 자주 그려지곤 하였다.

그런데 알프레다 머크(姜斐德)는 〈 소상팔경도 〉의 화제가 지닌 의미를 자신만의 독특한 관점으로 고찰한 바 있다. 〈 소상팔경도 〉에 대해서 소상으로 좌천 유배된 문인들의 정서를 반영하였다고 보았던 그는 또한 '시는 원망할 수 있다(詩可以怨)'는 중국 시가전통에 뿌리를 두어 '그림으로 자신의 원망을 서술하는(以畫抒怨)' 방식을 사용하였으며, 특히 당대 시인 두보가 만년에 지었던 시들의 영향을 받았을 것이라고 주장하였다. 알프레다 머크가 팔경의 화제가 영향을 받았거나 영감을 받았을 것으로 추정한 두보의 시는 다음과 같다. ①〈 평사낙안 〉: 〈 귀안(歸雁)·이수(二首) 〉 ②〈 원포귀범 〉: 〈 등주장적한양(登舟將適漢陽) 〉 ③〈 산시청람 〉: 〈 추일기부영회봉기정감이빈객일백운(秋日夔府詠懷奉寄鄭監李賓客一百韻) 〉 ④〈 강천모설 〉: 〈 만청(晚晴) 〉 ⑤〈 동정추월 〉: 〈 등악양루(登岳陽樓) 〉 ⑥〈 소상야우 〉: 〈 강상(江上) 〉 ⑦〈 연사만종 〉: 〈 모등사안사종루(暮登四安寺鐘樓) 〉 ⑧〈 어촌낙조 〉: 〈 야로(野老) 〉

그러나 팔경의 화제를 송적이 명명하지 않았을 가능성도 있다는 사실을 염두에 둔다면 알프레다의 견해는 상당히 주관적인 견해라고 생각되는데, 다만 팔경의 화제와 그림의 연관성을 이해하는 데 배경적인 지식을 준다는 점에서는 어느 정도 참고가 될 만하다 하겠다.

'그림을 주제로 짓는 제화시'

제화시(題畫詩)란 그림에 시를 제(題)한, 즉 그림을 주제로 시를 지은 것으로, 직접 그림에 제(題)하기도 하고, 그림을 보고 작시하기도 한다. 일반적으로 제화시는 〈 제(題)~도(圖) 〉, 〈 제(題)~ 〉, 〈 ~도(圖) 〉, 〈 ~화(畫) 〉의 형식을 제목으로 취한다.

제화시의 역사가 오래된 것 같지만 그러나 사실은 제화시의 품격은 두보에 의해 확립되었고, 역사의 전면에 등장하여 크게 발전하는 것은 원대(元代)에 이르러서이다. 제화시는 시와 그림을 직접 접목시키는 실천적 예술활동이기도 하였다. 제화시의 성행은 '시중유화(詩中有畫), 화중유시(畫中有詩)'라는 시화일률(詩畫一律)을 지향하는 미학적 견해로 말미암았다고 볼 수 있다.

송적의 〈 소상팔경도 〉가 출현하면서 소상팔경시가 지어졌기 때문에 소상팔경시는 제화시의 형식으로 먼저 지어졌다고 할 수 있다. 소상팔경 제화시들은 송대부터 지어졌는데 스님 혜홍(慧洪)의 〈 송적작팔경절묘인위지무성시연상인희여도인능작유성화호인위지각부(宋迪作八境絶妙人謂之無聲詩演上人戲余道人能作有聲畵乎因爲之各賦)·일수(一首) 〉, 엽인(葉茵)의 〈 소상팔경도(瀟湘八景圖) 〉, 미불(米芾)의 〈 소상팔경도시(瀟湘八景圖詩) 〉 등이 현재까지 전해지고 있다. 때문에 ≪사고전서집부총집존목(四庫全書集部總集存目)≫에서 팔경시의 근원을 원대로 보고, 일부 학자들이 원대 진부(陳孚)의 시를 소상팔경시의 시작으로 보는 관점은 잘못된 견해라고 할 수 있겠다.

소상팔경도를 감상할 때 감상자들은 왕왕 소상 지역으로 유배온 문인들이 남긴 전통적인 소상문학에서 형성된 소상 정취를 자연스레 떠올리기 때문에 그 그림에 제화시를 쓸 때도 흔히 일반적인 소상의 정취를 노래하는 경우가 많다. 그래서 소상팔경 제화시는 때로 소상팔경 산수시와 주제 내용의 특징을 구분하기가 매우 어렵다.

한편 원대 잠안경(岑安卿)의 〈 내가 최근 사람의 시 '영소상팔경'을 읽고 문득 그대로 베끼는 방식으로 시를 지어 여가를 보내다(予讀近時人詩有詠瀟湘八景者輒用效顰以消餘暇 〉시의 제목을 보자면 분명 소상팔경의 풍경을 노래한 산수시인데 그렇지만 내용은 도리어 소상팔경 제화시와 구분이 되지 않는다. 특히 마지막에 "흰 비단에 그림을 그려 놓았으니 고당에 서릿발 같아, 자리에 있는 굴레 매인 사람의 마음은 두렵고 놀랍다.(素縑揮灑凜高堂, 座上羈人心戰愕.)"는 내용은 흡사 제화시를 읽고 있다는 느낌을 준다.

이처럼 소상팔경 제화시와 산수시 간에는 큰 차이를 발견할 수 없기 때문에 소상팔경의 제화시 범주 안에 산수시까지도 포함시켜 고찰 대상으로 삼을 수 있다. 소상팔경 중에서도 가장 소상강의 특징을 잘 반영하면서 제일 승경으로 꼽히고 있는 〈 소상야우 〉의 제화시만을 선정하여 분석해보자.

필자가 ≪사고전서(四庫全書)≫ 전체를 컴퓨터상으로 조회해보니 〈 소상야우 〉를 제목으로 한 제화시 및 산수시는 총 35수가 발견되었다.

조대	제화시	산수시	소계
송(宋)	8	3	11
원(元)	4	4	8
명(明)	5	8	13
청(淸)	3		3
합계	20	15	35

그리고 이 때 〈 소상야우 〉는 팔경시 전체를 한 세트로 구성된 시편들의 한 부분으로 존재하기도 하였고, 아니면 다른 팔경들과 무관하게 단독으로 지어진 경우도 있었다.

소상산수화에 소상의 실제 산수가 아닌 타 지역의 산수를 그릴 수 있었듯이 소상산수화의 감상자인 제화시의 작가들 역시 명목은 소상에 대한 노래이지만 실제는 소상이 아닌 다른 지역을 노래하는 경우도 있었다. 따라서 제화시를 분석할 때 특정 지역의 지명이나 환경에 집착할 필요가 없으며 오히려 시에 활용되고 있는 소상의 규범화된 정취에 주목하면서 그 시의 창작 모티브, 주제 구성 이미지, 경계와 풍격 등을 고찰하여야 한다고 생각한다.

소상팔경 제화시 연구로 탁월한 업적을 쌓은 대만학자 의약분(衣若芬)도 다음과 같이 말한 바 있다. "소상팔경시는 소상 지역의 집체적인 체험과 정서가 역대로 누적되고 보태어짐으로써 한 개인의 특수한 감정이 아닌 보편적인 정서에 대한 표현으로 승화되게 되었다. 때문에 송대 소상산수화 제화시의 내용을 분석할 때 작가의 서사 의도를 일일이 대조하여 분석하는 것보다는, 차라리 '나그네의 근심(客旅之愁)'·'돌아가길 바라는 마음(望歸之情)'·'어부로 은거해서 사는 즐거움(漁隱之樂)'으로 시의 내용을 이해하는 것이 훨씬 낫다."

'<소상야우>의 모티브가 된 시들'

그렇다면 〈 소상야우 〉의 모티브가 된 이전의 시들로는 무엇이 있을까?

그림 〈 소상야우 〉는 가을, 어두운 밤에 소상에 비가 내리자 나무들이 바람결에 날리고 온 세상이 비에 젖어 촉촉한데, 어부가 거룻배를 강가에 정박한 채 빗소리를 듣고 있는 정경을 주요한 원형적 특징으로 삼는다. 따라서 강가에 밤비 내리는 정경과 어부가 강가에 배를 대고 있는 모습을 주요 제재로 삼은 시로서 인구에 회자되고 있는 시들은 일단 제화시 〈 소상야우 〉의 모티브가 된다고 간주할 수 있다. 또한 일반적으로 밤비 내리는 정경은 시에서 별리를 서술하고 상사를 기탁하는 등 비애의 정서와 많이 연계되어 있기 때문에 〈 소상야우 〉의 모티브를 이루는 시들은 비애를 주요 정조로 띠고 있어야 한다고 볼 수 있다.

뜻을 얻지 못 한 시인들에게 처량한 밤비 소리는 자신의 삶을 뒤돌아보며 고뇌하게 만드는 매개체였다. 그래서 알프레다 머크도 언급하였듯이 실의한 시인들에게 두보의 〈 강상(江上) 〉시는 위로가 될 수밖에 없었기에 〈 소상야우 〉 의 모티브를 강하게 제공하였다고 볼 수 있다.

江上日多雨,	강 위에 날마다 비가 많아,
蕭蕭荊楚秋.	쓸쓸히 초나라 땅에 가을이어라.
高風下木葉,	높은 바람에 나뭇잎 떨어지나니,
永夜攬貂裘.	긴 밤 담비 가죽옷을 가져다 입는다.
勳業頻看鏡,	공적을 위해 자주 거울 보며 용모를 살폈고,
行藏獨倚樓.	나가고 물러서는 일을 혼자 계획하며 누각에 기대었다.
時危思報主,	때는 위급하여 군주께 보답할 생각하니,
衰謝不能休.	노쇠하였지만 쉴 수가 없구나.

시인은 차가운 밤비 내리는 길고 긴 밤에 나그네가 되어 잠 못 이루고 있다. 공적을 아직 쌓지 못 해 자주 거울을 보며 자신의 모습을 살폈고, 벼슬에 나가고 물러서는 일은 생각처럼 되지 않는데도 누구 하나 상의할 사람이 없어 홀로 누각에 기대었다. 비록 노쇠한 늙은이가 되었긴 하지만 그러나 나라의 위급함을 생각하니 쉴 수만은 없어 조정에 목숨을 바쳐 충성을 다하겠다는 다짐이다.

이처럼 차가운 가을 밤비, 강가에 묵는 나그네, 실의에 찬 관리 생활, 아직도 남아 있는 충군을 위해 서울로 돌아가고 싶은 귀환에의 염원 등등은 모두 〈 소상야우 〉를 구성하는 주요 제재들이 되었다.

또한 앞서 이미 살핀 바 있는 당대 이상은(李商隱)의 〈 야우기북(夜雨寄北) 〉 역시

〈 소상야우 〉의 강한 모티브가 된다는 사실은 송대 소박(邵博)이 〈 제지영상인소상야우도(題智永上人瀟湘夜雨圖) 〉시를 쓸 때의 일화에서 잘 입증된다. 소박은 지영상인이 〈 소상야우 〉를 그려 자신에게 주자 즉시 제화시를 지어주었다. 그러자 지영상인이 이상은의 〈 야우기북 〉을 들려주니 소박은 자기 시와 너무 유사하여 깜짝 놀라고는 다음날 시를 다시 고쳐서 지어주었다는 얘기가 전해진다.

한편 소상문학에서 당대 유종원(柳宗元) 역시 소상 정취의 형성에 영향을 미쳤다. 그가 "늙은 어부 밤이 되자 서암 곁에 배를 대고 자다가, 새벽에는 맑은 상수(湘水)의 물을 길어와 초나라의 대나무로 땐다.(漁翁夜傍西巖宿, 曉汲淸湘然楚竹.)"라고 한 〈 어옹(漁翁) 〉의 시에서 강가에서 어부로 지내는 삶을 묘사한 것도 〈 소상야우 〉 창작에 하나의 모티브를 제공하였을 것이라는 사실을 유추해볼 수 있겠다.

'〈소상야우〉의 주제 구성 이미지'

〈 소상야우 〉 시들의 주제를 구성하는 이미지들은 어떤 것들이 있을까?

첫째, 시간과 풍격이란 측면에서 살펴보자. 제화시 〈 소상야우 〉에서 묘사된 계절은 주로 차가운 가을이다.

〈 소상야우(瀟湘夜雨) 〉
[〈 소상팔경(瀟湘八景) 〉, 명(明), 문징명(文徵明), ≪보전집(甫田集)≫ 권12]
濕雲載秋聲, 젖은 구름은 가을 소리 실었고,
萬籟集篁竹. 온갖 소리가 대나무에 다 모였다.

〈 소상야우(瀟湘夜雨) 〉
[〈 영소상팔경(詠瀟湘八景) 〉, 명(明), 이몽양(李夢陽), ≪공동집(空同集)≫ 권34]
夜響起秋竹, 밤새 가을 대나무에 소리가 나더니,
浩浩楚雲白. 초나라 땅의 흰 구름 넓디넓다.

시간은 주로 저물 무렵으로 먹구름이 잔뜩 끼어 있어 어둡다.

〈 소상야우(瀟湘夜雨) 〉

[〈 소상팔경(瀟湘八景) 〉, 원(元), 양공원(楊公遠), ≪야취유성화(野趣有聲畵)≫ 권상(卷上)]

薄暮維舟古岸邊,　　저물 무렵 배를 옛 언덕 가에 묶으니
濃雲潑墨暗江天.　　짙은 구름이 먹물 뿌린 듯 강에 비친 하늘에 어둡다.

〈 소상야우(瀟湘夜雨) 〉
[〈 소상팔경화(瀟湘八景畵) 〉, 명(明), 선종(宣宗), ≪어선송금원명사조시_어선명시(御選宋金元明四朝詩_御選明詩)≫ 권1]

濃雲如墨黯江樹,　　짙은 구름 먹처럼 강에 비친 나무에 어두워,
九疑山迷天色暮.　　구의산은 흐릿하니 하늘빛이 저문다.

저물 무렵부터 비가 오기도 하지만 때로 한밤중에 내리거나 밤새도록 내린다.

〈 소상야우(瀟湘夜雨) 〉
[〈 제당인소상팔경즉용기운(題唐寅瀟湘八景卽用其韻) 〉, 청(淸), 무명씨(無名氏), ≪어제시집(御製詩集)≫3집 권72]

蓬浡油雲暗遠空,　　우쩍 일어나 비를 머금은 구름 먼 하늘에 어두운데,
溟濛殢雨落宵中.　　어둡고 흐릿하게 엉긴 비가 밤중에 내린다.

〈 무제(無題), 소상팔경(瀟湘八景) 〉
[〈 팔경가(八景歌) 〉, 송(宋), 조여수(趙汝燧), ≪야곡시고(野谷詩稿)≫ 권2)

楚天濃雲如墨潑,　　초나라의 하늘 짙은 구름이 먹물처럼 뿌려져 있고,
通宵滂沱翻江闊.　　밤새 타강에 퍼부어 드넓은 강물을 뒤엎을 듯하다.

비는 때로 거센 바람을 몰고 오기도 한다.

〈 소상야우(瀟湘夜雨) 〉
[〈 소상팔경(瀟湘八景) 〉, 원(元), 진부(陳孚), ≪진강중시집(陳剛中詩集)≫ 권2]

昭潭黑雲起,　　밝은 못에 검은 구름 일어나고,
橘洲風捲沙.　　귤주에 바람이 모래를 휘감아 올린다.

〈 소상야우(瀟湘夜雨) 〉
[〈 소상팔경(瀟湘八景) 〉, 명(明), 양기(楊基), ≪어선송금원명사조시(御選宋金元明

四朝詩)_어선명시(御選明詩)≫ 권17]

風急雨浪浪, 바람 급하니 비는 세차게 내리고,
孤舟夜正長. 외로운 배에 밤은 정말이지 길고 길다.

작중 화자가 있는 곳은 역시 소상의 강가인데 그곳에는 모래톱이 있고 갈대가 자랐다.

〈 소상야우(瀟湘夜雨) 〉
[〈 영소상팔경(詠瀟湘八景) 〉, 명(明), 이몽양(李夢陽), ≪공동집(空同集)≫ 권34]

曉來看沙觜, 새벽이 되어 모래톱을 보니,
新水添一尺. 물이 새로 한 자 더 불었다.

〈 소상야우(瀟湘夜雨) 〉
[〈 제소상팔경(題瀟湘八景) 〉, 명(明), 사근(史謹), ≪독취정집(獨醉亭集)≫ 권하(卷下)]

喬口橘州何處是, 교구의 귤주 모래톱은 어떤 곳인가?
滿汀蘆荻夜蕭蕭. 모래섬 가득한 갈대가 밤에 쏴쏴 소리 낸다.

둘째, 거룻배와 나그네가 〈 소상야우 〉 시의 주제를 구성하는 주요 이미지들이 된다.

하늘로부터 천천히 강가로 내려오던 시인의 시선은 강가에 정박해 있는 외로운 거룻배[篷]로 모아진다. 그리고 밤비가 거룻배의 뜸을 치며 내린다.

〈 소상야우(瀟湘夜雨) 〉
[〈 제중경가강관도소상팔경도(題仲經家江貫道瀟湘八景圖) 〉, 원(元), 정거부(程鉅夫), ≪설루집(雪樓集)≫ 권27]

昏昏風浪里, 풍랑 속에서 아뜩하여 정신이 흐리멍덩한데,
瑟瑟打篷聲. 배의 뜸을 치는 소리 쓸쓸하다.

〈 소상야우(瀟湘夜雨) 〉
[〈 소상팔경(瀟湘八景) 〉, 원(元), 양공원(楊公遠), ≪야취유성화(野趣有聲畵)≫ 권상(卷上)]

道林嶽麓知何處, 도림사 악록산은 어디에 있는지 아는가?

雨打篷窗夜不眠.　　　　　비는 배 창문을 때리니 잠도 오지 않는 밤이로다.

거룻배 안에는 빗소리를 듣고 있는 나그네가 있다. 즉 거룻배는 어디론가 기약 없이 떠날 운명에 있는 것이다.

〈 소상야우(瀟湘夜雨 〉
[〈 여가구장소상도료인구제각성단영팔수(予家舊藏瀟湘圖聊因舊題各成短詠八首) 〉, 명(明), 육심(陸深), ≪엄산집(儼山集)≫ 권6]

扁舟瀟湘上,　　　　　소상강 위에 편주를 띄우고,
夜聽瀟湘雨.　　　　　밤에 소상의 빗소리를 듣는다.

〈 소상야우(瀟湘夜雨 〉
[〈 차운진시랑이찰원소상팔경도(次韻陳侍郎李察院瀟湘八景圖) 〉, 남송(南宋), 유양능(喻良能), ≪향산집(香山集)≫ 권15]

更聽瀟湘夜深雨,　　　　　다시 소상의 밤에 큰 빗소리를 듣는데,
孤篷點滴替人愁.　　　　　외로운 거룻배에 방울방울 떨어지며 남의 근심 대신해준다.

이제 위 시를 통해서 거룻배 안의 나그네의 심리 상태를 확연히 알 수 있다. 그의 마음은 수심으로 가득 차 있는 것이다.

소상 제재의 산수화를 감상하고 있는 시인은 우리가 소상문학에서 흔히 보았듯이 소상의 정취에 자연스레 물들어 수심의 정서를 화면에 투사한다. 그러면 그가 바라보는 그림 속 정경은 하나같이 깊은 수심을 띨 수밖에 없고, 그것이 다시 시에 거룻배의 나그네와 수심으로 표현되는 것이다. 남송대 호전(胡銓)이 지은 〈 제자화소상야우도(題自畵瀟湘夜雨圖) 〉라는 제화시가 좋은 예이다.

一片瀟湘落筆端,　　　　　한 조각 소상이 붓끝에서 이루어졌으니,
騷人千古帶愁看.　　　　　시인은 천고의 수심을 안고 바라보고 있네.
不堪秋著楓林港,　　　　　단풍숲 항구에 가을이 뚜렷하니 견딜 수 없어,
雨闊煙深夜釣寒.　　　　　비 넓게 내리고 안개 깊은 추운 밤에 낚싯대를 드리웠다.

호전은 정치적 입장이 권력자와 달라 오랜 시간 타지로 좌천되어 나그네 생활을 많이 하였다. 여기서 소인(騷人)은 굴원(屈原)이면서 동시에 자신을 가리키는데, 자신의

마음을 알아주는 천고의 지음으로 굴원을 빗댄 것이다.

이 시는 호전 자신이 그린 〈 소상야우도 〉를 주제로 스스로가 지은 시이다. 시인은 굴원 이후 천고에 걸쳐 전해오는 나그네의 수심을 안고 소상산수화를 바라보고 있으려니 그림 화면에 수심이 가득 넘쳐 나서, 결국 못 견디고 밖으로 나와 낚싯대를 드리웠다는 얘기다. 따라서 표면적으로는 시인이 그림을 그리고, 감상하고, 다시 낚싯대를 드리우는 일련의 과정을 묘사하고 있지만, 또 한편으로는 이 내용들 전부가 그림 자체에 이미 묘사된 풍경일 가능성도 전혀 배제할 수는 없다 하겠다.

그렇다면 나그네의 수심은 주로 무엇에 의해 야기된 것인가? 명대 설선(薛瑄)의 〈 소상야우(瀟湘夜雨) 〉를 감상해보자.

兩岸叢篁濕,	양 언덕에 빽빽한 대나무숲 젖고,
一夕波浪生.	하루 저녁에 물결이 인다.
孤燈蓬底宿,	외로운 등불 거룻배 아래서 자는데,
江雨篷背鳴.	강 비는 뜸 등에서 소리 낸다.
南來北往客,	남쪽으로 오고 북쪽으로 가는 나그네,
同聽不同情.	같이 듣지만 마음 속 정은 같지 않구나.

소상에 내리는 밤비 소리를 듣는 나그네의 마음은 남쪽으로 오는 사람이냐 아니면 북쪽으로 가는 사람이냐에 따라 달라진다. 서울과 고향이 있는 북쪽으로 가는 나그네야 기쁜 마음이겠지만 남쪽 타향으로 좌천 유배된 나그네는 수심에 젖지 않을 수 없는 것이다. 소박(邵博)도 〈 제지영상인소상야우도(題智永上人瀟湘夜雨圖) 〉시에서 귀향의 염원을 묘사하였다.

曾擬扁舟湘水西,	일찍이 상수 서쪽에서 편주를 타려하면서,
夜窗聽雨數歸期.	밤 창가에서 빗소리 들으며 돌아갈 날을 헤아렸었지.
歸來偶對高人畵,	이제 돌아와 귀인의 그림을 짝하여 마주하니,
却憶當年夜雨時.	도리어 그 해 밤비 내리던 때가 생각나누나.

고향으로 돌아가고픈 정리는 보편적인 정서이긴 하지만 한 번 떠나면 언제 돌아올

지 몰랐던 고대 문인들의 상황을 생각해본다면 그들의 절박한 심정을 알 수 있다. 나아가 고대 정치 상황에서 군주가 있는 서울에서 벼슬살이를 해야만 입신출세를 할 수 있는데 멀리 좌천 유배된다면 그 실의와 의기소침은 정말 대단할 것이기에 또한 경사로 돌아가고 싶은 염원도 간절한 것이다. 그래서 시인은 일엽편주 안에서 밤비 소리를 들으며 돌아갈 날만 손꼽아 기다린 적이 있었다. 이제 돌아온 뒤에 귀인께서 주셨던 그림을 꺼내들고 바라보니 그 시절 소상에서 밤비 소리 듣던 때가 너무 그립다.

셋째, 상비(湘妃)와 굴원(屈原)이 또한 소상팔경시의 주제를 구성하는 주요 이미지들이 되고 있다.

소상 지역에 유배온 문인들의 작품들이 누적되면서 소상의 정취가 정형화되었고 그것은 다시 소상산수화의 창작에 원심력으로 작용하여 소상의 산수만이 아닌 다른 강남의 산수를 화폭에 담아도 소상산수로 받아들여질 수 있었다.

필자는 그림과 마찬가지로 시인들이 소상산수화를 감상하고 남긴 제화시에도 소상의 정취는 역시 강한 원심력으로 작용하였다고 본다. 왜냐하면 정형화된 소상의 정취는 이미 관념화되었기에 설사 시인이 저마다 다른 회포와 정서를 간직하였다 하더라도 시의 기본 정취는 역시 소상의 정취에서 크게 벗어나지 않는 그런 결과를 낳았던 것이다. 다시 말하면 소상산수화가 그랬듯이 소상산수도의 제화시도 역시 관념화된 소상의 정취를 시에 담도록 만든 것이다.

소상의 전통에서 규범화되고 보편화되었던 정취에 의해 제화시가 많은 영향을 받았다는 점은 소상문학을 구성하는 데 큰 역할을 하였던 상비의 전설과 굴원의 역사가 제화시에 어떻게 반영되는지를 고찰해보면 더욱 잘 입증될 수 있다.

상비의 통곡소리와 애통함이 묻어 있는 시들을 보자.

〈 소상야우(瀟湘夜雨) 〉
[〈 제소상팔경(題瀟湘八景) 〉, 원(元) , 대량(戴良), ≪석창역대시선(石倉歷代詩選)≫ 권269]

還憶在荊南,	돌아와 초나라 남쪽에 있었던 일을 회상하며,
臥聽湘妃泣.	누워 상비의 울음소리를 듣는다.

〈 소상야우(瀟湘夜雨 〉

[〈 제동방달모송마원소상팔경도(題董邦達摹宋馬遠瀟湘八景圖) 〉, 청(淸), 무명씨(無名氏), ≪어제시집(御製詩集)≫ 초집(初集) 권33]

峽口莫教人問渡, 협곡 입구에서 사람들에게 나루를 묻게 하지 말라,
惱他琴瑟鼓湘靈. 상비의 금슬 타는 소리가 그를 괴롭게 하리라.

상비의 애통한 눈물은 다시 대나무에 뿌려 반점을 만든다.

〈 소상야우(瀟湘夜雨) 〉

[〈 제성도원소상팔경(題誠道原瀟湘八景) 〉, 명(明), 패경(貝瓊), ≪청강시집(淸江詩集)≫ 권2]

重華不可見, 순임금을 만날 수 없으니,
竹上淚如寫. 대나무 위에 눈물을 쏟듯이 흘린다.

〈 소상야우(瀟湘夜雨) 〉

[〈 제성도원소상팔경(題誠道原瀟湘八景) 〉, 명(明), 패경(貝瓊), ≪청강시집(淸江詩集)≫ 권2]

瀟瀟無限相思淚, 쓸쓸한 그리움의 눈물 한없이 흘려,
都作江邊竹上痕. 모두 강변 대나무 위에 흔적을 남겼다.

상비의 전설에 추가적으로 다시 굴원의 역사가 보태진다.

〈 소상야우(瀟湘夜雨) 〉

[〈 부축차중팔경(賦祝次仲八景) 〉, 남송(南宋), 유학기(劉學箕), ≪방시한거사소고(方是閒居士小稿)≫ 권상(卷上)]

謾起湘妃恨, 스멀스멀 상비의 한이 솟아나,
長歌靈均騷. 굴원의 노래를 길게 노래한다.

〈 소상야우(瀟湘夜雨) 〉

[〈 제중경가강관도소상팔경도(題仲經家江貫道瀟湘八景圖), 원(元), 정거부(程鉅夫), ≪설루집(雪樓集)≫ 권27]

騷客千年恨, 굴원의 천 년에 서린 한,
靈妃萬古情. 상비의 만고에 걸친 정.

이처럼 상비(湘妃)와 반죽(斑竹)의 신화전설이나 굴원의 역사 고사조차 소상산수화에 쓴 제화시에 매번 등장한다는 것은 이들 이야기가 어느덧 소상의 정취를 형성하여 시인들의 마음 속에 이미 정형화되고 관념화가 되었다는 사실을 잘 보여준다. 그래서 소상을 노래하고자 할 때, 소상 산수의 아름다움보다는 관념화된 상비와 굴원의 전고가 우선적으로 연상되고 인식됨으로써 소상의 자연 경관은 어떤 때는 상비와 굴원의 전고를 회상하기 위한 배경에 지나지 않게 되는 것이다.

'<소상야우>에 담긴 유아지경과 신운, 비개 풍격'

마지막으로 〈 소상야우 〉 시들의 경계와 풍격을 살펴보자.

첫째, 이 시들은 유아지경(有我之境)을 경계로 지니고 있다고 할 수 있다

시인이 강이나 산과 같은 시적 제재들을 심미적으로 관조할 때, 시인은 먼저 자신의 정감을 대상에 투사하여 영감을 떠올린 뒤 마음속에 예술적인 이미지를 형상화시키게 된다. 다시 마음속에 떠올려진 이미지들을 시에 표현할 때, 시인의 주관적인 정서와 감정이 강하게 이미지에 녹아들게 할 수도 있고, 아니면 시인의 주관적인 감정 색채를 완전히 배제한 채 객관적인 거리를 유지하며 담담하게 이미지들을 구성할 수도 있다.

청대 왕국유(王國維)의 시적 경계에 대한 구분을 따르자면, 전자는 유아지경(有我之境)[자아가 드러난 경계]으로, 후자는 무아지경(無我之境)[자아가 물화(物化)된 경계]으로 분류할 수 있다. "'유아지경'은 내 눈으로 물상을 바라보니[以我觀物] 물상들이 모두 나의 색채를 띠며, '무아지경'은 사물의 눈으로 물상을 바라보니[以物觀物] 어느 것이 나이고 어느 것이 사물인지를 알 수 없다.(有我之境, 以我觀物, 故物皆着我之色彩. 無我之境, 以物觀物, 故不知何者爲我, 何者爲物."[≪인간사화(人間詞話)≫ 제3칙], "눈물 젖은 눈으로 꽃에게 물어도 꽃은 말이 없이, 어지러이 흩날리는 붉은 꽃잎 되어 그네 위로 날아가네.(淚眼問花花不語, 亂紅飛過鞦韆去.)"와 같은 시는 유아지경의 경계이며, "동쪽 울타리 아래서 국화꽃 따노라니, 한가로이 남산이 바라보이네.(采菊東籬下, 悠然見南山.)"와 같은 시는 무아지경의 경계이다.

소상산수화에 대한 제화시는 이미 앞에서 살폈듯이 소상의 정취로 넘쳐난다. 시에 정형화된 소상의 정취로서 나그네의 수심, 귀향에의 강렬한 염원 등이 짙게 베여 있

는 것이다. 남송 유량능(喻良能)의 〈 소상야우 〉를 감상해 보자.

平生雲夢澤南州,	평생을 운몽 연못 남쪽 고을에 살며,
秋思春情浩莫收.	가을 그리움 봄의 격정이 넓어 거두지 못 하였다.
更聽瀟湘夜深雨,	다시 소상의 밤에 큰 빗소리를 듣는데,
孤篷點滴替人愁.	외로운 거룻배에 방울방울 떨어지며 남의 근심 대신해준다.

시는 나그네의 고향 떠난 근심으로 충만해 있다. 따라서 위의 시는 유아지경의 경계를 지녔으며 이아관물의 심미 관조 방식을 취하였다고 볼 수 있다.

심지어 겉으로 보기에 소상산수의 정경을 스케치하듯이 자연스럽고 담담하게, 곧 시인의 주관적 색채를 배제한 듯이 표현한 시들조차도 소상의 정취와 무관할 수 없다. 원대 진부(陳孚)의 〈 소상야우 〉를 감상해 보자.

昭潭黑雲起,	밝은 못에 검은 구름 일어나니,
橘洲風捲沙.	귤주에 바람이 모래를 휘감아 올린다.
亂雨灑篷急,	어지러운 비는 거룻배에 급하게 뿌려,
驚墮檣上鴉.	돛대 위의 갈가마귀를 놀라 떨어지게 한다.
黿鼉互出沒,	자라와 악어가 서로 출몰하고,
暗浪鳴艕牙.	어두운 파도소리는 상앗대 끝에서 울린다.
漁燈半明滅,	고기잡이 등불은 반쯤 가물거리고,
濕光穿蘆花.	젖은 불빛은 갈대꽃 사이를 뚫고 비춘다.

이 시는 검은 구름이 하늘을 덮고 어지러이 내리는 비가 거룻배를 치며 풍랑은 도도하게 일어나는 소상산수의 경관을 자연스럽게 꾸밈없이 묘사하고 있다. 그러나 우리가 앞 절에서 소상산수의 제화시를 구성하였던 일련의 이미지들이 어떻게 소상 정취를 구성하였는지를 상기한다면, 위 시에 있는 '검은 구름', '바람', '어지러운 비', '거룻배', '갈대꽃' 등의 이미지가 단순한 나열이 아니고 모두 소상의 정취를 형성하는 일련의 이미지 체계들이란 것을 잘 알 수 있다. 그렇다면 심지어 위의 시처럼 시인의 주관정서가 배제되어 마치 '이물관물'한 듯한 시조차도 수심이 강렬하게 베여 있다고 보아야만 할 것이다.

둘째, 이 시들이 지닌 풍격으로는 신운(神韻)과 비개(悲慨) 풍격을 들 수 있다.

소상 산수의 가장 주된 특색은 '안개구름(煙雲)'·'가랑비(雨霧)' 등에 있다. 미불이 경구(京口)에 거처할 적에 일찍이 아침에 북고(北固)를 오른 적이 있었는데 안개구름의 변화[煙雲之變]를 멀리서 조망하더니 가장 소상과 비슷한 경치라고 말한 적도 있었다.

소상팔경을 그린 소상팔경도 역시 운무가 흐릿하고 부슬부슬 비가 내리는 연운·우무의 표묘(縹緲; 멀고 어렴풋하다)·몽롱(朦朧; 희미하다)한 경관을 그리는 게 정형화되었다. 미불의 아들 미우인(米友仁)에게 〈 소상기관도(瀟湘奇觀圖) 〉·〈 소상백운도(瀟湘白雲圖) 〉·〈 소상도(瀟湘圖) 〉·〈 초산청효도(楚山清曉圖) 〉 등의 소상산수화가 있는데 대부분 연우미몽(煙雨迷濛; 안개비가 흐릿함)'·공광유원(空曠幽遠; 텅 비고 넓으며 아득함)의 강남 경관을 묘사하였다. 나중에 이렇게 시의가 풍부한 소상산수화의 경색은 문인들의 주목을 받으면서 제화시가 많이 지어지게 되었다.

중국 시론에서 말하는 신운(神韻)은 풍격용어로서 그 여러 층위의 함의 중에서 '표묘(縹緲)하고 유원(悠遠)한 정조 또는 미감' 역시 하나의 개념으로 내포되어 있다. 신운의 이런 미감을 시각미적 각도에서 보자면, 대숙륜(戴叔倫)이 '남전일난(藍田日暖), 양옥생연(良玉生煙)'이라고 했듯이 남전의 옥에 안개 피어오르는 모습은 멀리서 보면 있는 듯 하나 가까이서 보면 없고, 사공도(司空圖)의 ≪이십사시품(二十四詩品)≫에서 '채채류수(采采流水), 봉봉원춘(蓬蓬遠春)'이라고 했듯이 흐르는 물의 빛깔과 생기발랄한 춘의(春意)는 바라볼 수는 있어도 눈앞에 둘 수는 없는 것들이다. 신운은 이처럼 흐릿하고 몽롱하며 아득히 멀리 펼쳐진 정경을 시각적 미감으로 지닌다는 사실을 알 수 있다.

소상산수화에서 정형화된 연운·우무의 묘사는 당연히 신운의 미감을 지녔다고 볼 수 있다. 그러면 제화시에서는 어떠한가?

우무(尤袤)의 〈 제미원휘소상도(題米元暉瀟湘圖)·이수(二首) 〉라는 제화시에서 묘사한 정경을 보면 충분히 신운을 갖추었다고 정의할 수 있다.

萬里江天杳靄,	만 리 강 위의 하늘 아득히 먼데,
一村烟樹微茫.	한 마을에 안개 낀 나무 어슴푸레하다.

只欠孤篷聽雨, 　　　부족한 건 외로운 거룻배에서 빗소리 듣는 것일 뿐,
恍如身在瀟湘. 　　　몸은 마치 소상에 있는 듯하다.

淡淡晴山橫霧, 　　　담담하니 맑은 산에 가로로 껴 있는 운무,
茫茫遠水平沙. 　　　아득하니 먼 강물에 평평한 모래톱.
安得綠蓑青笠, 　　　어떻게 하면 푸른 도롱이와 삿갓 쓰고,
往來泛宅浮家. 　　　거룻배에 지은 집을 오고갈 수 있을까?

이 시들은 소상에 대한 강렬한 향수와 은거에 대한 열망을 드러내고 있다. 만 리 아득한 강, 어슴푸레하게 안개 낀 나무, 모든 것이 소상의 정취와 향수를 불러일으키는데, 딱 한 가지 여기에 부족한 것은 외로운 거룻배에서 빗소리 듣는 일일 뿐이다. 또한 운무가 가로로 껴 있는 맑은 산, 평평한 모래톱이 있는 아득한 강물, 이렇게 아름다운 자연으로 돌아와 외로운 거룻배에 거처를 마련하고 도롱이 입고 삿갓 쓰며 오고갈 수 있다면 인생의 즐거움을 충분히 누릴 수 있을 것이다. 이처럼 이 시는 소상 풍경과 은거에 대한 동경과 열망을 피력하고 있다고 할 수 있다.

또한 부분적으로 신운의 미감을 갖추었다고 볼 수 있는 〈 소상야우 〉 제화시들도 찾아볼 수 있다.

〈 소상야우(瀟湘夜雨) 〉
[〈 영소상팔경(詠瀟湘八景) 〉, 명(明), 이몽양(李夢陽), ≪공동집(空同集)≫ 권34]
夜響起秋竹, 　　　밤새 가을 대숲에 소리가 나더니,
浩浩楚雲白. 　　　초나라 땅에 흰 구름 넓디넓다.

〈 소상야우(瀟湘夜雨) 〉
[원(元), 이야(李冶), ≪원문류(元文類)≫ 권8]
遠寺孤舟墮渺茫, 　　　먼 절 외로운 배는 아득함으로 빠지고,
雨聲一夜滿瀟湘. 　　　밤새 빗소리 소상에 가득하다.

사공도의 ≪이십사시품≫에서 거론된 24종의 풍격 가운데 비통과 수심의 정취를 포함하는 풍격으로는 비개(悲慨) 풍격이 유일하다.

비개는 슬퍼 개탄함을 이르는 말이다. 사공도(司空圖)가 ≪이십사시품(二十四詩品)

≫에서 표현하고자 했던 비개의 정취 중에는 거대한 외부세계에 대해 맞서기 어려운 안타까움과 분노, 좌절, 슬픔의 감정이 복합적으로 포함되어 있는 것으로 보인다. 비통한 슬픔의 감정을 유발하는 외부세계는 이민족의 침략과 전란, 또는 갖가지 불만스러운 정치·사회적 현상 및 세태가 될 것이며, 개인적으로는 뜻을 얻지 못 한 실의와 경제적 곤궁, 친지·연인과의 이별 내지는 사별, 덧없는 인생살이 등 다양한 양상으로 나타날 수 있다. 비개 풍격을 문학에서 가장 잘 구현한 문인으로 선진시기 굴원과 당대 맹교(孟郊)가 손꼽힌다.

우리는 상비가 순제를 잃고 애통해하며 흘린 눈물, 굴원이 쫓겨나 비통해 했던 일, 그리고 머나먼 소상으로 유배되어 온 소상객들의 수심과 간절한 귀향 심리 등등이 소상의 정취를 형성하였고, 이후 정형화된 소상 정취는 소상산수화와 〈 소상야우 〉를 비롯한 제화시에도 고스란히 실천되었다는 사실을 이미 밝힌 바 있다.

그럼 명대 주침(周忱)의 〈 소상야우(瀟湘夜雨) 〉시를 살펴보자.

滄江晩來雨,	푸른 강에 밤이 오자 비 내리니,
恍若銀河傾.	마치 은하가 기울어진 듯하다.
千山擁暝色,	온 산이 어두운 빛을 껴안고,
萬竹飄寒聲.	온 대나무에 차가운 소리 나부낀다.
篷窗有遷客,	거룻배 창에 좌천된 길손 보이니,
凄然百感生.	슬퍼지며 온갖 감회가 솟아난다.

푸른 강가, 밤비, 외로운 거룻배, 좌천된 길손 등은 모두 수심과 슬픔을 형상화하는 이미지들로서 〈 소상야우 〉 제화시는 비개 풍격을 띠고 있다고 말할 수 있다.

그런데 비개 풍격의 함의에는 본래 비통하고 슬픈 심정 외에도 비분강개(悲憤慷慨)와 같은 개탄과 분노의 정서도 포함되어 있는 것으로 보인다. 그러나 우리가 위에서 살펴본 〈 소상야우 〉 제화시에는 이런 분노와 개탄은 찾아보기 어려웠다. 있다면 그것은 온통 어찌해볼 길 없는 수심과 비통함뿐이었다. 심지어 굴원을 〈 소상야우 〉 시에 전고로 사용한 경우라 할지라도 그를 통해 하나의 수심을 상징하였을 뿐, 강렬한 비분강개 의식이나 불만 등은 찾아볼 수 없었다. 따라서 〈 소상야우 〉 시는 비개 풍격의 일부 함의만을 구현하였다고 보아야 할 것이다.

명말 여성 문인인 서원(徐媛)이 소상야우를 주제로 노래한 〈 제소상팔경(題瀟湘八景)·기이(其二) 〉를 감상해보자.

碧岑香靄一泉分,	향기로운 안개 낀 푸른 봉우리 한 줄기 샘물로 나뉘고,
密傍鄰舟暮雨聞.	이웃한 배에 바짝 붙어서 저녁 비오는 소릴 듣네.
烟草凄其江色冷,	안개 낀 풀밭 쓸쓸하고 강 빛은 차가운데,
夜深若個勞湘君.	밤은 깊은데 상군을 잠 못 들게 하는 이 누구인가 ?

다른 배들과 나란히 정박해놓고 배 안에서 저녁에 내리는 비 소리를 듣는다. 강빛은 차가워서 주변에 안개 낀 풀들은 쓸쓸하기만 하다. 밤 깊었는데도 비는 주룩주룩 내리고 강은 차가워서 상군은 잠을 이루지 못 한다. 상군은 순 임금의 아내이자 요 임금의 두 딸인 아황과 여영, 즉 상비를 가리킨다. 상비의 슬픈 전설이 다시 되살아나면서 시 전체에 비통한 정조를 더해준다. 비개의 미감을 다시 한 번 더 확인할 수 있다.

4.3. 소상문학과 팔경의 문화현상

소상팔경의 경관 구성방식이 많은 지역에 전파되어 일종의 문화현상으로 자리 잡게 되는데 이런 문화현상을 고찰할 때 우리는 먼저 두 가지 물음을 던져볼 수 있을 것이다.

첫째, 많은 중국의 지방 중에서도 왜 소상(瀟湘)강이 있는 지역이어야 했는가? 중국에는 소상 지역 이외에도 훌륭한 경관들이 많이 있는데 중앙에서 너무 멀리 떨어진, 당시로는 매우 편벽한 곳이었던 호남(湖南)지역의 소상이 어떤 이유로 해서 절경의 전형이 되어 사대부 문인들에게 보편적으로 받아들여지게 되었는가?

둘째, 많은 숫자들이 있는데 왜 여덟 개의 경관만을 취하여 팔경(八景)이라고 했는가? 한 지역의 절경을 이루는 경관은 일정하게 여덟 개만 존재하는 것이 아닐 텐데, 왜 소상은 여덟 개의 경관이 제정되었고 이후 각 지역에도 팔경이 압도적인 우세를 차지하게 되었는가?

'소상의 뛰어난 경관, 유배온 문인의 문학작품'

이제 첫 번째 물음에 답해보자. '왜 소상강 지역이었는가?'

명대 당계방(唐桂芳)의 〈 소상팔경도서(瀟湘八景圖序) 〉에서 우리는 이 물음에 대한 답의 단서를 찾아볼 수 있겠다. 그는 천하에 기이한 산수 중에 팔경으로 불리는 것이 많지만 그러나 소상팔경만큼 세상에 널리 성대하게 전해진 것이 없는데 그 까닭은 소상의 자연산수와 지역 문인 및 문학작품 삼요소가 서로 조화를 이루며 탁월하였기 때문이라고 보았다. 즉 이 삼요소가 서로 도와 빛을 내야만 비로소 소상팔경처럼 오래도록 후세에 전해질 수 있다고 본 것이다.

우리는 또한 이 물음에 대한 답을 구할 때 반드시 송대 송적의 〈 소상팔경도 〉 이전에 소상강 지역을 중심으로, 또는 소상강을 소재로 한 소상문학을 살펴보아야 한다. 소상문학이란 지금의 호남(湖南)성 지역부근의 사람·지역·사건·사물을 가지고 제재로 삼은 문학작품, 신화전설, 그리고 비유·연상 등 일체를 널리 가리킨다.

선진(先秦)시기에 이미 소상문학은 창작되기 시작하였지만 '소'와 '상'이란 말이 연용되어 소상으로 불리기 시작한 때는 대략 동한(東漢) 무렵부터 위진(魏晉) 시기 전후일 것으로 추정할 수 있다. 그러나 이 때 소상의 '소'는 '물이 맑고 깊다(水清深)'는 뜻으로 소상은 곧 '맑고 깊은 상수(清深之湘水)'의 뜻이었다. 그러다가 당대에 이르면 소상이란 말은 시문 등에 빈번하게 사용되는데, '소'가 강의 이름인 '소수'를 가리켜서 소상이 '소수와 상수'를 뜻하는 것으로 해석되던 때도 역시 당대였을 것으로 생각된다. 소수와 상수를 뜻하는 말로 굳어지면서 소상은 이전의 삼상(三湘)이란 말보다 호남(湖南)을 통칭하는 말로 더욱 자주 사용되기 시작하였다.

그렇다면 이제 소상문학의 모티프(motif)는 무엇인지 살펴보도록 하자. 모티프란 문학작품 속에서 반복적으로 등장하는 동일하거나 유사한 말이나 내용을 가리킨다.

'통곡하는 상비'

첫째, 소상문학의 주요 모티프로 '통곡하는 상비(湘妃)'를 들 수 있다.

중원에서 매우 치우쳐 있는 편벽된 지역에 위치한 소상의 깊고 맑은 자연산수는 그

지역 문화만이 지닌 신비하고 독특한 특징을 부여하여 처량하면서도 아름다운 많은 신화전설을 잉태하게 하였다. 그 가운데서도 소상에 내려오는 상비(湘妃)의 전설은 소상에 있던 많은 문인들의 심금을 울리고 한편으로 그들의 수심을 달래주기도 하였다.

상비는 요(堯) 임금의 두 딸이자 순(舜) 임금의 두 부인인 아황(娥皇)과 여영(女英)을 가리킨다. 상군과 상부인이 누구인가에 대해서는 몇 가지 설이 더 있다. 첫째, 상군은 상수의 신이요, 상부인은 순의 두 왕비이다.(王逸) 둘째, 상군은 순이요, 상부인은 요의 딸이다. 셋째, 상군은 순의 두 비로서, 곧 아황(娥皇)과 여영(女英)이다. 넷째, 상부인은 요제의 두 딸로, 곧 순제의 두 비이다. 다섯째, 상군은 아황이요, 상부인은 여영이다. 예로부터 정비(正妃)는 군(君)이란 칭호를 사용하였다.(洪興祖) 여섯째, 상군은 남신, 상부인은 여신으로 서로 배우자가 되는 신이다.

전설에 의하면, 순제가 남쪽을 순수하다가 창오산(蒼梧山)에서 그만 병을 얻어 붕어를 하고 영릉(零陵)의 구의산(九疑山) 아래 묻혔다. 순제를 찾아서 소상에 왔다가 잠시 동정호의 군산(君山)에 머무르고 있던 두 상비가 이 소식을 듣고 밤낮으로 통곡하니, 그 때 뿌린 눈물이 대나무에 자취를 남겨 지금의 상비죽(湘妃竹)이 되었다고 한다. 두 상비는 슬픔을 멈출 수 없어 마침내 상강에 몸을 던져 죽고 말았으며 훗날 상수의 신이 되었다고 한다.

상비의 애정 비극은 '상비의 눈물'·'반죽(斑竹)' 등의 이미지를 남녀의 상사, 깊고 곧은 애정, 별리의 고통 등과 긴밀하게 연결되게 하였다. 굴원은 〈 구가(九歌) 〉에서 상군(湘君), 상부인(湘夫人)의 형상을 묘사하였고, 당송 이래로 소상에 유배되어 온 시인들은 상비의 고통을 빌어 자기 심중의 실의와 가슴 가득한 원망, 비애를 서술하였다.

이백은 〈 원별리(遠別離) 〉에서 다음과 같이 노래하였다.

帝子泣兮綠雲間, 제왕의 딸들은 푸른 구름 사이에서 울다가,
隨風波兮去無還. 풍랑을 따라 떠나서는 돌아오지 않는다.
慟哭兮遠望, 통곡하며 저 멀리 바라보니,
見蒼梧之深山. 창오의 깊은 산이 보인다.
蒼梧山崩湘水絶, 창오산이 무너지고 상수가 끊어져야,
竹上之淚乃可滅. 대나무 위의 눈물 비로소 마를 수 있으리라.

'쫓겨난 굴원'

둘째, 소상문학의 주요 모티프로 '쫓겨난 굴원(屈原)'을 들 수 있다.

전국(戰國)시대 초(楚)나라 대부 굴원(屈原)은 연제항진(聯齊抗秦)을 주장하다가 모함을 받고 원상(沅湘)·동정(洞庭) 일대로 내쫓겼다. 그는 쫓겨난 뒤 〈 이소(離騷) 〉·〈 구가(九歌) 〉·〈 구장(九章) 〉 등의 초사 작품을 남겼는데 농후한 신화적 색채 속에 모함을 당해 내쫓긴 고통과 원망을 서사하였으며, 설사 역경에 있다 하더라도 혼탁한 무리들과는 같이 하지 않겠다는 고결한 인격을 표명하였으며, 고국의 장래를 안타깝게 생각하는 충군·애국의 사상 등을 잘 표현하였다.

내쫓긴 이후에 굴원은 고국으로 돌아가고 싶은 염원을 강렬하게 불태웠지만 결국 실현할 수 없었다.

> 길을 잘 살피지 못 한 것을 뉘우치며, 한동안 우두커니 서 있다가 나는 장차 돌아가려 하네. 나의 수레를 되돌려 돌아가려 함은, 길을 잘못 들어섰지만 아직 멀리 오지 않았기 때문이라네.(悔相道之不察兮, 延佇乎吾將反. 回朕車以復路兮, 及行迷之未遠.)(〈 이소(離騷) 〉)
> 아아! 내 영혼이 돌아가고자 하니, 어찌 한 순간이라도 돌아갈 것을 잊으랴?(羌靈魂之欲歸兮, 何須臾而忘反.)(〈 구장(九章) · 애영(哀郢) 〉)

굴원은 결국 상수의 지류인 멱라수(汨羅水)에 몸을 던져 자살한다. 굴원은 훗날 충군·애국의 상징으로 여겨지며 열렬한 추앙을 받게 되었으며, 그가 남긴 문학작품들은 소상 문학의 비조가 되었다. 그래서 그가 받은 고통과 수심, 귀향에의 간절한 염원 등은 소상문학의 주제나 풍격의 전범을 이루게 되었다.

> 소수가 흐르고 상수가 흐르는데, 굴원의 근심이 두 상비의 근심을 이었구나. 소수는 푸르고 상수는 쪽빛이라 비록 색은 다르지만, 원앙처럼 언제나 같은 날에 가을이 되는구나.(瀟水流, 湘水流, 三閭愁接二妃愁. 瀟碧湘藍雖兩色, 鴛鴦總作一天秋.)(굴대균(屈大均), 〈 소상신(瀟湘神) · 영릉작(零陵作) 〉)

'무릉의 도화원과 은일사상'

셋째, 소상문학의 주요 모티프로 '무릉(武陵)의 도화원(桃花源)'을 들 수 있다.

소상 지역은 일찍부터 은일·피세(避世)의 기풍이 일었던 곳이다. 도연명은 상상 속에서 호남성 무릉(武陵; 지금의 상덕(常德)시)에 세상 밖의 도원경(桃源境)을 설정하고 그곳에서 "기뻐 스스로 즐거워하는(怡然自樂)"(〈도화원기(桃花源記)〉) 이상적인 삶의 모습을 묘사하였다. 그래서 후세 문인들로 하여금 이 도화원을 끊임없이 흠모하도록 만들었는데 당대 두목(杜牧) 같은 이는 "마땅히 이 길을 찾아 소상으로 가야 하리라.(應尋此路去瀟湘)"(〈난계(蘭溪)〉) 라고 하였다.

무릉은 소상과 가깝기 때문에 시인들은 소상을 무릉과 연계시켜 도화원으로 보기도 하였다.

> 세발 마름 연꽃에 실바람, 갈대에 옅은 안개, 소상의 남쪽 언덕 머리에 완연하다. 응시하여 보니 그곳은 마치 도화원 가는 동굴의 입구인 듯하다.(芰荷風細, 蒹葭煙淡, 宛在瀟湘南岸頭. 凝望處, 似桃源洞口.)"(조단례(晁端禮), 〈심원춘(沁園春)〉)

소상이 지닌 이러한 도화원이라는 이상향의 이미지는 한 걸음 나아가 은거의 정취까지도 수반하게 되었다. 소상은 서울에서 멀리 떨어져 있는 변경지역이라서 정치의 소용돌이를 피하고 정치적 박해와 재난을 면할 수 있었기에 문인 사대부들은 이곳에서 은거를 선택하기도 하였던 것이다.

황보염(皇甫冉)의 〈귀양선겸송유팔장경(歸陽羨兼送劉八長卿)〉시를 살펴보자.

湖上孤帆別,	호수 위 외로운 배를 보내는데,
江南謫宦歸.	강남에 유배 왔던 신하 돌아간다.
前程愁更遠,	앞길이 한 층 더 멀어질 것이란 근심에,
臨水淚沾衣.	물가에 이르러 눈물이 옷을 적신다.
雲夢春山徧,	운몽 습지는 봄산에 두루 펼쳐있는데,
瀟湘過客稀.	소상을 지나는 객은 드물다.
武陵招我隱,	무릉은 나를 은거하도록 부르고,
歲晚閉柴扉.	한 해가 저물며 사립문을 닫는다.

고대 문인들은 어부·나무꾼 등을 그들이 지녀야 할 이상적인 형상으로 간주하였다. 도덕적 고매함의 상징이었던 소부(巢父)·허유(許由)·장지화(張志和)·임포(林逋) 등과 명철보신하며 절개를 지킨 개자추(介子推)·범려(范蠡)·장량(張良)·엄릉(嚴陵) 등이 그들이다. 정치의 중심에서 멀리 벗어나 어부로 또는 나무꾼으로 평안하고 고요한 일상생활을 영위하며 내심의 영정(寧靜)을 얻고자 하였던 것이다. 그래서 소상문학에는 세속에 구애받지 않고 자유롭게 무위자연하는 삶을 사는 은일의 사상과 정취가 덧붙여지게 되었다.

'유배되어 온 소상의 나그네'

넷째, 소상문학의 주요 모티프로 '유배되어 온 소상객'을 들 수 있다.

소상은 서울에서 아주 멀리 떨어진 편벽한 곳으로 유배 좌천되어 온 시인들이 많아서 '소상객(瀟湘客; 소상 나그네)'이란 말이 만들어질 정도였다.

특히 수·당 이후로 소상으로 좌천 유배되는 문인들이 더욱 많아졌다. 지금 호남성 검양현(黔陽縣) 관할인 용표로 좌천된 용표위(龍標尉) 왕창령(王昌齡), 지금 호남성 상덕(常德)인 낭주로 좌천된 낭주사마(朗州司馬) 유우석(劉禹錫), 지금 호남성 영릉현(零陵縣)인 영주로 좌천된 영주사마(永州司馬) 유종원(柳宗元) 등 쟁쟁한 문인들이 모두 이곳으로 좌천되어 오게 되었고, 두보 역시 말년에 호남 지역을 떠돌다 타향에서 객사한다. 때문에 특히 당시 가운데는 소상을 제재로 창작된 작품들이 대량으로 존재한다.

이들 가운데서도 특히 유종원은 소상문학의 핵심적인 위치를 차지하는 대표적 작가이다. 그는 왕숙문(王叔文)의 당에 가담하였는데 영정(永貞) 혁신에서 실패하였기 때문에 영주(永州)로 유배 좌천되었다. 이 때 나이가 33세였다. 당 헌종(憲宗) 원화(元和) 10년(815)에 영주를 떠났으니 당시 나이 43세였다. 원화 14년(819) 유주자사(柳州刺史)로 재임할 때인 향년 47세에 세상을 하직하니 그의 인생의 가장 황금 시절을 영주에서 보낸 셈이다.

유종원은 소수와 상류가 합류하는 곳인 영주(永州)에서 생활하며 활발한 창작활동을 펼쳤다. 그는 자신이 "이미 세상에 버려지고 폐기되어 항상 산수와 더불어 짝을 이루었다.(旣委廢于世, 恒得與是山水爲伍.)"(〈陪永州崔使君游宴南池序〉)고 여기며

"스스로 산수 사이에서 맘껏 행동하였다.(自肆于山水間)"(韓愈, 〈 柳子厚墓志銘 〉) 그는 굴원 초사의 전통을 계승하여 자기 자신의 신세를 비통해 하는 한편으로 영주의 산수를 맘껏 유람함으로써 자신의 실의를 산수에 기탁하는 방식을 통해 산수로부터 위로를 받기도 하였다.

소상 지역은 본래 산수가 아름답기는 하지만 그러나 습지가 많고 기후가 음울한데다가 문명의 세례를 받지 않은 궁벽한 곳이어서 서울에서 유배되어 온 사람들이 편안하게 살만한 환경은 못 되었다. 거기에 유배 좌천되어 온 시인들의 개인적 상황에 대한 감개까지 겹쳐지면서 그들의 마음속에는 수심이 가득하게 되고, 소상을 제재로 한 그들의 문학도 수심으로 물들지 않을 수 없었다.

이 소상 나그네를 생각하니, 그 유랑하는 사정이 처량하구나.(感此瀟湘客, 淒其流浪情.)[이백(李白), 〈 추석서회(秋夕書懷) 〉]
근심스레 소상 포구를 생각하고, 운몽 습지를 슬퍼한다.(愁思瀟湘浦, 悲涼雲夢田)[유희이(劉希夷), 〈 무산회고(巫山懷古) 〉]
어찌 알았으랴, 지난날 은혜와 영화의 즐거움이 소상의 이별 근심으로 변할 줄을!(寧知宿昔恩華樂, 變作瀟湘離別愁).[장열(張說), 〈 증최이안평공락세사(贈崔二安平公樂世詞) 〉]
소상에 이별 많은데, 부용 모래섬에 바람이 인다.(瀟湘多別離, 風起芙蓉洲)."[장적(張籍), 〈 호남곡(湖南曲) 〉]
금귤의 꽃은 날리고 단풍잎은 쇠하여졌는데, 문을 나서서 경사는 어디로 바라보아야 하는가? 원상은 밤낮으로 동쪽으로 흘러갈 뿐, 근심스런 사람을 위해 조금의 시간도 멈추지 않는다(盧橘花開楓葉衰, 出門何處望京師. 沅湘日夜東流去, 不爲愁人住少時.)[대숙륜(戴叔倫), 〈 호남즉사(湖南卽事) 〉]

서울에서 격리된 채 머나먼 타향인 소상을 전전하고 있는 시인들에게 서울로, 또는 고향으로 돌아가길 바라는 망귀(望歸)의 심리는 강렬하지 않을 수 없었다.

상수의 물결은 각각 깊기도 얕기도 한데, 돌아가고픈 마음에 부질없이 슬퍼지네.(湘波各深淺, 空軫念歸情.)"[음갱(陰鏗), 〈 화부랑세모환상주(和傅郎歲暮還湘洲) 〉]
홀로 가련하구나, 서울 사람들 남쪽으로 내쫓겨서, 북쪽으로 흐르는 상강의 물과 같지 않으니.(獨憐京國人南竄, 不似湘江水北流.)"[두심언(杜審言), 〈 도상강(渡湘江) 〉]

소상 가는 외로운 배에 우나니, 먼 곳을 바라보며 마음은 끊어지려 한다.(孤帆泣瀟湘, 望遠心欲斷.)"[가지(賈至), 〈 송이시어(送李侍御) 〉]
외로운 배에 만 리 소상 가는 나그네, 밤새 돌아가고픈 마음이 동정호에 가득하다(孤舟萬里瀟湘客, 一夜歸心滿洞庭)"[엄우(嚴羽), 〈 문적(聞笛) 〉]

한편 소상은 그 특유의 아름다운 자연환경과 풍부한 문화적 특징으로 인하여 역대로 수많은 타지 출신 작가들을 그곳으로 불러들였다. 일테면 사마천(司馬遷), 맹호연(孟浩然), 이백(李白), 두보(杜甫), 육유(陸游) 등이 있었는데, 그 가운데 육유는 심지어 "붓을 휘두르는 데는 마땅히 강산의 도움을 받아야 하는데, 소상에 가지 않고서 어찌 시를 짓겠는가?(揮毫當得江山助, 不到瀟湘豈有詩.)"(〈 우독구고유감(偶讀舊稿有感) 〉)라고 말하기도 하였다.

지금까지 소상문학에 켜켜이 누적된 소상만의 특징적 요소들을 소상문학의 모티프적 관점에서 종합적으로 살펴보았다. 거기에는 전설상 순제를 잃은 상비의 비통함, 고국에서 내쫓긴 굴원의 애통함과 간절한 귀국에의 염원, 도화원에서 은거하며 자유로운 삶을 사는 것 등의 함의가 포함되어 있었다. 여기에 다시 소상으로 유배된 시인이나 혹은 소상을 지나가는 시인들이 지녔던 소상객으로서의 이별 근심과 귀향의 간절한 심리가 오랜 세월 소상문학에 덧붙여짐으로써 소상은 어느덧 여러 가지 의미들이 중층으로 쌓여 있는 일종의 정취와 분위기를 수반하게 되었다. 그리하여 훗날 정형화된 소상의 정취를 형성하게 되는 것이다.

소상의 정취를 형성하는 풍부한 함축을 지닌 이미지들은 단일하게 고립되어 존재하지 않고 관련된 다른 이미지들과 결합함으로써 일련의 이미지군을 형성하게 된다. 자주 보이는 이미지로는 반죽(斑竹), 상군(湘君), 동정(洞庭), 굴원(屈原), 군산(君山), 형악(衡岳), 창오(蒼梧), 도원(桃源), 대안(大雁), 멱라(汨羅) 등이 있다.

소상만의 특유한 정취와 분위기는 정형화되어 후대인들에게 시대와 지역을 막론하고 동일한 기억과 연상을 불러일으키게 하였다. 때문에 전혀 소상에 가본 적이 없는 시인들, 예컨대 그림 속에서 소상을 알게 되었을 뿐인 명대의 이름 있는 관리인 우겸(于謙) 같은 사람도 〈 벽간화소상팔경(壁間畵瀟湘八景) 〉에서 소상의 아름다운 풍경을 시로 묘사할 수 있었던 것이다.

이처럼 시인들이 오랜 시간에 걸쳐 동일한 문맥 상황에서 계속 사용함으로 인해 본래의 뜻 외에도 독특한 정취와 여운을 지니게 된 시어들을 한시에서는 정운의(情韻義)라고 하는데, 일테면 '南浦(남포)'는 '남쪽 포구'란 뜻이지만 이별 장소에서 자주 사용됨으로 인해 '이별의 아픔'이란 함의까지도 함께 지니는 것이다. 따라서 소상이란 말도 실제 호남의 소수와 상수란 뜻 외에도 위에서 말한 것처럼 여러 가지 다양한 의미와 분위기를 함께 수반하기 때문에 정운의에 포함된다고 할 수 있겠다. 우리는 이를 '소상 정취'로 정의할 수 있을 것이다.

'사방팔방의 공간으로서 팔경'

이제 두 번째 물음에 답해보자. 많은 경관 중에서도 왜 하필이면 여덟 개의 경관을 선택하여 팔경으로 구성하였는가?

송적의 〈 소상팔경도 〉에 의해 출현한 팔경의 위치를 후대 학자들은 호남성(湖南省) 장사현(長沙縣) 영릉군(零陵郡) 부근에서 소강과 상강이 만나 동정호로 흘러드는 지역의 뛰어난 여덟 개의 경관이라고 정의하고 있다. 그런데 왜 하필이면 많은 숫자 중에 여덟 개였을까?

중국인들은 사물을 명명할 때 특별히 숫자 8만을 애호한 것 같지는 않다. ≪독서기수략(讀書紀數略)≫ 권십이(卷十二)에 수록되어 있는 지부(地部)의 명승류(名勝類)에서 숫자를 사용하고 있는 명승지들을 살펴보면 숫자 2는 7개, 숫자 3은 15개, 숫자 4는 10개, 숫자 5는 12개, 숫자 6은 7개, 숫자 7은 4개, 숫자 8은 10개, 숫자 9는 4개, 숫자 10은 8개, 기타 숫자는 10개의 항목이 포함되어 있었다. 이것만 놓고 본다면 숫자 8은 명승지를 명명하는 데 크게 우세를 보이지 않고 있다. 다만 경관을 명명한 명승지만을 살펴보면 숫자 8이 7개, 숫자 10이 3개, 기타 숫자가 3개여서 8과 10이란 숫자가 압도적으로 많이 쓰인 것을 알 수 있다. 이렇게 볼 때, 우리는 경관이 지닌 어떤 특수성으로 해서 비로소 8로써 명명하게 된 것이 아닐까 유추해볼 수 있다.

8이란 숫자가 경관과 의미상 어떤 관련을 맺고 있는지에 대해 입증해낼 수 있다면 우리의 이러한 유추는 좀 더 설득력을 얻게 될 것이라고 생각한다.

음양의 조화를 통해 우주만물이 생성되고 변화한다는, '둘이 합쳐져 하나가(合二而

一)' 된다는 이원적(二元的)인 철학사상은 중국인의 생활 깊숙이 침투하여 그들은 매사에 지나칠 정도로 대우(對偶)와 대칭(對稱)을 강구하게 되었다. 특히 수사 8은 2의 배수로서 대칭을 이루는 짝수이기 때문에 길상(吉祥)과 경사(慶事)를 상징하였다.

'八(팔)'과 '發(발)'은 광동어(廣東語)에서는 동음이기 때문에 '八'은 또한 '發'로 인하여 '發財(돈을 벌다)'란 뜻을 지니게 되었다. 그래서 사람들은 돈을 많이 벌길 희망하는 뜻에서 이 8자를 매우 좋아한다. 번지, 호실수, 자동차 번호판, 전화번호 등등 모두 8이란 숫자를 좋아하여 1988년 8월 8일 홍콩, 마카오, 대만 등지에서는 이 날을 열렬히 경축하였다. 왜냐하면 네 개의 8의 해음은 '發·發·發·發'이기 때문에 '大大發財(크게 돈을 벌다)'의 뜻을 지니고 있는 것이다.

그런데 방위 공간을 나타내는 말로는 흔히 사(四)·팔(八)·십(十) 등의 숫자가 쓰인다. 사방(四方)은 동·서·남·북이요, 팔방(八方)은 사방에다가 다시 사우(四隅)인 동북·동남·서북·서남이 덧붙여진 것이며, 십방(十方)은 다시 여기에 상·하가 포함된 개념이다. 방위 공간을 나타낼 때 사(四)·팔(八)·십(十)은 동일한 개념으로 쓰여서 전방위, 모든 방면을 가리킨다고 할 수 있는데, 물샐틈없이 포위하고 있다는 뜻의 성어로서 사면매복(四面埋伏)·팔면매복(八面埋伏)·십면매복(十面埋伏) 등의 성어가 모두 함께 쓰이고 있는 것을 보면 우리는 이 점을 잘 알 수 있다. 경관은 일종의 공간을 가리키기 때문에 해당 지역의 경관 전체를 두루 모두 가리킨다는 뜻에서 팔경(八景)·십경(十景) 등이 자주 쓰일 수밖에 없는 이유가 여기에 있기도 하다.

한편 같은 짝수로서 4와 8은 특히 함께 많이 쓰인다. 일테면 사면팔방(四面八方), 사통팔달(四通八達), 사린팔사(四隣八舍), 사평팔온(四平八穩), 사반팔접(四盤八蹀) 등이 그 예이다.

또 짝수와 대칭 관념의 연장선상에서 8구의 율시 형식과 대우 등에서 팔경이 왔을 가능성도 배제할 수 없다.

심괄의 ≪몽계필담≫에 배열된 화제의 순서를 따라 살펴보면 어떤 규칙이 적용되어 있음을 알 수 있다. 〈 평사낙안 〉과 〈 원포귀범 〉은 낮은 모래사장과 먼 포구, 내려앉는 기러기와 돌아오는 배가 대비되었고, 〈 산시청람 〉과 〈 강천모설 〉은 봄산의 맑은 연기와 겨울강과 하늘의 저물녘 눈이 대비되었고, 〈 동정추월 〉과 〈 소상야우 〉는 맑은 가을달과 어두운 밤비가 대비되었고, 〈 연사만종 〉과 〈 어촌석조 〉는 저녁 종소리의 청각적 모습과 노을의 시각적 모습이 대비되었다. 이로 볼 때 8경의 화제는 대비성을 지닌 두 경관을 기본 단위로 하고 있음을 알 수 있다. 이렇게 두 개 한 쌍의 경관을 네 차례 병렬하면 팔경이, 다섯 차례 하면 십경(十景)이, 여섯 차례 하면 십이경(十二景)이 형성되는 것이다.

알프레다 머크는 〈 소상팔경도 〉의 화제의 구성과 배열은 8구인 율시의 구조를 모방하였다고 보았다. 즉 〈 평사낙안 〉과 〈 원포귀범 〉은 주제를 남김없이 설명해주는 파제(破題)에 해당되고, 〈 산시청람 〉과 〈 강천모설 〉, 〈 동정추월 〉과 〈 소상야우 〉는 각각 대우에 의해 구성되는 두 연에 해당되며, 〈 연사만종 〉과 〈 어촌낙조 〉는 시인의 통찰과 식견을 서술하여 끝을 맺는 결말에 해당된다고 보았다.

또 소상문학에 상당한 영향을 미친 바 있는 유종원과의 연관성도 한 번 고려해볼 수 있다. 유종원은 영주(永州) 산수를 유람하면서 〈 영주팔기(永州八記) 〉를 창작하였는데 이는 영주 산수문학의 대표로서 인구에 많이 회자된다. 때문에 소상의 경관을 제재로 한 팔경을 구성할 때 아주 자연스레 유종원의 〈 영주팔기 〉와 〈 우계시서(愚溪詩序) 〉에 언급된 〈 팔우시(八愚詩) 〉 등의 명칭을 연상했을 가능성이 있는 것이다.

그런데 팔경에 대한 소식의 관점은 조금 독특하다. 그는 〈 건주팔경도팔수병인(虔州八境圖八首幷引) 〉에서 다음과 같이 말하였다.

> 이것은 남강의 한 지역인데 어찌 여덟 개인가? 그것은 보이는 것이 달랐기 때문이다. 해를 한 번 보기로 하자. 아침에는 쟁반 같고, 낮에는 구슬 같고, 저녁에는 깨진 옥 같으니 어찌 세 개가 아니겠는가? 다만 장소가 여덟 개가 되는 것으로만 안다면, 그렇다면 겨울과 여름, 아침과 저녁, 비오는 날과 개인 날, 새벽과 밤의 차이가, 그리고 앉고, 행동하고, 걷고, 서고, 슬퍼하고, 즐거워하고, 기뻐하고, 성내는 것의 변화가 내 눈에 닿아 마음으로 느껴지는 것은 이루 헤아릴 수 없을 정도로 많은데, 어찌 다만 여덟 개만 되겠는가? (그러니 꼭 여덟 개인 것만은 아니다) 만약 이 여덟 개가 하나에서 나온다는 사실을 안다면, 사해 밖의 웃기고, 속이고, 괴이한 것들, ≪우공≫에서 기록한 것, 추연이 담론한 것, 사마상여가 지은 것 등등이 비록 수없이 많다 하여도 하나가 아닌 것이 없다. 훗날 군자들은 반드시 이러한 이치에 느끼는 바가 있을 것이다. 이에

시 여덟 수를 지어 그림 위에 제한다.(此南康之一境也, 何從而八乎? 蘇子觀之者異也. 且子不見夫日乎, 其旦如盤, 其中如珠, 其夕如破璧, 此豈三日也哉. 苟知夫境之爲八也, 則凡寒暑朝夕雨陽晦明之異, 坐作行立哀樂喜怒之變, 接於吾目而感於吾心者, 有不可勝數者矣. 豈特八乎. 如知夫八之出乎一也, 則夫四海之外, 詼詭譎怪, ≪禹貢≫之所書, 鄒衍之所談, 相如之所賦, 雖至千萬未有不一者也. 後之君子, 必將有感於斯焉. 乃作詩八章, 題之圖上.)

뛰어난 경치는 동일한 지역에 있는 것들인데, 다만 보는 사람·시간 등에 따라 달라져 보여서 그 중 여덟 곳을 별도로 명명한 것에 불과하다고 하였다. 그렇다고 여덟 곳만을 고집한다면 달라져 보이는 경관의 모든 특징들을 두루 다 포괄할 수 없음을 또한 알아야 한다고 하였다. 결국 편의상 경관을 여덟 개로 나누어 설정한 것일 뿐, 여덟이란 숫자에 특별한 의미 부여를 할 필요는 없다는 견해를 피력한 것이다.

그렇다면 팔경은 어떻게 해서 후대에 아름다운 경관을 명명할 때 보편적으로 널리 사용하는 명칭이 되었으며 급기야는 하나의 문화현상으로 자리 잡게 되었을까?

송적의 〈 소상팔경도 〉에 대하여 심괄·소식·미불 등이 찬양하자 영종(寧宗) 조확(趙擴)이 또 그림을 보고서 〈 팔경시(八景詩) 〉를 지어 자신의 정감과 감회를 묘사하는 한편으로 또한 호남성 장사에 팔경대(八景臺)를 세우게 해서 시와 그림을 진열하고 감상하도록 하였는데, 이로부터 소상팔경은 천하에 이름을 날리기 시작하였고 마침내 각지에 팔경으로 명명한 경관들이 속속 등장하게 되었다.

팔경이 보편적인 문화현상이 된 데는 또한 명칭상 소상산수화를 그린다고는 하였지만 그러나 정작 화가 본인의 고향을 그렸던 것이 원인이 되었을 가능성이 매우 크다. 즉 화가 자신이 살던 지역의 산수 환경을 그리면서 자신이 사는 지역의 명승지에 주의를 기울이게 되었고, 그 결과 그곳에도 팔경을 규정하게 만들었을 거라는 얘기다.

이밖에도 소상팔경은 〈 동정추월 〉과 〈 소상야우 〉를 제외하고 나머지 경관들이 모두 우리가 흔히 일상적으로 보는 자연 풍경과 평범한 지역들을 가리키고 있기 때문에 각지에서 이 명칭들을 그대로 인용하여 이름을 명명하기가 편리하였던 것을 또 하나의 이유로 들 수 있을 것이다.

소상팔경의 영향에 의해 탄생된 각 지역의 팔경 중에 가장 두드러진 것으로 남송대의 서호십경(西湖十景), 금대의 연경팔경(燕京八景)과 원대 오진(吳鎭)의 〈 가화팔경도(嘉禾八景圖) 〉 등을 들 수 있다. 수도에 있는 명승지 중 8개 혹은 10개의 경관을 선정하는 것은 당시 남북으로 대립하고 있던 남송과 금나라의 공통적인 현상이었다. 그런데 수도에 팔경을 제정하는 것은 다른 지방의 팔경보다 훨씬 의미가 있다고 할 수 있겠는데, 수도의 팔경은 서울의 뛰어난 경치를 만천하에 드러내면서 은근히 조정을 찬미하기도 하였기 때문이다. 명대에 이르면 왕불(王紱)의 〈 북경팔경도(北京八景圖) 〉가 존재하고, 여러 관리들이 북경 팔경을 시로 노래함으로써 가공송덕(歌功頌德)의 기능을 십분 발휘하였다.

이렇듯 12세기부터 시작된 팔경의 문화현상은 남쪽의 복건(福建)성 마사(麻沙)에서 북쪽의 하북(河北)성 고안(固安)에 이르기까지 많은 도시들, 풍경명승 지역, 원림 등에 광범위하게 출현하여 특수한 팔경 문화현상을 낳았다.

현대에 이르러서는 여러 도시들이 신팔경(新八景)·신십경(新十景)을 공포하여 시민들의 환영을 받고 있다. 이처럼 팔경현상은 하나의 문화현상으로서 오늘날까지도 환영을 받고 있는 것이다.

'고려와 조선의 팔경 문화현상'

마지막으로 중국의 소상팔경과 같은 팔경 문화현상은 우리나라에 어떤 영향을 미치게 되었을까?

중국의 소상팔경 문화는 고려(高麗)와 조선(朝鮮)으로 전래되어 사대부들이 소상팔경을 전범으로 우리나라의 자연과 전통 문화경관을 인식하도록 하는 데 결정적인 영향을 미쳤다.

〈 소상팔경도 〉가 언제 전해졌는지는 확실히 알 수 없지만 고려의 명종(明宗; 1171~1197) 때에는 이미 전해졌다고 한다. 소상팔경에 대한 우리나라 문인들과 화가의 관심은 대단하였던 듯하다. 그리하여 소상팔경은 한시뿐만 아니라 장르를 달리하여 시조나 잡가로까지 창작되기도 하였다.

한편 팔경은 이후 고려나 조선에서도 절경의 정형이 되어 지방에 팔경이 만들어지기 시작하는데 관동팔경(關東八景)도 그 중 하나이다. 이밖에도 자연을 수양의 공간으로 인식하는 경향이 확대되면서 수양 거점으로서 개인 누정을 대상으로 한 팔경시의 창작이 활발하게 이루어진다.

≪한국문집총간≫(1~160권)에 근거하면 소상팔경 관련 시는 17인의 24편이 있고 또한 우리나라의 팔경 관련 시가 185인의 542편이 수록되어 있으니 우리나라 전 지역에 팔경이 얼마나 많이 만들어졌고 이것이 다시 시로 노래되었는지를 잘 알 수 있다.

현재 우리나라에 존재하는 팔경들을 대략 살펴보면, 영평(永平)팔경, 설악(雪嶽)팔경, 관동(關東)팔경, 의림지(義林地)팔경, 충주(忠州)팔경, 단양(丹陽)팔경, 상산(常山)팔경, 괴산(槐山)팔경, 양산(陽山)팔경, 한천(寒泉)팔경, 부여(夫餘)팔경, 고군산(古群山)팔경, 곡성(谷城)팔경, 목포(木浦)팔경, 여수(麗水)팔경, 지리산(智異山)팔경, 쌍계(雙磎)팔경, 밀양(密陽)팔경, 해운대(海雲臺)팔경, 거문도(巨文島)팔경, 팔공산(八公山)팔경, 영계(永磎)팔경 등을 들 수 있다. 각 지방마다 관광객들을 흡인하기 위해 그 지역의 팔경을 만들어가고 있는 현상은 여전히 현재진행형이라 할 수 있다.

****

누구나 마음속에 이루고 싶은 소망을 갖고 있다. 아름답고 낭만적인 바람을 우리는 흔히 로망이라고 하며 로망을 꿈꾼다고 말한다. 쉽게 이룰 수 있는 것은 로망이 아니다. 그리고 현실 생활의 성취와 관련된 바람 역시 로망이 아니다.

나 역시 마음속에 이루고 싶은 로망이 몇 가지 있다. 주로 걷는 것과 관련이 있다.

'인생은 속도가 아니라 방향이다.(Life is a matter of direction not speed.)'

흔히들 이렇게 말한다. 그러나 나는 여기에서 한 걸음 더 나아가야 한다고 생각한다.

"방향이 중요하지만 그 방향으로 누구와 함께 걷는가 하는 것은 더욱 중요하다." 어떤 방향으로 가더라도 그 방향으로 함께 걷는 동행이 있어야 비로소 성숙하고 행복한 삶을 살 수 있지 않겠나 하는 생각을 기본적으로 하고 있다. 그런 면에서 같은 생각을 지닌 동반자와 같은 방향으로 난 길을 걷는 것을 참으로 소중하게 생각한다.

'얼마나 오래 걸어야 참된 인간이 되는 것일까?'

미국의 가수 밥 딜런이 부른 노래 〈 바람만이 아는 대답 Blowin' in the Wind 〉의 가사이다. 내가 길을 걷는 이유는 어디에 있을까 곰곰 생각해본다. 평소 익숙해서 어느덧 무덤덤해진 것과 잠시 결별하고 낯선 곳에서 낯선 타인을 만남으로 인해서 오히려 떠나온 것들의 소중함을 다시 깨닫고 그리움을 간직한 채 다시 돌아올 수 있기 때문이 아닐까? 또한 궁극적으로는 내가 떠난 길에서 나 자신의 참모습을 만나고 돌아올 수 있기 때문이 아닐까? 우리는 길 위에서 길을 잃을 때가 많다. 왜 그럴까? 내 안의 너무나 많은, 내가 아닌 것들이 나의 눈을 흐리게 해서 방향을 잃게 하기 때문이 아닐까 생각된다. 그런데 길을 나서서 걷다보면 어느덧 내 안의 욕망들을 내려놓게 되고 그로 인해 욕망에 가려졌던, 프랑스 철학자 루깡이 "우리는 타인의 욕망을 욕망한다."고 얘기했듯이 실은 타인의 눈에 의해 제시되었던 욕망들을 내려놓게 되면서, 내 안에서 숨죽이고 있던 참된 자아, 나의 참모습을 만나고 돌아오게 되는 것이 바로 길을 떠나고 길을 걷는 진정한 목적이 아닐까 싶다.

나는 프랑스 생장피드포르에서 스페인의 산티아고까지 연결되는 약 800킬로미터의 순례길을 걸어보고 싶다. 산티아고에는 예수의 열두 사도 중 한 사람인 성인 야고보가 묻혀 있다고 전해지는 곳으로 그간 유럽 사람들에게는 잘 알려진 성지 순례길이었다. 그런데 최근 이 길이 한국 사람들에게도 많이 알려져 지금 그 길을 걷는 상당수의 사람들이 한국 사람일 정도로 인기를 얻고 있는 길이다. 그래서 나는 이 순례길을 걸은 사람들의 여행기를 수집하여 읽고 있는 중이다. 언젠가는 나도 그 길 위에 서 있을 거라 상상하면서.

지금 성당 다니는 사람들에게는 또한 우리나라 기독교 순교자의 무덤이 있는 곳들을 순례하는 것이 하나의 유행이 되고 있다. 그런데 이들의 순례 목적은 어디에 있을까? 아마도 그곳에 계신 성인들의 행적을 찾아가 확인해보면서 그들을 본받고자 하는 것이 아닐까 생각된다. 살다보면 주변 사람들과 갈등과 마찰을 겪게 되고 그 결과 분노와 증오가 가슴 가득 쌓이기 쉽다. 또 마음 같이 안 되는 일들이 많기 때문에 실패와

좌절로 인해 커다란 근심과 두려움을 안고 살아가기 쉽다. 그런데 길을 걷는 많은 사람들의 경험을 종합해보면, 이렇게 많은 분노와 증오, 근심과 두려움을 안고 떠났나가 길을 걷고 또 걸으면서 이것들을 하나하나 길 위에 다 내려놓고 이윽고는 텅 빈 고요와 평화 속에서 그간 무시했거나 학대해왔던 내 마음속의 소중한 어린아이, 즉 나의 참모습을 만나게 된다고 한다. 길 위에 서서 욕망을 내려놓으니 나 자신을 발견하게 된 셈이다.

나에게 또한 미국의 그랜드 캐년을 포함한 대협곡이 있는 지역들을 들르며 야영 등의 방식으로 횡단하고 싶은 로망이 있다. 광활한 대자연에 울퉁불퉁 빚어놓은 대협곡들, 그곳에서 협곡을 베개 삼고 밤하늘을 이불 삼는다면 나 역시 옛 선비들의 호탕한 기상을 맛볼 수 있지 않을까 생각하는 중이다. 아직 미국을 한 번도 못 가보고 영어도 서툰 상황에서 언제나 그런 기회가 올 수 있을까 반신반의하고는 있지만 그래도 소망하면 이루어진다는 생각으로 여전히 바리지 않고 소중히 간직하고 있는 로망 중 하나이다.

나는 또한 본 장의 주제이기도 한 빗소리를 들으며 강가에 정박한 쪽배 안에서 하룻밤을 보냄으로써 옛 시인들의 정취를 한 번 경험해보고 싶은 로망을 갖고 있다. 쪽배 안에 있기에 마음은 싱숭생숭한 채로 고향에 두고 온 가족과 지인들을 그리워하면서 그들과 보내왔던 일상들이 얼마나 소중했고 감사했는지를 다시금 깨달아 볼 것이다. 이윽고 선실의 창문을 두드리는 빗소리, 강물 위에 떨어지는 빗소리를 들으며 대자연이 운행되는 이치에 대해서 되새겨보고, 소란한 빗소리를 통해 역설적으로 다시 마음의 적막과 고요를 느껴볼 것이다. 궁극적으로는 나 스스로 외면해왔던 나 자신의 참모습이 무엇인지에 대해 다시 한 번 성찰해보는 기회가 되지 않을까 생각한다.

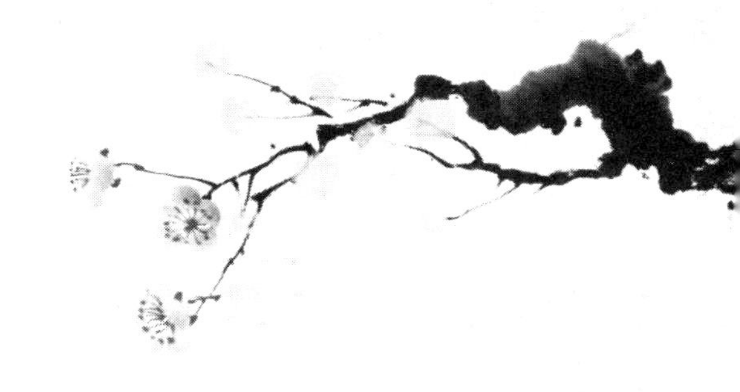

제5장

동양화

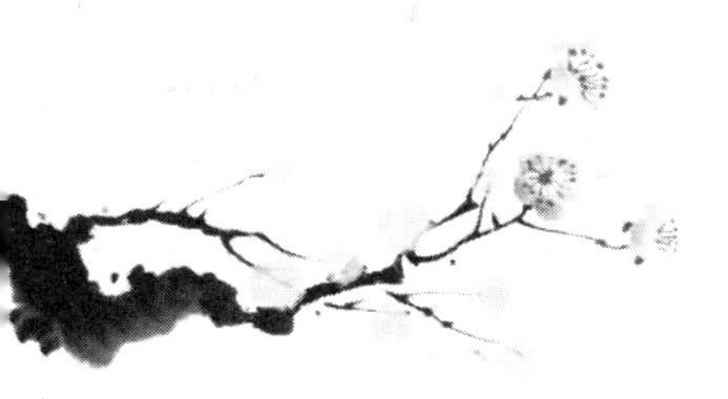

봄강에 배를 띄우니 하늘 위에 앉은 듯
(春水船如天上坐)

5.1. 한시와 그림

중국의 한시를 연구하면서 예전처럼 텍스트 자체만을 가지고 분석하여도 텍스트의 모든 것을 다 파악할 수 있다는 식의 단순한 방법론에 의존한 연구는 더 이상 후기 자본주의 시대를 사는 한국의 독자들을 만족시킬 수 없을 것처럼 보인다. 고려·조선조 이래로 우리나라 지식인들의 최고 가치 있는 심미대상 중 하나였고 삶의 필수적인 도구였던 한시를 오늘 우리가 감상하고자 할 때, 이처럼 단순히 주해나 번역에 그쳐서는 더 이상 독자들을 감동시킬 수 없는 우리의 현실은 학계의 연구자들에게 커다란 고민꺼리와 난제를 안겨주고 있다.

텍스트에 대한 전면적인 이해를 위해서 역사·철학·사회학 등에로 지평을 확대해서 입체적인 이해를 해야 하며, 나아가 풍속·음식 등의 생활문화 및 그림·음악 등의 시청각 예술과도 긴밀하게 조응시켜 이해를 확대하고 심화시켜야 비로소 IT와 가상현실, 그리고 매스미디어에 익숙한 오늘날의 한국의 독자들에게 친근하게 다가갈 수 있지 않느냐 하는 반성과 요구가 요즘 학계에 급부상하고 있다.

'목동은 멀리 살구꽃 핀 마을을 가리키네'

당대 두목(杜牧)의 〈청명(淸明)〉이란 시는 텍스트 자체에 대한 주해와 해석은 물론이요 중국의 풍속문화에 대한 상식을 덧붙이고, 더 나아가 시각예술로서 그림이란 매개물을 다시 감상하게 함으로써 텍스트에 대한 이해를 심화시킬 수 있는 좋은 예이다.

淸明時節雨紛紛,	청명절에 어지러이 비가 내리니,
路上行人欲斷魂.	길에 선 나그네는 넋이 달아나려 한다.
借問酒家何處有,	묻노니 술집은 어디에 있는가?
牧童遙指杏花村.	목동은 멀리 살구꽃 핀 마을을 가리킨다.

청명절은 조상의 산소에 음식을 싸가지고 가서 성묘하는 한편으로 봄놀이를 즐기는, 곧 '답청(踏靑)'이 주요한 풍속이 된다. 길을 떠난 나그네가 넋마저 달아나려 하는 이유는 비가 추적추적 내리기 때문이기도 하지만 남들은 봄놀이를 즐기는데 자신은 길을 떠나야만 하는 슬픔과 고독감이 배가되었기 때문이다. 자, 이것은 곧 풍속문화에 대한 이해를 통해서 텍스트의 이해를 심화시킨 설명이다. 그러나 여전히 청명절의 풍속에 대해 이해가 잘 되지 않는 독자들을 위해서 그림을 활용함으로써 그들의 시선을 자극하고 지식을 심화시킬 필요가 있다. 청나라 때의 〈 청명상하도(淸明上河圖) 〉는 아주 좋은 예가 될 것이다.

〈 청명상하도(淸明上河圖) 〉

동양과 서양은 많이 다르다. 무언가를 보는 행위에 대해서도 서양에서는 'see(=보다)'라고 하여 관찰자가 물체를 주체적으로 바라본다는 뜻으로 표현하는 데 반해 동양에서는 '견(見, 보이다)'이라고 하여 대상(상대방)이 중심이 되어 대상이 관찰자에게 보이고 나타난다는 뜻으로 표현한다. 또한 서양은 개체성을 중시하기에 사진에서도 개체와 인물이 중심이 되는 데 반해 동양은 관계성을 중시하여 사진에서도 배경이 중심이 되는 구도를 취한다.

동양의 전통적인 산수화 역시 풍경을 그린 서양의 풍경화와는 다른 개념을 지닌다. 산수화는 자연을 그리되 서양의 풍경화처럼 객관적인 자연의 재현(再現)을 목적으로 하지는 않는다. 다시 말해 '마음속의 산수', 즉 의중(意中)의 산수를 화면에 묘사한다. 때문에 서양의 풍경화는 단순히 경치의 조화, 경물의 배치, 색감 등에 관심을 갖고 그림 자체를 미적 대상으로 삼지만, 동양의 산수화는 자연의 신비스러움, 자연 속에 깃들인 정신적 세계, 경물의 오묘한 조화, 그리고 고사나 고시에서 제시하는 말의 뜻 등에 초점을 두고 감상한다. 그러니까 자연의 신비를 마음속으로 깨닫고 자연에 동화하거나, 선인들의 일화를 되새기며 그들의 행적을 흠모하는 데 감상의 의의가 있다.

때문에 동양화에는 서양화와 다르게 옛날에 있었던 고사(古事)나 고시(古詩)를 주제로 활용한 그림들이 많다. 가도(賈島)의 시를 그림으로 옮긴 〈송하문동자도(松下問童子圖)〉, 이백의 시를 그림으로 그린 〈산중답속인도(山中答俗人圖)〉, 〈망여산폭포수도(望廬山瀑布水圖)〉, 또 우리나라의 그림 중에서 도연명의 〈귀거래사(歸去來辭)〉에 나온 '율리의송(栗里倚松; 집이 있는 율리로 돌아와 소나무 등걸을 어루만지며 유유자적하게 살았다는 고사)'을 주제로 그린 이재관(李在寬)의 〈송하처사도(松下處士圖)〉 등이 있다. 때문에 우리는 한시의 이해를 더욱 선명하게 하기 위해서 그림을 잘 활용할 수도 있는 것이다.

'구름 깊어 계신 곳 모르겠어라'

가도의 〈심은자불우(尋隱者不遇)〉 시를 살펴보자.

松下問童子,	소나무 아래서 동자에게 물었더니,

言師採藥去.	스승은 약초 캐러 가셨다 한다.
只在此山中,	이 산 속에 있으련만,
雲深不知處.	구름 깊어 어디 계신지 모르겠구나.

많은 기대와 앙모의 마음을 가슴에 품고 산속 깊은 곳에 은거하고 있는 고매한 선비를 찾아갔으나 만나지 못 하고 그저 자욱하게 뒤덮인 구름을 바라봐야만 하는 안타까운 심정이 잘 묘사되어 있다. 그런데 이 시의 정취와 정신은 바로 은사와 만물을 감싸고 있는 깊은 구름에 있다고 할 수 있으며, 이런 이미지는 상상보다는 실제 형상을 보여주는 그림을 통해서 더욱 구체적이고 쉽게 감상할 수 있다고 생각된다. 그러기에 한시의 감상에 그림 역시 좋은 보조 자료가 될 수 있다고 할 수 있겠다.

〈 송하문동자도(松下問童子圖) 〉

'봄강 위에 배를 띄우니 하늘 위에 앉은 듯'

두보는 59세로 세상을 뜨기 반년 전에 〈 소한식주중작(小寒食舟中作) 〉시를 짓는다. 이 시는 우리나라 화가 김홍도의 〈 주상관매도(舟上觀梅圖) 〉의 모티브가 된 시이기에 더욱 의미를 지닌다.

佳辰强飮食猶寒,	좋은 때라 억지로 마시며 먹지만 여전히 차가운데,
隱几蕭條戴鶡冠.	안석에 기대어 쓸쓸하게 은자의 관을 쓰고 있네.
春水船如天上坐,	봄강 위에 배를 띄우니 하늘 위에 앉은 듯하고,
老年花似霧中看.	노년이라 꽃은 안개 속에서 보는 듯하네.

'소한식'은 한식의 다음날이며, 청명절의 하루 전을 가리킨다. 한식부터 청명절까지 3일 동안은 화기를 금하기에, 첫 구절에서 소한식 같은 좋은 절기를 만나 먹고 마셨지만 여전히 차가운 음식들이었다고 하고 있다. 그런데 억지로 마신 이유는 늙고 병들어 술을 마실 수 없었으나 길일을 만나 그래도 정신을 차리고 힘을 내서 먹고 마셨음을 뜻한다.

배를 타고 안석에 기대어 있는 시인은 외롭고 쓸쓸하다. '은궤'는 앉을 때 몸을 기대는 제구인 안석에 기댄다는 뜻이다. '할관'은 초(楚)나라의 은자인 할관자(鶡冠子)가 쓴 할새의 꽁지깃으로 장식한 관으로서 관직을 잃고 더 이상 조정에 등용되지 못 하는 시인을 비유한 것이다. 몸이 병들었기에 억지로 마시고 관직을 잃고 쓸모 없는 신세가 되었으니 할관을 쓰고 있는데, 이러한 시인의 처량한 신세가 읽는 사람의 코끝을 찡하게 한다.

셋째와 넷째 구는 시인이 배 안에서 안석에 기대어 보고 느낀 소감으로서 역대로 많은 사람의 입에 오르내리고 있는 명구이다. 봄 강물은 눈이 녹아 불어나기 마련이라 강물이 넓고 호탕하게 흘러가서 배가 좌우로 출렁거리니 마치 하늘의 구름 속에 앉아 있는 듯하다. 그런데 이제 시인은 몸이 쇠약해지고 눈은 흐릿해져 강 언덕위의 꽃들이 마치 한 층의 안개를 사이에 두고 보는 듯하다. 변란이 수시로 발생하면서 시국이 동탕하고 불안하니 이런 정국 역시 안개를 사이에 두고 꽃을 보는 것과도 비슷하다는 암시도 내포되어 있다고 할 수 있다.

김홍도가 〈 주상관매도 〉를 그리고 작품의 화제(畵題)를 '老年花似霧中看(노년이라 꽃은 안개 속에서 보는 듯하네)'라고 한 것을 보면 분명 두보의 〈 소한식주중작 〉, 그 중에서도 인구에 회자되는 제4구를 모티브로 삼은 것임이 분명하다고 할 수 있다.

〈 주상관매도(舟上觀梅圖) 〉

〈 주상관매도 〉에는 느긋하고 한가로운 기운이 감돈다. 화폭은 어른의 키만큼이나 커다란데 거기에 그려진 경물은 화면의 오분의 일도 채 되지가 않는다. 뿌옇게 떠오르는 끝없는 빈 공간, 그 한중간에 가파른 절벽 위로 몇 그루 꽃나무가 안개 속에 슬쩍 비치고 있다. 경물과 여백이 서로 상생작용을 일으키는 이 공간감각은 김홍도의 노년기 산수화에 엿보이는 특징으로서 시정(詩情)이 매우 풍부하다.

한편 김홍도에게는 평시조가 한 수 있는데, 이 역시 두보의 〈 소한식주중작 〉과 긴밀한 연관선상에서 얘기해볼 수 있다.

> 봄 물에 배를 띄워 가는 대로 놓았으니
> 물 아래 하늘이요 하늘 위가 물이로다
> 이 중에 늙은 눈에 뵈는 꽃은 안개 속인가 하노라

김홍도의 시조 중에서도 초장과 중장은 두보 시의 제3구를 환골탈태시킨 것이고, 종장은 제4구의 시상을 그대로 전개한 것이라고 할 수 있다.

중국 한시의 모방 수법에는 점철성금(點鐵成金), 탈태환골(奪胎換骨), 점화(點化), 우동(偶同) 등의 다양한 수법이 있는데, 다소간의 정도 차이는 있지만 이전 시인들의 시를 교묘하게 베끼거나 바꿔 쓰는 수법이다. 기존의 시인들이 너무 많은 창작성과를 남겨 놓아 이를 피해갈 수 없었기 때문에 약간 모방하거나 변화시키는 수법은 어쩔 수 없는 창작수법으로 받아들여지기도 하였고, 이 중 점철성금과 탈태환골 등은 좀 더 적극적으로 수용되기도 하였다. 다만 이 방법들 역시 때로는 표절이라는 비판을 완전히 피할 수는 없었다.

김홍도 시조의 중장인 '물 아래 하늘이요 하늘 위가 물이로다'라고 한 부분은 물에 비친 하늘을 생동적으로 형상화한 묘사로서 비록 〈 소한식주중작 〉을 변형시킨 것이긴 하지만 오히려 원시를 능가하는 점도 있다고 볼 수 있다. 이렇듯 김홍도의 한시에 대한 소양과 감동이 그림으로 그려지기도 하고 시조로도 지어진 것을 보면 그의 탁월한 상상력과 창조력을 충분히 엿볼 수 있다. 아울러 전통문화 속에 잠재하고 있는 문화콘텐츠의 활용 가능성을 우리는 멀리 조선의 김홍도로부터 충분히 잘 배울 수가 있다.

5.2. 동양화 읽기와 동음이의어

'유성화, 무성시'

흔히 동양에서는 시는 '소리 있는 그림', 유성화(有聲畵)이고, 그림은 '소리 없는 시', 무성시(無聲詩)로 부르기도 하였다. 따라서 동양화는 그 화의(畵意)를 읽어내는 것이 감상의 중요한 핵심이 된다고 할 수 있다.

화가들은 자연을 보고 문득 아름다움을 느껴서 이를 표현해 보고자 하는 충동 때문에 그린다기보다는 이 그림이 어디에 어떻게 쓰일 것인가를 먼저 생각하고 그 쓰임에 맞는 그림으로 그리는 경우가 많았다. 또 화가들은 자연을 그리되 객관적인 자연을 그대로 재현하지 않고 마음속에 있는 의중의 산수를 그린다. 그런데 그 의중은 주로 역사 교훈이나 길상과 강녕의 축원 등이 대부분이다. 때문에 동양화는 물체가 사실과 닮았느냐, 닮지 않았느냐 하는 문제는 그다지 큰 의미가 없다. 단지 그 물체가 의미하는 상징성과 물체를 통해 표현하고자 하는 작가의 정신세계가 중요할 뿐이다.

따라서 동양화를 감상할 때는 화가가 전달하고자 하는 의미를 파악해야 하는데, 즉 그림이 상징하는 뜻을 문자적 의미로 환언(換言)해서 그 문자를 읽는 독화(讀畵)적인 방법을 써야만 한다.

독화적 방법으로 그림을 읽고자 할 때 필수적으로 이해해야 할 선결과제가 바로 동음이의자(同音異義字)에 의해서 별도의 뜻을 상징으로 부여하는 해음(諧音)의 수법이다. 이 해음 수법은 중국인의 문화, 민속에서 매우 우세한 현상으로 자리 잡고 있다. 그리고 이런 해음 수법은 주로 길상과 강녕을 기원하는 주술적 의미까지도 동시에 함께 지니고 있다.

예를 들면, 숫자 8은 '發財(돈을 벌다)'의 '發(발)'과 발음이 같아서 돈을 번다는 뜻을 상징으로 지니고 있다. 이런 방식으로 해서 숫자 9는 '長久(장수하다)'는 뜻을, 숫자 6은 '大順(크게 순조롭다)'는 뜻을, 숫자 4는 '死(죽다)'는 뜻을, 박쥐 편복(蝙蝠)은 '遍福(두루 복을 받다)'는 뜻을, 큰 박쥐 홍복(洪蝠)은 '洪福(큰 복)'의 뜻을, 다섯 마리 박쥐 오복(五蝠)은 '五福(다섯 가지 복)'의 뜻을 상징으로 지니고 있다.

'연연유여'

때문에 동양화 역시 동음이의자를 통해서 읽어내야만 그 그림이 지시하고 있는 암호를 해독해낼 수 있는 것이다. 이제 그 예들을 자세히 살펴보자.

연꽃 사이로 물고기가 노니는 그림이 있다. 연꽃 '蓮(연)'은 한 해라는 뜻의 '年(연)'과 동음이의자이다. 물고기 '魚(어)'는 '餘(여)'와 동음이의자이다. 그래서 이 그림이 지시하고 있는 것은 '연연유여(年年有餘)', 즉 해마다 넉넉하기를 바란다는 뜻이다.

시든 연밭에 연 열매와 함께 백로 한 마리를 그린 그림이 있다. 연 열매 '蓮果(연과)'는 연이어 과거에 급제했다는 뜻의 '연과(連科)'의 동음이의자이다. 또 백로 한 마리 '일로(一鷺)'는 한 걸음이란 뜻의 '一路(일로)'의 동음이의자이다. 따라서 이 그림은 일로연과(一路連科), 즉 한 걸음에 향시(鄕試)와 전시(殿試) 두 번의 과거 시험에 연속으로 등과하라는 뜻을 상징한다.

갈대숲에 기러기가 앉아 있는 그림이 있다. 갈대 '蘆(로)'는 늙다는 뜻의 '老(노)'자와 동음이의자이다. 기러기 '雁(안)'은 편안하다는 뜻의 '안(安)'과 동음이의자이다. 그래서 이 그림이 지시하고 있는 것은 '老安圖(노안도)', 즉 늙어서도 편안하기를 바란다는 뜻이다.

고목나무 옆에 어미 고양이와 새끼 세 마리가 있고, 그 위에는 까치와 참새가 앉아 있는 그림이 있다. 고양이 '猫(묘)'는 70세 노인이란 뜻의 '耄(모)'와 동음이의자이고, 까치 '喜鵲(희작)'은 기쁨을 뜻한다. 거기에 새끼 세 마리는 곧 자식 세 명을 가리켜 다복을 상징한다. 결국 이 그림은 다복한 노인의 장수를 축하하고 기뻐하는 내용이다.

'폐백시의 밤과 대추', '호작도'

이처럼 중국화를 읽을 때는 동음이의자를 통한 읽기가 중요한데, 동음이의자를 판별하기 위해서는 어느 정도 중국어의 음을 알아야 한다는 문제가 발생한다. 때문에 중국의 민속과 문화가 한국에 전래되는 과정에서 우리나라 사람들이 중국어를 모르기 때문에 중국어의 동음이의어의 특징을 간과하는 오류를 종종 범할 수밖에 없었다. 다음은 그 오류들의 예이다.

우리나라는 결혼 폐백식에서 밤과 대추나무를 던져주는데 그 이유를 밤과 대추처럼

<호작도(虎鵲圖)>

아들 많이 나으라고 기원하기 위해서라고 해석하는 사람들이 많다. 그런데 이런 해석은 정확한 해석이 아니다. 중국에서는 결혼을 하게 되면 대추 '棗(조)'와 밤 '栗子(율자)'를 함께 그릇에 담아주는데, 대추 '조'와 동음이의자인 '早(조)', 밤 '율자'와 동음이의자인 '立子(입자)'의 뜻을 취하여 '早立子(조립자)', 즉 빨리 아들을 낳기를 바라는 뜻이었다. 이런 풍속을 이해하지 못 하면 웃지 못 할 촌극도 벌어진다. 대만은 열대성 기후이기 때문에 밤이 생산되지 않는데, 때문에 어느 신부집에서 밤을 구하지 못해 임시방편으로 어차피 '栗子(율자)'와 동음이의자인 '梨子(리자)'를 대신 그릇에 넣었다고 한다. 그런데 다시 살펴보면, 배를 뜻하는 '梨(리)'는 또 헤어진다는 뜻의 '離(리)'자와 동음이의자가 될 수 있기 때문에 신랑측에서는 이를 '早離(조리)', 즉 빨리 헤어지라는 뜻으로 오해하여 신부측에 항의하였다는 웃지 못 할 이야기가 전해지기도 한다.

우리나라에서는 호랑이와 소나무 위의 까치가 서로 희롱하는 그림을 호작도(虎鵲圖)라고 하면서 이 두 동물이 우리나라 사람들에게 친근해서 그려진 것이라 오해하고 있다. 그러나 이 그림에 나오는 동물은 호랑이가 아니라 표범인데, 우리나라에는 표범이 존재하지 않기에 우리에게 친근한 호랑이를 그린 것이라 한다. 그리고 여기서 소나무 '松(송)'은 보낸다는 뜻의 '送(송)'와 동음이의자이며, 표범 '豹(표)'는 알린다는 뜻의 '報(보)'와 동음이의자이며, 까치 '喜鵲(희작)'은 희소식을 가리킨다. 때문에 이 그림은 '送舊迎新(송구영신)', 즉 옛 것을 보내고 새해를 맞이한다는 뜻으로, 새해에 붙이는 민화인 연세화(年歲畵)였던 것이다.

한편 여담이긴 하지만, 우리는 까치가 울면 길하다든지, 귀한 손님이 온다고 인식하고 있는데, 그 이유는 과학적 근거가 있다고 한다. 까치는 실제 사람의 얼굴을 인식할 줄 알아서 낯선 사람이 오면 지저귀는 것이고, 옛날 낯선 사람이라면 곧 귀한 손님이었기 때문에 까치가 울면 귀한 손님이 찾아온다고 생각하게 된 것이라 한다.

이런 오류들은 훗날 하나의 한국적인 문화현상으로 자리 잡은 것도 있기에 마냥 비판하고 바로잡아야 할 성질의 것만은 또 아니라는 사실을 알아야 한다. 동음이의어를 모른다고 한국인을 탓하기보다, 이제 21세기를 맞이하여 앞으로 우리는 주체적으로 우리의 문화와 풍속을 스스로 가꾸어 나가야 할 당위성이 있다는 것을 이 교훈을 통해서 받아들이는 것이 더 올바른 태도가 아닐까 생각해본다.

'탁족도'

또 중국화는 때로 역사 교훈과 인생의 이치를 담고 있는 그림도 많다. 이때는 그림과 관련하여 과거 전적에 나온 전고를 찾고 상기하며 읽어야 한다. 그 중에서도 옛날 고전에 나오는 명구나 일화를 상기하여 읽어야 할 때가 많다.

물에 발을 씻는 모습을 그린 탁족도(濯足圖)가 있다. 이는 ≪맹자(孟子)≫의 〈 이루(離婁) 〉 편에 나오는 다음 노래와 관련이 있다. "창랑의 물이 맑으면 갓끈을 씻을 것이요, 창랑의 물이 흐리면 내 발을 씻을 것이다.(滄浪之水淸兮, 可以濯我纓, 滄浪之水濁兮, 可以濯我足.)" 이 〈 창랑가 〉에 대해 공자는 물이 맑고 흐림에 따라 다른 대접을 받듯이 나의 인격적 상황이 어떠하냐에 따라 그에 상응한 대접을 받는 것을 비유한 것이라고 말한 적이 있다. 그런데 굴원의 〈 어부사(漁父辭) 〉에서 어부는 정치적 상황이 어떠하든 거기에 순응하여 살면 될 것이 아니냐고 굴원을 설득하였다. 따라서 이 탁족도를 감상할 때는 때로는 공자의 말씀을 떠올리며 남에게 어떻게 대접 받느냐 하는 것은 결국 내 인격 수양의 정도가 자초하는 것이니 수양을 쌓는데 힘을 쓰라는 교훈을 주고 있는 것으로 해석할 수 있고, 때로는 어부의 얘기를 떠올리며 정치적 상황이 어떠하든 거기에 순응하면서 살면 된다는 교훈을 주고 있는 것으로 이 그림을 읽을 수도 있을 것이다.

물고기 세 마리, 곧 '三魚(삼어)'를 그린 그림이 있다. 이 그림은 '삼어'가 '三餘(삼여)'와 동음이의자여서 하루 중 밤, 여러 날들 중 비오는 날, 계절 중 겨울 등 세 가지 남는 시간만 있으면 학문하기 충분하다는 것을 상징하는 뜻으로 읽을 수 있다. 이는 ≪위지(魏志)·왕숙전(王肅傳)≫에 나오는 동우(董遇)의 고사와 관련이 있다. 배움을 청하러 온 사람에게 학문하는 데는 세 가지 남는 시간만 있으면 충분하니 "한 낮의 남는 시간인 밤, 한 때의 남는 시간인 흐려 비오는 날, 한 해의 남는 시간인 겨울(夜者日之餘, 陰雨者時之餘, 冬者歲之餘)"이 그것이라고 대답한 데서 유래한 의미이다.

'부귀옥당'

동양화에는 유난히 꽃 그림이 많은데 꽃그림은 어떤 목적으로 그렸을까?

꽃은 아름다우니 꽃 그림을 벽에 걸어 놓고 그 아름다운 자태를 보고 즐겼을 것은 당연하다. 그러나 이런 시각적인 아름다움 이외에 또 다른 중요한 상징적 의미가 가미되어 있었다는 것을 알아야 한다. 즉 이런 꽃그림들은 부귀영화를 기원하거나, 오래 살기를 축원하거나, 자식을 많이 얻기를 바라는 마음과 관련이 있는데, 이렇게 주술적인 기능이 있기에 꽃그림을 많이 그릴 수밖에 없었던 것이다.

그렇다면 어떤 그림에 어떤 길상적·상징적 목적이 담겨 있을까? 꽃 그림의 소재로 많이 그려진 모란, 해당화, 연꽃, 장미 등의 예를 들어보자.

꽃그림의 소재로 가장 흔히 쓰이는 모란꽃은 부귀(富貴)의 뜻이 담겨 있다. 모란꽃은 꽃이 크고 모양과 색이 아름다워 화중지왕(花中之王), 곧 꽃 중의 왕으로 불렸다. 이렇듯 왕으로 비유할 만한 훌륭한 자태에다 부와 귀의 뜻까지 갖춘 존재라서 그림에 자주 그려질 수밖에 없었던 것이다.

해당화(海棠花)는 '당'자가 있으므로 '당(堂)'자와 결부시켜 생각한다. 그리고 목련은 '옥란(玉蘭)'으로도 불리기에 '옥(玉)'자와 결부시켜 생각한다. 그래서 모란과 목련, 해당화를 함께 그린 그림은 부귀옥당(富貴玉堂)의 뜻이 되어서 집안에 부귀영화가 깃들이기를 바라는 축원의 의미가 담기게 된다.

시들지 않은 생생하게 살아있는 연, 즉 '生蓮(생연)'은 거꾸로 읽어 해석하면 연이어 태어나다는 뜻의 '連生(연생)'이라는 뜻이 있다. 그리고 원앙새는 귀한 자식인 '貴子(귀자)'를 상징한다. 따라서 살아있는 연과 원앙새가 함께 있는 그림은 연이어 귀한 자식을 낳는다는 듯인 '連生貴子(연생귀자)'를 상징하는 뜻을 가리켜서 흔히 신혼부부의 방에 거는 그림이 되었다.

장미꽃은 꽃이 몇 달 동안 피므로 항상 아름다운 여자처럼 젊음을 오래도록 유지한다는 '長春(장춘)'을 의미한다. 이러한 유형으로 매화는 '봄소식'을, 난초는 '자손'을, 패랭이꽃은 장수를 기원하는 '祝壽(축수)'를, 원추리는 '사내아이를 많이 낳은 부인'을 의미하기도 한다.

꽃이 피는 시기가 서로 다른 꽃들을 같은 화면에 그리는 예도 있다. 2월에 피는 매화와 5월에 피는 모란을 바위와 함께 그려놓은 그림이 있다. 이는 곧 모란이 '富貴(부귀)'를 가리키고, 매화의 '梅(매)'가 '眉(미)'와 동음이의자여서 눈썹을 가리키고, 바위가 장수를 상징하는 '壽(수)'를 뜻하여, 결국 눈썹이 하얗게 될 때까지 부귀를 누리라는 뜻의 '富貴眉壽(부귀미수)'를 상징하기도 한다.

'시중유화, 화중유시'

시와 그림이 어떤 측면에서 보자면 서로 하나이다. 왕유를 얘기할 때 그의 시 속에 그림이 있고(詩中有畵, 시중유화), 그림 속에 시가 있다(畵中有詩, 화중유시)고 하면서 소식은 시화일률(詩畵一律)론을 주장하기도 하였다. 위에서 시가 소리 있는 그림이요, 그림은 소리 없는 시라고 했던 것은 시와 그림의 동일성을 강조한 얘기라고 보아도 무방하다.

시와 그림은 이처럼 하나이기에 표현방법에 있어서도 매우 유사한 측면을 지닌다. 한시는 경물을 묘사하면서 거기에 시인의 정의(情意)를 담아내는 방식인 정경교융(情景交融)의 방법을 중시하는데, 이는 마치 화가가 화폭 위에 경물을 그리면서 그 속에 자신의 마음을 담아 표현하는 것과 같다고 할 수 있다.

화가는 어떻게 경물로 하여금 자신의 감정과 뜻을 말하도록 할 수 있을까? 화가는 말을 할 수 없기에 경물이 직접 말하게 해야 하기 때문에 경물을 통해 뜻을 묘사하고 정신을 전달하는 갖가지 묘안과 지혜가 강구될 수밖에 없다.

이렇듯 정지되어 있는 화면이 말을 할 수 있도록 묘안과 지혜를 짜내는 것은 너무 중요한 문제이기에 종종 시험에서도 이런 지혜를 테스트하는 경우가 많았다. 특히 그림을 좋아하였던 송대 휘종(徽宗) 황제가 그런 화제(畵題)를 많이 출제했다고 한다.

자, '亂山藏古寺(어지러이 첩첩 산중에 낡은 절이 숨어 있구나)'를 화제로 제시하여 그림을 그리도록 하였다. 그렇다면 어떻게 이 정보를 효과적으로 전달할 수 있는 화면을 구성할 수 있을까? 거기에 대한 지혜를 측정하고자 하는 것이 바로 이 시험문제의 의도이다. 어떤 응시자가 '숲속 오솔길로 어떤 한 중이 물을 길어 올라가는 뒷모습'을 그려서 급제했다고 한다. 중은 절을 가리키는 상징물이고, 첩첩 산중은 곧 오솔길과 중의 뒷모습을 통해 알 수 있다. 만약 여기에 절이 보이는 그림을 그렸다면 너무 직설적이라서 좋은 그림이라 할 수 없을 테고, 실제 첩첩 산중을 그리는 것도 너무 멋이 없는 그림일 거라 생각된다.

다음으로, '踏花歸去馬蹄香(꽃 밟고 돌아가는 말발굽이 향기롭구나)'를 화제로 받고 그림을 그린다면 여러분들은 어떤 그림을 그릴 수 있을까? 그림은 시각적인 것이고 향기는 후각적인 것인데 양자를 어떻게 조화시켜 적절하게 할 수 있을까, 하는 것이 가장 관건일 것이다. 이 화제에 대해서는 '나비떼가 말의 꽁무니를 뒤쫓는 장면을 그린 그림'이 뽑혔다고 한다. 나비는 향기를 쫓는 존재이기에 곧 나비라는 생명체가 향기라는 후각을 스스로 얘기하게끔 만든 것이다. 신라 선덕여왕이 당나라에서 보내준 모란꽃 그림에 벌·나비가 없으니 이 꽃에는 향기가 없을 것이라고 판단한 것과 동일한 맥락에 있다고 할 수 있다.

말 못하는 경물이 스스로 말을 하는데, 그 말 속에는 시인과 화가의 감정이 담겨 있어야 하는 것, 이것은 중국의 시나 그림이나 모두 강하게 지향하는 특징임은 말할 나위 없다. 선가 언어의 특징 중 하나가 언어도단인데, 시와 그림에서 말을 하지 못 하는 경물이 스스로 말을 한다는 것은 결국은 석녀가 애를 낳고 다리가 흘러가고 앞산이 물위를 걸어가는 것과 하등 다를 바가 없다. 그러나 언어도단 속에 진리가 담겨 있음을 우리는 잘 알고 있다.

****

여행은 내면의 참나를 찾아가는 좋은 수단이다. 여행은 어쩌면 참나를 찾아가는 영적인 행위의 하나라고 할 수도 있다. 낯선 곳을 걷고 여행하면서 많은 생각과 잡념들이 하나씩 내려놓아지고 문득 고요하고 맑은 나 자신의 본성, 참모습, 본래의 나를 만나게 되는 순간이 갑자기 찾아오게 되는 것이다. 이 순간에 온전한 충만감, 존재의 충일한 가치를 느끼게 된다.

'우물에 비친 사나이가 미워져서 돌아갑니다'

윤동주의 〈 자화상 〉에 나오는 우물에 비친 자신의 모습이 곧 우리가 외면해왔던 내면의 자아가 아닐까 생각된다. 우물에 비친 한 사나이가 있었는데 미워져서 돌아간다. 돌아가 생각하니 두고 온 그가 다시 가엾어진다. 도로 가서 우물 속을 들여다본다. 그러니 또 그가 미워지고 다시 그리워지고를 반복한다. 우물 속에는 달이 밝고 구름이 흐르고 하늘이 펼쳐지고 바람이 불고 가을이 있고 추억처럼 사나이가 있다.

참나를 찾아가는 길이 설령 지난할지라도 한시도 멈춰서는 안 된다. 그 길을 예비하는 나의 자세는 어떠해야 하는가?

첫째, 인격적으로 성숙해야 한다. 더불어 같이 사는 삶을 위해서 남을 배려하고 남과 공감할 수 있는 열정을 지녀야 한다. 약자, 소외받는 자들을 위해서 좀 더 나누는 삶을 살아야 한다. 그리고 내가 먼저 남을 인정해주고 칭찬해주고 감싸주어야 한다. 가깝게는 내가 좀 손해보고 산다는 정신을 일상 속에서 실천하면서 살아야 한다.

둘째, 지적으로 영글어야 한다. 이때 반드시 견지해야 할 기본 태도로서 다관(多觀)·다독(多讀)·다상량(多商量)의 삼다(三多)를 들 수 있겠다. 먼저 많이 보고 경험을 해야 하겠다. 이를 위해서는 여행이 필요하다. 낯선 세계를 많이 접하고 또 낯선 사람들을 많이 만나면서 참나를 찾고 또한 비밀의 커튼으로 가려져 있는 이 세상의 숨의 섭리와 비의(秘意)들을 많이 만나야 하는 것이다. 그리고 많이 읽고 배워야 한다. 결국 우리의 경험 세계란 유한한 것이기 때문에 책속에서 가능한 한 많은 지혜를 섭렵할 필요가 있다. 또한 많이 생각하고 느껴서 깨달음에 이르도록 해야 한다. 그것만이 그냥 책 속에 열거되어 있는 지식을 나의 삶의 체화된 지혜로 만들어 나갈 수 있기 때문이다.

특히 중국시가연구 및 교육에 종사하고 있는 내 개인적인 경우를 예로 들자면, 중국시가 연구에 좀 더 천착해서 중국 시가미학의 아름다움을 찾아 끝까지 궁구하는 연구 자세를 견지해야 한다. 그래서 그 미학의 궁극을 엿볼 수 있어야 한다. 송대 소식(蘇軾)이 평생 가난했지만 학문적 역량이 탁월하여 비범한 기질을 지녔던 동전(董傳)을 찬미하며 〈화동전유별(和董傳留別)〉시에서 한 말을 귀담아들어야 하리라. "평생 거친 비단과 베옷을 걸쳤건만, 흉중에 담긴 학문으로 인품이 절로 빛이 나네.(粗缯大布裹生涯, 腹有詩書氣自華.)"

셋째, 체력적으로 단련되어 있어야 한다. 참나를 찾아가는 길을 힘차게 걷기 위해서는 체력적으로 준비되어 있지 않으면 안 된다. 가열찬 정신은 튼튼한 체력으로 담아야 하기 때문이다. 이렇게 인격적, 지적, 체력적으로 성숙되어 있을 때, 충만하게 영글었을 때 비로소 이 세상 소풍 끝나는 날을 기쁘고 즐겁게 맞이할 수 있으리라. 절대자에게 나를 보일 때 "제가 받은 달란트를 남김없이 쓰고 이렇게 알차게 영글어서 왔습니다."라고 하면서 수줍게 고백할 수 있으리라.

요약하자면 결국 지(知)·덕(德)·체(體)의 완성이 참나를 만드는데 필요하다고 생각된다.

나는 배움과 인격을 완성한 사람들의 모습을 아래와 같이 대련 연구로 만들어 묘사해보련다.

荷花即使生在泥土, 能不開花?	연꽃이 진흙에 산다 한들 꽃을 피우지 못하며,
寶玉若使藏在深山, 能不發光?	보옥이 심산에 있다 한들 빛을 발하지 않으랴!

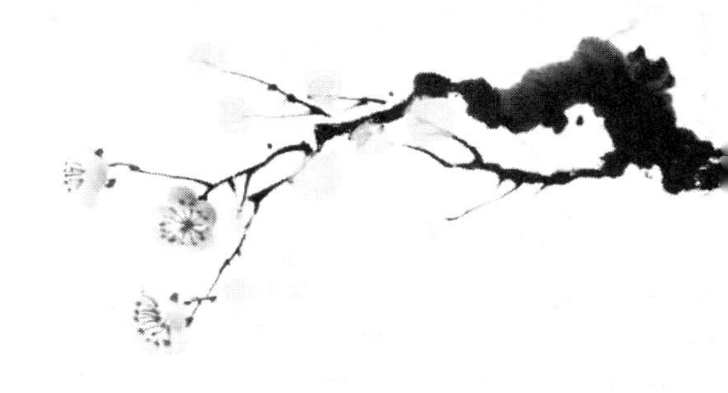

제6장

전통음악

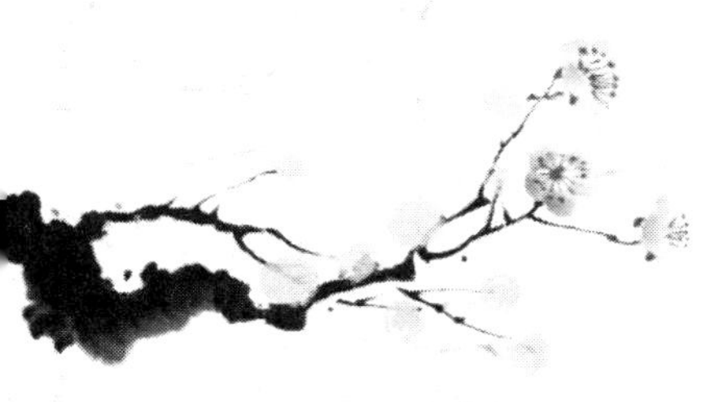

소리가 웅혼하고 장중하니 높은 산에 뜻을 두었음이여!
(巍巍乎志在高山)

6.1. 중국의 전통 악기

한시를 이해하는 데 그림 외에도 음악을 활용하여 감상의 지평을 확대하는 방법은 없을까? 그런데 중국의 전통음악 중 상당수가 한시와 서로 주제를 함께 공유하고 있으며, 심지어 어떤 경우는 한시에서 창작 모티브를 얻은 경우도 있다는 사실에 우리는 주목하게 된다. 즉, 시와 음악이 서로 통한다는 것을 알 수 있었으니, 송대 소식이 '시서화일률(詩書畵一律)'을 주장한 것에 비추어 생각해보면 '시서화악일률(詩書畵樂一律)'이라고 해도 무방하지 않을까 생각된다.

우리는 중국에서 거론되고 있는 10대 고전명곡을 검토함으로써 한시와 음악의 연관 가능성을 검증해볼 수 있다.

중국의 10대 고전명곡에는 모두 〈고산유수(高山流水)〉·〈매화삼농(梅花三弄)·〈춘강화월야(春江花月夜)〉·〈한궁추월(漢宮秋月)〉·〈양춘백설(陽春白雪)〉·〈어초문답(渔樵问答)〉·〈호가십팔박(胡笳十八拍)〉·〈광릉산(廣陵散)〉·〈평사낙안(平沙落雁)〉·〈십면매복(十面埋伏)〉 등이 있다.

본문에서는 이 중 네 곡과 그밖에 〈한궁추월〉과 관련 있는 〈소군출새곡(昭君出塞)〉 등 모두 다섯 곡의 주제를 한시를 통해서 감상해보고자 한다. 직접 음악을 듣고서 한시로 감상한 내용과 비교하면 좋겠으나 사정상 그럴 수 없는 게 아쉬움으로 남는다.

중국의 전통음악을 연주하는 악기들은 크게 입으로 부는 취관(吹管)악기, 손으로 타거나 뜯는 탄발(弹拨)악기, 활로 줄을 켜는 찰현(擦弦)악기, 채 등으로 치거나 때리는 타격(打击)악기 등으로 나눌 수 있다.

그 중에 취관악기에는 笛子(적자; 피리), 箫(소; 퉁소), 笙(생; 생황), 唢呐(쇄납; 날라리)가 있으며, 탄발악기에는 琵琶(비파), 琴(금), 筝(쟁), 杨琴(양금), 柳琴(유금)이 있으며, 찰현악기에는 二胡(이호), 高胡(고호)가 있으며, 타격악기에는 鼓(고; 북), 锣(라; 징), 钟(종) 등이 있다. 이 중에서도 고금, 비파, 이호가 가장 대표적인 악기라고 할 수 있다.

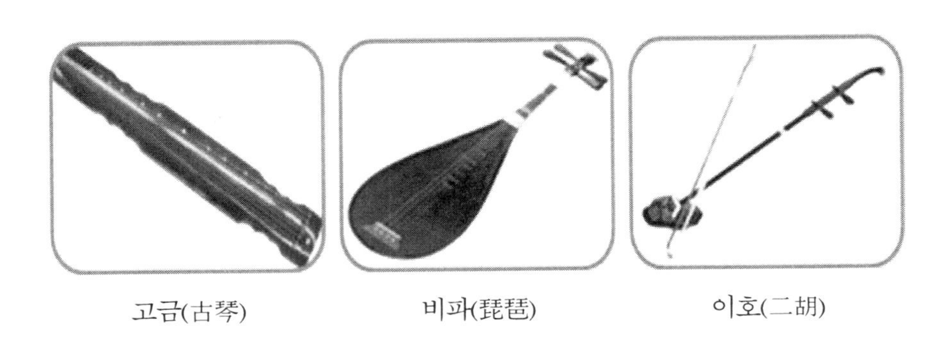

고금(古琴) 비파(琵琶) 이호(二胡)

고금은 7현악기로서 우리나라의 거문고에 해당한다. 중국 전통악기의 아버지라고 불리듯이 출현 역사가 가장 깊으며 유장한 소리와 긴 호흡에 음악적 특색이 있기에 우아함과 선비의 격조를 연상하게 한다.

비파는 4현악기로서 우리나라의 향비파에 해당한다. 중국 탄발악기의 왕으로서 자유자재한 농현으로 빠르고 경쾌하며 생동감 있는 소리를 내는 데 음악적 특색이 있다.

이호는 2현악기로서 우리나라의 해금에 해당한다. 사람의 음색에 가장 가깝다는 평가를 받는데, 고음과 저음을 쉽게 넘나드는 높은 음역대를 보유하여 사람의 마음을 울리며 침잠시키는 데 탁월한 능력을 발휘한다.

이제 중국 전통음악의 주제를 한시 감상을 통해 좀 더 폭넓게 이해해 보고자 한다.

6.2. 지음과 〈 고산유수 〉

춘추(春秋)시기에 백아(伯牙)란 사람이 있었는데 음률에 정통하고 금(琴)을 잘 타기로 유명한 인물이었다. 백아는 어려서부터 총명하였고 뛰어난 스승을 사사하여 금 연주가 어느 정도 수준에 도달하였는데도 항상 입신의 경지에 도달하지 못 한 것을 아쉬워하였다. 스승이 이런 백아를 보더니 배를 타고 동해의 봉래도(蓬莱岛)로 데려가서 바다의 파도소리를 듣고 울창한 숲을 보게 하는 등 대자연의 풍광을 감상하게 하였다. 백아는 대자연의 풍광을 접하고 저도 몰래 감흥이 일어 금을 끌어다 연주하니 아름답고 조화로운 대자연의 오묘함이 금의 소리에 절묘하게 녹아들었다. 이로부터 백아는 드디어 전인미답의 경지에 들게 되었다.

하루는 백아가 뱃놀이를 즐기다가 청풍명월에 마음을 빼앗겨 금을 연주하는데 소리가 점입가경일 적에 갑자기 강언덕에서 감탄하는 소리가 들렸다.

배에서 내려 만나보니 종자기(鍾子期)라는 나무꾼이었다. 백아는 바로 그를 초청하여 같이 배에 올랐다. 백아가 우뚝 솟은 높은 산을 찬미하는 곡조를 연주하니 종자기는 바로 그 연주소리를 알아듣고 "소리가 웅혼하고 장중하니 높은 산에 뜻을 두셨군요.(巍巍乎志在高山)" 하였고, 또 호호탕탕 몰아치는 파도를 염두에 두며 연주하니 "소리가 한없이 넓고 호탕하니 끝없이 흐르는 강물에 뜻을 두셨군요.(洋洋乎志在流水)"라고 평하였다. 백아는 궁벽한 시골 마을에서 이처럼 음악에 혜안이 있는 사람을 만나자 "정말 대단합니다. 그대의 마음은 내 마음과 한 치도 다름이 없습니다 그려.(善哉, 子之心與吾心同.)" 라고 감탄하고는 그를 '소리를 알아주는(知音)' 훌륭한 친구로 여기며 다음해 중추절 날 이곳 강변에서 만나자고 약속하고 헤어졌다.

다음해 중추절 날 약속했던 강변에 다시 갔지만 종자기가 보이지 않아 한 노인에게 수소문해보니 불행히도 병에 걸려 죽었는데 강변에 묻어서 백아가 돌아왔을 때 금의 연주소리를 잘 듣게 해달라는 유언도 남겼다고 한다. 비통에 잠긴 백아는 종자기의 무덤 앞에서 처량하게 금을 연주하니 이 연주곡이 바로 옛날의 〈 고산유수(高山流水) 〉곡이었다고 한다.

연주를 마친 백아는 이제는 더 이상 자신의 연주소리를 알아줄 사람이 없음을 한스러워하며 금의 줄을 끊어버리고 평생 다시는 연주하지 않았다고 한다. 후대 사람들은 '지음'이란 말로 친한 친구 사이의 우정을 묘사하였고, 또 백아와 종자기의 우정에 감동하여 그곳에 '古琴臺(고금대)'라는 누각을 짓기도 하였다.

'지음'의 '지'는 단순히 '소리를 안다'는 인지적인 차원에서만 머무르지 않는다. '지'는 '알아준다'는 뜻으로서, 거기에는 감상하는 상대방을 포함시켜서 논의하는 상호 소통의 행위를 의미한다고 생각된다.

창작주체자로서 백아는 우뚝 솟은 산과 같은 인자(仁者)의 정신과, 도도하게 흐르는 강물과 같은 지자(智者)의 정신을 음악에 담으려고 하였고, 감상자이자 비평가로서 종자기는 백아가 담으려는 두 가지 정신을 음악으로 듣고 정확히 인식하고 식별해준 것이다. 이제 자신의 음악을 정확히 식별함으로써 자신을 알아주었던 사람, 상호 소통할 수 있었던 유일한 대상인 종자기가 죽자 백아는 창작에 아무런 흥미와 의욕을 가질 수 없게 되었고, 이것이 곧 절현의 이유이자 동기가 되었을 것이라고 추측해볼 수 있다.

청대 왕부지(王夫之)는 훌륭한 시로 평가되는 기준은 바로 언어 자체가 아닌, 언어 이면에 행간으로 울려나오는 정취와 분위기를 만들어냈느냐에 달려 있다고 보았는데, 그런 세계를 이해하기 위해서는 독자 역시 상상과 연상으로 다가가야 함을 강조하였다.

시인이 말없음으로 말하는 세계를 독자 역시 상상으로 다가가서 알아낼 수 있는 '지음'이 되어주어야만 비로소 훌륭한 시가 완성된다고 본 것이다. 역시 창작자와 감상자의 상호 소통의 관점에서 논의한 시론이라고 할 수 있다.

> 송기(宋祁)는 "좌사(左思)의 '천 길 산마루에서 옷자락을 털고, 만 리 강물에 발을 씻노라.'라는 시구는 혜강(嵇康)의 '손으로 오현금을 타며, 눈으로 돌아가는 기러기를 전송한다.'라는 시구만 못 하지 않다." 고 했다. 내 생각에는 좌사의 말은 호방하기는 하지만 그러나 다른 사람이 이를 수 있다. 그에 비해 혜강의 말의 절묘함은 '상외(象外)'에 있다. "못가에 봄풀 돋아나고", "맑은 빛살 능히 사람을 즐겁게 하네."라는 육조인의 시와 사조·하손 등의 아름다운 시구에는 이런 '상외'의 부류가 많으니 독자들은 마땅히 '정신으로 이해'[神會]하여야 한다. 그러면 그것이 가리키는 바를 거의 만날 수 있을 것이다.(宋京文云 : "左太沖'振衣千仞岡, 濯足萬里流'不減嵇叔夜'手揮五絃, 目送歸鴻.'" 愚案左語豪矣, 然他人可到, 嵇語妙在象外, 六朝人詩, 如'池塘生春草', '淸暉能娛人'及謝朓·何遜等佳句, 多此類. 讀者當以神會, 庶幾遇之.)(≪고부우정잡록(古夫于亭雜錄)≫)

한 번 예를 들어보자. 아래 시들은 각각 끊임없이 흐르는 장강과 황하를 묘사하였다. 우리는 이 시들에서 어떤 정취와 분위기를 느낄 수 있는가? 장강과 황하를 노래한 시인의 마음을 우리가 어떻게 이해하고 받아들여야 진정 시인의 지음이라고 할 수 있겠는가?

〈 등고(登高) 〉, 두보(杜甫)

無邊落木蕭蕭下,	끝없는 숲에 낙엽은 쓸쓸히 떨어지고,
不盡長江滾滾來.	다함없는 장강은 도도히 흐른다.

〈 등관작루(登鸛雀樓) 〉, 왕지환(王之渙)

白日依山盡,	하얀 해는 산 너머로 지고
黃河入海流.	황하는 바다로 흘러 들어간다.

〈 등고 〉시를 살펴보자. 낙엽은 소멸되고 사라지는 것이다. 그러니 쓸쓸하다. 장강의 물은 끝없이 흘러간다. 그러니 도도하다. 장강의 물은 한순간도 멈추지 않고 계속 변화하며 흘러간다. 그런 장강이 끊임없이 흐를 수 있는 것은 결국 대기의 순환에 의한 것으로, 이 순환이야말로 장강의 영속성을 보장하는 열쇠이다. 그렇다면 다시 원점으로 돌아가서, 낙엽은 변화하며 완전히 소멸하는 것인가? 아니다. 낙엽 역시 장강처럼 부단히 변화하는 중에 있지만 그러나 순환의 흐름에 몸을 내맡긴다면 역시 영속성을 보장 받을 수 있는 것이다. 낙엽귀근(落葉歸根), 즉 낙엽이 제 몸을 썩히면 다시 뿌리로 빨려 들어가서 잎으로 재생하지 않겠는가? 그러니 시인이 장강을 뒤에 배치한 것은 어쩌면 낙엽의 미래가 결코 비관적이지 않은 것임을 암시해주기 위한 의도가 깔려 있는 것인지도 모른다.

이어서 〈 등관작루시 〉를 살펴보자. 해는 서산으로 매일 지지만 그러나 아예 사라지는 것은 아니다. 내일도 또 동쪽에서 떠오른다. 그것은 마치 저 황하의 물이 끊임없이 바다로 흘러들어가며 영속성을 지닌 것과 마찬가지이다. 일직선으로 운동을 하면 거기에는 오직 끝만 있을 뿐이다. 그러나 둥글게 원 운동을 할 수 있다면 계속 순환하면서 영원토록 존재할 수 있는 것이다.

이 두 시의 시구를 이처럼 자연의 순환에 의한 영속성의 획득으로 읽는다면 과연 지음에 의한 시 읽기라고 할 수 있지 않을까 하는 생각을 해본다.

'다만 내 몸이 이 산속에 있기 때문이라네'

소식은 〈 서림사의 벽에 쓰다(題西林壁) 〉에서 한 눈에 간파하기 어려운 여산(廬山)의 진면목(眞面目)에 대해서 얘기하였다.

橫看成嶺側成峰,	가로로 보면 재가 되고 옆으로 보면 봉우리를 이루며,
遠近高低各不同.	원근 고저에 따라 각각 그 모습이 달라진다.
不識廬山眞面目,	여산의 참모습을 알지 못 하겠으니,
只緣身在此山中.	다만 내 몸이 이 산 속에 있기 때문이네.

서림(西林)은 여산(廬山)에 있는 서림사(西林寺)를 가리킨다. 여산은 지금의 강서성(江西省) 구강(九江)현과 성자(星子)현 사이에 있는 산이다. 이 산은 워낙 안개가 많아 쉽사리 전모를 드러내지 않고, 또 산세가 워낙 깊어 전체를 조망하기가 쉽지 않다. 그래서 여산은 선적인 경계가 충만한 보배로운 산(寶山)으로 여겨지기도 한다.

이 시는 선적(禪的)인 철리를 담은 설리(說理)시이다. 여산은 어디서 보더라도 모습이 달라져 보인다. 그런데 여산의 참모습을 보지 못 하는 이유는 어디에 있는가? 바로 우리가 산 안에 있고, 산을 아직 벗어나지 못 했기 때문이다. "당사자는 알지 못 하지만 옆에서 보는 자는 명확히 아는(當局者迷, 旁觀者淸; 당국자미, 방관자청)" 이유 역시 여기에 있다. 우리도 어느 것에 얽매여 초탈하지 못 하면 결국 대국을 볼 수 없을 때가 많다. 지금 자신을 구속하고 있는 것으로부터 마음을 훌훌 털고 비웠을 때, 그리고 한 발 물러나 객관적으로 볼 수 있을 때 비로소 그것의 전모를 선명하게, 있는 그대로 볼 수 있는 것이다. 비우고 물러나기, 그래서 있는 그대로 보아내기, 이것이 이 시를 읽는 지음의 독법이 아닐까 생각해본다.

이제, 이 책의 독자들께서는 각자 음악 매체를 통해 실제 〈 고산유수(高山流水) 〉의 연주곡을 시험 삼아 한 번 들어보시라. 우뚝 솟은 산과 호호탕탕 흐르는 강물을 느낄 수 있는가? 때로는 마음 비우고 한 발 물러서서 산을 바라보고, 흐르는 강물의 순환에 의한 영속성의 유지에 대해서도 생각해보자. 그리고 무엇보다도 음악에 몰입하기 위한 열정적인 마음으로 연주곡을 들어보자. 그러면 여러분도 지음이 될 수 있지 않겠는가!

6.3. 사면초가와 〈 십면매복 〉

'십면매복(十面埋伏)'이란 사방팔방으로 복병이 도사리고 있다는 뜻으로 전세를 뒤집을 수 없는 상태를 가리킨다. 특히 '십면'은 팔방의 방위에 상하의 공간까지 추가함으로써 군사들이 그야말로 물샐틈없이 매복하여 포위하고 있음을 가리킨다. 이 고사성어는 본래 초나라와 한나라 간의 해하(垓下)지역 전투에서 유래하였다.

초나라 항우(項羽)의 군사들은 한나라 유방(刘邦)의 군사들에게 계속 쫓기다가 해하지역[지금의 안휘(安徽) 영벽(靈壁) 동남쪽 타하(沱河) 북쪽]까지 후퇴하게 된다. 뒤를 이어 속속 당도한 유방 진영의 군사들은 사방팔방으로 겹겹이 초나라 군사들을 포위한다. 그러고선 밤새도록 사방에서 초나라의 노래를 불러서 초나라 군사들로 하여금 고향생각을 간절하게 함으로써 그들의 사기를 꺾는다. 여기에서 바로 '사면초가(四面楚歌)'라는 고사성어가 유래하기도 하였다.

'우미인이여, 그대를 어찌 할꺼나!'

사방에서 초나라 노래소리가 들리자 크게 놀란 항우는 "한나라가 이미 초나라를 다 차지하였는가? 어째서 초나라 사람들이 한나라 진영에 저렇게 많은가!(漢皆已得楚乎? 是何楚人之多也!)" 하며 밤새 잠을 이루지 못 하고 술을 마시며 격앙하여 노래를 부르니 그 노래가 바로 저 유명한 〈 해하가(垓下歌) 〉이다.

力拔山兮氣蓋世, 힘은 산을 뽑고 기운은 세상을 뒤덮는데,
時不利兮騅不逝. 시운이 불리하니 명마 추도 가려 하지 않는다.
騅不逝兮可奈何, 추가 가지 않으니 어쩔 도리가 없구나,

虞兮虞兮奈若何!　　　　우미인이여, 우미인이여 그대를 어찌 할꺼나!

그러자 곁을 따르던 애첩 우희(虞姬) 역시 일어나 〈화항우가(和項王歌)〉를 부르고 스스로 칼을 들어 자결한다.

漢兵已略地,　　　　한나라 군사들이 이미 땅을 다 차지하여,
四方楚歌聲.　　　　사방에서 초나라 노래 소리가 들려온다.
大王意氣盡,　　　　대왕은 의기가 다 꺾여버렸으니,
賤妾何聊生!　　　　천첩이 무얼 의지하며 살아가리오!

항우는 대세가 이미 기운 것을 알고 800명의 기병만을 거느리고 포위를 돌파하여 남쪽으로 도망을 쳤다. 회하를 건널 때는 겨우 100여 명의 군사만이 뒤를 따랐고, 오강[烏江; 지금의 안휘(安徽) 화현(和縣) 동북쪽의 오강포(烏江浦)]에 이르렀을 때는 겨우 28명이 남았다. 그때 오강의 정장(亭長)이 그에게 어서 배에 오를 것을 권했다. 그러면서 "강동 땅이 비록 좁기는 하지만 사방으로 천리이고 지역 주민이 10만 명에 이르니 충분히 왕 노릇을 할 수 있습니다. 그러니 대왕께서는 급히 강을 건너시기를 바랍니다. 지금 오직 신에게만 배 한 척이 있으니 한나라 군대가 도착하여도 강을 건널 수 없나이다.(江東雖小, 地方千里, 衆數十萬人, 亦足王也. 願大王急渡. 今獨臣有船, 漢军至, 無以渡.)"고 하였다.

그러자 항우가 말했다. "하늘이 나를 망하게 한 것이니 내가 강을 건너 무엇하리오! 게다가 내가 강동의 자제들 8천 명을 거느리고 강을 건너서 서쪽으로 진군을 하였다가 지금은 한 사람도 돌아오지 못 하였는데 설사 강동에 계신 어르신들이 나를 가엽게 여겨 왕 노릇을 하게 한다 하여도 내가 무슨 면목으로 그분들을 뵙겠는가? 비록 저분들은 아무 말도 안 하지만 그렇다고 나만 유독 마음에 부끄럼이 없을 수 있겠는가?(天之亡我, 我何渡爲! 且籍與江東子弟八千人渡江而西, 今無一人還, 縱江東父兄憐而王我, 我何面目見之? 縱彼不言, 籍獨不愧于心乎?)" 항우는 마침내 스스로 목을 베어 자결함으로써 파란만장한 생을 마쳤다.

영웅으로서 항우는 훗날에도 지식인들의 입에 많이 오르내렸다. 특히나 사랑하는

우미인을 전장의 끝까지 데리고 다니는 모습은 아마도 남성의 로망을 자극하였는지 전쟁에서의 패배에도 불구하고 항우의 영웅상을 기리는 시인들이 아주 많았다.

그러나 항우가 자신의 전쟁 패배에 대해 "하늘이 나를 망하게 해서이지 결코 내가 군사를 잘못 쓴 탓이 아니다(天亡我, 非用兵之罪也)"고 하며 자신의 잘못을 결코 인정하지 않고 운명의 탓으로 돌리는 걸 보면 과연 그가 진정한 영웅의 그릇이었는가를 다시 한 번 생각해보게 된다.

연주음악 〈 십면매복 〉은 전통 비파곡 중의 하나로서 〈 회양평초(淮陽平楚) 〉로 부르기도 한다. 가장 이른 악보는 〈 화추빈비파보(華秋频琵琶谱) 〉(1819) 에 보인다.

〈 십면매복 〉은 역발산의 힘과 세상을 뒤덮는 기개를 지녔어도 결국에는 적군에 의해 사방팔방으로 포위된 채 초나라 노래소리를 들으며 사랑하는 우미인과 이별하고 스스로 자결을 해야 하는 영웅의 비참한 말로와 아픔을 담고 있다.

이제 이 책의 독자 여러분들께서는 직접 악곡인 〈 十面埋伏 〉의 연주음악을 들어보시라. 적군에 의해 사방에서 쫓기는 항우, 사랑하는 여인을 어찌해야 될지 몰라 전전긍긍하는 항우, 고향의 어르신들에 뵐 낯이 없음을 스스로 자책하는 항우 등등의 형상을 떠올리며 음악을 듣는다면 더욱 좋을 것이다.

6.4. 궁녀와 〈 한궁추월 〉

궁녀들은 깊은 궁전에 사는 탓으로 몸이 자유로울 수 없었기에 시간이 오래 지나면 자연스레 원망하는 마음이 생기지 않을 수 없었다. 게다가 한나라 궁녀들은 서로 간에 시기와 질투가 많았다. 한나라 초기에 개국 공신들은 대부분 평민출신이었고 그에 따라 후비와 궁녀들 역시 미천한 출신들이 많았다. 이처럼 한나라 때는 궁녀들과 비빈들 간에 뛰어넘을 수 없는 어떤 신분상 차이가 존재하지는 않았기에 궁녀들마다 모두 황제에게서 총애를 받는 날이 자신에게도 올 수 있을 거라 믿었고 자연 서로 견제와 다툼을 벌이게 되었던 것이다.

한나라의 사부(辭赋) 작가였던 추양(鄒陽)은 〈 옥중상량왕서(獄中上梁王書) 〉에서

"여인들은 아름답든 밉든 간에 궁전에 들어가면 질투를 받았다(女無美惡, 入宮見妒)"고 탄식한 적이 있다. 3천 여 명에 이르는 비빈과 궁녀들이 하루 종일 생각하는 일이란 황제 한 사람에게 총애를 다투는 일이었기에 어떻게 서로 질투하지 않을 수 있었겠는가?

왕실 궁녀들의 초상화

궁녀의 원망은 그야말로 전통 문학의 주요 제재가 되었다. 한대 악부(樂府) 중에는 궁녀의 원망을 제재로 하는 시가 엄청 많다. 〈 옥계원(玉階怨) 〉, 〈 소군원(昭君怨) 〉, 〈 소군비(昭君悲) 〉 등이 그 예이다. 나중으로 가면 심지어는 후궁들을 전문적으로 묘사한 시의 양식이 생기는데 이를 궁사(宮詞)라 한다.

당나라 때 원진(元稹)의 〈 행궁(行宮) 〉 시를 감상해 보자.

寥落古行宮,	휑뎅그렁한 옛 행궁에,
宮花寂寞红.	꽃들은 쓸쓸히 붉게 피었다.
白頭宮女在,	흰머리 궁녀들이 있는데,
閑坐说玄宗.	한가로이 앉아서 현종 시절을 얘기 한다.

화용월태의 모습으로 궁전에 들어왔다가 황제의 은총 한 번 받지 못 하고 이제는 머리가 하얗게 세었다. 올해도 부질없이 봄은 다시 찾아와 붉은 꽃은 도리어 만발하니 까닭 없이 슬픔만 솟아오른다. 이제는 휑뎅그렁해진 옛 행궁에서 끼리끼리 모여 앉아 옛 시절을 회상할 수 있을 뿐이다. 흘러간 세월 앞에서 쉬이 가버린 젊은 시절에 대한 탄식과 원망이 나오다가도, 역시나 세월의 연륜을 따라 그녀들은 담담하게 운명에 순응하는 모습을 보이는 것처럼 보인다.

원진이 묘사한 늙은 궁녀의 모습은 우리나라 현대시인 윤곤강이 〈 나비 〉에서 묘사한 늙은 무녀를 연상하게 한다. "자랑스러운 화려한 춤재주도 한 옛날의 꿈조각처럼 흐리어 늙은 무녀처럼 나비는 한숨 진다."

당나라 때 장호(張祜)의 5언절구 〈 궁사(宮詞) 〉를 보자.

故國三千里,	고향 땅에서 3천 리 떨어진,
深宮二十年.	깊은 궁전에서 20년 세월이라.
一聲何滿子,	한 마디 하만자 노랫가락에,
雙淚落君前.	임 앞에서 두 줄기 눈물 떨군다.

'하만자'는 무곡(舞曲)의 이름으로서 하만자가 형벌을 당하기 전에 속죄하기 위해서 이 노래를 바쳤다고 전해지는 만큼 분노와 원망, 슬픔이 주요 정조를 이루는 노래이다. 이 시는 고향을 멀리 떠나와 깊은 궁전에서 지내느라 쌓이고 쌓인 궁녀의 깊은 원망을 잘 묘사하였다. 20년 세월은 곧 그녀의 청춘을 다 바친 것을 의미한다. 그러니 원망과 슬픔의 정취를 띤 하만자 노래 가락을 들으니 저절로 눈물방울이 떨어지게 된 것이다.

'앵무새 앞이라 감히 말하지 못 하네'

이어서 당나라 때 주경여(朱慶餘)의 〈 궁사(宮詞) 〉를 보자.

寂寂花時閉院門,	쓸쓸히 꽃피는 때 닫혀져 있는 궁실 문안,
美人相並立瓊軒.	아름다운 여인 나란히 옥 같은 처마 아래 서 있다.
含情欲說宮中事,	감정이 맺혀 궁중의 일을 얘기하려다가도,
鸚鵡前頭不敢言.	앵무새 앞이라 감히 말하지 못 하네.

이 시는 서로 상반된 것들의 충돌이란 관점에서 읽을 수 있다. 첫째, 적막하니 쓸쓸한 때와 화려하게 꽃을 피우는 때가 충돌하고 있다. 둘째, 열려 있어야 할 궁실의 문과 현재 닫혀 있는 문 사이에 충돌이 일어나고 있다. 셋째, 마음속에 쌓인 감정으로 인해서 궁중의 일을 말하려고 하는 마음과 앵무새 앞이라 감히 말하지 못하는 현실 사이에 충돌이 일어나고 있다. 넷째, 앵무새 앞이라 말하지 못 했다고 하지만 이미 독자들에게는 그 외로움으로 인한 원망을 하소연하고 있는 것을 행간으로 읽을 수 있으니 여기서도 또한 충돌이 발생하고 있다.

이 시는 또한 시간이 단계적으로 축소되는 과정을 통해 읽어볼 수도 있다. 꽃 피는 시간은 봄날 중에서도 일부분의 시간이다. 아름다운 여인들이 나란히 선 시간은 바로 봄날 꽃 피는 시간 중에서도 꽃을 감상하려는 일부분의 시간이다. 또한 마음속에 담긴 원망을 말하려는 시간은 꽃을 감상하려는 시간 중에서도 다시 일부분이다. 마지막으로 말을 하려다가 그만 앵무새 앞이라 순간적으로 입을 닫는 시간은 바로 말하려는 시간 중에서도 순간적인 찰나의 시간을 가리킨다.

이 밖에도 당나라 시인 중에 왕건(王建)과 오대(五代) 후촉(後蜀)의 화예부인(花蕊夫人) 등의 〈 궁사(宮詞) 〉 100여수가 더 전해지고 있다.

연주음악 〈 한궁추월 〉은 원래 비파곡인데 지금 전해지고 있는 악보를 보면 이밖에도 이호, 쟁, 강남사죽(江南丝竹)으로 연주하는 악곡도 있다. 주로 고대 궁녀들이 버림받고 무관심 속에서 지내야 하는 슬프고 원망스러운 현실과 운명을 주로 표현하였다. 이 연주 악곡을 들으면, 가을 밝은 달밤에 궁녀들의 마음속에 한없이 벅차오르는 슬픈 심경과 총애 받기를 갈망하는 마음을 세밀하게 묘사함으로써 궁녀들의 불행한 현실에 대해 동정을 불러일으키고 깊은 감동을 주는 힘을 구비하고 있다.

6.5. 왕소군과 〈 소군출새 〉

연주음악 〈 한궁추월 〉은 아마도 원말(元末) 마치원(馬致遠)의 잡극(雜劇)인 〈 한궁추(漢宮秋) 〉와 깊은 관계가 있을 것으로 추정되고 있다. 그런데 〈 한궁추 〉는 바로 한나라 궁녀였던 왕소군(王昭君)이 흉노족과의 화친을 위해 국경을 넘는다는 출새(出塞)의 이야기를 주요 줄거리로 하고 있기에 우리는 한나라 궁녀들 중에서도 왕소군을 주요 인물로 다루지 않을 수 없다.

왕소군은 궁중에 수 년 동안 지냈지만 황제의 그림자조차 보지 못했다. 갈홍(葛洪)의 ≪서경잡기(西京雜记)≫에 의하면, 한나라 원제(元帝)는 궁녀가 너무 많았기에 화가가 그린 초상화에 근거하여 궁녀를 간택하였다고 한다. 그런데 궁정화가였던 모연수(毛延壽)가 왕소군에게 잘 그려주겠다고 뇌물을 요구했지만 말을 듣지 않자 그녀의 초상화에 점을 하나 더 찍어서 평범한 외모로 보이게 그렸다. 원래 출중한 미모를 지녔던 왕소군은 수많은 궁녀들 속에 파묻혀 간택되지 못 했다고 한다.

그런데 흉노가 침입하여 흉노족의 군주, 곧 선우(单于)였던 호한야(呼韓邪)가 미녀를 요구하자 원제는 화친을 위해 그림에는 못 생긴 것으로 보이는 왕소군을 보내기로 하였다. 그러나 막상 흉노와 함께 떠나는 왕소군이 너무 예쁘자 원제를 땅을 치고 후회하면서 홧김에 모연수를 죽이기까지 했다고 한다.

그런데 정사인 ≪후한서(後漢書)·남흉노전(南匈奴傳)≫에 의하면 내용이 조금 다르다. 흉노의 군주 호한야가 한나라 조정에 오자 황제가 화친을 위해 칙령을 내려 5명의 궁녀를 하사하기로 하였다. 당시 왕소군은 궁전에 들어온 지 몇 년이 지났어도 황제의 총애를 받지 못 하자 슬픔과 원망이 많이 쌓여 있었기에 스스로 흉노에게 가기를 자청하였다. 이윽고 흉노가 떠나는 날 황제가 궁녀들을 불렀는데 그 중 왕소군의 미모가 출중한지라 너무나 놀란 나머지 보내지 않으려는 마음이 생겼지만 그러나 약속을 저버릴 수도 없었기에 하는 수 없이 허락하였다고 한다. 이 정사의 기록에 의하면 궁중에서 총애를 받지 못 하는 적막한 삶을 견디지 못 한 왕소군이 차라리 멀리 이역에 있는 흉노족 군주에게 시집가는 것이 더 낫겠다고 스스로 자원해서 떠나간 것이라고 볼 수 있다.

야사와 정사의 기록은 이처럼 조금씩 다르다. 그녀가 원한 것도 아닌데 정치적 결정에 따라 어쩔 수 없이 흉노로 끌려 간 것인지, 아니면 궁중의 적막한 생활이 싫어 스스로 선우에게 시집가겠다고 자원한 것인지 우리는 뭐라고 단정적으로 얘기할 수는 없다. 그러나 어쨌든 비교적 적막하지만 무난했던 궁중 안에서의 삶에 비해 자연환경이 열악한 흉노의 사막과 초원지대에서 그녀가 얼마나 많은 간난신고를 겪었을지 충분히 미루어 짐작할 수 있다.

아름다운 미모의 왕소군이 한나라 왕실을 떠나 척박한 흉노땅으로 간 이야기는 후세에 많은 시인들의 심금을 울린다. 왕소군이 척박한 오랑캐 이역의 땅으로 떠나는 슬픈 모습을 자주 노래하였고, 그리고 그 불모지에서 얼마나 많은 고생을 겪었을까 하는 한없는 동정을 보내기도 하였다.

'천 년 동안 비파는 오랑캐가락을 연주하지만'

왕소군과 관련된 시들을 살펴보면 시인들의 왕소군에 대한 한없는 동정과 연민을 잘 읽을 수 있다.

〈 왕소군(王昭君) 〉, 이백(李白)

漢家秦地月,	한나라 왕실과 중원을 비추던 달,
流影照明妃.	흐르는 달빛 소군을 비춘다.
一上玉關道,	일단 옥문관의 길에 올랐으니,
天涯去不歸.	하늘 끝으로 떠나 다시는 돌아오지 못 하리라.

〈 영회고적(詠懷古迹) 〉 기삼(其三), 두보(杜甫)

千載琵琶作胡語,	천 년 동안 비파는 오랑캐가락을 연주하지만,
分明怨恨曲中論.	그녀의 원한은 분명하여 곡 가운데 노래되었다.

〈 소군묘(昭君墓) 〉, 상건(常建)

漢宮豈不死,	그대 왜 한나라 궁실에서 죽지 않았는가?
異域傷獨沒.	이역에서 홀로 지내다 죽었으니 마음이 아프다.
萬里馱黃金,	황금을 싣고 만 리 길을 떠나더니,
蛾眉爲枯骨.	아름다운 여인은 마른 뼈가 되었구나.

'인생의 실의에는 남과 북이 따로 없음이여!'

그러나 송나라 때의 정치가인 왕안석은 또 다른 각도에서 왕소군의 이야기를 얘기하고 있다. 왕소군이 국경을 넘은 것은 그다지 나쁘거나 슬픈 일이 아니며 도리어 그녀 개인에게는 군주의 은총을 입고 행복을 찾을 수 있는 절호의 기회였다는 것이다.

〈 명비곡(明妃曲) 〉 기일(其一), 왕안석(王安石)

明妃初出漢宮時,	명비가 처음 한나라 궁전을 나설 때,
淚濕春風鬢脚垂.	봄바람에 눈물 젖고 귀밑머리는 흘러 내렸어라.
低徊顧影無顔色,	차마 떠나지 못해 그림자 돌아보는데 안색은 어두웠어도,
尙得君王不自持.	오히려 임금이 어쩔 줄 모르게 만들었어라.
歸來却怪丹青手,	원제는 돌아와 도리어 화공을 탓하니,
入眼平生未曾有.	평생 동안 일찍이 본 적이 없는 미인이었기 때문이어라.
意態由來畵不成,	마음과 자태는 본래 그려낼 수 없는 법,
當時枉殺毛延壽.	당시에 억울하게 모연수만 죽였구나.
一去心知更不歸,	한 번 떠나면 다시는 돌아오지 못 할 줄을 이미 알고서,
可憐著盡漢宮衣.	가엾게도 한나라 궁전에서 가져간 옷만 입었구나.
寄聲欲問塞南事,	소식 띄워 남쪽의 일 물으려 해도,
只有年年鴻雁飛.	해마다 기러기만 무심히 날아간다.
家人萬里傳消息,	집안사람이 만 리 밖에서 소식 전해오니,
好在氈城莫相憶.	집 생각 말고 오랑캐 궁전에 잘 있으라 한다.
君不見咫尺長門閉阿嬌,	그대는 보지 못했나, 지척에 있는 장문궁에 유폐된 아교를,
人生失意無南北.	인생의 실의에는 남과 북이 따로 없음이여.

〈 명비곡(明妃曲) 〉 기이(其二)

…(중략)…

漢恩自淺胡自深,	한나라의 은총 절로 얕았지만 오랑캐는 절로 깊었으니,
人生樂在相知心.	삶의 즐거움이란 서로를 알아주는 마음에 있는 거다.

…(중략)…

아교는 한 무제의 황후 진(陳)씨의 어렸을 적 이름이다. 무제는 그녀에 대한 사랑이 식자 장문궁에 유폐시켰다. 그러자 그녀는 유명한 부 작가였던 사마상여(司馬相如)에게 〈 장문부(長門賦) 〉를 짓게 하여 다시 황제의 사랑을 받았다는 얘기가 전해진다.

역대로 적지 않은 시인들이 왕소군을 노래하였지만 대부분 그녀의 애절한 처지를 동정하여 주로 화친 정책 때문에 희생된 가련한 여인의 모습으로 그려왔다. 그런데 이 왕안석의 시는 그동안의 시들과는 다른 점이 있다.

첫째, 마음과 자태는 본래 그려낼 수 없는 법이니 왕이 화가를 처형한 것은 잘못된 일이라고 말한 점이다. 둘째, 그래도 왕소군은 흉노왕의 사랑을 받았다고 말한 점이다. 한나라 궁전에 있던 진황후(陳皇后)는 무제에게서 사랑을 받다가 버림받고 장문궁에 유폐되었으니, 한나라 황제에게서 버림받고 만 리 떨어진 북쪽 흉노땅으로 시집간 왕소군의 입장과 다를 바 없다. 황후인 진씨나 궁녀인 왕소군이나 실의하기는 마찬가지라는 얘기다. 그러나 제 2수에서는 남자에 의해 마땅히 사랑을 받아야 할 여인의 입장에서 '한은자천호자심(漢恩自淺胡自深), 인생락재상지심(人生樂在相知心)'이라고 하였다. 즉 사랑을 받아야 하는 여인의 입장에서 보면 왕소군은 인생의 즐거움을 얻은 셈이니 오히려 아교보다는 낫지 않느냐, 라고 왕소군을 위로하고 있는 것이다. 훗날 이 두 구절은 그와 정치적으로 노선이 달랐던 많은 사람들의 비판을 받기도 하였다. 즉 임금과 어버이의 은혜를 저버리는 표현을 하였으며 금수와도 같은 매국노적인 불손한 심성을 드러냈다는 비판을 받은 것이다.

'기러기도 날갯짓을 잊고 있다가 땅에 떨어져'

연주음악 〈 소군출새(昭君出塞) 〉는 비파 독주곡이다. 아병(阿炳)이 작곡한 악곡으로서, 왕소군이 국경을 넘을 때의 정서 변화를 세밀하게 묘사하여 작곡가의 이 역사적 사건에 대한 무한한 감개를 표현하였다.

왕소군이 변경을 나서면서 말 위에서 비파로 음악을 연주하니 하늘을 날던 기러기가 감동하여 그만 날갯짓을 하는 것도 잊고 있다가 땅에 떨어졌다는 낙안(落雁)의 얘기는 아주 유명하다. 아름다운 그녀의 미모, 변경을 나서는 한없는 슬픔을 같이 연상하며 음악을 들으면 그 맛이 새록새록 되살아날 것이라 생각된다.

6.6. 소상팔경과 〈 평사낙안 〉

평사낙안(平沙落雁)은 소상팔경(瀟湘八景) 가운데 하나이다. 평사낙안은 지금 호남성 형양(衡陽)시 회안봉(回雁峰)에 있다. 소상(瀟湘)강은 영주(永州)에서 아래로 수백 킬로미터를 흘러 남악(南岳) 형산(衡山)의 72봉 가운데 으뜸인 회안봉에 도달한다.

형양 지역은 가을·겨울에도 기후가 따뜻하고 넓은 들과 평평한 모래밭에 갈대가 무더기로 자라서 항상 남하하던 기러기들이 내려앉아 겨울을 나도록 이끌어준다. 그래서 가을 기러기가 모래밭에서 장난치는 모습이 한 폭의 그림(秋雁戏沙图)과 같은 아름다운 광경을 연출한다.

옛날 사람들은 기러기가 북방의 겨울 추위를 피해 남하하는데 바로 형양에 이르러서 더 이상 남쪽으로 날아가지 않는다고 여겼다. 즉 형양은 기러기가 남하하는 한계선으로 여긴 것이다. 그래서 "형양에 이르면 형산의 산세는 다 끝나고, 회안봉의 그림자는 희미해진다. 돌아가야 할 길 멀어, 차마 다시 더 남으로 날아가지 못 하는 그들이 가련하기만 하다.(山到衡陽盡, 峰回雁影稀. 應憐歸路遠, 不忍更南飛.)" 고 노래한 시인도 있었다.

'소상강에는 서리 기운이 흐른다'

명나라 이몽양(李夢陽)이 소상팔경 가운데 하나인 평사낙안을 시로 노래한 〈 평사낙안(平沙落雁) 〉을 감상해보자.

西風萬里雁,	서풍 부니 만 리에서 기러기 날아오고,
一葉洞庭秋.	동정호 나뭇잎 하나 떨어지며 가을이 시작된다.
羣浴金沙軟,	떼 지어 씻고 있는 금빛 모래 부드럽고,
瀟湘霜氣流.	소상강에는 서리 기운이 흐른다.

가을바람이 불어오고 낙엽이 지기 시작하였다. 그러자 만 리 먼 곳에서 기러기들이 떼 지어 날아온다. 이제 동정호에도 나뭇잎 하나 떨어지며 가을이 시작된다. 금빛처럼 반짝이는 부드러운 모래사장에서 기러기들은 떼 지어 날개를 비벼대는데, 이곳 소수와 상수 일대에는 서리 기운이 서리며 써늘한 가을이 완연해진다. 한 폭의 동양화를 보는 듯하다.

이 시의 압권은 두 번째 구에 있는 '일엽…추'라고 할 수 있을 것이다. 무릇 모든 조짐과 기운은 하나의 점에서 시작된다. 눈꼽만 한 겨자씨에서, 자그마한 알에서 완전한 생명체가 탄생하듯이 말이다. 봄은 매화나무 한 가지에 서려 있는 기운에서 조금씩 멀리 퍼져간다. 그렇기 때문에 우리는 일지매(一枝梅)를 보고도 이미 봄을 만끽할 수가 있는 것이다. 마찬가지로 잎사귀 하나에 서린 가을이란 곧 누런 잎사귀 하나가 떨어지면서 가을이 비로소 시작되는 것을 의미한다. "오동나무 잎사귀 하나 떨어지면 가을이 시작되는 것을 세상 사람들이 다 알게 된다.(梧桐一葉秋, 天下盡知秋.)"(≪광군방보(廣群芳譜)≫) 그래서 일엽지추(一葉知秋)라고 하는 것이니, 일엽추(一葉秋)는 가을의 온 에너지가 압축되어 있는 정화라고 볼 수 있다. 터져 나오는 원기의 흐름과 순환을 느끼면서 동시에 살아 움직이는 가을을 엿보게 된다.

다음은 명말 여성 문인인 서원(徐媛)이 평사낙안을 노래한 〈 제소상팔경(題瀟湘八景)·기육(其六) 〉을 감상해보자.

一群鳴雁墮寒沙,	기러기 한 떼 울며 차가운 모래밭에 내려앉고,
黃葉溪頭間荻花.	계곡머리 누런 잎사귀는 갈대꽃을 사이에 두고 있네.
憔悴美人明月夜,	밝은 달 아래 초췌한 미인은,
幾回淸夢到天涯.	몇 번이나 맑은 꿈속에서 하늘 끝까지 갔던가?

겨울을 나기 위해 북녘에서 이곳 소상의 형양까지 날아온 기러기, 이렇게 가을은 시작되었다. 누렇게 물든 계곡머리의 잎사귀들은 하얀 갈대꽃을 사이에 두고 있다. 누군가를 기다리며 그리워하는 것인가? 밝은 달 아래, 이미 초췌해진 미인이 배회한다. 그녀는 꿈속에서 벌써 몇 번이나 하늘 끝까지 가면서 임을 찾아 헤맸던가? 그리움과 시름은 이렇게 깊어만 간다.

연주곡 〈 평사낙안 〉은 고금으로 연주하는 악곡이다. 또 〈 안락평사(雁落平沙) 〉, 또는 〈 평사(平沙) 〉 등으로 불리기도 하였다. 이 악곡의 최초 금보(琴谱)는 명나라 말엽 〈 고음정종(古音正宗) 〉(1634年)에 실려 있다.

연주곡 〈 평사낙안 〉은 주로 가을의 경물을 묘사하였으니 ≪천문각금보(天聞阁琴谱)≫는 이렇게 전하고 있다.

"높은 가을 하늘과 상쾌한 기운, 평평한 모래밭에 고요한 바람, 만 리를 가는 구름,

하늘가에서 울리는 기러기 울음소리 등을 음악에 담았다. 또한 먼 곳을 가는 큰기러기의 뜻을 빌어 은거하는 고인의 가슴 속 깊은 생각을 표현하였다.(蓋取其秋高氣爽, 風静沙平, 雲程萬里, 天際飛鳴. 借鴻鵠之遠志. 寫逸士之心胸者也.)"

****

80년대에 대학을 다닌 사람치고 학생운동과 최루탄 가스에서 자유로운 사람이 없으리라. 설사 학생운동에 적극적으로 참여하지 않았던 사람일지라도 당시 대학생이라면 누구나 최소한 학생의 정치참여 문제와 한국사회의 민주화에 대한 고민을 어느 정도 하고 있었으며 술자리에서든 MT에서든 학생운동가요 몇 곡조 정도는 따라 부를 수 있었다.

당시 대학생들이 가장 부르길 좋아했던 곡이 바로 양희은의 〈 아침이슬 〉이었다. "긴 밤 지새우고 풀잎마다 맺힌 진주보다 더 고운 아침 이슬처럼 내 맘에 설움이 알알이 맺힐 때 아침 동산에 올라 작은 미소를 배운다 태양은 묘지 위에 붉게 떠오르고 한낮에 찌는 더위는 나의 시련일지라 나 이제 가노라 저 거친 광야에 서러움 모두 버리고 나 이제 가노라" 이 노래를 목 놓아 부를 때면 왠지 힘이 솟고 투사가 되어 거리에 선 것 같은 느낌을 주었다. 이 곡은 훗날 아무런 이유 없이 금지곡으로 지정되어 대학가에서는 저항 가요의 대명사로 불리게 되었다.

그런데 여기서 아침이슬은 알알이 영롱하게 맺혀 있는 그 형상에 초점이 맞춰져 있다. 아침이슬은 지속시간이 짧은 존재의 특징에 초점이 맞춰져 노래되기도 한다. 조용필이 부른 〈 킬리만자로의 표범 〉이 바로 그런 노래 종류에 해당한다. "바람처럼 왔다가 이슬처럼 갈순 없잖아 내가 산 흔적일랑 남겨둬야지 한줄기 연기처럼 가뭇없이 사라져도 빛나는 불꽃으로 타올라야지"

조조(曹操)의 〈 단가행(短歌行) 〉은 존재 시간이 짧은 이슬과 허무한 인생을 탁월하게 비유한 절창이라고 할 수 있다. "술 앞에 두고 노래하니, 인생은 얼마나 되나? 아침이슬에 비유되니, 떠나간 날들은 씁쓸하게도 많기만 하다.(對酒當歌, 人生幾何? 譬如朝露, 去日苦多.)" ≪한서(漢書)·소무전(蘇武傳)≫에서도 "인생은 아침이슬과도 같이 짧다.(人生如朝露)"라고 하였다.

'모르겠어라, 가을의 그리움은 누구의 것이 되었을지'

한편, 허무한 존재로서 이슬의 특징 외에 운동가요인 〈 아침이슬 〉에서 보여준 것과 같은 이슬의 알알이 맺힌 영롱한 모습을 묘사한 한시는 없는가? 당대 시인 왕건(王建)의 〈 보름밤에 달을 바라보며 낭중 두원영에게 부치다(十五夜望月寄杜郎中) 〉 시를 보자.

中庭地白樹棲鴉,	뜨락 가운데 바닥은 새하얗고 까마귀는 나무 위에 깃들었는데
冷露無聲濕桂花.	찬 이슬 소리 없이 계수나무 꽃을 적신다.
今夜月明人盡望,	오늘밤 밝은 달을 사람마다 바라보겠지만
不知秋思落誰家?	모르겠네, 가을의 그리움은 누구 것이 되었을지.

시인은 새하얀 뜨락의 바닥을 밟으며 거닐다가 나무에 깃든 까마귀, 밤 깊어지며 영롱한 이슬이 천천히 소리 없이 계수나무 꽃을 적시고 있는 걸 발견한다. 그런데 정작 이토록 맑고 서늘한 분위기를 연출해 주는 가을 보름밤 밝은 달빛에 대해서는 구체적으로 언급하지 않고 독자 스스로 알아차리도록 하고 있다. 또한 시인은 가을에 자신의 적막한 심정과 가족에 대한 그리움을 직접 얘기하려다 멈추고 다시 저 달을 바라보는 많은 사람 중에 이 가을의 그리움과 시름이 누구 것이 되었는지, 즉 누가 이 가을에 그리움과 시름에 젖어 있는지 모르겠다고 완곡하게 표현하고 있다. 이렇게 모르겠다고 짐짓 너스레를 떨고 있지만 사실은 저 달을 바라보는 사람 중에 자기만큼 가족에 대한 그리움과 시름에 젖어 있는 사람이 또 있겠느냐는 하소연으로 읽을 수 있을 것 같다.

기독교 ≪성경≫ 역시 비교적 많은 아침이슬의 특징이 노래되어 이슬을 종합적으로 보여주는 듯하다. 지상의 수증기가 찬 공기와 만나면서 생기는 물방울이 바로 이슬인데, 연간 강수량이 크게 부족한 팔레스타인 지방에서 목초지나 농작물에 이슬은 매우 소중한 존재로서 이슬이 없으면 가뭄이 일어날 수도 있다고 한다. 때문에 ≪성경≫에서 이슬은 하늘의 보물이요 복이며 은택으로 자주 묘사된다. 창세기 27:28에서는 "하느님께서 하늘에서 내리신 이슬로 땅이 기름져 오곡이 풍성하고 술이 넘쳐 나거라.", 욥기 29:19에서는 "나의 뿌리는 물기를 따라 뻗고 밤새 이슬에 젖은 내 잎사귀는 싱싱하기만 하구나."라고 기록되어 있다. 메마른 대지를 적셔 주는 이슬의 기능성에 주목하면 당연히 이슬은 복과 은택을 주는 존재로 비유될 수밖에 없을 것이다.

그런데 태양이 떠오르자마자 말라 버리는 이슬의 존재상 특징에 주목하면 역시 허무함과 덧없음을 비유하는 데 사용될 수밖에 없을 텐데 ≪성경≫에는 이러한 비유도 존재한다. 호세아 6:4에서 "너를 어떻게 하면 좋겠느냐, 유다야 너를 어떻게 하면 좋겠느냐. 너희 사랑은 아침 안개 같구나. 덧없이 사라지는 이슬 같구나."라고 하고 있다.

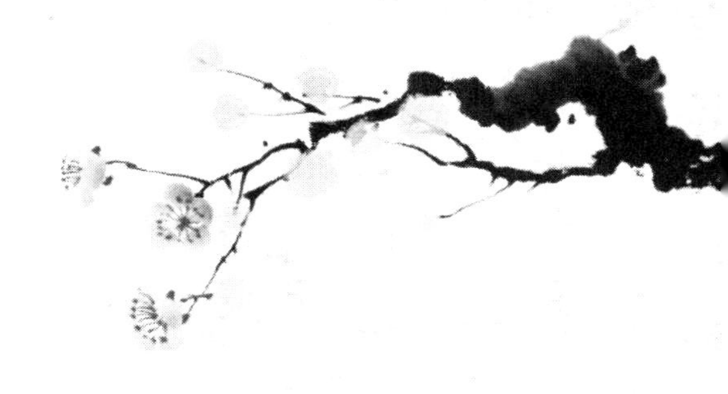

제7장

미인과 협객

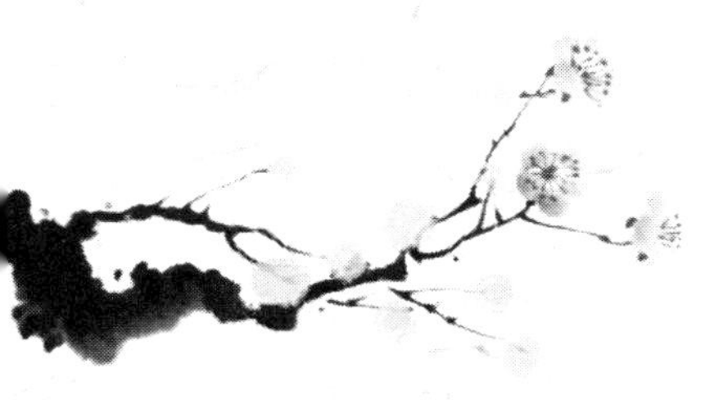

아리따운 얼굴 보이지 않고 부질없이 무덤만이 있네

(不見玉顔空死處)

사나이 한번 떠나면 다시 돌아오지 못 하리라!

(壯士一去兮不復還)

7.1. 미인과 한시

하늘의 도는 건(乾)이고 땅의 도는 곤(坤)이며, 건은 양(陽)이고 곤은 음(陰)이다. 양은 남성적인 원리이고 음은 여성적인 원리이다. 그러므로 남성은 강하고 여성은 부드러워야 한다. 남성은 주동적이고 여성은 피동적이어야 한다. 남존여비의 철학적 바탕이 되는 이 이론은 놀랍게도 3천 년 동안 중국의 역사를 지배해 왔다.

남존여비의 관념은 종법(宗法)사회의 산물이다. 종법사회는 부계 씨족사회였기 때문에 이러한 관념이 형성될 수밖에 없었다. 주나라가 가정의 상하 구성원간의 질서관념인 종법적인 관념을 바탕으로 정치·사회 전반을 이끌어가면서 남성이 여성의 우위에 서는 불평등한 관념은 더욱 확고히 자리 잡았다.

'子(자)'란 원래 번식하고 자란다는 뜻인데, 이 시대에 '자'가 남성에 대한 고유한 호칭으로 쓰이면서 여성은 '자'가 될 수 없었으며, 여성을 지칭하는 '婦人(부인)'이란 말에서 '人(인)'은 제3자인 남에게 엎드린다는 뜻을 가리켰고, 또한 '夫人(부인)'은 남을 부축한다는 뜻을 가리켰다. 그러니 여성이란 남에게 엎드리는 사람이며 스스로는 독립적이지 못 한 존재라는 것이다.

그래서 여성은 자신의 이름을 갖지 못 하고 남자의 성을 이름으로 삼았으며, 시집가는 것을 일생 최대의 목표로 삼았다. 그들의 사회적 지위는 시집가기 전에는 아버지를 따르고, 시집가서는 남편을 따르며, 남편이 죽으면 아들을 따르는 것이었다.

'여자는 재주가 없는 게 덕이다'

남자아이가 태어나면 구슬을 갖고 놀게 한 반면 여자아이가 태어나면 실패를 갖고 놀게 하였다. 다음의 시는 '농장지경(弄璋之慶)'과 '농와지경(弄瓦之慶)'을 노래하여 남녀간에 존재하는 차별적인 시각을 보여주고 있다.

> 남자아이를 낳으면 침대에 눕히고 화려한 옷을 입히며 구슬을 갖고 놀게 한다. … 여자아이를 낳으면 땅에 눕히고 홑옷을 입히며 실패를 갖고 놀게 한다.(乃生男子, 載寢之牀, 載衣之裳, 載弄之璋, … 乃生女子, 載寢之地, 載衣之裼(체), 載弄之瓦,)(≪시경(詩經)·소아(小雅)·사간(斯干)≫)

반소(班昭)는 이에 대해 심지어 여자아이를 땅에 눕히는 것은 낮고 약하며 다른 사람의 아래에 처해야 함을 밝히고자 한 것이며, 실패를 가지고 놀게 하는 것은 부지런히 일하는 법을 익혀야 함을 밝히고자 한 것이라 고 해석하기도 하였다.

"여자는 재주가 없는 것이 덕이다(無才是德)"(≪여범첩록(女範捷錄)≫)

공자는 여자와 소인은 다루기 어렵다고 말한 적이 있는데, 소위 재주란 본래 의미의 재주가 아니라 좀 더 좁은 의미에서의, 책을 읽고 글자를 쓸 줄 아는 능력을 가리킨다. 여자가 재주가 있으면, 즉 글을 알면 음란함을 배울 여지가 많다고 여겼기 때문에 여자가 재주가 없어야 한다고 말한 것이다. 이런 인식은 또한 여자들이 사사로움에 빠지기 쉽고 교화되기 어렵다고 생각한 데서 비롯되었다.

그런데 '무재시덕'의 관념이 비록 일찍부터 생겼다고 하더라도, 여성의 재주를 글을 쓰고 읽을 줄 아는 능력과 동일시하기 시작한 것은 명나라 말기 이후부터 시작되었다고 할 수 있다. 왜냐하면 송나라 이전 진(晉)나라 여성들은 풍류를 즐겼고, 당나라 여성들은 시를 잘 지었지만 당시 사회에서 금기시하지는 않았기 때문이다. 그런데 명나라로 들어오면서 여성들에게 읽고 쓰는 법을 가르치지 않는 경향이 지배적이 되기 시작하였다.

한편 '무재시덕'이란 말이 생긴 원인으로 당시 기녀들 중에 시를 잘 짓기로 유명한 여자들이 많았던 탓도 있다. 이를 지켜본 세상 사람들은 여자가 재주가 있으면 불행이라고 여기게 된 것이다. 여자가 시를 잘 지으면 대부분 박복하게 되는 데다, 하물며 시 잘 짓는 여성들은 대부분 기녀였으니 여자가 시 배우는 것 자체가 금기시되었던 것이다.

'무재시덕'이란 말 속에는 이처럼 재주 있는 사람은 정숙하지 못 하다는 의미 외에도 또한 재주가 있는 사람은 단명하기 마련이라는 뜻도 포함되어 있다. 명대 여성 중 엽소란(葉小鸞)은 용모가 빼어나고 재주가 뛰어나 10세 때부터 시를 지었는데, 사람들의 그녀의 시가 인간 세상에서 불을 때서 만든 음식을 먹은 사람의 솜씨 같지 않다고 칭찬하기도 하였다. 그러나 그녀는 17세에 세상을 하직하고 말았다. 그래서 사람들은 재주 있으면 박명하기 마련이라고 생각하게 되었다고 한다.

남존여비의 관념 속에서 재주 없는 게 오히려 덕이라고 여겨졌던 여인들에게 남은 것은 오직 아름다운 용모에 의지하는 길뿐이었다. 남성이 주류인 사회에서 남성의 취향이 오히려 이런 상황을 더 부추겼을 것이라 생각되지만 말이다.

'아름다움의 추구는 인간의 본능적 욕망'

아름답다는 뜻의 '美(미)'란 글자는 '羊(양)'과 '大(대)'로 이루어졌다. 즉 양이 크다는 뜻을 지니고 있다. 원시시대의 수렵민족에게는 양이 매우 중요했기 때문이다. 이처럼 인간의 아름다움에 대한 인식은 먼저 실용적이고 공리적인 관념이 존재하였고, 나중에야 비로소 순수하게 아름다움을 찾는 심미적 관념이 발생하게 되었다고 할 수 있다.

아름다움은 자연산수에 존재하는 자연미와 인간의 다양한 사회생활 속에 다양하게 존재하는 사회생활미가 있는데 양자는 모두 자연형태로 존재하는 아름다움이라고 볼 수 있다. 이에 비해 인간이 창조한 인공 예술작품에 관념형태로 존재하는 아름다움, 즉 예술미가 있다고 할 수 있다.

아름다움을 추구하는 마음은 누구에게나 있다. 동물과 달리 인간의 고급의 정신적 욕구에는 아름다움의 추구라는 욕구가 존재하는 것이다. 러시아 작가인 막심 고리끼는 천성적으로 인간은 예술가이며, 인간은 어느 곳에 있든지 언제나 아름다움을 자신의 생활 속에 지니기를 바란다고 말하기도 했었다. 인간은 노동을 통해 창조해낸 산물, 예컨대 건축물 등에서도 실용적인 욕구뿐만 아니라 심미적인 욕구까지도 만족시키려 한다. 또한 일상생활 중에서도 자연미, 예컨대 해돋이, 별자리, 꽃 등을 감상하고자 하는 강렬한 욕구를 지니고 있다.

인간은 자신의 신체미에 대한 욕구도 지니고 있다. 사회가 발전하고 생산력이 높아짐에 따라 인체의 아름다움에 대한 욕구 역시 날이 갈수록 발전하는 것은 당연한 일이다.

중국 전국시대 제(齊)나라의 재상이었던 추기(鄒忌)는 키가 8척이 넘고 용모가 수려한 남자였다. 하루는 거울을 들여다보며 그의 처와 첩 그리고 손님 등 세 사람에게 성 북쪽에 사는 서공(徐公)과 자신 중에 누가 더 미남이냐고 물었다. 그러자 모두 추기가 서공보다 더 미남이라고 하였다. 다음날 마침 서공이 찾아왔는데 아무래도 자기 얼굴이 서공만 못하였다. 그리하여 곰곰이 생각해본 결과, 처는 그를 사랑해서, 첩은 그를 두려워해서, 손님은 뭔가 그에게 얻으려 해서 그런 대답을 했다는 사실을 깨닫게 되었다고 한다.

한편 이 얘기는 그동안 사람들에 의해 실사구시의 태도를 강조한 교육적 의의를 지닌 얘기로만 인식되어 왔지만, 이 얘기를 통해 우리는 인간은 아름다움을 추구하기 마련이라는 사실을 간접적으로 인지할 수 있다. 아름다움을 추구하는 것은 인지상정에 속하는 것이다.

그렇다면 확실한 미의 기준은 무엇일까? 아마 그것의 절대적 기준은 없을 것이다. 있다면 우리의 무수한 실재의 경험에 의해 판단되어진 주관적 기준일 것이다. 심지어 시대에 따라서 미를 바라보는 기준도 달라졌었다. 다만 미는 또한 추(醜)와는 상대적으로 존재하는 것이기 때문에 추와 비교하여 상대적으로 우위를 점하는 특징 내지는 범주를 미라고 간주 할 수 있을 것이다.

고대 중국의 경우, 미남에 대한 기록은 많지 않은 것 같다. 남성이 지배하는 사회에서 자기들 스스로가 미적 감상의 대상이 되는 것을 암묵적으로 서로 꺼렸기 때문일지도 모른다. 다만 여인의 경우는, 미인에 대한 기록이 자주 보인다. 봉건군주시대 여인은 남자들에게 가족의 한 구성원으로서, 그리고 평등한 존재로서 인식되기보다는 종족의 보존과 가사와 휴식, 감상을 제공하는 대상으로서 존재해 왔기 때문이다.

중국 고대 문인들의 시에도 미인들에 대한 찬미와 회상은 끊이질 않았다. 이들 문인들도 역시 대부분이 남성이었던 터라 미인에게 당연히 관심을 가질 수밖에 없었기 때문에 고대 역사 속에 존재했던 미인들을 추억하며 찬미와 영탄을 보내는 시를 남길 수 있었던 것이다.

중국에는 역대로 어떤 미인들이 있었고 또 미인들은 시에 어떻게 노래되었을까?

아주 이른 시기로 은(殷)나라에는 달기(妲己)가, 주(周)나라에는 포사(褒姒)라는 미인이 있었다.

은나라 주(紂)왕은 원래 신체 건장하고 용맹하여 기자 등 여러 현신을 기용하여 선정을 폈다. 그런데 즉위 후 9년째 되는 해 유소씨를 쳤을 때 헌상 받은 미녀 달기와 사랑에 빠져 포악무도한 짓을 저지르기에 이른다. 주왕은 달기의 환심을 사려고 주야로 주지육림에 빠져 음란하게 가무를 펼치며 세월이 가는 줄 몰랐다. 그의 폭정에 반대하는 자들은 이른바 불에 그슬리고 지지는 형벌인 포락(炮烙)의 형벌에 처해버렸다. 또 성인의 마음에는 일곱 개의 구멍이 있다고 하는데 그것을 보고 싶다고 하면서 생체해부를 해서 죽이기도 하였다. 이를 보다 못 한 제후들이 들고일어나자, 마침내 그는 자살하고 달기는 효수형에 처해지기에 이르렀다.

주나라의 12대 유왕(幽王)은 본래 우둔하고 호색한이었다. 그는 생전 웃지 않는 아름다운 궁녀인 포사에게 마음이 쏠려 어떻게 하든 그녀의 웃는 얼굴을 보려고 애를 썼다. 어느 날 신하가 잘못해서 봉화대에 불을 올렸고 제후들이 황급히 달려왔는데, 제후들의 이런 허둥거리는 모습을 본 포사가 요염하게 웃자, 이때부터 유왕은 포사의 웃는 얼굴을 보려고 심심하면 봉화를 올렸다는 일화가 전해질 정도였다.

현재 일반적으로 중국의 4대 미인으로 춘추시대의 서시(西施), 한나라의 왕소군(王昭君), 삼국시대의 초선(貂蟬), 당나라의 양귀비(楊貴妃)가 꼽히고 있다.

서시(西施)

왕소군(王昭君)

초선(貂蟬)

양귀비(楊貴妃)

'와신상담과 동시효빈'

중국에서 미인하면 제일 먼저 꼽히는 서시는 확실히 미인의 대명사이다. 그녀는 오월동주(吳越同舟)시대 월(越)나라의 미녀였다. 오나라왕 부차는 아버지에 대한 원수를 갚기 위해 와신(臥薪)하며 준비한 끝에 결국 월나라를 무찌른다. 이에 월나라왕 구천은 패자로서 미인계로 환심을 사기 위해 여인을 바치는데, 바로 그녀가 서시이다. 부차가 서시에 빠져 있을 적에 구천은 상담(嘗膽)하며 다시 힘을 길러 결국 부차를 무찌르게 된다. 이리하여 와신상담은 치욕을 설욕하기 위하여 현재의 고통을 잘 참는다는 뜻의 유명한 고사성어가 되었다.

서시가 얼마나 아름답기로 유명하였는지, 그녀가 본래 심장이 안 좋아 가슴을 움켜쥐고 찡그리는 모습을 취하였는데 심지어 이런 모습도 아름다워서 옆 동네에 사는 못생긴 아가씨 동시가 그 모양을 흉내냈다고 한다. 여기서 동시효빈(東施效顰)이란 고사성어가 전해 내려오기도 한다.

'서시가 어찌 오래 버려져있겠는가!'

당나라 왕유(王維)는 〈 서시영(西施詠) 〉을 노래하였다.

艷色天下重,	아리따운 얼굴은 천하가 중시하니,
西施寧久微.	서시가 어찌 오래 버려져있겠는가!
朝仍越溪女,	아침에는 월나라 시내의 여인이었다가,
暮作吳宮妃.	저녁에는 오나라 궁전의 비가 되었구나.

월나라 시내는 곧 서시가 연밥을 따던 곳을 가리킨다. 온 세상 사람들이 모두 눈여겨볼 정도로 서시가 아름다웠으니 그냥 연밥이나 따게 내버려두지 않았을 것이다. 때문에 구천에 의해 뽑혀서 미인계를 위해 오나라에게 바쳐졌고, 오나라 궁전에서 궁녀가 되어 부차의 총애를 한 몸에 받기에 이르렀다. 서시의 아름다움과 그로 인해 하루아침에 신분이 바뀐 사실을 얘기하고 있다.

당나라 누영(樓穎)의 〈 서시석(西施石) 〉을 또 감상해보자.

西施昔日浣紗津,	옛날 서시가 비단 빨던 나루,
石上青苔思殺人.	돌 위의 푸른 이끼 그 사람 못내 그립구나.
一去姑蘇不復返,	고소대로 한 번 떠난 뒤 다시 돌아오지 않는데,
崖傍桃李爲誰春.	벼랑 옆 도리화는 누구를 위해 봄을 뽐내고 있는가?

서시가 옛날 빨래하던 곳에 왔다. 빨래하던 사람이 떠나가서 이제 빨래판으로 삼던 돌 위에는 이끼가 껴 있다. 그녀는 오나라 부차에게 바쳐져 고소대(姑蘇臺)로 떠났다. 봐주는 사람 없건만 봄이 오자 벼랑 옆에 복숭아꽃, 오얏꽃은 또 벙글어졌다. 화려한 봄날, 아리따운 그녀가 오늘 못내 그립다.

이백은 〈 오서곡(烏棲曲) 〉이란 시에서 서시를 다음과 같이 표현하고 있다.

姑蘇臺上烏棲時,	고소대 위에 까마귀 깃들려 할 때,
吳王宮裏醉西施.	오왕은 궁중에서 서시에 흠뻑 취해있네.
吳歌楚舞歡未畢,	오가 초무의 환락 끝나지 않았는데,
青山猶銜半邊日.	푸른 산은 오히려 해를 반쯤 삼키고 있네.
銀箭金壺漏水多,	은 바늘침 금 단지에선 물이 많이 새었는데,
起看秋月墜江波.	일어나 바라보니 가을 달 강물결 너머로 떨어졌네.
東方漸高奈樂何!	동녘이 점차 밝아오니 이 환락의 즐거움을 어이 할까!

오왕은 부차(夫差)를 가리킨다. 전설에 의하면, 부차는 많은 인력과 물자를 들여서 3년 동안 5리에 걸친 고소대(姑蘇臺)를 축성하고 거기에 춘소궁(春宵宮)을 지어 총비인 서시와 밤새 술 마시며 즐겼다고 한다. 은전은 은으로 장식한, 시간을 표시하는 물시계의 바늘침을 가리킨다. 금호는 곧 동호(銅壺)로서 구리로 만든 단지 모양의 시간을 재는 도구였다.

이 시는 오왕 부차와 서시가 즐기는 환락을 시간 경과에 따라 묘사하고 있다. 까마귀가 둥지에 깃들려 할 적에 이미 그들은 흠뻑 취했다. 환락이 끝나지 않았는데 벌써 해는 서산에 기운다. 그러나 계속 환락을 멈추지 않으면서 급기야는 달이 높이 떴다가 강물 너머로 지고 동쪽에선 해가 점차 솟아오른다. 이제 이렇게 날이 밝아오고 있어 더 이상 즐길 수 없으니 이 환락의 즐거움을 어찌해야 하나? 이제는 그만두어야 하는가? 맨 마지막 구절은 그래서 오왕이 뱉어내는 아쉬운 탄식이라고 할 수 있는데, 한편으로 시인이 환락에 빠져 있는 오왕을 향해 은근히 풍자하면서 비판하고 있는 내용으로 볼 수도 있을 것이다.

이 시는 형식상 매우 독특한 점이 있으니, 바로 홀수구로 끝나고 있다는 점이다. 보통 짝수구로 끝을 맺어야 하는 격식을 파괴함으로 인해서, 맨 끝 구가 짝이 없이 홀로 존재하게 됨으로써 더욱 더 의미심장한 결론의 성격을 띠도록 하는 그런 효과를 내고 있다고 볼 수 있다.

왕소군은 한나라 제10대 원제(元帝)의 궁녀로 화친정책에 의해 흉노족의 호한야(呼韓邪) 선우(單于)와 혼인한 여인으로 잘 알려져 있다. 그녀에 대해서는 이미 앞에서 설명하였기 때문에 여기서는 자세히 얘기하지 않기로 한다.

흉노땅으로 떠난 왕소군을 생각하는 중국 시인들의 마음은 애틋하기 그지없었다. 그래서 그들의 시에도 가련하고 동정 어린 모습으로 묘사되곤 하였다.

'오랑캐 땅에는 화초가 자라지 않네'

동방규(東方虬)의 〈상화가사(相和歌辭)·왕소군(王昭君)·삼수(三首)〉 중 제3수를 보자.

胡地無花草,	오랑캐 땅에는 화초가 없으니,
春来不似春.	봄이 왔어도 봄 같지가 않다.
自然衣帶緩,	자연히 허리띠는 느슨해졌으니,
非是爲腰身.	옷의 허리부분 때문이 아니라네.

오랑캐 땅에는 화초가 자라지 않을 만큼 척박하다. 그래서 따뜻한 봄이 왔어도 꽃들이 피지 않으니 봄이 온 것 같지도 않다. 이처럼 중원과는 다른 척박한 곳에서 왕소군은 갖은 고통을 겪으며 하루하루를 보낼 수밖에 없다. 그래서 자연스레 허리띠가 느슨해졌다. 그런데 이것은 옷의 허리부분 치수가 크기 때문에 그런 것이 아니다. 바

로 옷은 그대로인데 몸이 수척해졌기에 옷의 허리부분이 헐렁해진 것이다. 그녀가 겪고 있는 고초에 대해 시인은 마음 아파하고 있는 것이다.

'침어 낙안의 미모'

한편, 세속에서는 아름다운 서시와 왕소군을 침어낙안(沉魚落雁)으로 대신하여 부르기도 한다. 서시의 미모는 '침어'요, 왕소군의 미모는 '낙안'이라는 것이다. 왜 이런 성어가 출현하였을까?

원래 물고기 및 새와 관련된 미녀는 모장(毛嬙)과 여희(麗姬)였다. ≪장자(莊子)·제물론(齊物論)·제이(第二)≫에 나오는 얘기다.

> 모장과 여희를 사람들은 아름답다고 여기지만, 물고기는 그녀들을 보면 물속으로 깊이 들어가고, 새는 그녀들을 보면 하늘로 높이 날아가고, 순록은 그녀들을 보면 힘껏 달아난다. 이 넷 중에서 어느 쪽이 이 세상의 진짜 아름다움을 알고 있을까?(毛嬙麗姬, 人之所美也. 魚見之深入, 鳥見之高飛, 麋鹿見之決驟, 四者孰知天下之正色哉.)
> (成玄英의 疏) 이 두 사람은 아름답기로 세상의 으뜸이어서 사람들은 그녀들을 아름답다고 한다. 그러나 물고기가 보면 두려워 깊이 물속으로 들어가고, 새가 보면 놀라서 높이 날아가 버리고, 순록이 보면 달아나며 돌아보지 않으니, 이 넷을 예로 들어보면 세상에 반드시 아름다운 것을 누가 알 수 있겠는가?(此二人者, 姝妍冠世, 人謂之美, 然魚見怖而深入, 鳥見驚而高飛, 麋鹿走而不顧, 擧此四者, 誰知宇內定是美色耶?)

모장과 여희를 사람들은 아름답다고 여기지만 물고기와 새, 그리고 순록은 과연 아름답다고 여겼을까 반문하고 있는 내용이다. 모장은 월왕(越王)의 미희라고도 하며, 여희는 춘추시대 진(晉)나라 헌공(獻公)의 부인이라고 한다. 그런데 ≪장자≫의 다른 판본을 보면 여희 대신에 서시(西施)가 거론된 것도 있다. 따라서 아름다운 여인의 용모를 지칭하는 침어낙안에서 침어는 확실히 모장과 여희, 또는 모장과 서시를 가리키며, 그 뜻은 본래 아무리 아름다운 여인이라 하더라도 물고기는 그녀를 두려워해서 물속 깊이 숨어버린다는 뜻을 가리킨다고 할 수 있다.

그런데 오늘날에 침어는 구체적으로 서시의 아름다운 용모를 대신 가리키게 되었다. 또한 속설에 의하면 서시가 워낙 아름다워 물고기가 헤엄치는 것도 잊어서 물속 깊은 곳으로 빠졌다, 또는 물고기들이 서시의 미모에 반해 물속으로 가라앉았다는 얘기도 전해지고 있다. 후대인들이 고대 미녀의 아름다움에 신비로운 색채를 덧붙인 결과라고 생각된다.

그렇다면 낙안(落雁)이란 말은 어떻게 유래하였을까? ≪장자≫에서도 아름다운 여인과 관련하여 새들이 거론되긴 하였지만 구체적으로 기러기를 가리키진 않았고, 게다가 새들이 높이 날아간다고 했지 땅으로 떨어져 내렸다는 뜻을 가리키진 않았다.

그런데 속설에 의하면, 한나라 때 왕소군이 궁궐을 떠나 흉노에게로 시집갈 적에 비파를 타며 이별가를 부르는데 날아가던 기러기떼가 그 소리를 듣느라, 또는 물에 비친 그녀의 아름다운 모습을 보느라 계속 날갯짓을 하는 것도 잊었기에 결국 땅에 떨어졌는데, 이로부터 왕소군의 아름다운 용모를 가리킬 때 낙안(落雁)이란 별호가 생겼다고 한다.

'폐월 수화의 미모'

삼국시대의 초선(貂蟬)은 왕윤의 수양딸 또는 전속 가기(歌妓)였다. 그녀는 왕윤의 뜻에 따라 동탁과 그의 부하이자 양자였던 여포를 이간질시켜 여포로 하여금 동탁을 죽이게 한다. 어느 날 밤, 왕윤이 초선과 밤하늘을 보던 중, 구름 한 조각이 달을 가리자 "달조차 초선의 아름다움에 부끄러워서 얼굴을 가렸다."고 말한 데서 폐월(閉月)이란 말이 유래하였다. 폐월은 결국 초선의 아름다운 용모를 가리키는 말이 되었다.

그런데 폐월과 더불어 짝이 되어 쓰이는 말이 수화(羞花)이다. 당나라 때, 양귀비(楊貴妃)가 궁중 화원에 나가서 꽃을 감상하며 무의식중에 함수화(含羞花)를 건드렸더니 꽃이 바로 잎을 말아 올리자 현종이 그녀의 아름다움이 꽃조차 부끄럽게 한다고 찬탄하였다 한다. 이로부터 수화는 양귀비의 아름다운 용모를 가리키는 말이 되었고, 폐월과 함께 쓰여 흔히 폐월수화라고 불리게 되었다.

양귀비는 이름이 옥환(玉環)으로 현종의 18번 째 아들인 수왕(壽王) 이모(李瑁)의 비였다. 며느리인 양귀비의 미모에 마음이 끌린 현종은 그녀를 우선 후궁으로 삼기 위하여 중신들의 반대에도 불구하고 그녀를 여도사(女道士)로 만들어 자신의 곁에 두었다. 그리고 아들인 수왕 이모에게는 다른 여자를 아내로 주었다. 이렇게 궁중으로 들어오게 된 양귀비는 6년 뒤에 귀비로 책봉되어 정식으로 양귀비가 되었다.

궁중의 법도상 귀비의 지위는 황후 다음이었으나 양귀비는 사실상 황후 이상의 권세를 떨쳤다. 또한 현종은 오직 양귀비에게만 정신이 팔려 정치에 대한 흥미를 잃고 말았다. 그 결과 모든 정무를 간신 이림보(李林甫)에게 완전히 맡기고 양귀비와의 유흥에 즐거운 하루하루를 보냈다.

현종의 사랑을 독점하게 된 양귀비는 권세를 떨치면서 그녀의 일족들을 차례차례 고관의 자리에 오르게 하였다. 양귀비는 원래 고아 출신으로 양씨 가문에 양녀로 들어갔었는데 그녀의 6촌 오빠였던 양소는 현종으로부터 국충(國忠)이라는 이름까지 하사받으며 신임을 받는다. 나중에는 양국충을 재상으로 만들었고 이후 양씨 일가가 국정을 농단하기 시작한다.

이때 변경 지역에서 군대를 지휘하고 있던 절도사들은 강력한 군사력을 장악해 당 왕조를 위협할 수 있는 세력으로 성장하고 있었다. 천보 14년인 755년, 절도사 안록산(安祿山)이 양국충을 토벌한다는 이유를 들어 반란을 일으켰다. 안록산은 이란계와 돌궐계의 혼혈아라고 추측되는 인물이었다. 원래 그는 간신 이림보의 지지를 받고 절도사가 되었는데, 이림보가 죽고 양귀비의 6촌 오빠인 양국충이 재상에 오르자 그의 출세 가도에 먹구름이 끼게 된 것이다. 안록산은 이를 그대로 묵과할 수 없었던 것이다.

안록산이 반란을 일으키자 다급해진 현종은 양귀비와 그의 자매, 황족, 측근 신하들을 데리고 피난길에 올랐다. 무장한 천 명의 병사가 이들을 호위해 촉나라 땅으로 향했다. 그들이 장안에서 100여 리 떨어진 마외역(馬嵬驛)에 도착했을 때 굶주림과 피로에 지친 장병들이 불만을 폭발시켰다 그들은 양국충의 목을 베고 현종의 앞길을 막고 양귀비를 죽여야 한다고 외쳤다. 병사들의 분노가 하늘을 찌르자 현종도 어찌할 도리가 없어 눈물을 삼키며 양귀비에게 목을 매라고 명령한다. 결국 양귀비는 마외역 언덕에서 교살된다.

양귀비는 현종과 향락을 일삼고 국정을 황폐하게 만들었기에 개원(開元)의 치(治)로 칭송 받는 현군 현종을 현혹시키고 당나라 왕조를 붕괴 직전까지 몰아넣은 여인으로 평가되기도 한다.

백거이(白居易)의 〈 장한가(長恨歌) 〉를 보면, "후궁 가인이 3천명이 있었는데, 3천명에 보내질 총애와 사랑을 한 몸에 받았다(后宮佳人三千人, 三千寵愛在一身)"고 할 만큼 육감적인 자태와 교태가 철철 넘치는 여인이었으며, 또 말 잘하고 사람의 마음을 미리 읽을 줄 아는 여인이었다. 그런데 당나라 때의 그림을 보면 오늘날의 미인과는 많은 차이가 있는 것 같다. 몸에 살이 붙은 여인이 당시의 미녀였는데, 양귀비 역시 뚱뚱해서 현종이 그대라면 웬만한 바람에는 끄떡없겠다고 놀려대자 화를 냈다고 한다.

양귀비와 현종과의 사랑의 놀이는 우리가 상상한 것과는 달리 때로는 천진난만할 때도 있었나 보다. "교교한 달빛 아래 비단 수건으로 눈을 가리고, 사방 한 장 되는 공간에서 서로 술래잡기하는 놀이를 즐겼지, 비단 금침 속에서 원앙새 놀이를 하지는 않았다.(于皎月之下以錦帕裹目, 在方丈之間互相捉戲, 而不是在錦被之中鴛鴦戲水.)"

양귀비에 대한 현종의 사랑이 얼마나 지극했으면 원래 남자를 중히 여기고 여자를 낮추는 중남경녀(重男輕女)의 관념이 지배적이었는데 양귀비로 인해서 "마침내 천하 부모 마음으로 하여금 남아보다 여아 낳기를 중시하게 하였다.(遂令天下父母心, 不重生男重生女.)"고 하듯이 중녀경남(重女輕男)의 반대현상이 도리어 생기기도 하였다고 한다.

'아리따운 얼굴 보이지 않고 부질없이 무덤만 있네'

양귀비와 현종의 사랑 이야기는 백거이의 〈 장한가(長恨歌) 〉가 가장 유명하다.

馬嵬坡泥土中,	마외 언덕 진흙땅엔,
不見玉顔空死處.	아리따운 얼굴 보이지 않고 부질없이 무덤만이 있네.
君臣相顧盡霑衣,	군신이 서로 돌아보며 다 옷을 적시는데,
東望都門信馬歸.	동으로 도성 문을 바라보며 말에게 돌아가는 길 내맡겼네.
歸來池苑皆依舊,	돌아오니 못과 동산은 모두 여전하고,

太液芙蓉未央柳.	태액지의 부용꽃도 미앙궁의 버들도 여전히 피어있네.
芙蓉如面柳如眉,	부용꽃은 그녀의 얼굴, 버들은 그녀의 고운 눈썹,
對此如何不淚垂.	이런 정경 대하고도 어찌 상심의 눈물 흘리지 않으리오?

병사들의 분노에 사랑하는 그녀를 잃었다. 임금과 신하들 모두 눈물 뿌리며 터벅터벅 힘없이 돌아오는데 그저 말이 가는 대로 몸을 맡길 뿐이다. 돌아오니 태액지 부용꽃은 여전히 자태를 뽐내고 미앙궁의 버드나무는 예전처럼 하늘하늘 손짓한다. 부용꽃을 보니 그녀의 얼굴이 생각나고, 버드나무를 보니 그녀의 고운 눈썹을 다시 보는 듯하다. 아, 그녀의 숨결은 어디에 가나 살아있어, 꽃을 대하고도 슬픈 마음. 어찌 눈물을 흘리지 않을 수 있으리오!

청대 원매(袁枚)의 〈 마외(馬嵬) 〉 시는 현종과 양귀비를 보는 또 다른 관점을 우리에게 제공해주고 있다.

莫唱當年長恨歌,	그 때의 〈 장한가 〉를 부르지 마라,
人間亦自有銀河.	민간에도 역시 은하수는 절로 있다.
石壕村里夫妻別,	석호촌의 늙은 부부 생이별하는데,
淚比長生殿上多.	장생전보다 더 많은 눈물 흘렸으니.

원매는 현종과 양귀비 두 사람의 사랑과 비극적인 결말에 대해 부정적인 태도를 견지하였다. 〈 장한가 〉는 백거이가 지은 현종과 양귀비의 이별노래이다. 석호촌의 늙은 부부는 두보의 〈 석호리(石壕吏) 〉 시에 나오는 얘기다. 은하수는 견우와 직녀를 갈라놓은 하늘의 강으로, 1년에 한 번 칠석날에 까치들이 다리를 만들어준 뒤에야 그들은 겨우 만날 수 있었다. 그런데 은하수는 하늘에만 있는 것이 아니라 사람 사는 세상에도 있다. 그리고 사랑하는 사람을 갈라놓는 은하수는 고귀한 사람들만 있는 게 아니라 민간의 촌 노인네들에게도 있으니 양귀비와 현종의 이별만 슬프다고 노래할 게 못 된다. 민간의 생이별은 오히려 이보다 더 슬플 수도 있다.

양귀비와 현종 간의 슬픈 사랑 이야기는 이밖에도 소설로는 진홍(陳鴻)의 〈 장한가전(長恨歌傳)〉에서, 희곡(戲曲)으로는 백박(白樸)의 〈오동우(梧桐雨)〉와 홍승(洪昇)의 〈장생전(長生殿)〉에서 창작의 모티브로 사용되었다.

한편 양귀비에게는 여러 자매들이 있었는데 그 중에 세 자매가 재능과 용모로 유명했다. 그 셋은 바로 첫째 한국부인(韓國夫人), 셋째 괵국부인(虢国夫人), 여덟째 진국부인(秦國夫人)이었다. 당대 시인 장호(張祜)는 〈집영대(集靈臺)〉 시 제2수에서 괵국부인이 당 현종의 총애를 입고 함부로 경박하게 행동하는 것을 풍자하기도 하였다.

虢国夫人承主恩, 괵국부인이 주상의 은총을 받아
平明骑馬入宮門. 새벽에 말 타고 궁궐 문안으로 들어온다.
却嫌脂粉污颜色, 화장으로 얼굴이 얼룩질까봐
淡扫蛾眉朝至尊. 눈썹 옅게 그리고 지존을 배알하네.

이 시는 왕비도 아닌 괵국부인이 주상의 총애를 받았다고 하고 있는데 당시 현종과 애매한 관계를 유지하고 있었다고 전해진다. 때문에 이 시는 현종의 총애를 믿고 함부로 행동하는 괵국부인을 풍자하여 비난하고 있다.

첫째, 날이 밝으면 응당 황제는 조정의 일을 돌봐야 하는데 새벽부터 국사는 내던지고 괵국부인을 만나기에 여념이 없는 현종을 풍자하고 있다. 둘째, 괵국부인이 마음대로 말을 타고 궁궐을 방문하고 있으니 그 위세가 대단했음을 풍자하고 있다. 셋째, 아침에 황제를 배알하는 만큼 머리를 빗고 몸을 단장해서 예의를 다해야 하는데, 괵국부인은 화장으로 얼룩이 질까봐 옅게 눈썹만 그렸다는 것은 곧 표면적으로는 그녀의 미모를 치켜세우는 것 같지만 사실은 주상의 총애를 믿고 오만해져서 이처럼 경망스러운 행동을 하는 것이라 풍자한 것이다. 넷째, 시 제목인 '집영대'는 화청궁(華清宮)에 있는 장생전(長生殿)을 가리키는데 이곳에서 신선에게 제사지낼 만큼 신성한 곳이다. 그런데 이런 신성한 장소에서 그녀가 마음 내키는 대로 행동하고 있으니 이 또한 풍자와 비난의 대상이라고 할 수 있다.

7.2. 이청조와 허난설헌

'중국의 최고로 빼어난 여류시인 이청조'

중국 송대의 여류문인 이청조(李淸照; 1081～약 1141)는 미인이라고 칭송받지는 않지만 그러나 그의 뛰어난 문학적 재능과 남편과의 지극한 사랑으로 많이 사람들의 입에 오르내린다. 그녀와 비슷한 상황을 보여주었던 여인이 우리나라의 허난설헌(許蘭雪軒; 1563～1589)이기에 이 두 여류 문인들을 살펴보고자 한다.

이청조는 중국 유사 이래 가장 위대한 여류 문학가이다. 그녀의 일생은 대략 네 가지 시기로 나눌 수 있다.

첫째, 출생에서 시집갈 때(18세)까지이다.

둘째, 시집간 뒤부터 47세 송나라 정부가 남경으로 옮길 때까지이다. 이 시기가 바로 행복한 가정생활을 보낸 날들이다. 이 시기 그녀의 행적은 주로 하남(河南)과 산동(山東) 을 중심으로 이루어진다.

셋째, 남경 천도에서부터 남편 조명성이 죽을 때까지이다. 변화가 가장 많았고 그래서 감개가 가장 컸던 시기로서 그녀의 행적은 안휘(安徽)와 강소(江蘇)의 장강 주변에서 보인다.

넷째, 조명성이 죽은 뒤부터 그녀가 죽을 때까지의 시기이다. 이 10여 년 동안 그녀의 생활은 매우 고통스럽고 신고에 찬 생활을 하게 되며, 행적은 절강(浙江)에서 보인다.

이청조는 산동성(山東省) 제남(齊南)현에서 태어났는데, 아버지 이격비(李格非)가 예부원외랑(禮部員外郎)이었기에 어려서부터 좋은 교육을 받고 일찍부터 재주를 보였다. 18세 때, 조명성(趙明誠)에게 시집갔는데 조명성의 아버지는 조정지(趙挺之)로 당시 이부시랑(吏部侍郎)을 지냈고 나중에 승상이 되었다. 이처럼 조명성과 이청조의 집안은 모두 명망 있는 귀족 집안이었다. 그들은 이상적인 한 쌍의 짝이었으니 중국인들이 가장 이상적으로 치던 낭재여모(郎才女貌), 즉 재능 있는 신랑과 아름다운 신부 한 쌍의 결합이었던 셈이다.

'붉은 연꽃 향기 엷어지고 대자리에 가을이라'

결혼하고 얼마 되지 않아 이청조가 20세였을 적에 조명성은 외지로 전근을 갔는데, 이때 이청조는 차마 그를 떠나보낼 수 없어서 비단 손수건에 〈 일전매(一剪梅) 〉 사(詞)를 써서 보낸다.

紅藕香殘玉簟秋.	붉은 연꽃 향기 엷어지고 대자리에 가을이라.
輕解羅裳,	비단치마 가볍게 풀어 젖히고,
獨上蘭舟.	목란 나룻배에 홀로 오른다.
雲中誰寄錦書來?	구름 속에서 누가 비단에 쓴 편지 부쳐올까?
雁字回時,	기러기 떼 돌아올 적,
月滿西樓.	서쪽 누대에 달빛 가득하다.
花自飄零水自流.	꽃 절로 우수수 떨어지고 물도 절로 흐른다.
一種相思,	서로 그리는 마음은 한 가지건만,
兩處閑愁.	두 곳에서 크게 시름겹다.
此情無計可消除,	이런 심정 없앨 길이 없으니,
才下眉頭,	겨우 찌푸린 미간을 폈다가도,
卻上心頭.	다시 마음속에서 치밀어 오른다.

이청조는 송대 사 작가들 중에서 이별의 슬픔을 가장 잘 표현한 사람으로 간주된다. 물론 남당(南唐)의 이후주 이욱(李煜)도 이별의 슬픔을 잘 표현하였다고 할 수 있지만, "자르려 해도 끊어지지 않고, 다듬으려 해도 여전히 어지러우니, 이것이 바로 이별의 수심이라네. 또 다른 뭐라 말할 수 없는 일종의 느낌이 마음속에 있네.(剪不斷, 理還亂, 是離愁. 別是一番滋味在心頭.)"(〈 상견환·말없이 홀로 서쪽 누각에 오르네(相見歡·無言獨上西樓) 〉)라는 유명한 표현은 엄밀히 말하자면 이별의 수심이 아니라 망국의 아픔과 고통을 말한 것이라고 보아야 한다.

이청조의 위의 사는 "정밀하고 빼어나서 진짜 속세에서 불로 익힌 음식을 먹지 않는 사람 같다.(精秀特絶, 眞不食人間煙火者.)"(≪백우재사화(白雨齋詞話)≫)는 평가를 듣고 있다.

'난주'는 작은 배에 대한 미칭으로서 목란으로 만든 작은 배를 가리킨다. '금서'란 금자서(錦字書)로서 전진(前秦)의 소혜(蘇蕙)가 비단에 회문시(回文詩)를 짜서 남편에게 준 편지인데, 그 내용이 매우 처량하였다고 전해진다. '안자'는 열을 지어 날아가는 기러기떼를 가리킨다.

가을이 깊어감에 따라 쓸쓸함은 더해가니, 이 울적한 마음을 털어버리고자 비단치마 풀어 젖히고 목란배에 오른다. 서쪽 누대에 달빛 가득할 때, 기러기는 돌아오고 있는데 누가 그리운 소식 담은 편지를 보내줄 수 있으려나?

꽃 떨어지고 물 흘러가며 세월은 저렇게 덧없이 흘러간다. 제7구는 풍경을 묘사하는 한편으로 풍경을 빌려 부단히 변화하고 사라져 가는 것들을 비유함으로써 어쩔 수 없는 불가항력적인 일을 묘사하고 있다고 볼 수 있다. 이 구절은 송대 안수(晏殊)가 "어찌할 길 없구나, 꽃 떨어지며 지고 있음을!(無可奈何花落去!)"이라고 한 말과 내용이나 정취가 비슷하고 수준에 이른 절묘한 표현기교 역시 엇비슷하다고 평가할 수 있겠다.

서로 그리워하고 있으니 당연히 수심도 없어야겠건만 도리어 서로 시름은 커가기만 한다. 잠시 잊은 듯 찌푸린 미감의 주름을 폈다가도 마음속 저편에서 그리움이 피어오르면서 어느새 가슴 가득해진다. 이렇듯 잠시 이별하였지만 항상 그리움으로 연결되어 있으니, 이청조와 조명성 두 부부의 정은 깊고 절실하다고 할 수 있겠다.

'그 사람 누런 국화보다 더 야윈 것을'

이청조는 또한 조명성과 잠시 떨어져 있을 때에도 그에게 〈 취화음(醉花陰) 〉이란 사를 보내기도 한다. 〈 취화음 〉을 감상해보자.

薄霧濃雲愁永晝,	엷은 안개 짙은 구름 시름겨운 긴 낮에,
瑞腦消金獸.	금수 향로에 서뇌향을 사른다.
佳節又重陽,	좋은 시절이라 다시 중양절이 왔는데,
玉枕紗幮,	옥베개와 비단 휘장에는,
半夜涼初透.	한밤중 되자 냉기 막 스며들기 시작한다.

東籬把酒黃昏後,	동쪽 울타리에서 황혼이 된 뒤에 술잔 드니,
有暗香盈袖.	국화향이 은은하게 퍼져 소매에 가득하다.
莫道不銷魂,	혼이 몸을 떠나지 않았다고 말하지 말라,
簾卷西風,	주렴이 서풍에 감겨 올려지니,
人比黃花瘦.	그 사람 누런 국화보다 더 야윈 것을.

'금수'는 짐승 모양으로 만든 향로이다. '사주'는 깁으로 만든 휘장이나 모기장을 가리킨다. '소혼'은 영혼이 육체를 떠났다는 뜻으로 몹시 슬프고 시름겨운 것을 가리킨다.

중양절은 음력 9월 9일로 대자연의 정기를 쐬러 높은 산에 오르는 날이다. 그렇지만 혼자 있는 몸이라 아무런 즐거움도 없는데, 한밤중이 되자 비단 휘장과 베개 안으로 냉기가 막 스며들기 시작한다.

황혼이 되자 동쪽 울타리에서 술잔을 들었다. 그러자 국화의 향기가 은은하게 퍼져와서 어느새 소매에 가득하다. 이윽고 방에 들어왔다. 이렇게 술 마시고 향기를 맡는다고 해서 그 사람 시름겹지 않다고 절대 말하지 말라. 서풍이 주렴을 걷어 올리자 방안에 있던 그 사람 모습 언뜻 보이는데, 아, 누런 국화보다 더 야위어 있었으니 말이다.

조명성은 아내인 이청조의 글 솜씨를 이겨볼 요량으로, 손님을 일체 사양하고 사흘 밤을 잠도 자지 않은 채 먹는 것도 잊고 15결의 사를 썼다. 그리고 자신이 쓴 사작품에다가 이청조의 작품을 섞어 놓고 친구인 육덕부(陸德夫)에게 보여주었다. 육덕부는 여러 번 음미하다가 이윽고 말했다. "오직 '혼이 몸을 떠나지 않았다고 말하지 말라. 주렴이 서풍에 감겨 올려지니, 그 사람 누런 국화보다 더 야윈 것을', 이란 세 구만이 빼어나게 아름답네 그려.(只有'莫道不銷魂'三句絶佳.)"[≪사원총담(詞苑叢談)≫] 그런데 이 세 구는 이청조의 작품이었으니 이청조의 수준이 어떤지를 충분히 짐작할 수 있다.

조명성은 금석(金石) 골동품과 서화 수집을 좋아하였다. 그가 이처럼 옛것을 좋아한 것은 그들의 부부생활과도 깊은 관련이 있었다. 〈 금석록후서(金石錄後序) 〉를 보면 그들이 얼마나 행복한 결혼 생활을 하였는지를 알 수 있다.

> 매번 식사가 끝나면 귀래당에 앉아서 차를 끓이면서 남편과 쌓아놓은 역사서들을 가

리키면서 어떤 사건이 어떤 책 몇 권 몇 페이지 몇째 줄에 있는지를 말하고, 맞았는지 틀렸는지를 내기하여 차 마시는 순서를 정하곤 하였다. 맞히면 찻잔을 들고 크게 웃으며 차를 들이켰고, 틀리면 차를 마시지 못 하고 일어나니 늘 즐겁고 고향처럼 편안했다. 그래서 근심과 곤궁함에 처해도 뜻을 굽히지 않을 수 있었던 것이다.

조명성이 강녕(江寧)에 부임했던 시절에는 "큰 눈이 올 때면 삿갓을 쓰고 도롱이를 걸치고 성을 산책하며 멀리 바라보곤 했다. 그러다가 이청조가 좋은 시구를 얻으면 조명성의 화답을 기다렸는데 조명성은 늘 고심하였다."고 할 만큼 그들 부부는 여유있고 애정이 넘치는 삶을 누렸다.

조명성이 벼슬을 그만 두자 다시 고향 산동 제성(諸城)으로 돌아와서 10년 동안 살았는데, 그들은 서화를 같이 감상하며 생활하였다. 조명성은 미술사와 고고학 연구에 전심전력을 다하였고 이청조는 그런 남편을 잘 도와주었다. 아마도 이 10년의 시간이 이들 부부가 함께 지낸 시간으로는 가장 오랜 시간이고 행복한 시간이었을 것이다.

그 뒤, 조명성은 치천(淄川)의 지방관으로 다시 전근 갔는데 이 때(1126년)가 바로 북송의 수도에 금나라가 침입하여 북송이 막을 내렸던 해이다. 다음 해에는 휘종(徽宗)·흠종(欽宗)이 모두 금나라로 끌려가서, 5월에 고종(高宗)이 남경에서 즉위하며 남송 정부를 세운다.

서울에 금나라 군대가 침입하였다는 소식을 듣고 조명성과 이청조 부부는 고고학적인 가치가 부족한 책, 평범한 서화 등은 버리고 나머지 소장품만을 정리하며 피난짐을 쌌는데도 모두 열다섯 수레가 될 정도로 많았다고 한다. 그들은 바다를 통해 남경에 도착하였고 차츰 안정을 찾아가던 즈음에 조명성은 남경의 지부(地府)를 맡게 된다. 조명성은 1129년, 잠시 파직되었다가 그해 5월에 그는 다시 호주지부(湖州地府)로 발령을 받는다.

조명성은 천자의 명을 받기 위해 이청조를 남겨두고 혼자 육로로 남경에 있던 조정에 가게 되었다. 그런데 여름철 말을 타고 가느라 지친 조명성은 남경에 도착하자마자 곧 병이 들었다. 이청조는 남편이 병으로 누워있다는 전갈을 듣고 괴롭고 걱정스러운 마음에 배를 타고 하룻밤에 300리를 달렸다고 한다. 나중에 이청조가 도착하였을 무렵에는 조명성은 학질에다 이질을 더하여 끝내 8월에 눈을 감게 되니, 이청조의 나이 49세였다.

조명성은 세상을 떠나면서 마치 유언이라도 하는 것처럼 “사람들을 따라 떠나시오. 어쩔 수 없을 때는 먼저 짐을 버리고, 다음에 옷을, 그 다음에 책을, 마지막으로 옛날 기물들을 버리시오. 다만 송나라의 기물들만은 직접 가지고 다니면서 생사를 함께 해야 한다는 것을 잊지 마시오.” 라고 했다고 한다. 당시 이청조는 너무나 슬픈 나머지 뒷일을 차마 묻지도 못 하였다고 한다. 조명성이 죽을 때, 2만여 권의 책과 2천 권의 금석각(金石刻), 100명 분량의 그릇과 이불이 남아 있었는데 금나라 군대에 함락당하면서 모두 사라져버렸다.

‘죽어서도 역시 귀신들 중 영웅이 되었네’

금나라의 침입으로 집과 가족을 잃고 이곳저곳 전전하며 온갖 고초를 다 겪은 이청조는 시국에 대한 침통함과 비분, 그리고 원망과 분노를 지닐 수밖에 없었다. 그리하여 진(秦)나라 말엽의 용맹한 장군 항우(項羽)의 옛일을 빌려 오늘을 풍자하고 비분의 정서를 토로한 회고시(懷古詩) 〈 여름날 절구(夏日絶句) 〉를 짓는다.

生當作人傑,	살아서는 사람들 중 호걸이 되는 게 마땅하였고
死亦爲鬼雄.	죽어서도 역시 귀신들 중 영웅이 되었네.
至今思項羽,	오늘에 이르니 항우가 그리워지네
不肯過江東.	강동을 건너지 않으려 했으니.

항우는 유방(劉邦)에게 패한 장수로서 실패한 영웅이라고 할 수 있지만 강동으로 돌아가 권토중래(捲土重來)할 것을 권하는 자에게 강동의 친지들을 볼 낯이 없다며 강동으로 건너가지 않고 자살을 선택하였는데, 시인은 그의 이러한 비장한 행동을 기리며 그리워하고 있다. 호탕하면서 사나운 기개를 지녔던 항우 같은 인물이 오늘날에는 없다는 것을 은연중 풍자한 것으로 목숨을 건지려고 구차하게 도망친 어리석은 군주와

부패한 신하들에 대한 비판과 나라의 재난에 대한 염려와 비분 등이 모두 담겨 있다고 할 수 있다.

이청조는 이후 많은 변란을 겪으며 이리저리 피난을 다닌다. 그녀는 자식이 없어서 남동생의 집에 얹혀살기도 하였다. 1131년, 송 고종(高宗)은 월주(越州)로 다시 돌아갔는데, 이 때 그녀도 월주로 갔다.

이곳에서 이청조는 한 벼슬아치 집에 머물렀는데 그 많던 소장품 중에 이제는 겨우 예닐곱 상자의 서화·벼루·먹 정도만을 소지하게 되었는데, 그거라도 그녀는 항상 침상 밑에 두고 감상하였다. 그런데 어느 날 담장이 무너져 소장품 다섯 상자를 도둑맞았다. 며칠 후 서화 열여덟 폭을 되찾아오기는 하였으나 그 나머지는 끝내 찾을 수 없었다. 수레 열다섯 대에 가득 찼던 귀중품들이 이제는 한 두 상자 정도만 남게 된 것이다.

'나룻배로 이 많은 시름 싣고 갈 수 있으려나'

그녀는 월주에서 4년 정도 살다가 다시 금화(金華)로 옮겨 6년 정도 살게 되었다. 그곳에서 〈 무릉춘(武陵春) 〉이란 사를 썼는데 오늘날까지 칭송된다.

風住塵香花已盡,	바람 멎고 먼지에서 향기 나며 꽃은 다 졌으니,
日晚倦梳頭.	날이 저물도록 머리 빗는 것도 귀찮아라.
物是人非事事休,	경물은 그대로인데 사람은 변하니 모든 것 다 그만두자,
欲語淚先流.	말하고 싶지만 눈물이 먼저 흐르네.
聞說雙溪春尙好,	쌍계에는 봄이 아직 한창이라고 들어서,
也擬泛輕舟.	가벼운 배를 띄워 보려 하네.
只恐雙溪舴艋舟,	다만 쌍계로 이 작은 배가,
載不動、許多愁.	많은 시름 싣고 갈 수 없을까봐 걱정이네.

'물시인비(物是人非)'란 자연의 경물은 여전히 변함없이 그대로인데 인사(人事)는 그렇지 못 하여 항상 변천을 거듭한다는 뜻이다. 이곳은 꽃이 다 지고 봄도 가서 머리 빗는 것도 귀찮다. 인사는 부단히 변화하니 정처가 없어 하소연하고 싶어도 눈물만

흐른다. 그런데 쌍계에는 아직 봄이 한창이라고 하니 배를 띄워서 가보고자 한다. 다만 걱정인 것은 이 많은 시름을 싣고 가는데 이 배가 과연 그 시름의 무게를 견뎌낼 수 있을까 하는 점이다. 배조차도 다 실을 수 없는 시름의 무게는 과연 얼마나 될까?

이청조는 처음에는 유복하였으나 그녀의 후반기의 삶은 비참하였다고 할 수 있다. 국가가 망하고 수도를 옮기는 어려운 시기를 맞아 자신 역시 많은 어려움을 겪게 되었고, 아울러 남편과도 사별하게 되는 개인적인 불행을 맞이한다. 그녀의 후반기 삶은 위의 사에서 보는 것처럼 처량하고 적막했으며, 잃어버린 나라의 땅을 되찾는 것도 보지 못 하고 그저 금화(金華)에서 쓸쓸히 죽음을 맞이할 수밖에 없었다.

이청조는 시와 사를 잘 지었을 뿐만 아니라 정치에 대해서도 관심이 많았다. 그래서 송나라에 대한 충성스러운 마음을 문학으로 노래하기도 하였다. 그녀는 동시대 문인들의 작품에 대해서 신랄하게 비판하고 풍자하기도 하였는데, 이런 그녀의 태도를 못마땅하게 여기는 사람도 많았다. 그래서 심지어 그녀가 재가하였다고 헛소문을 퍼뜨리며 욕하고 다니는 사람도 있었다.

≪송사(宋史)·예문지(藝文志)≫에 따르면 후대 사람들이 이청조의 작품을 모아 문장 7권, 사 6권으로 엮었는데, 오늘날 전해지는 것은 아주 얇은 ≪수옥사(漱玉詞)≫ 1권뿐이며 그마저 다른 책들에서 발췌한 것들이 대부분이다.

'8세에 글을 지은 천재 여류시인 허난설헌'

우리나라 조선의 허난설헌(許蘭雪軒)은 사백 년 전의 천재 여류시인으로서 여러 가지 측면에서 이청조와 유사한 삶을 살다 갔다고 할 수 있다.

그녀의 본명(아명)은 초희(楚姬), 자는 경번(景樊)이요, 호가 난설헌(蘭雪軒)이다. 그 유명한 ≪홍길동≫의 작가 허균의 누나이다. 1563년 강릉에서 태어나 1589년 3월 19일 본인의 예언대로 27세에 생을 마쳤다.

허난설헌의 생애는 대략 세 시기로 나눌 수 있다.

첫째, 1563년 출생 뒤부터 1577년 김성립에게 시집가기까지이다.

둘째, 출가 후 불행한 혼인생활 시기이다. 가장 의지가 되어야 할 남편은 도리어 그녀의 가장 큰 괴로움의 근원이었다.

셋째, 친정아버지의 죽음, 작은 오빠 허봉의 좌천 및 객사 등, 친정의 몰락과 어린 남매를 가슴에 묻은 시기이다.

아버지 허엽(許曄)은 선조(宣祖) 때의 명신으로 성균관(成均館) 대사성(大司成), 사간원(司諫院) 등을 역임하였다. 난설헌은 한양에서 자랐는데, 어려서부터 재주가 뛰어나 여신동이라 일컬어졌으며, 8세 때 벌써 〈 광한전백옥류상량문(廣寒殿白玉樓上樑文) 〉을 지어 세상을 놀라게 하기도 하였다. 그녀는 오빠 허균의 친구인 손곡 이달에게서 시를 배웠다고 한다.

난설헌은 15세에 안동 김씨 일족인 김성립에게 시집갔는데 선조 22년(1589년), 난설헌이 죽던 해에 비로소 생원으로 문과 병과에 급제한 것을 보면 재능은 출중하지 않았던 것으로 보인다. 시어머니는 아름답고 젊은데다가 문학적 재능까지 뛰어난 며느리에게 시기심을 감추지 않았다. 그래서 시어머니와 불화가 극심하였고 그녀는 더욱이 병약하여 자주 친정에서 요양을 해야 하였다.

두 가문의 문벌로만 보면 두 사람은 좋은 짝이 될 수 있었을 것처럼 보이지만, 그러나 신혼 초부터 남편은 기방을 제 집처럼 드나들던 한량이었던 것을 보면 부부간의 금슬은 썩 좋지 않았던 것으로 보인다.

'쓸쓸히 백양나무에 바람이 일고'

그녀의 불행은 여기서 그치지 않았는데, 애지중지 키우던 딸과 아들 두 자녀를 차례로 잃고 〈 곡자(哭子) 〉라는 시를 남겼다.

去年喪愛女,	작년에 사랑하는 딸을 잃었더니,
今年喪愛子.	올해는 사랑하는 아들을 여의었네.
哀哀廣陵上,	슬프고 슬픈 광릉 땅에,
雙墳相對起.	두 무덤이 서로 마주보며 솟아있구나.

蕭蕭白楊風,	쓸쓸히 백양나무에 바람이 일고
鬼火明松楸.	도깨비불이 무덤에 밝도다.
…(中略)…	

'송추'는 소나무와 개오동나무를 뜻하는데, 묘지 주변에 많이 심었기 때문에 흔히 무덤을 대신 가리킨다. 딸과 아들을 연이어 잃었다. 그리하여 광릉에 두 무덤이 봉긋 솟아 마주보고 있다. 백양나무에 바람이 일며 무덤에는 도깨비불이 환하다. 구구절절 피맺힌 모성애가 독자들의 가슴을 깊숙이 파고든다.

1582년 작은 오빠 허봉이 경기도 순무어사로 있으면서 병조판서 이율곡을 탄핵하다가 창원부사로 좌천되었고, 이어서 갑산으로 유배되었다. 그녀 개인의 불행과 아울러 친정까지 몰락하고 있었던 것이다. 이처럼 친정은 사색당파의 소용돌이 속에서 몰락하고 말았으며, 그녀의 세 자녀는 어린 나이에 모두 죽고 말았다. 그녀의 삶은 한마디로 철저한 불행과 고독의 나날이었다고 할 수 있다. 그녀의 시가 애상적 기풍을 띠는 것은 이런 불행한 삶과 결코 무관하지 않은 것이다.

어린 아들과 딸을 먼저 저 세상으로 떠나 보낸 허난설헌은 1589년 스물일곱의 나이로 세상을 하직한다. 그녀는 많은 작품을 불태워 버리라고 유언하였다. 그녀는 경기도 광주군에 있는 안동 김씨 선영에 묻혔는데, 그녀의 무덤 앞에는 먼저 죽은 아들과 딸들의 무덤이 있었다. 1592년 왜적과 싸우다가 죽은 남편 김성립은 두 번째 부인 홍씨와 선산에 묻혔다고 한다.

허난설헌이 죽은 뒤 1590년, 동생 허균이 친정에 흩어져 있던 그녀의 시와 자기가 외우고 있던 시를 모아서 ≪난설헌집≫을 엮었다. 1606년 허균은 중국에서 온 사신 주지번(朱之蕃)에게 ≪난설헌집≫을 보여주었다. 이 작품집의 가치를 간파한 주지번은 그가 명나라로 가지고 가서 이를 간행하였고, 그 결과 대단한 격찬을 받았다고 한다. 1608년 조선에서 허균은 ≪난설헌집≫을 목판본으로 출간한다. 1711년 일본에서도 분다이야 지로(文台玉次郎)에 의하여 ≪난설헌집≫이 간행된다.

허난설헌은 약 210수의 시를 남겼다. 시들 중에 약 60%는 속세를 떠나고 싶어하는 신선시(神仙詩)이며, 나머지 시들은 애상과 애정을 노래한 것이다. 신선시는 〈 유선사 〉 87수를 포함하여 101수이고, 애정류의 시는 49수, 자연류는 7수, 우국시와 관련된 전쟁류는 16수, 풍자류는 34수이다.

허난설헌은 여성 작가 특유의 낭만성과 서정성이 묻어나는 시를 썼다. 그녀는 하필이면 조선시대에서 여성으로 태어나 김성립의 아내가 되었는가를 한탄하기도 했다고 한다.

먼저 애정류의 시를 보자. 김성립이 젊었을 적 한강 서재에서 글을 읽고 있을 때 난설헌이 보내온 시가 바로 〈 기부강사독서(寄夫江舍讀書) 〉이다. 이 시는 그래도 남편과의 금슬이 아직은 좋았던 시기에 지었던 것으로 볼 수 있다. 임, 곧 남편을 사모하고 그리워하는 심정을 담은 작품이다.

燕掠斜簷兩兩飛,	제비는 쌍쌍이 비낀 처마를 스치고 날아가며,
落花撩亂撲羅衣.	낙화는 뒤섞여 어지럽게 비단옷으로 파고들어요.
洞房極目傷心處,	동방에서 멀리 내다보다 상심해진 곳으로,
草綠江南人未歸.	풀빛 푸른 강남에 계신 임은 아직 돌아오지 않네요.

'요란'은 어지럽게 뒤섞여 있는 것을 가리킨다. '극목'은 시야를 한껏 넓혀 저 멀리까지 바라보는 것을 가리킨다. 처마를 스치며 쌍쌍이 날아가는 제비를 바라보니 갑자기 임에 대한 생각이 나는데, 이때 떨어지는 꽃들은 내 비단치마로 파고든다. 그리하여 시야를 넓혀 멀리까지 내다보지만 임은 여전히 돌아오시지 않아 상심하게 된다. 임이 계신 강남은 아직 풀빛이 푸른 봄인가보다. 상심한 내가 있는 이 곳으로 임은 아직도 돌아오지 않으시니.

'비단 허리띠와 치마에 눈물자국 쌓였으니'

다시 남편의 사랑을 그리워한 〈 규원(閨怨) 〉시를 보자.

錦帶羅裙積淚痕,	비단띠 비단치마에 눈물자국 쌓였으니,
一年芳草恨王孫.	한 해 동안 향초는 왕손을 한스러워한다.
瑤箏彈盡江南曲,	옥 쟁으로 강남곡을 다 타보는데,

雨打梨花晝掩門.　　　　비가 배꽃을 치고 문은 낮에도 닫혀 있다.

방초는 향초를 가리킨다. 왕손은 귀족자제를 널리 가리키기도 하고, 남에 대한 존칭으로 쓰이기도 한다. 보통 봄풀이 돋아나면 나그네는 고향으로 돌아가고 싶은 사향심리를 갖게 되는 것으로 보고 있다. 그런데 향초가 자랐어도 왕손, 즉 임께서는 돌아오지 않으시니 한스럽기만 한 것이다.

그래서 쟁을 타며 〈강남곡(江南曲)〉을 다 연주해본다. 〈강남곡〉은 악부 〈상화곡(相和曲)〉의 이름이면서 〈강남가채련(江南可采蓮)〉으로 불리기도 한다. 강남에서 연밥을 따기에 알맞은 때임을 노래하는 곡인데, '채련'은 또한 이성에게 사랑을 고백한다는 우의도 담겨 있기에 청춘 남녀의 사랑을 노래한 것이라 할 수 있다. 사랑의 노래를 연주하는 이 시각에도 비가 배꽃을 치며 내리고 있고 문은 여전히 닫힌 채 사람의 내왕이 없다. 가슴에는 한이 가득하지만 그래도 사랑의 노래를 연주하는 모습에서 사랑에 의지하여 살아갈 수밖에 없는 여인의 애달픈 고뇌를 느낄 수 있다.

그밖에도 허난설헌은 유선시를 잘 지었는데, 현실과 이상의 괴리를 실감하고 생활의 갈등을 느꼈으며 사랑에 절망한 그녀의 정신세계는 선계(仙界)를 지향할 수밖에 없었을지도 모른다. 예리한 여성적 감수성으로 인해서 그녀는 험난한 세파를 견디지 못 하고 피안의 세계를 향하여 떠나고자 상상의 나래를 펼친 것이 아닌가 생각된다.

7.3. 협객과 한시

협객(俠客)을 사전적으로 정의하면 호방하고 의협심이 있는 그런 기상을 지닌 사람이라고 할 수 있다. 협객은 대체로 두 종류로 나눌 수 있겠는데, 첫째는 개인적으로 의리 있고 충직한 사나이이며, 둘째는 정의감에 사로잡혀 불의와 타협할 줄 모르는 사나이로 나눌 수 있다.

또한 협객이 의지하는 수단은 검(劍), 즉 무력이라고 할 수 있다. 때문에 법이 확고

하게 지배하는 사회에서는 이들은 늘상 불량배나 건달 등으로 통용될 수밖에 없지만, 그러나 법이 멀리 있고 패도가 횡행하며 각종 불의가 자행되는 사회에서는 이들은 민중들에 의해 항상 환영받아 왔고 때로는 영웅으로 추앙 받기까지 했다.

'사나이는 자기를 알아주는 사람을 위해 목숨을 바친다'

중국에서 협객은 고대로부터 많이 존재해 왔었다는 사실을 역사적 기록물들을 통해 찾을 수 있다. ≪한서(漢書)·유협전(遊俠傳)≫에 보면, 전국(戰國) 시대 열국에 공자들이 있었는데 위(魏)나라의 신릉(信陵), 조(趙)나라의 평원(平原), 제(齊)나라의 맹상(孟嘗), 초(楚)나라의 춘신(春申) 등 사공자(四公子)가 다투어 유협(遊俠)이 되었고 천하에 이름을 널리 드러내게 되었다. 사마천(司馬遷)도 ≪사기(史記)·유협열전(遊俠列傳)≫에서 전국시대 사공자 외에도 한나라의 주가(朱家)·전중(田仲)·왕공(王公)·극맹(劇孟)·곽해(郭解) 등을 유협으로 들고 있다.

사마천은 ≪사기·유협열전≫에서 우리에게 협객에 대한 중요한 시각을 제공한다. 그는 한비자(韓非子)가 "유가들은 문장으로써 법을 어지럽히고 협객은 무력으로써 금령(禁令)을 범한다.(儒以文亂法, 而俠以武犯禁.)"고 말한 부분에 주목하였다. 사마천은 세상 사람들이 유가들을 협객에 비해 훨씬 좋게 평가하는 것에 동의하지 않고 그들과는 정반대로 협객을 옹호하면서 다음과 같이 말하였다.

> 지금 유협의 경우는 그들의 행위가 비록 정의에 합치되지는 않지만 그러나 반드시 자기가 한 말은 지켰고, 자기의 행동에 책임을 졌으며, 한번 승낙한 일은 성의를 다해 몸을 아끼지 않았으며, 재난과 곤경에 처한 선비에게 가서 돌봐주면서도 자신의 생사존망은 아예 무시하고 만다. 그러나 자기의 능력을 뽐내지 않고 자기의 덕을 자랑하는 것을 부끄러워한다. 이런 점에서 그들에게도 충분히 칭찬할 점이 있다. 더구나 위급한 일이 어느 때 누구에게 밀어닥칠지 모르니 말이다.(今游俠, 其行雖不軌於正義, 然其言必信, 其行必果, 已諾必誠, 不愛其軀, 赴士之阨困, 旣已存亡死生矣, 而不矜其能, 羞伐其德, 蓋亦有足多者焉. 且緩急, 人之所時有也.)

사마천은 신의에 충실하고 죽음도 불사하며 위급한 사람들을 도와주는 사나이로서 협객은 분명 칭찬을 받을 점이 있다고 보았다. 사마천은 "선비는 자신을 알아주는 사람을 위해서 관직에 나가 재능을 사용하고, 여인은 자신을 기쁘게 해주는 사람을 위해서 얼굴을 단장한다.(士爲知己者用, 女爲悅己者容.)고 말하기도 하였다. 자신을 인정해주는 사람이라면 목숨도 초개같이 버리면서 물불을 가리지 않고 뛰어드는 사람들, 그들이 진정한 사나이들일지도 모른다.

중국 역사에서 의리의 사나이를 들라하면 가장 먼저 형가(荊軻)를 들 수 있을 것이다. 형가는 전국시대 위(衛)나라 사람으로 평소 독서와 검술을 좋아했는데, 진(秦)나라에 의해 조국이 망하자 연(燕)나라로 도망쳐 왔다.

이때 진나라는 이미 한(韓)과 조(趙) 두 나라를 병탄하였기 때문에 연나라의 태자 단(丹)은 진나라의 위세에 위협을 느껴 당시 진왕이었던 진시황(秦始皇) 정(政)을 암살함으로써 군웅할거의 정국을 계속 유지하고자 하였다. 암살자로 적임자를 찾던 중, 전광(田光)이란 사람이 형가를 추천하였다. 이에 단은 형가를 상경(上卿)으로 모시고 관사에 머물게 하면서 극진히 대접하였다. 당시 진나라에서 반란을 일으켰다가 탈출하여 연나라로 도망쳐온 번어기(樊於期) 장군이 있었다. 형가는 번어기 장군의 목과 연나라의 기름진 땅인 독항(督亢)의 지도를 바친다고 하면 진시황을 만날 수 있고, 그때 그를 암살하겠다는 계획을 세운다. 번어기 장군은 이런 계획을 듣고 자기 목을 스스로 형가에게 내어주었다. 이리하여 형가는 진시황을 만날 수 있었고 그에게 먼저 번어기의 목을 먼저 바쳤는데, 진시황이 거기에 만족하고 있는 사이 독항의 지도 속에 숨긴 날카로운 비수를 꺼내서 진시황을 베고자 하였으나 결국에는 실패하고 만다.

'사나이 한번 떠나면 다시 돌아오지 못 하리라!'

형가가 연나라 태자 단과의 의리와 정리를 지키려 진시황을 살해하러 떠날 때, 연나라 태자 단은 지금 하북성에 있는 역수(易水)까지 따라와 그를 전별하였다. 형가는 암살이 불가능하다는 것을 이미 알고 있었기에 비장한 각오로 역수를 건너며 〈 역수가(易水歌) 〉를 부른다.

風蕭蕭兮易水寒,　　　　바람 쓸쓸히 부니 역수 차가운데,

壯士一去兮不復還.　　사나이 한번 떠나면 다시 돌아오지 못 하리라!

쓸쓸히 불어오는 바람에 역수가 매우 차갑다. 이제 장사는 한 번 떠나면 다시 돌아오지 못 할 길을 간다. 사나이를 알아준 사람을 위해 그와의 의리를 지키고자 목숨도 도외시하게 된 것이다.

협객의 마음을 이토록 사로잡아 죽음도 불사하게 만든 것은 무엇일까? 아마도 그를 알아주고 인정을 베풀어준 데 있을 것이다. 알아준다는 것은 곧 '지(知)'의 행위이다. 사마천이 말했듯이 사나이는 자기를 알아주는 사람[知己者]을 위해 재능을 쓰는 것이다. 한편, 우리가 앞장에서 이미 거론한 적이 있던 백아와 종자기의 고사에서도, 백아는 자기의 연주소리를 알아주는[知音] 종자기가 죽자 금줄을 끊고 더 이상 연주를 하지 않았었으니, 이것도 결국은 같은 맥락 속에서 생각할 수 있을 것이다. 결국 사나이들은 자기를 알아주는 사람을 필요로 하는 것이다.

명대 왕방기(王邦畿)는 〈 과역수(過易水) 〉에서 형가를 찬미하고 있다.

地入幽州白日沉,　　유주 땅에 들어서니 해가 가라앉으며,
寒雲莽莽水陰陰.　　찬 구름 아득하고 역수는 어둡다.
亦知匕首無成事,　　그 역시 비수로는 성공할 수 없음을 알고 있었으니,
只重荊軻一片心.　　형가의 한 조각 마음만은 소중할 뿐이다.

유주는 연(燕)나라 땅으로서 지금의 요녕(遼寧)성 일대를 가리킨다. 이 시는 시인이 역수를 지나면서 형가를 회상하고 거기에 대한 감회를 읊고 있다. 유주 땅에 들어서니 해가 지면서 아득히 찬 구름이 떠 있고 역수는 어둡다. 암살이 성공할 수 없을 줄을 이미 알고서도 떠났던 형가의 마음은 너무 순수하고 의리가 넘치기에 그 붉은 마음이 너무 소중할 따름이다.

'세차게 떨칠 때가 절로 있을 거라네'

다음은 이백의 〈 소년행(少年行) 〉 시를 감상해보자.

擊筑飮美酒,	축을 켜며 좋은 술 마시고,
劍歌易水湄.	역수 물가에서 검잡고 노래 부르네.
經過燕太子,	지나던 연나라 태자 단이,
結託幷州兒.	병주 사나이와 결탁하였네.
少年負壯氣,	청년은 장렬한 기개 지녔으니,
奮烈自有時.	세차게 떨칠 때가 절로 있을 거라네.
因聲魯句踐,	노구천에게 당부하노니,
爭博勿相欺.	쌍륙을 다투며 상대를 속이지 말라.

병주는 북방지역으로서 지금의 하북(河北)성과 산서(山西)성 일대를 가리킨다. 유주(幽州) 사람들과 더불어 용감하고 의협심이 강해서, 예로부터 유병(幽幷)은 호방하고 의협심 강한 기상을 대신 가리켜왔다.

노구천은 형가가 만났던 인물로서 함께 도박을 하다가 규칙문제로 다투게 되었는데, 노구천이 험악한 말로 고함을 지르자 형가는 아무 말도 하지 않고 그 자리를 뜬 일이 있었다. 그러나 형가는 나중에 노구천과 친분을 맺고, 진시황을 암살하려고 할 때 그를 부장으로 데려갈 생각을 하기도 하였다.

이 시는 연나라 태자 단이 병주의 용감한 사나이인 형가를 알아주고 그와 인연을 맺은 것을 얘기하고 있다. 장렬한 기개를 지녔으니 언젠가는 반드시 세차게 떨쳐 일어날 때가 있다고 하고 있다.

위(魏)나라 신릉군(信陵君)은 유협(遊俠)으로서 어질어서 식객이 3천여 명에 이르렀다. 그에겐 병사를 통솔할 수 있는 신표인 병부(兵符)를 훔쳐 조나라를 도왔다는 유명한 절부구조(竊符救趙)의 일화가 전해지고 있다.

진나라 소왕(昭王)이 조나라에 쳐들어오자 조나라는 위나라에 원병을 요청하였는데 당시 조나라 왕의 동생인 평원군의 부인은 곧 신릉군의 누나였다. 신릉군은 자신의 문객(門客)들과 가지고 있는 전차 백여 대를 동원하여 개인적으로 조나라를 돕고자 하였다. 그러나 당시 문객으로 있던 후영(侯嬴)이라는 사람이 그건 스스로 죽음의 길을 택하는 행위라고 하면서 위나라 왕이 사랑하는 왕비인 여희(如姬)를 이용하여 침실에 있는 진비(晉鄙) 장군의 병부(兵符)를 훔쳐서 지휘권을 받아 군사를 이끌고 조나라를 지원하는 게 상책이라고 했다.

병부를 훔친 신릉군이 진비 장군을 찾아 가려는 데 후영은 그렇게 하면 안 된다고 하면서 가려면 당시 유명한 역사(力士)인 주해(朱亥)를 데리고 가, 진비가 병부를 보고도 병권을 내놓지 않을 경우 주해로 하여금 진비를 격살하게 해야 일을 성사시킬 수 있다고 했다. 이처럼 후영과 주해는 모두 비천한 사람들이었는데 신릉군이 예우를 해 주므로써 신릉군의 문객으로 된 사람들로 수시로 신릉군을 위해 목숨을 바칠 수 있는 사람들이었다. 결국 신릉군은 진비 장군을 죽이고 병사를 출동시켜 조나라의 수도인 한단(邯鄲)을 구해낼 수 있었다.

'열 걸음에 사람 하나 죽이고, 천 리에 종적 남기지 않는다네'

이백은 〈 협객행(俠客行) 〉에서 신릉군과 그를 도운 후영·주해에 대해 노래하고 있다.

…(中略)…

十步殺一人,	열 걸음에 사람 하나 죽이고,
千里不留行.	천 리에 종적 남기지 않는다네.
事了拂衣去,	일 마치면 옷을 털고 떠나서는,
深藏身與名.	몸과 이름 깊이 감추어 버린다네.
閑過信陵飮,	한가로이 길 지나던 신릉군은 술 마시며,
脫劍膝前橫.	검 벗어 무릎 앞에 비끼어 놓았네.
將炙啖朱亥,	고기 구워 주해에게 안주 삼게 하였고,
持觴勸侯嬴.	술잔 들고 후영에게 권하였네.
三杯吐然諾,	석 잔 술에 기꺼이 몸을 의탁하겠다고 하는데,
五岳倒爲輕.	오악이 오히려 가볍게 여겨졌네.

…(中略)…

救趙揮金鎚,	조나라 구원하려 쇠망치 휘두르니,
邯鄲先震驚.	한단이 먼저 깜짝 놀랐다네.
千秋二壯士,	길이길이 두 장사는,
烜赫大梁城.	대량성에 환히 빛나리라.
…(中略)…	

이백은 협객의 풍모에 대해서 정의하고 있다. 열 걸음을 걸을 짧은 시간에 사람을 죽일 수 있고, 그러면서도 천 리에 걸쳐 종적을 찾을 수 없게 만든다. 일이 성공하면 자기 이름을 내세우지 않고 몸을 완전히 숨겨버린다. 이제 신릉군은 술을 마시며 주해와 후영이라는 인물을 얻었다. 그들은 기꺼이 신릉군에게 몸을 의탁하겠다고 하는데, 그들의 장중한 기개에 오악이 오히려 가볍게 여겨질 정도였다.

그들은 이윽고 진비 장군을 움직일 수 있는 신표인 병부를 훔쳤고, 병부를 믿지 않는 진비를 죽인 다음 병사를 출동시켜 조나라의 한단을 구할 수 있었다. 그러니 그들의 위세는 한단을 진동시킬 수밖에 없었다. 주해와 후연 두 장사의 이름은 위나라의 수도인 대량성에 길이길이 빛이 날 것이다. 그런데 그들의 능력을 인정하고 활용한 유협 신릉군의 안목과 역량은 더욱 빛이 날 것임은 명약관화하다 하겠다. 물론 이러한 유협들의 행동을 현대적인 시각에서 보자면 법률을 위반하고 나라의 군대를 사사로이 이용한 위법적인 행동이라 비판할 수 있겠지만 여기서는 사나이들 간의 우정과 인정, 그리고 이를 위해 목숨과 가볍게 여기는 기개와 용맹이라는 측면에서 이들의 행동을 평가할 필요가 있다고 생각된다.

'계명구도, 닭 울음소리 개 도둑질'

유협 맹상군(孟嘗君)은 (齊)나라의 왕공으로서 수하에 식객 3천명을 거느렸던 인물이다. 한 번은 진나라의 소왕(昭王)이 맹상군을 인질로 연금한 일이 있었다. 그런데 맹상군의 식객 중에는 개 도둑질을 잘하는 구도(狗盜)가 있었고, 닭의 울음소리 흉내를 잘 내는 계명(鷄鳴)이 있었는데, 평소 능력이 없다고 여겨진 식객들이었지만 그들은 굳이 우겨서 진나라를 가는데 맹상군과 동행하게 되었다. 맹상군이 연금되니 이제 이 둘이 자신의 능력을 발휘하겠다고 나선 것이다. 먼저 개도둑 구도는 값 비싼 여우 갖옷 호구(狐裘)를 훔쳐 진 소왕의 애첩에게 바쳐서 그녀로 하여금 그들을 풀어주게 하였다. 이에 맹상군 일행은 혹시 진나라왕의 마음이 변할지도 몰라 새벽같이 성을 빠져나오려고 하였는데 그들이 함곡관(函谷關)에 당도하니 아직 관문이 열리지 않은 채로 있었다. 그러자 식객 중에 닭 울음소리를 잘 내는 계명이 닭의 울음소리를 내니 모든 닭이 울기 시작하였다. 그러자 관문의 병사가 문을 열게 되었고 그로써 일행은 무사히 관문을 빠져 나올 수 있었다고 한다.

명나라 마세기(馬世奇)가 맹상군에 대해 회고한 영사시 〈 맹상군양사처(孟嘗君養士處) 〉란 시를 감상해보자.

俠氣千年大海東,	협객의 기상은 천년토록 큰 바다 동쪽에 있는데,
猶將鄒魯薄齊風.	추 · 노의 유풍은 오히려 제나라 협객의 기풍을 경시하였네.
卽今飽食官判者,	설사 지금 관가의 녹을 배불리 먹는 자들이라 하더라도,
幾似鷄鳴狗盜雄.	계명 · 구도의 영웅들과 비슷해지길 바랄 수 있겠는가?

큰 바다 동쪽이란 곧 제(齊)나라를 가리키고 구체적으로는 맹상군이 살던 나라이기도 하다. 따라서 제나라의 기풍이란 곧 호방한 협객을 숭상하던 그런 기풍이라고 할 수 있다. 공자는 노(魯)나라 사람이었고, 맹자는 추(鄒)나라 사람이어서 추로(鄒魯)의 유풍은 곧 인의(仁義)의 기풍을 대변한다.

천년의 오랜 세월 동안 협객의 기풍은 바다 동쪽 제나라 땅에 전해지고 있다. 그런데 인의의 기풍을 숭상하는 자들은 도리어 이런 협객의 기풍을 경시한다. 그런데 설사 관가의 녹을 배불리 먹고 있는 지금의 고관대작이라고 할지라도 계명·구도와 같은 작은 재주를 지닌 사람들을 따라갈 수 있을까? 시인은 맹상군과 계명·구도의 이름을 빌려 명나라 말기 부패할 대로 부패하여 오직 나라의 녹만 축낼 뿐인 고관대작들이 도리어 맹상군 휘하에서 말기(末技)를 지녔던 계명·구도에게조차도 미치지 못 한다고 신랄하게 비판하고 있다.

'모수자천, 주머니 속의 송곳'

유협 평원군(平原君)은 조(趙)나라의 왕공이었다. 진나라의 군대가 조나라의 수도 한단(邯鄲)을 포위하자, 조나라는 평원군에게 초나라에 가서 원군을 청할 것을 요청하였다. 그러자 평원군은 자신의 수천 명이나 되는 식객 중에서 문무를 겸비한 유능한 인재 20명을 선발하고자 하였다. 그런데 이 조건에 부합한 사람이 19명뿐이었는데 그 때 식객 중 모수(毛遂)란 사람이 스스로를 추천하였다. 이를 모수자천(毛遂自薦)이라고 한다.

그러자 평원군이 "어질고 유능한 사람이 세상을 사는 것은 마치 송곳을 주머니 속에 넣으면 밖으로 삐져나오는 것과도 같다고 할 수 있겠는데 너는 내 밑에 3년 동안 있었지만 너에게 무슨 재간이 있는지를 보지도 듣지도 못하였다."고 하였다. 여기서 낭중지추(囊中之錐)란 고사성어가 나왔다. 한편 평원군의 말에 모수는 "만일 내가 좀 더 일찍 주머니 속에 들 수 있었다면 벌써 밖으로 삐져나올 수 있었을 것이다."고 적극적으로 자신을 설명하였다.

이리하여 모수는 평원군을 따라 초나라에 가서 날카로운 변설로 초나라가 조나라와 합종책(合縱策)을 맺는데 동의하도록 만들어 결국 진나라 군대를 격파하게 되었다.

'모수는 3년 동안 주머니 속에 들 수 없었다네'

명나라 말기에 손지울(孫枝蔚)이 평원군과 모수를 회고한 영사시 〈 평원군(平原君) 〉을 감상해보자.

豊草猶能蔽豫章,	더부룩한 잡초 오히려 아름드리 교목을 가릴 수 있고,
高才多困衆人旁.	뛰어난 인재 많이들 뭇 필부 곁에서 고생한다네.
平原亦是佳公子,	평원군 역시 뛰어난 공자였음에도,
毛遂三年未處囊.	모수는 3년 동안 주머니 속에 들 수 없었다네.

여기서도 결국 능력을 알아주는 지(知)의 문제가 논의되고 있다. 잡초가 아름드리

교목을 가릴 수 있듯이, 뛰어난 인재들이 범부들 곁에서 알려지지 않고 고생을 하고 있는 경우가 너무 많다. 심지어 평원군처럼 인재를 볼 줄 아는 안목이 있고, 또 인재를 우대하는 사람조차도 모수 같은 인재를 알아보지 못 하였으니 더 말할 게 없다. 그리하여 모수는 3년 동안 자신의 능력을 발휘할 수 없었던 것이다.

'천리마를 알아보는 백락'

세상에 천리마는 많다. 그러나 천리마를 알아볼 줄 아는 백락(伯樂) 같은 인물은 흔치 않은 것이다. 그래서 한유(韓愈) 같은 사람은 "세상에 백락이 있고 나서 그런 뒤에 항상 천리마가 있게 되었다.(世有伯樂, 然後常有千里馬.)"(〈 잡설(雜說) 〉)고 하였던 것이다.

천리마야 항상 있었겠지만 그러나 그 천리마를 천리마답게 하는, 즉 천리마를 천리마로 인정해주는 백락이 없었다면 그 천리마는 뭇 말들 곁에서 똑같이 갖은 오욕을 뒤집어쓰고서 평생을 살아가야 할 것이다.

'모래가 진주 더럽히고 잡초가 향초 능멸하네'

그런데 어디 백락 같은 존재가 흔하게 있던가? 그러니 이백이 〈 고풍(古風) 〉에서 "많은 모래 밝은 구슬 더럽히고, 뭇 잡풀들은 외로운 향초 능멸하는구나.(群沙穢明珠, 衆草凌孤芳.)"라고 노래할 수밖에 없었던 것이다. 이렇게 세상은 전도(顚倒)되고 도착(倒錯)되어 있는 것이다. 능력 있는 자가 자기의 능력대로 반드시 인정받지는 못 하는 세상, 그것은 예나 지금이나 마찬가지인 것이다.

다시 능력을 알아주는 행위로서 '지(知)'의 문제로 돌아와 보자. 백아는 종자기를 지음(知音)이라 여겼고, 사마천은 대장부는 지기자(知己者)를 위해서 자기 능력을 발휘한다고 하였다. 또 한유는 백락(伯樂)이 있어야 비로 천리마가 가려질 수 있다고 보았다. 지음, 지기자, 백락은 모두 동일한 맥락 속에 있다. 모두 누군가를 인정하는 행위와 관련이 있다. 우리 인간의 기본 욕구 속에 인정 욕구가 있다는 것을 절대 간과해서는 안 된다. 이처럼 인간이라면 모두 다 인정받고 싶어 하지만, 그러나 제대로 인정해

줄 수 있는 사람은 많지 않다는 데 진짜 문제가 있는 것이다. 그 사람은 일단 그릇과 배포가 커서 상대방을 받아들일 수 있어야 비로소 남을 인정할 수 있고, 또 제대로 된 식견과 능력이 있어야 상대방의 능력을 간파하여 발탁할 수 있을 것이며, 나아가 가장 중요한 것은 그가 현직에서 권력을 지니고 있어야 그가 인정한 사람을 발탁할 수 있는 객관적 상황이 만들어질 것이다. 이러한 사람이 귀인(貴人)이 되어 우리 앞에 나타나 우리를 이끌어 줄 때 우리는 비로소 이름을 드날릴 수 있다는 사실은 21세기 오늘날에 있어서도 여전히 유효한 사실이 아닐까 생각해본다.

오늘도 모래알 속에서 더럽혀지고 있을 진주, 잡풀들에 의해 능멸 받으며 가려져 있을 향초, 더부룩한 잡초에 오히려 뒤덮여 있을 아름드리 교목, 뭇 말들에 의해 조롱받고 있을 천리마, 소인배들의 손가락질을 받고 있을 군자, 그들과 한 마음이 되어 그들에게 특별히 심심한 위로의 말을 건넨다. 참으시게, 그래도 세상은 견딜 만하니!

****

대학생 때 주자청(朱自淸)의 산문 〈 뒷모습(背影) 〉을 읽은 적이 있다. 지금 어렴풋하게 기억하고 있는 내용은 대략 이렇다. 학업을 위해 멀리 떠나는 나를 배웅하기 위해 아버지가 플랫폼까지 나오셨다. 나는 열차 안에 앉아 있었는데 아버지는 나에게 무얼 사주려고 하셨는지 철길을 땀을 뻘뻘 흘리며 가시던 뒷모습이 눈에 선하다는 내용인 것으로 기억된다. 정확한 내용이 무엇인지는 여기서 그다지 중요하지 않다. 아들의 눈 속에 땀을 뻘뻘 흘리며 걸어가는 아버지의 뒷모습이 돌에 새기듯 각인되었다는 점이다.

내가 기억하는 아버지의 뒷모습도 역시 땀을 뻘뻘 흘리시던 모습이다. 아버지는 남의 논밭을 소를 몰아 쟁기질로 갈아주고 품삯을 받으셨다. 쟁기질은 모내기 전인 초봄에 많이 이루어지는데 그때는 한여름이었던 것으로 기억된다. 나는 자전거를 타고 옆 마을로 가는 중이었는데 문득 멀리서 쟁기질하고 있는 분의 뒷모습을 얼핏 보니 우리 아버지셨다. 역시 남의 밭을 갈아주고 계셨고 반소매 옷은 땀으로 범벅이 되어 있었다. 나는 행여 아버지의 눈에 띌까 부끄러워 얼른 그 자리를 떴다. 자식들을 위해 수고하는 아버지의 모습을 보고 놀고 있는 내 자신이 아마도 부끄러웠을 것이다. 그 후로 무슨 일이 어려운 상황에 봉착하거나 마음이 나태해질 때면 항상 비 오듯 땀 흘리시던 아버지의 뒷모습을 떠올리며 용기를 얻거나 각성을 하곤 한다.

사람에게 지문이 있듯이 그 사람의 뒷모습인 뒤태와 걸음걸이에도 지문이 있다. 저마다 각양각색으로 다 다르다. 그런데 내 자랑인 것 같지만 나는 기억력이 별로 뛰어나지 않은데도 남의 뒤태와 걸음걸이에 대한 기억력이 매우 좋다. 그래서 사람들의 뒤태와 걸음걸이를 보고 멀리서도 그가 누구인지를 알아맞힐 수가 있다.

강릉 집에서 학교까지는 대략 5킬로미터, 차로 15분 정도 걸리는 거리다. 그런데 강릉은 중소도시라서 그런지 차를 놓고 걸어서 출근하는 교수들이 간혹 있다. 차를 운전하면 대부분 앞에만 주의를 집중하기 마련이다. 그럼에도 불구하고 나는 전방에 내 시야로 파악할 수 있는 거리 안에 내가 뒤태와 걸음걸이를 기억하고 있는 누군가가 걸어가고 있으면 그 사람이 누구인지를 신기하게도 알아맞힌다. 그래서 길을 걷고 있는 그 사람의 곁을 스쳐 갈 때 창문을 열고 손짓을 해주면 그 사람은 깜짝 놀라며 쳐다보곤 한다.

우리는 앞태를 얘기할 때 흔히 얼굴에 포커스를 맞추어 얘기하곤 한다. 그러니 앞태는 곧 얼굴 관련 얘기가 전부다. 미남·미녀의 기준은 무엇이며, 누가 미남·미녀의 기준에 부합한다든지 등등 사람마다 모두 일가견을 갖고 있기 마련이다. 그런데 뒤태의 미추(美醜)에 대한 얘기는 별로 하지 않는다. 뒤태는 몸매 외에도 머리와 상반신 및 하반신의 비율이 고려되며 여기에 걸음걸이까지 부가되어 종합적으로 판단되는 대상이다. 다시 말해서 몸매만 날씬해서는 안 되고 상체와 하체가 균형이 잡혀 있어야 하며 걸음걸이 또한 우아해야 한다.

문제는 우리 누구도 자신의 뒤태가 어떠한지에 대해서 정작 본인은 잘 모를 수밖에 없다는 데 있다. 내 뒤태가 어떠하니 그래서 어떻게 가꾸어야지 하는 생각을 근본적으로 가질 수가 없다. 이처럼 뒤태는 내가 어떤 모양으로 만들어야지 하는 의식이 전혀 개입되지 않고 이런저런 방식으로 저마다 살다보니 저도 모르게 자연스럽게 형성된 것이다. 그리고 뒤태는 남에 의해서 관찰되고 감상될 수밖에 없는 운명을 갖고 태어났다. 뒤태는 내가 허락하지 않더라도 남에 의해 피동적으로 시선을 빼앗기고 판단되며 탐해지는 가련한 운명을 지니고 있기도 하다.

이런 가련한 운명에 있는 타인의 뒤태를 감상하고자 하는 사람들에게 한 가지 정중하게 제안을 하고자 한다. 뒤태를 탐하려거든 앞태까지는 탐하지 말라. 뒤태가 아름답고, 멋있다고 판단되면 무심결에 꼭 앞태를 확인해보려고 하는 사람들이 많다. 그런데 아름다운 뒤태와 잘 생긴 앞태, 즉 얼굴을 함께 갖기는 좀처럼 어려운가 보다. 그래서 하늘은 공평한 것인지, 하여간 뒤태가 아름다운 사람치고 앞태까지 예쁘거나 잘 생기지는 않은 경우가 대부분임을 우리는 경험으로 잘 알고 있다. 그러니 뒤태만 감상하고 멈추는 것이 타인의 뒤태를 탐하는 자들의 최소한의 예의라고 할 수 있겠다.

뒤태를 나 스스로가 관리하거나 만들어 갈 수가 없다고 해서 그냥 방치하거나 노력을 포기해서는 안 된다. 뒤태의 범위를 내가 들고 나는 자리, 즉 내가 머물다가 떠나는 자리까지로 확대해보았을 때, 떠나는 자리를 깨끗하게 만들고 아울러 질서 정연하고 평화로운 환경으로 만드는데 이바지한다면 적어도 남들은 나의 뒤에서 손가락질을 하지는 않을 것이다. 그리고 나의 뒤태에 대한 종합적 평가 역시 호의적이고 양호하지 않을까 생각해본다.

그래서인가, 요즘 나에게는 하나의 습관이 생겼다. 외출할 때면 현관에 어수선하게 널려 있는 신발들을 꼭 가지런하게 정리하고 문을 나선다는 것이다. 이 역시 나의 뒤태를 아름답게 하고자 하는 나의 조그마한 노력의 일환이다. 이런 노력들이 조금씩 쌓여서 내가 훗날 이 세상을 떠나는 날에도 내가 모르는 나의 뒤태가 사람들의 기억 속에 아름답게, 평화롭게 간직되었으면 하는 소망을 가져본다.

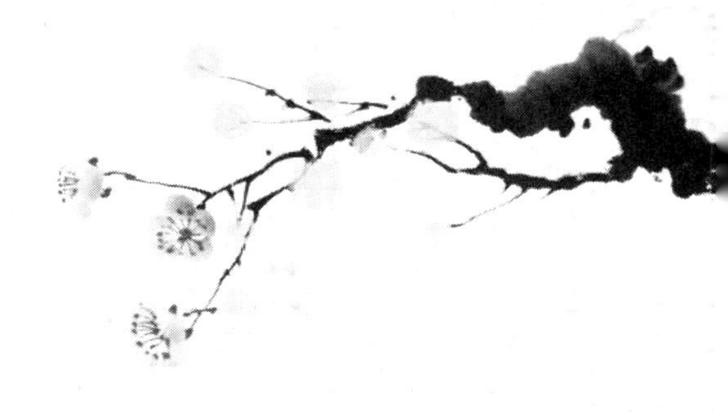

제8장

원소스 멀티유스

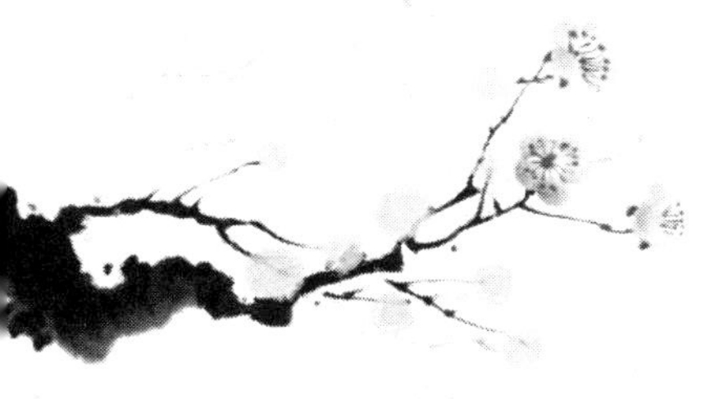

백수광부 아내의 노래를 조선의 나루지기 곽리자고가 듣고 아내 여옥에게 들려주니 여옥은 공후를 켜며 노래를 〈 공후인 〉으로 재현하더라.

(子高還, 以語麗玉, 麗玉傷之, 乃引箜篌而寫其聲.)

8.1. 원소스 멀티유스와 〈 공후인(箜篌引) 〉

21세기 우리나라 사회는 디지털 시대로 진입하면서 가히 콘텐츠의 천국이 되어 가고 있다. 콘텐츠란 본래 서적이나 논문 등의 내용이나 목차를 가리키는 말이었다. 그러나 이 말은 이후에 각종 유무선 통신망을 통해 매매 또는 교환되는 디지털화된 정보를 통칭하게 된다. 콘텐츠는 인터넷을 통해 제공되는 각종 프로그램이나 정보내용물, CD 등에 담긴 영화나 음악, 만화, 애니메이션, 게임소프트웨어 등이 모두 포함되며 산업적, 상업적, 문화적인 가치를 지닌 상품이 될 수 있다.

문화콘텐츠의 특징이자 장점으로 원소스 멀티유스(OSMU: One Source Multi-Use)를 들 수 있다. 즉 하나의 원천 소재(Source)로 다양한 상품을 개발하고 보급하는 것이 가능해졌다는 말이다. 가령 스토리 하나만 잘 만들면 그것으로 소설도 만들고 만화도 만들고 애니메이션 영화도 만들고 캐릭터 산업으로도 수익을 올릴 수 있다. 영국의 여류 작가 조안 롤링의 〈 해리포터 〉는 그 좋은 예이다. 〈 해리포터 〉의 스토리는 소설에서 그치지 않고 영화로도 만들어져 20억 달러 이상의 매출액을 올렸으며 캐릭터 역시 천문학적인 수익을 올렸다. 〈 해리포터 〉의 성공사례는 문화콘텐츠 산업의 폭발적인 잠재력을 보여 주며 동시에 문화적 원천소스의 중요성을 대변해 준다. 또한 미국의 영화 〈 쥬라기 공원 〉 한 편이 올린 수익은 우리나라가 한 해 동안 자동차 수출을 해서 벌어들인 총액을 능가하였다고 한다. 미국의 헐리우드 영화산업은 일종의 문화콘텐츠 산업으로서 항공우주산업, 군수산업, IT산업 등과 함께 미국의 부를 지탱하고 있다고 할 수 있다.

문화콘텐츠 산업에서 원소스 멀티유스로 활용가능한 대표적인 원천지식들을 발굴하고 다시 스토리를 입히는 작업들이 매우 중요한 시점에 이르렀다. 창의력과 경쟁력의 보고인 문화지식들의 원천 소스들을 테마별로 디지털콘텐츠화 하여 문화콘텐츠 산업에 필요한 창작소재로 제공함으로써 멀티유스가 가능해졌기 때문이다. 우리나라의 경우 태권도와 전통무예, 조선시대의 가옥 등은 문화원형으로서 모두 문화콘텐츠 제작 대상이 될 수 있다. 중국의 경우 서유기나 삼국지 등 중화민족의 문화가 담겨 있는 스토리는 중요한 문화원형이 된다. 일본의 경우 신화 등의 문화원형에서 〈 원령공주 〉 등의 애니메이션이 나왔다. 서양의 경우, 피카소의 그림에서 영화가 나오고, 셰익스피어의 희곡에서 시나리오가 나왔다. 이렇게 문화지식의 원형을 잘 가공하고 콘텐츠화한다면 향후 문화창작의 소재로도 활용할 수 있고 영화, 만화, 애니메이션의 원천소스가 되어 상품화될 수도 있다. 게다가 지금은 스마트폰 덕분에 BJ(Broadcasting Jockey)의 시대가 되어 한 사람이 스토리를 기획하고, 촬영·편집·방송까지 모두 가능한 시대가 되었기에 원소스 멀티유스에 의한 원천 지식 가공과 다양한 활용은 매우 중요하고 절실한 시점이 되었다고 단언할 수 있다.

최근에 발견한 놀라운 사실은 한시 중에서도 원소스 멀티유스의 전형을 중국과 우리나라 양국과 관련이 있는 〈 공후인(箜篌引) 〉에서 찾을 수 있다는 점이었다. 〈 공무도하가(公無渡河歌) 〉로도 불리는 이 시의 구조상 특징과 주요 내용에 대해서 살피는 것은 여기서는 생략하기로 한다.

'그대여 강을 건너지 마오'

이번 장에서는 이 시의 창작배경과 전승과정이 오늘날 중시되는 원소스 멀티유스의 전형이 될 수 있다고 보기에 이 주제만을 집중적으로 논의해 보고자 한다. 다시 〈 공후인 〉의 내용을 인용해 본다.

公無渡河　　　　그대여 강을 건너지 마오

公竟渡河	그대 결국 강을 건너 버렸네.
墮河而死	그대 강에 빠져 죽으니
將奈公何	그대를 어이하리오!

평범하고 별 뜻이 담겨 있지 않은 듯한 노래지만 그 안의 속사정을 자세히 들여다보면 이 노래가 전승되는 과정이 그리 간단하지만은 않다. 이를 밝히자면 진(晉)나라 최표(崔豹)의 ≪고금주(古今注)≫에 인용된 글을 살펴보아야 한다.

> 〈 공후인 〉은 조선의 나루지기 곽리자고의 아내 여옥이 지은 노래이다. 곽리자고가 아침에 일어나 배를 젓고 있는데 한 백수광부(흰머리의 미치광이 사내)가 머리를 풀어헤치고 술 단지를 든 채 어지러이 흐르는 강물을 가로질러 건너려고 하였다. 그의 아내가 뒤를 따라와 말려 보았지만 소용이 없이 마침내 강물에 빠져 죽었다. 그러자 아내는 공후를 끌어 당겨 노래를 하였다. "그대여 강을 건너지 마오, 그대 결국 강을 건너 버렸네. 그대 강에 빠져 죽으니, 그대를 어이하리오!" 노래 소리가 심히 슬프고 비통했는데 노래가 끝나자 그녀 역시 마침내 강물에 몸을 던져 죽고 말았다. 곽리자고가 돌아와 이 상황을 여옥에게 들려주니 여옥이 가슴 아파하면서 바로 공후를 끌어 당기더니 다시 그 노래 소리를 〈 공후인 〉으로 재현하였다. 그러자 듣는 사람들은 눈물을 떨구며 흐느껴 울지 않는 사람이 없었다.
> (〈 箜篌引 〉者, 朝鮮津卒霍里子高妻麗玉所作也. 子高晨起刺船, 有一白首狂夫, 被髮提壺, 亂流而渡, 其妻隨而止之, 不及, 遂墮河而死. 於是援箜篌而歌曰 : "公無渡河, 公竟渡河, 墮河而死, 將奈公何!" 聲甚悽愴, 曲終亦投河而死. 子高還, 以語麗玉, 麗玉傷之, 乃引箜篌而寫其聲, 聞者莫不墮淚飮泣.)

〈 공후인 〉 노래가 지어진 위의 배경 설명을 통해 등장하는 4명의 인물 상호간의 관계부터 살펴보자. 먼저, 백수광부와 그의 아내는 이 비극의 주체적 경험자이며 특히 아내는 〈 공후인 〉의 제1의 창작자, 곧 원(原)창작자이다. 나루지기 곽리자고는 이 비극의 관찰자이자 수동적 경험자이다. 또한 동시에 노래를 감상한 제1의 독자이면서 아내에게 그 노래를 전한 구비문학의 전달자이다. 그런데 들은 노래를 그대로 전했을 리는 없고 게다가 자신이 직접 말이 아닌 노래를 불러 전했을 것이므로 그를 제2의 창작자라 할 수 있다. 여옥은 남편에게서 노래를 전해 들으며 가슴 아파하는 구체적인 반응을 나타내는 제2의 독자이면서, 그것을 다시 공후를 켜며 〈 공후인 〉을 노래하니 제3의 창작자이자 진정한 창작자라 할 수 있다. 결국 이 설명에 나타난 4인의 관계는 〈 공후인 〉이라는 노래를 연결고리로 하여 경험자와 관찰자간의 관계를 이루고 있다고 말할 수 있다. 이 두 부류의 차이는 경험자들이 원시성이 가미된 행동양태를 보였다면 관찰자들은 문명성이 가미된 예술양태로 이 비극적인 상황을 가슴으로 맞이하는 데 있다고 할 수 있겠다.

다시 이런 구비전승의 과정과 창작의 과정을 원소스 멀티유스의 관점에서 살펴보자. 백수광부의 행위는 지식정보로서 원천 소스이며, 그의 아내의 노래는 문학적 내용으로서 원천 소스가 된다. 모두 원소스라고 할 수 있다. 그 원소스에 스토리텔링을 입혀 구성지게 전달한 사람은 나루지기 곽리자고이다. 따라서 문화콘텐츠 제작 시에 원소스 멀티유스 과정에서 중요한 것은 적절한 스토리텔링이라는 점을 다시 한 번 확인할 수 있다. 그리고 남편의 스토리텔링을 요즘으로 치면 콘텐츠화하여 마침내 음악연주와 〈 공후인 〉 노래로 만든 사람은 여옥이다. 여옥은 문화콘텐츠의 직접 생산자이다. 이런 전반적인 과정이 바로 문화콘텐츠를 창조하고 생산하는 전체 과정이라고 보아도 되지 않을까 생각된다.

수천 년이 지난 뒤에 이 〈 공후인 〉 원소스는 다시 진정한 디지털 문화콘텐츠로 거듭난다. 여자가수 이상은은 〈 공무도하가 〉라는 노래를 제작하여 불렀고 김훈은 〈 공무도하 〉라는 소설을 썼고 또 진모영은 〈 님아, 그 강을 건너지 마오 〉라는 영화를 제작하였으니 〈 공후인 〉 원소스는 계속 멀티유스가 진행 중인 상태에 있다고 말할 수 있다.

지금부터는 한시 중에서도 원천 지식 소스가 한시에서 유래하여 다른 디지털 문화콘텐츠로 제작되는 기회를 제공하는 한시들을 집중적으로 살펴보자. 이런 원천지식소스는 디지털화되기 이전의 스토리의 원형으로서 일종의 모티프 역할을 하였다고 말할 수 있다.

모티프(motif)란 문학작품 속에서 자주 반복되어 나타나는 동일한 요소로서의 사건, 공식 등의 한 형태와 유사한 낱말, 문구, 내용을 말한다. 한 작품에서 나타날 수도 있고 한 작가 또는 한 시대, 또는 한 장르에서 생길 수도 있다. 한 작품 속에서도 계속 반복되어 그것이 느껴질 정도가 되는 모든 요소는 모티프라고 할 수 있다. 가령 두견새 이야기는 우리나라나 중국 등 동양문학의 모티프가 되어서 시나 민요, 설화 등에 자주 나타난다. 오늘날 신화 비평에서 거론되는 원형적 심상도 모티프의 일종이다. 나중에는 아름다운 공주가 되는 못생긴 처녀는 민간전승에서 흔히 나타나는 모티프이다.

8.2. 멀티유스 되는 한시 모티프

멀티유스되는 원소스로서 기능하면서 문학에서는 모티프 역할을 하는 이야기들을 중심으로 그와 관련된 한시를 살펴보자.

'버려진 옛 여인, 총애 받는 새 여인'

제일 먼저 새사람과 옛사람이라는 모티프를 살펴보자. 제왕이나 남편으로부터 은정(恩情)을 잃고 버려진 옛 여인, 새롭게 총애를 받는 새 여인 간에 이루어지는 이야기는 문학의 모티프인 동시에 스토리의 원천 소스가 되었다. 구시대 여인의 운명은 남자의 사랑을 받느냐 못 받느냐에 따라서 버려지고 잊혀진 옛사람이 되거나 총애를 받는 새사람으로 갈리게 된다. 이처럼 중국의 한시에서는 옛사람, 새사람이 시의 모티프로 오랜 세월 전승되며 꾸준히 시로 지어지곤 하였다.

과거 봉건시대에는 군주나 고관이 여자들을 많이 거느릴 수 있음으로써 은정을 잃은 옛사람과 새롭게 총애를 독차지한 새사람과 간에 질시와 암투가 치열하게 벌어졌다. 동주(東周) 정왕(定王) 때부터 진시황(秦始皇)의 통일까지 전국(戰國)시대의 역사적 사건들을 12국별로 나누어 기록한 ≪전국책(戰國策)·초책(楚策)·사(四)≫에도 이와 관련된 사례가 기록되어 있다.

> 위나라 왕이 초나라 왕에게 미인을 선물하자 초나라 왕이 그녀를 좋아하였다. 본부인 정유는 왕이 새사람을 좋아하는 것을 보더니 새사람을 매우 아껴 주어 의복과 즐기는 물건을 그녀가 기뻐하는 것으로 가려서 해 주었고, 궁실과 침구는 그 중 좋은 것을 가려서 해주니 그녀를 왕보다 더 아껴 주는 것이었다. 그러자 왕이 말했다. "부인이 남편을 섬기는 까닭은 성욕 때문이며, 질투하는 까닭은 사랑의 감정 때문이다. 지금 정유가 과인이 새사람을 좋아하는 사실을 알고 있음에도 불구하고 과인보다 더 그녀를

아껴 주니 이것은 효자가 어버이를 섬기는 방법이요, 충신이 임금을 섬기는 방법이도다." 자신이 질투하지 않는다고 왕이 여기고 있음을 정유가 이제 알았기 때문에 새사람에게 알려 주며 말했다. "왕은 그대의 아름다움을 사랑하고 있는데 비록 그렇기는 하지만 그대의 코를 싫어한다오. 그대는 왕을 뵙게 되면 반드시 그대의 코를 가리시오." 새사람이 왕을 뵙더니 이 말로 인하여 그녀의 코를 가렸다. 왕이 정유에게 이 사실을 알려 주며 말했다. "새사람은 과인을 보면 코를 가리는데 왜 그런답니까?" 정유가 말했다. "첩은 알고 있나이다." 왕이 말했다. "비록 말하기 싫은 일이라 해도 꼭 말해보시오." 정유가 말했다. "그녀는 임금의 체취를 맡는 것을 싫어하는 듯합니다." 왕이 말했다. "흉포한 여자로구나. 당장 명령을 내려 그녀의 코를 자르도록 하여라. 반드시 명을 어기지 않도록 할 지어다!"

(魏王遺楚王美人, 楚王說之. 夫人鄭褎知王之說新人也, 甚愛新人, 衣服玩好, 擇其所喜而爲之, 宮室臥具, 擇其所善而爲之, 愛之甚於王. 王曰 : "婦人所以事夫者, 色也 ; 而妬者, 其情也. 今鄭褎知寡人之說新人也, 其愛之甚於寡人, 此孝子之所以事親, 忠臣之所以事君也." 鄭褎知王以己爲不妬也, 因謂新人曰 : "王愛子美矣. 雖然惡子之鼻, 子爲見王則必揜子鼻." 新人見王, 因揜其鼻. 王謂鄭褎曰 : "夫新人見寡人, 則揜其鼻, 何也?" 鄭褎曰 : "妾知也." 王曰 : "雖惡, 必言之." 鄭褎曰 : "其似惡聞君王之臭也." 王曰 : "悍哉! 令劓之, 無使逆命!")

옛사람, 새사람이란 모티프는 한시에서 아주 오래 전부터 시로 계속 노래되어 왔다. 한나라 때의 악부 민가인 〈 산에 올라 약초 캐고(上山采蘼蕪) 〉라는 서사시는 남편이 새 여자를 들이는 바람에 내쫓긴 한 여인의 서러운 운명을 노래하면서 새사람과 옛사람을비교하고 있다. "새사람 대문으로 들어오자 옛사람은 쪽문으로 나갔지요. 새사람은 누런 비단 잘 짜지만 옛 사람은 흰 비단을 잘 짰지요.(新人從門入, 故人從閤去. 新人工織縑, 故人工織素.)"

봉건시대 황제에 의해 총애를 잃게 되는 비빈과 궁녀의 얘기는 너무 많아서 그다지 특별하지도 않다. 그 중에서도 한나라 때 궁중에서 황제인 성제(成帝)로부터 총애를 잃은 반첩여(班婕妤)의 얘기는 두고두고 인구에 회자되면서 계속 시의 소재와 모티프로 활용되곤 하였다. 반첩여가 자신의 신세를 용도 폐기된 가을부채에 비유하여 〈 원가행 〉을 읊은 후부터 반첩여는 중국문학에서 줄곧 비애의 상징이자 아이콘이 되었다. 후대 시인들은 반첩여의 일을 모티프로 삼아 계속 시를 짓게 되었으니 이백(李白)의 〈 원가행(怨歌行) 〉, 육기(陸機)의 〈 첩여원(婕妤怨) 〉 등이 그것이다.

‘버려진 가을 부채 신세이어라’

〈 장문원(長門怨) 〉은 당 태종(太宗)의 비빈(妃嬪)인 서혜(徐惠), 곧 서현비(徐賢妃)의 작품이다. 이 시는 옛날 뛰어난 재능을 인정받아 총애를 얻었다가 나중에 조비연으로 인해서 총애를 잃은 반첩여의 슬픈 원망과 어찌할 수 없는 심정을 묘사하였고 실의한 후궁(後宮)들에 대해 동정하면서 박정한 제왕에 대한 실망과 불만을 토로함으로써 여성으로서의 시인의 자존감과 개성적인 인격을 은연 중 드러내고 있다.

舊爱柏梁臺,　　옛날 사랑했던 여인은 백량대에 있고
新寵昭陽殿.　　새로 총애 얻은 여인은 소양전에 있네.
守分辭芳輦,　　분수를 지키려 향기로운 수레에 오르길 마다했고
含情泣團扇.　　은근한 정을 담아 눈물 흘리며 〈 단선가 〉를 불렀네.
一朝歌舞榮,　　새사람은 하루아침에 가무로 영화를 얻었으나
夙昔詩書賤.　　옛사람의 예전에 읽은 시서 경전은 비천해졌네.
颓恩诚已矣,　　기울어진 은정은 정말로 이미 끝나버렸으니
覆水難重薦.　　엎질러진 물처럼 다시 침상에 천거하기 어렵다네.

‘백량대’는 한나라의 누대 이름. ‘소양전’은 한나라의 궁전 이름으로 성제(成帝) 때 지어졌다. ‘방련’은 향기로운 수레로서 후비(后妃)들이 타는 수레. 여기서는 반첩여가 수레에 임금과 함께 타는 것을 사양했다는 전고를 인용. ‘단선’은 〈 단선가(團扇歌) 〉로서 반첩여의 〈 원가행(怨歌行) 〉을 가리킨다. ‘숙석(夙昔)’은 옛날. 지난날. ‘퇴은’은 제왕의 은정(恩情)이 이미 끊어졌다는 뜻. ‘성’은 정말로. 진실로. ‘복수’는 이미 엎질러진 물로서 옛날 버려진 여자를 부르던 말. ‘난중천’은 버려진 여자는 엎질러진 물처럼 다시 제왕의 침상에 천거해 올리기가 어렵다는 뜻.

서혜의 〈 장문원 〉은 장문궁에 유폐되었던 무제의 황후인 진아교의 슬픔을 노래한 것이 아니라 성제에게서 총애를 잃었던 반첩여의 슬픈 신세를 위로하기 위해 쓴 시다. 이 시는 역사적 전고를 활용하여 이미지를 선명하게 창출하였다고 할 수 있다. 백량대는 한무제가 진아교를 버린 일을 가리키지만 여기서는 반첩여가 이미 진아교처럼 버려졌다는 사실을 가리킨다. 소양전은 성제가 총애한 조비연의 궁전으로서 새

로 총애를 차지한 사람의 거주지를 대표한다. 제1구와 2구에서 '구애'와 '신총'으로 대비를 시킴으로써 애원(哀怨)이 더욱 강렬해지도록 하였다. 제3구와 4구에서는 반첩여가 성제와 함께 수레에 타는 것을 사양함으로써 고결한 품행을 지녔다는 사실을 부각시켰다. 후비·궁녀가 황제와 함께 수레에 오르는 것은 매우 영광스러운 일일 것이다. 그런데 반첩여는 제왕으로부터 총애를 받았을 당시에도 수레에 함께 타는 것을 사양하였다. "현명한 군주는 모두 이름 있는 신하가 옆에 탔으며 하·은·주 삼대에 걸쳐 무능했던 마지막 군주만이 총애하던 여인과 탔나이다.(聖賢之君皆有名臣在側, 三代末主乃有嬖女)"라는 말로 사양을 함으로써 은연 중 군주에게 간언을 올린 셈이니 얼마나 지혜롭고 현명한가! 그럼에도 불구하고 그녀는 은정을 잃는데 이 때문에 시인은 반첩여의 〈 원가행 〉에 나오는 '단선' 곧 둥근 부채 이미지를 들어서 가을바람에 버려진 것과 같은 비극적인 신세를 부각시키기도 하였다.

엎질러진 물은 다시 담을 수 없다는 뜻에서 '발수난수(潑水難收)' 또는 '복수난수(覆水難收)'라는 숙어도 있다. 이 시의 맨 마지막 두 구는 엎질러진 물이란 비유로써 더 이상 은정을 회복할 수 없는 현실을 아주 단호하게 천명하고 있다. 여성의 운명에 대한 일종의 체념이긴 하지만 결코 연연하고 아쉬워하지 않겠다는 단호한 입장도 한편으로 보인다.

금곡(琴曲) 〈 장문원(長門怨) 〉은 사랑을 잃은 원망을 표현한 고금(古琴) 악곡으로서 고금유파 중에서도 매우 유명한 매암금파(梅庵琴派)의 대표곡 중의 하나이다. 위의 서혜의 〈 장문원 〉이 반첩여를 위주로 노래한 것에 비해 이 금곡은 한(漢) 무제(武帝)의 황후인 진아교(陳阿嬌)가 오랜 시간 장문궁(長門宮)에 유폐되어 있었던 역사적 사실에 근거하여 완성한 곡이다. 아교는 만금을 주고 사마상여(司馬相如)로부터 〈 장문부(長門賦) 〉를 짓게 하여 무제에게 읽게 했지만 다시는 무제로부터 사랑을 회복하지 못하였다. 후인들은 바로 사마상여의 〈 장문부 〉의 내용을 악곡의 주제로 삼아 금곡 〈 장문원 〉을 완성함으로써 오늘날까지도 전해 내려오는 유명한 금곡이 되었다. 금곡 〈 장문원 〉은 만인지상(萬人之上)의 존귀한 신분을 지닌 여인이 총애를 잃은 후에 천 길 벼랑으로 떨어진 것과 같은 절망과 비애를 절실하게 묘사하였다. 금곡의 처량하고 비통한 선율은 황후 진아교가 장문궁에 유폐되어 있을 때의 답답하고 비통한 마음을 잘 표현하였다.

불교에서 말하는 인연설(因緣說)에 의거하자면 인생은 연기(緣起), 즉 처음부터 끝까지 모든 일이 인연에 의해서 발생한다. 한나라 무제에 의해 장문궁에 유폐된 황후 진아교, 진아교를 위한 〈 장문부 〉를 지었던 사마상여와 다시 사마상여에게 버림받는 탁문군, 다시 한나라 성제가 총애하던 반첩여, 그러나 조비연에 의해 창졸간에 쫓겨나는 반첩여. 마지막으로 상심해 있는 반첩여를 찾아온 하얀 머리의 궁녀가 그녀를 위로해 주면서 동시에 자신도 총애를 잃었을 때 당시 새로 총애를 얻게 된 반첩여를 원망했었다고 고백하던 일 등등. 이런 꼬리에 꼬리를 무는 연기(緣起)에 의한 주요 인물들의 관계에 스토리를 입혀서 스토리텔링을 전개한 다음 다시 영화나 애니메이션의 콘텐츠로 제작하면 아주 재미있는 콘텐츠가 되지 않을까 생각된다. 동시에 콘텐츠 속에는 인생 교훈을 주는 메시지를 담을 수도 있을 것이다. 즉 이렇게 서로 물고 물리는 인연들에 기인하여 새옹지마처럼 기쁨과 슬픔은 언제나 기대어 번갈아 찾아오고 어느 것 하나 온전히 영원히 지속될 수는 없다는 사실을 잘 알려주는 것이다. 당대 원진(元稹)역시 〈 고락상의곡(苦樂相倚曲) 〉에서 "옛날부터 고통과 즐거움은 서로 기대어 있어 손바닥 위의 열 손가락보다 더 가깝게 있다네. (古來 苦樂之相倚, 近于掌上之十指.)라고 말하였으니 매우 통찰력이 있는 말이라 하겠다. 나아가 이렇게 갈등과 분쟁은 어느 일방에 의해서만 일어나지 않고 항상 쌍방과 관계가 있다는 생각을 받아들인다면 화해와 평화가 생성이 될 것이고 그로 인해 서로 미워하지 말자는 인생의 도덕적 교훈 효과도 충분하게 전달할 수 있다고 본다.

옛 여인은 버려지고 새 여자가 총애를 받는다는 얘기는 비단 황제와 황후 사이만의 일은 아닐 것이다. 당대 두보도 〈 가인(佳人) 〉이란 시에서 남편에게서 버림받은 아름다운 여인의 얘기를 남긴다. 〈 가인 〉의 창작의도에 대해서는 두 가지 설이 존재한다. 아름다운 여인의 비유를 통해 시인 자신의 생각을 기탁한 것이라고 보는가 하면 실제 존재하는 사실을 기록한 것이라고 보기도 한다. 그러나 대부분 양자를 절충하여 시의 대의를 파악하곤 한다. 이 시는 당 숙종(肅宗) 건원(乾元) 2년(759년) 가을에 지어졌다. 1년 전인 건원 원년(元年) 6월에 두보는 좌습유(左拾遺)로부터 강등되어 화주사공참군(華州司功參軍)이 되었다. 그리하여 건원 2년에 과감하게 관직을 버리고 가족들을 거느리고 진주(秦州)에 임시 거주하게 되었다. 이 해는 안사(安史)의 난이 발생한 지 5년째 되던 해였다.

‘절세가인이 있었으니 은거하여 빈 골짜기에서 살고 있네’

이제 두보의 〈 가인(佳人) 〉 시를 감상해 보자.

絶代有佳人,	절세가인이 있었으니
幽居在空谷.	은거하여 빈 골짜기에서 살고 있네.
自云良家女,	스스로 말하길 “양가집 딸인데
零落依草木.	쇠락해져 초목 숲속에 의지해 있다오.
關中昔丧亂,	관중에서 옛날 안사의 난리가 일어나
兄弟遭杀戮.	형제들이 살육을 당했지요.
官高何足論,	벼슬이 높으면 무슨 소용 있나요?
不得收骨肉.	형제들의 시신도 거둘 수 없었으니.
世情惡衰歇,	세상인심은 몰락한 사람을 싫어하니
萬事随轉燭.	만사가 바람 따라 흔들리는 촛불처럼 위태하더이다.
夫婿轻薄兒,	서방님은 경박하고 박정한 사람
新人美如玉.	새사람은 옥처럼 아름답더이다.
合昏尙知時,	야합화는 도리어 때를 알아 피고지고
鴛鴦不獨宿.	원앙은 홀로 잠들지 않지요.
但見新人笑,	새사람의 웃는 모습만 보이실 뿐이니
那聞舊人哭.	옛사람의 울음소리 어찌 들리겠나요?
在山泉水清,	산에 있는 계곡 샘물은 맑지만
出山泉水濁.	산을 나온 계곡 샘물은 흐리답니다.
侍婢賣珠回,	시비가 패물 팔아 돌아왔기에
牽蘿補茅屋.	여라 가지를 꺾어다 띳집을 수리했답니다.
摘花不插髮,	꽃을 꺾어 머리에 꽂지 않았고
采柏動盈掬.	측백나무 잎을 항상 한 아름 가득 뜯었답니다.
天寒翠袖薄,	날은 추워져 옷소매가 얇아지는데
日暮倚修竹.	해 저물녘 긴 대나무에 기대어 있답니다.”

‘관중’은 함곡관(函谷關) 서쪽 지역으로 여기서는 장안(長安)을 가리킨다. ‘상란’은

안사(安史)의 난리. '신인'은 새사람으로 남편이 새로 맞이한 아내. '구인'은 곧 가인 자신에 대한 호칭. '견라'는 여라의 가지를 꺾다. 가인의 청빈함을 묘사. '동'은 '왕왕(往往)'의 뜻으로 항상. 늘. '수죽'은 긴 대나무. 가인의 고상한 지조와 절개를 상징.

〈 가인 〉은 한 아름다운 여인이 난세에 남편에 의해 버려져서 산골짜기에서 어렵게 살아가야 했던 불행한 운명을 노래하였다. 그녀는 본래 양가 출신이었으나 좋은 때를 만나지 못해서 고위직에 있던 형제들이 살육을 당하자 남편은 쇠락한 처가집 상황을 보고 마침내 여인을 버린 것이다. 그런데도 여인은 불행한 운명에 굴복하지 않고 고통스러운 생활을 참아 가며 깊은 골짜기에서 초목을 벗하며 뜻을 굳건히 하고 절개를 지켜냈다. 이 시는 몰락하여 빈한한 처지가 되었음에도 뜻을 바꾸지 않고 정조와 절개를 지켜 나가는 한 여인의 불굴의 정신을 찬미하고 있는 시이다. 특히 제17, 18구 '재산천수청, 출산천수탁', 즉 계곡의 샘물이 산에 있으면 맑지만 산을 나서서 세상 밖으로 나가면 혼탁해진다고 말하고 있는 두 구는 삶의 이치를 탁월하게 간파하고 그 오묘함을 터득한 말이라 할 수 있다.

'칼 뽑아 베어 보지만 물은 다시 흐르고, 잔 들어 시름을 녹여 보지만 더욱 시름겨워라'

1993년 대만의 가수 황안(黃安)이 불러 히트를 친 〈 신원앙호접몽(新鴛鴦蝴蝶夢) 〉 노래 역시 옛사람과 새사람 모티프를 활용하고 있다.

昨日像那東流水	어제는 동으로 흘러가는 저 강물처럼
離我遠去不可留	내 곁을 멀리 떠나가서 붙잡아 둘 수 없지.
今日亂我心	오늘은 내 마음을 어지럽혀
多煩憂	얼마나 괴롭고 근심스러운지.
抽刀斷水水更流	칼 뽑아 베어 보지만 물은 다시 흐르고
擧杯销愁愁更愁.	잔 들어 시름을 녹여 보지만 더욱 시름겨워라.
明朝清風四飄流	내일 아침 맑은 바람은 사방으로 정처 없이 나부끼리라.
由来只有新人笑	예로부터 오직 새사람만이 웃었으니
有誰聽到舊人哭	누가 옛사람의 울음소리를 들어주던가?
爱情兩個字	사랑이란 두 글자는

好辛苦	꽤나 힘들고 고통스럽지.
是要问一個明白	한 번 분명히 물어보아야 하는가
還是要装作糊涂	아니면 어리석은 체 해야만 하는가?
知多知少難知足	많이 알든 적게 알든 만족을 알기는 어려워
看似个鴛鴦蝴蝶	보아하니 원앙·나비 같이 다정한 연인으로 지내는 건
不應该的年代	마땅히 그래서는 안 되는 시대라.
可是誰又能擺脱人世間的悲哀	그러나 누가 또 인간 세상의 슬픔에서 벗어날 수 있겠는가?
花花世界	속된 세상
鴛鴦蝴蝶	원앙과 나비는
在人間已是癲	인간 세상에서 이미 미쳐 버렸는데
何苦要上青天	구태여 푸른 하늘로 올라가려 할 필요가 있겠는가?
不如温柔同眠	따뜻하게 같이 잠드는 것만 못하리라.

이 노래는 김초군(金超群)·하가경(何家勁) 등이 주연하여 히트를 친 대만의 TV 연속극인 ≪포청천(包青天)≫의 주제곡이 되기도 하였다.

한편 〈 신원앙호접몽 〉은 이미 위에서 감상하였던 두보의 〈 가인(佳人) 〉 시에서 "합혼상지시(合昏尙知時), 원앙부독숙(鴛鴦不獨宿). 단견신인소(但見新人笑), 나문구인곡(那聞舊人哭)"을 변용하였다고 할 수 있다. 이 노래는 또한 이백의 〈 선주 사조루에서 교서랑 아저씨 이운을 전별하며(宣州謝脁樓餞別校書叔雲) 〉 시에서 "기아거자(棄我去者), 작일지일불가류(昨日之日不可留), 난아심자(亂我心者), 금일지일다번우(今日之日多煩憂)…… 추도단수수경류(抽刀斷水水更流), 거배소수수경수(擧杯銷愁愁更愁)."를 변용하였다고 할 수 있다.

'사람이 태어나 세상 살면서 뜻대로 되지 않으니'

그럼 이제 위의 노래와 관련이 있는 이백의 시인 〈 선주 사조루에서 교서랑 아저씨 이운을 전별하며(宣州謝脁樓餞別校書叔雲) 〉를 감상해 보자.

棄我去者昨日之日不可留.	날 버리고 떠나간 어제는 붙잡아 둘 수 없고

亂我心者今日之日多煩憂.	내 마음 어지럽히는 오늘은 얼마나 괴롭고 근심스러운지요.
長風萬里送秋雁,	만 리 세찬 바람에 가을 기러기 전송하니
對此可以酣高樓.	이런 풍광 앞에 두고 고루에서 거나하게 취해 볼 만합니다.
蓬萊文章建安骨,	봉래의 문장은 건안의 기개와 힘이 있고
中間小謝又清發.	중간에 사조의 맑고 수려한 시풍을 드러내셨습니다.
俱懷逸興壯思飛,	두 사람 모두 빼어난 감흥으로 장대한 기상 드날리니
欲上青天覽明月.	푸른 하늘로 올라 밝은 달이라도 따오려는 듯 합니다.
抽刀斷水水更流,	칼 뽑아 물을 베어 보지만 물은 다시 흐르고
擧杯销愁愁更愁.	잔 들어 시름을 녹여 보지만 더욱 시름겹습니다.
人生在世不稱意,	사람이 태어나 세상 살면서 뜻대로 되지 않으니
明朝散髮弄扁舟.	내일 아침엔 머리 풀고 조각배를 띄워야겠습니다.

'사조루'는 사조가 선성태수(宣城太守)로 있을 때 지은 누각. '교서'는 관직명으로 곧 비서성(秘書省) 교서랑(校書郎)을 가리키며 조정의 도서정리 작업을 관장하는 관직. '숙운'은 이백의 아저씨 이운(李雲). '봉래'는 동한(東漢) 때에 서적을 보관하였던 동관(東觀). '봉래문장'은 곧 아저씨 이운의 훌륭한 문장. '건안골'은 후한말 건안(建安) 시대의 기개가 있고 힘이 있던 시풍. '소사'는 사조(謝朓). 사조의 자는 현휘(玄暉), 남조(南朝) 제(齊)나라의 시인으로 사령운(謝靈運)과 병칭될 때 사령운을 대사(大謝), 사조를 소사(小謝)라고 부른다. '구'는 이백과 이운 두 사람. '람'은 '람(揽)'과 통하며 따다는 뜻.

이 시는 당대 이백이 선성(宣城)에서 이운(李雲)과 만나 함께 사조루(謝朓樓)에 올랐을 때 지은 송별시이다. 시편 전체에 걸쳐 이운과의 이별에 대해서는 한 마디도 언급하지 않고 도리어 자신의 회재불우에 대한 불평과 동시에 강개하고 호매한 정서를 표현하고 있다.

‘태수의 유혹을 뿌리치는 꿋꿋한 여성’

한편 한대 악부시 〈 맥상상(陌上桑) 〉에 등장하는 여주인공 진나부(秦羅敷)와 권력자인 태수 간에 얽힌 이야기도 한시의 모티프로서, 그리고 스토리의 원천 소스로서 많은 시들에 의해 활용되고 있다. 〈 염가나부행(艷歌羅敷行) 〉이라고도 불리는 이 악부시는 서사시의 일종이다.

日出東南隅,	해가 동남쪽에서 떠오르면
照我秦氏樓.	우리 진씨댁 누각을 비춘다네.
秦氏有好女,	진씨에겐 참한 딸이 있으니
自名爲羅敷.	이름을 스스로 나부라고 부른다네.
羅敷喜蠶桑,	나부는 누에치길 좋아해
採桑城南隅.	성 남쪽에서 뽕잎을 딴다네.
青絲爲籠繫,	푸른 실로 바구니를 감고
桂枝爲籠鉤.	계수나무 가지로 바구니 손잡이를 했다네.
頭上倭墮髻,	머리는 댕기로 묶고
耳中明月珠.	귀에는 명월주를 달았다네.
緗綺爲下裙.	연노랑 비단으로 아래 치마를 만들었고
紫綺爲上襦.	자주색 비단으로 위 저고리를 만들었네.
行者見羅敷,	길가는 사람마다 나부를 보면
下擔捋髭鬚.	짐 벗어 내려놓고 넋 놓고 바라본다네.
少年見羅敷.	젊은이가 나부를 보면
脫帽著帩頭.	모자를 벗어 머리 감싼 두건을 보인다네.
耕者忘其犁,	밭 갈던 이는 쟁기질을 잊고
鋤者忘其鋤,	김매던 이는 호미질을 잊는다네.
來歸相怨怒,	돌아와서는 서로 원망하며 성내니
但坐觀羅敷.	오직 나부를 본 때문이라네.
使君從南來,	태수가 남쪽에서 행차하며 오는데
五馬立踟躕.	수레가 서며 머뭇거리네.
使君遣吏往,	태수가 관리를 시켜 보내서는
問是誰家姝.	뉘 집 아가씨인지 물어보게 하였네.
秦氏有好女,	“진씨 댁에 참한 딸이 있으니
自名爲羅敷.	이름을 스스로 나부라고 부른다 하옵니다.”

羅敷年幾何, “나부의 나이는 몇이더냐?”
二十尙不足. “스물은 아직 못 되었고
十五頗有餘, 열다섯은 훨씬 넘었을 것이옵니다.”
使君謝羅敷. 태수가 나부에게 청하길
寧可共載不, “차라리 내 수레에 함께 타지 않겠소?”
羅敷前置辭. 나부가 사양하는 말부터 하는데
使君一何愚, “태수님께서는 어찌 그리 바보 같나이까?
使君自有婦, 태수님께서는 부인이 계시고
羅敷自有夫. 저 또한 남편이 있나이다.”

뽕 따는 아가씨 나부가 태수의 유혹을 뿌리친다는 재미있고 낭만적인 장편 서사시이다. 나부의 여성상은 꿋꿋하고 씩씩하며 재기 발랄한 형상으로 묘사된 반면에 관료인 태수는 왠지 음침하고 음란하며 부정적인 형상으로 묘사되어 서로 대비를 이루게 하고 있다.

제량(齊梁)시대 시인들은 〈 맥상상 〉의 내용 줄거리와 여주인공 진나부 등의 원천소스를 모티프로 활용할 때 종종 변형·축소·생략·왜곡시킨 채 자기 시에 표현함으로써 고의로 웃음을 자아내려 하고 있다. 이렇게 원천 모티프를 변형시킨 시들은 원작에 대해 패러디(parady)를 한 작품이라고 할 수 있겠다. 한시에서 남의 글이나 행적을 인용하는 방식으로 전고(典故)를 사용하는 것은 매우 흔한 일인데, 전고를 사용할 때에도 흔히 원전이나 원래 고사에 대한 변용이 일어날 수 있기 때문에 이렇게 전고를 사용하되 변용한 시들을 패러디란 용어로써 규정할 수도 있다고 생각된다.

제량(齊梁)시대 시인 중 〈 맥상상 〉을 패러디하길 가장 즐긴 이는 소강(蕭剛)으로 그가 지은 시 중 〈 채상(採桑) 〉·〈 고의(古意) 〉·〈 잡구춘정(雜句春情) 〉·〈 낙양도(洛陽道) 〉 등이 바로 그런 시의 예들이다. 이 밖에도 소자현(蕭子顯)의 〈 맥상상(陌上桑) 〉, 오균(吳均)의 〈 화소세마자현고의(和蕭洗馬子顯古意) 〉·〈 맥상상(陌上桑) 〉, 기소유(紀少瑜)의 〈 의오균체응교시(擬吳均體應教詩) 〉 등이 〈 맥상상 〉을 패러디한 예라고 할 수 있다.

패러디 시 중 어떤 시는 나부와 태수 간의 대립이라는 원작의 기본 구조를 나부가 태수를 애모하는 것으로 바꾸기도 하고, 작품 배경도 원래의 교외가 아니라 정원으로 바꾸기도 하였으며, 노동을 즐기던 순박한 처녀 나부는 화려하게 몸단장을 하는 여인으로 바꾸어 묘사하기도 하였다. 어떤 시는 애정의 욕망에 사로잡힌 여인으로서 나부의 형상을 묘사하기도 하였다. 이처럼 원작과 패러디된 후대 작품들을 상호 비교하고 그 차이를 분석하면서 감상하면 매우 흥미로울 것이라고 생각한다. 원소스를 멀티유스하는 방법도 바로 이런 다양하게 활용하는 방법들을 원용하면 큰 도움이 될 것이라 생각된다.

'운우지정'

또한 중국 한시에서 운우몽(雲雨夢) 관련 얘기도 후대 시인들의 시에서 모티프로 활용되곤 하였기에 역시 원천 소스로서의 역할을 충분히 할 수 있다고 생각된다. 이 운우몽 스토리는 원래 송옥(宋玉)의 〈 고당부(高唐賦) 〉에 출현한 이야기이다. 초(楚) 양왕(襄王)의 선왕인 회왕(懷王)의 꿈속에 어느 날 무산(巫山)의 신녀(神女)가 찾아와 서로 하룻밤을 즐기며 사랑을 나누게 되었다. 신녀는 아침에는 구름이 되어, 저녁에는 비가 되어 항상 군왕 곁에 있을 것이라고 다짐하기도 하였다. 무산의 신녀가 조운(朝雲)·모우(暮雨)로 변하여 언제나 함께 하겠다는 사랑의 스토리는 훗날 시인들이 남녀 간의 낭만적인 애정을 노래할 때 가장 즐겨 인용하는 전고가 되었다.

당대 이상은(李商隱)은 전고를 많이 사용하기로 유명한데, 그 중에서도 운우몽(雲雨夢)과 관련된 전고가 전체 600 여수의 시 가운데 18수를 차지할 정도로 많은 편이다. 이상은의 시에 나오는 운우몽 전고와 관련된 소재는 고당(高唐)·신녀(神女)·양왕(襄王)·운우(雲雨)·송옥(宋玉) 등이 있다. 다만 조금씩 본래의 스토리를 패러디하여 활용한 점이 특색이기도 하다. 어떤 시는 신녀를 운우몽 전고와는 전혀 상관없이 특정한 분위기, 즉 화사한 목란의 자태를 극찬하는데 보조 장치로 활용하기도 하였다. 어떤 시는 이상은 자신을 송옥에, 막부(幕府) 부주(府主)인 정공(鄭公)을 초 양왕에 비유하고, 고당을 시인이 머무는 현실 공간으로 빗댄 다음 부주에 대한 시인의 변함없는 충성을 표현하기도 하였다. 또 어떤 시는 시인 자신을 송옥에 빗대어 자신의 시가 매번 왜곡되어 이해되는 현실에 대하여 답답한 심사를 피력하기도 하였다. 이렇듯 시인은 전고 사용 시 원전의 인물이나 내용을 원전과는 무관하게 시인 자신의 현실과 관련시키며 변용하였다는 점에서 패러디를 한 것이라 할 수 있다. 역시 원천 소스를 다양하게 활용하는 멀티유스의 좋은 사례가 되어줄 수 있을 것이다.

'항우와 우미인의 러브 스토리'

항우(項羽)와 우미인(虞美人)의 러브 스토리와 항우 군대의 절박한 사면초가(四面楚歌)의 상황 역시 후대 한시의 모티프이자 좋은 원천 소스로 활용되기도 한다. 항우는 유방과 천하를 쟁패하다가 계속 패퇴하면서 이윽고 해하(垓下)에서의 마지막 싸움을 남겨 놓게 된다. 그러나 한나라 군대에게 포위당한 상태에서 사방에서 초나라 노래 소리가 들리자 크게 놀란 항우는 "한나라가 이미 초나라를 다 차지하였는가? 어째서 초나라 사람들이 한나라 진영에 저렇게 많은가!(漢皆已得楚乎? 是何楚人之多也!)" 하며 밤새 잠을 이루지 못 하고 술을 마시며 격앙하여 노래를 부르니 그 노래가 바로 저 유명한 〈 해하가(垓下歌) 〉이다.

力拔山兮氣蓋世,	힘은 산을 뽑고 기운은 세상을 뒤덮는데,
時不利兮騅不逝.	시운이 불리하니 명마 추도 가려 하지 않는다.
騅不逝兮可奈何,	추가 가지 않으니 어쩔 도리가 없구나,
虞兮虞兮奈若何!	우미인이여, 우미인이여 그대를 어찌할꺼나!

〈 해하가 〉는 항우가 한나라 진영에서 사방으로 들리는 초나라 노래 소리를 듣고 비분강개하며 부른 노래이다. 그런데 이런 다급한 상황에서도 항우는 애첩인 사랑하는 우미인을 옆에 대동하고 있었다. 이 때 우미인도 항우의 노래에 화답하여 "한나라 군사들이 이미 땅을 장악하여 사방에는 사면초가가 울리도다. 대왕의 의기가 사라지면 천첩은 어찌 살길 바라리오!(漢兵已略地, 四面楚歌聲. 大王意氣盡, 賤妾何聊生!)" 라고 노래하며 스스로 목숨을 끊어 비통한 일생을 마친다.

이처럼 항우의 사나이다운 면모, 영웅과 미인 두 사람 간의 러브 스토리와 풍류, 비참한 말로는 훗날 다정다감한 수많은 시인들에 의해 애도와 동정의 눈물을 받게 된다. 소식(蘇軾)의 〈 우희묘(虞姬墓) 〉, 이청조(李淸照)의 〈 항우(項羽) 〉, 장사전(蔣士銓)

의 〈 오강항우묘(烏江項羽墓) 〉, 오위업(吳偉業)의 〈 우희(虞姬) 〉 등이 그 예이다. 항우의 〈 해하가 〉가 모티프가 되어 후대인들의 시상을 계속 자극하였다고 말할 수 있다. 또한 항우의 풍류스러운 면모는 후대 풍류세계에 좋은 모범과 활력소가 되어 주었다. 청대 심덕잠(沈德潛)은 ≪고시원(古詩源)≫에서 "예로부터 참 영웅들은 모두 다정다감한 자였다.(從古眞英雄必非無情者)"고 하였고, "영웅은 미인의 관문을 통과하기 어렵다(英雄難過美人關)"는 말도 있다. 항우가 한 여인을 향해 다정한 눈물을 뿌린 일로 인해 훗날 참 영웅으로서 존경받게 되었으니, 이러한 다정다감한 영웅 유형은 재자가인(才子佳人) 유형과 함께 중국 풍류세계의 중요한 몫을 차지하게 된 것이다.

항우와 우미인의 러브스토리, 그리고 항우가 한나라 진영에 포위되었을 때 고립무원의 처지를 반영하고 있는 사면초가(四面楚歌) 등의 모티프는 원천 소스가 되어 영화로, 음악으로 재창작되면서 훌륭한 문화콘텐츠가 된다. 중국 영화 〈 패왕별희(霸王別姬) 〉는 항우(項羽)의 〈 해하가(垓下歌) 〉, 그리고 우미인(虞美人)과의 애틋한 사랑이야기가 주제가 되는 경극(京劇)을 다시 영화화한 것이다. 또 항우가 처한 고립무원의 지경으로서 사면초가(四面楚歌)는 이호(二胡) 등으로 연주되는 중국의 전통 민악(民樂)인 〈 십면매복(十面埋伏) 〉으로 창작되어 다시 연주되기도 하였다.

'협객 형가의 의리 스토리'

전국시대 위(衛)나라 사람 형가(荊軻)의 사나이다운 기개와 충직한 스토리 역시 후대 문학의 좋은 모티프로 작용하였으며 훗날 영화 등 좋은 콘텐츠의 원천 소스 역할을 톡톡히 하였다.

형가(荊軻)는 조국이 진(秦)나라에 의해 망하자 연(燕)나라로 도망을 쳤다. 이때 진나라는 이미 한(韓)·조(趙) 두 나라를 병탄하였기 때문에 연나라의 태자 단(丹)은 진나라의 위세에 위협을 느껴 진시황(秦始皇)을 암살함으로써 군웅할거의 정국을 계속 유지하고자 하였다. 형가는 평소 독서와 검술을 좋아했기에 전광(田光)에 의해 추천되어 연나라 태자에 의해 상경(上卿)으로 추대되었다. 형가가 연나라 태자 단과의 의리와 정분을 지키기 위해 진시황을 살해하러 떠날 때, 연나라 태자 단은 역수(易水)까지 따라 나와 그곳에서 전별을 해 주었다. 형가는 역수를 건너며 비장한 각오로 〈 역수가(易水歌) 〉를 부른다.

風蕭蕭兮易水寒	쓸쓸히 부는 바람에 역수 차가운데
壯士一去兮不復還	사나이 한번 가면 역수처럼 다시 돌아오지 못하리라!

형가가 처음 연나라에 들어왔을 때, 개를 도축하는 백정이면서 거문고와 비슷한 형태의 축(筑)을 잘 타던 고점리(高漸離)와 친하게 지냈다. 그들은 날마다 시장에 가 술을 마시는데 거나하게 취하면 고점리가 축을 켜고 형가는 이에 맞추어 노래를 부르곤 하였다. 나중에 고점리도 스스로 진시황을 암살하러 떠나지만 실패하고 만다.

'세차게 떨쳐 일어날 때가 절로 있었다네'

다음은 형가가 고점리와 지내던 일을 회상하는 이백의 〈 소년행(少年行) 〉 시이다.

擊筑飮美酒,	축을 켜며 좋은 술 마시고
劍歌易水湄.	역수 물가에서 검 잡고 노래 부르네.
經過燕太子,	지나던 연나라 태자 단이
結託幷州兒.	병주 사나이와 의리 맺고 부탁하였네.
少年負壯氣,	청년은 장렬한 기개 지녔으니
奮烈自有時.	세차게 떨쳐 일어날 때가 절로 있었다네.
因聲魯句踐,	노구천에게 당부하노니
爭博勿相欺.	쌍륙을 다투며 상대를 속이지 말 일이다.

'형가의 한 조각 붉은 마음 소중하기만 하다'

한편 명대 왕방기(王邦畿)는 역수를 지나던 형가의 의로운 기개를 〈 과역수(過易水) 〉에서 찬미하였다.

地入幽州白日沉,	유주 땅에 들어서니 햇살 가라앉고
寒雲莽莽水陰陰.	아득히 떠 있는 차가운 구름에 역수는 어둡기만 하다.
亦知匕首無成事,	비수로는 일을 완수할 수 없을 줄 그 역시 알았으니

只重荊軻一片心.	오직 형가의 한 조각 붉은 마음 소중하기만 하다.

현대에 이르러 형가와 연나라 태자 단의 스토리는 〈 형가자진왕(荊軻刺秦王) 〉이란 영화로 제작되었다. 드디어 문화콘텐츠의 옷을 입은 것이다. 스토리가 살아 있을 때 그것은 언제든지 다양하고 풍부한 콘텐츠로 활용될 수 있다는 것을 다시 한 번 증명해 준다고 할 수 있다.

계속 이어서 한시가 음악이나 영화 및 드라마 등 다른 디지털 콘텐츠의 원천 소스로 활용된 구체적인 예들을 살펴보기로 하자.

얼마 전에 남장 여성으로 전쟁에 참여하는 주인공을 소재로 한 애니메이션 〈 화목란(花木蘭) 〉이 큰 인기를 끈 적이 있었다. 그런데 이 애니메이션은 바로 북조(北朝) 민가인 〈 목란사(木蘭辭) 〉를 원천 소스로 하여 스토리텔링을 통해 디지털 콘텐츠로 재가공한 사례이다.

'천 리 멀리서라도 아름다운 달을 함께 즐길 수 있기를!'

한시는 원천 소스로서 중국의 유행가요에도 일부 반영되어 있다. 현대의 인기가수 등려군(鄧麗君)·왕비(王菲) 등에 의해 불려진 〈 단원인장구(但願人長久) 〉는 소식의 〈 수조가두(水調歌頭)·명월기시유(明月幾時有) 〉를 노래화한 것이다.

병진년 중추절에 다음날 아침이 되기까지 술을 마시느라 크게 취해 이 사를 짓는 한 편으로 동생 자유를 그리워하노라.(丙辰中秋, 歡飮达旦, 大醉, 作此篇, 兼懷子由.)

明月幾時有?	밝은 달은 언제부터 있었는가?
把酒问青天.	술잔 들어 푸른 하늘에 묻노라.
不知天上宮闕,	모르겠네, 천상 궁궐에서는
今夕是何年.	오늘 밤이 어느 해일지.
我欲乘風歸去,	나는 바람을 타고 천상으로 돌아가고 싶지만
又恐瓊樓玉宇,	또한 아름다운 옥으로 쌓은 누각
高處不勝寒.	높은 곳에서는 추위 견디지 못할까 두렵구나.
起舞弄清影,	저절로 일어나 춤추다 맑은 그림자와 장난치나니

何似在人間?	달세상이라고 어찌 인간 세상에서 즐겁게 지내는 것만 하겠는가?
轉朱阁,	달은 붉은 누각을 돌아서
低绮户,	비단 창문에 낮게 걸려서는
照無眠.	잠기운 사라진 나를 비추어주네.
不應有恨,	원한을 가진 것은 응당 아니련만
何事長向别時圓?	무슨 일로 항상 이별할 때에만 둥글단 말인가?
人有悲歡離合,	사람에겐 슬픔과 기쁨 그리고 이별과 만남이 있고
月有陰晴圓缺,	달에겐 흐림과 맑음, 그리고 둥글어짐과 이지러짐이 있나니
此事古難全.	이 일은 예로부터 온전하게 좋은 쪽으로만 지속시키기는 어려웠지.
但願人長久,	다만 바라나니, 사람들이 오래도록 건강하게 살아서
千里共嬋娟.	천 리 멀리서라도 아름다운 달을 함께 즐길 수 있기를!

'병진'은 1076년 소식이 밀주(密州), 지금의 산동(山東)성 제성(諸城)시의 태수(太守)로 있을 때를 가리킨다. '자유'는 소식의 동생 소철(蘇轍)의 자. '경루옥우'는 아름다운 옥으로 쌓아 만든 선궁(仙宮). '하사'는 어찌 견줄 수 있겠는가? 어찌 ~만 하겠는가? '주각'은 주홍색의 화려한 누각. '기호'는 화려하게 조각하여 꾸며 놓은 창문. '선연'은 달.

이 사는 소식이 지방으로 좌천되어 외롭게 생활하던 중에 중추절을 맞아 술에 크게 취하여 흥이 나서 지은 작품이다. 이 작품에는 오랫동안 만나지 못했던 동생 소철을 그리워하는 마음도 함께 담겨 있다. 중추절을 소재로 한 작품 중에서 가장 잘 되었다고 평가되는 명작으로서 이 작품이 나오자 다른 모든 중추절 관련 시들이 빛을 바랬다고 할 정도이다.

인간 세상의 이치를 달이라는 자연 세계의 법칙과 병렬시키고 있는 '인유비환이합(人有悲歡離合)', '월유음청원결(月有陰晴圓缺)' 두 구는 삶의 진리를 압축적으로 드러낸 명구가 되었다. 또한 '단원인장구(但願人長久)', '천리공선연(千里共嬋娟)' 두 구 역시 멀리 떨어진 연인이나 가족·친구들에게 평안하고 건강하게 지내길 바라는 염원과 동시에 간절한 그리움을 담아 전달하고자 할 때 대리 매신저 역할을 톡톡히 해주는 명구가 되었다.

이 작품은 현실 생활에 대한 불만이 천상세계에 대한 동경으로 나타나기도 했지만 그러나 결국 달도 이 세상에서 즐겁게 지내는 것만 못하다고 간주하면서 현실이 비록 어렵고 힘들지라도 받아들이면서 살아가겠다는 초연한 인생관이 잘 표명되어 있다. 특히 사랑하는 사람들이 오래오래 평안하고 건강하게 지내면서 천 리 멀리서나마 밝은 달을 함께 즐길 수 있다면 더 바랄 나위가 없겠다는 소박하면서도 간절한 바람은 이 세상에 대한 달관으로 비치기도 한다.

그밖에도 서소봉(徐小鳳)에 의해 불려진 〈 무제(無題) 〉는 바로 이상은(李商隱)의 〈 무제(無題) 〉 전반부를 노래화한 것이다. 안문(安雯)에 의해 불려진 〈 월만서루(月滿西樓) 〉는 이청조(李淸照)의 〈 일전매(一剪梅)·홍우향잔옥점추(紅藕香殘玉簟秋) 〉를 노래화한 것이다. 그런데 위의 노래들처럼 한시 전체를 그대로 가사로 취한 노래도 있지만 부분적으로 취한 노래들도 있다. 대만에서 TV 드라마 주제곡으로 불렸던 〈 청청하변초(靑靑河邊草) 〉는 고시십구수(古詩十九首) 중 〈 청청하반초(靑靑河畔草) 〉와 백거이(白居易)의 〈 초(草) 〉의 일부 시구를 변용하여 노래화한 것이다.

중국 한시는 모티프로서 우리나라 소설이나 영화에서도 곧잘 활용되곤 한다.

'내 새끼를 잡아먹었으면 내 둥지는 헐지 마라'

이인화가 쓴 소설 ≪영원한 제국≫에도 ≪시경≫의 시가 사건 전개의 주요 단서가 되고 있다. 죽은 장종오가 공책에 그대로 베껴 놓은 ≪시경(詩經)·빈풍(豳風)·치효(鴟鴞)≫ 시였다. 이 소설은 다시 ≪영원한 제국≫이란 영화로도 제작되기도 하였으니 ≪시경≫의 시가 문화콘텐츠의 주요 구성 요소가 된 것이다. 〈 치효(鴟鴞) 〉시를 감상해 보자.

鴟鴞鴟鴞,	올빼미야 올빼미야
旣取我子,	내 새끼를 잡아먹었으면
無毁我室,	내 둥지는 헐지 마라.
恩斯勤斯,	어렵사리 키운 자식
鬻子之閔斯.	불쌍도 하지.
迨天之未陰雨,	장마철이 오기 전에
徹彼桑土,	바닷가 진흙을 물어다가

綢繆牖戶, 얼기설기 둥지를 지었거늘
今女下民, 지금 너희 못된 인간들이
或敢侮予. 어찌 나를 핍박하는가?
予手拮据, 손과 발이 다 닳도록
予所捋荼, 부드러운 갈대꽃을 물어오고
予所蓄租, 둥지를 폭신하게 만들려고
予口卒瘏, 내 부리는 온통 병들었는데
曰予未有室家. 이제 보금자리를 잃어버렸네.
予羽譙譙, 내 날개는 모지라지고
予尾翛翛, 내 곱던 꼬리는 바랬는데
予室翹翹, 내 둥지마저 위태로워
風雨所漂搖, 비바람에 떠내려가려 하니
予維音嘵嘵. 나는 두려움에 떨며 우네.

올빼미는 새끼나 작은 짐승을 잡아먹는 표독한 새다. 새의 말을 빌려 지배자들의 착취를 비난한 노래이다. 그런데 이 노래를 소설 ≪영원한 제국≫에서는 당시 왕권파(王權派)와 신권파(臣權派) 간의 정권 쟁탈과 이를 둘러싼 음모를 상징하기 위해 활용했던 것으로 기억된다.

신화와 전설도 문화 원형으로서 원천 소스가 되어 좋은 콘텐츠가 될 수 있다.

순수한 환상(幻想)의 형식을 빌려 현실을 반영하는 것을 신화(神話)라 하고, 어떤 사실(史實)을 허황하게 확대하는 것을 전설(傳說)이라 한다. 문화의 원형이나 문학의 원류를 신화와 전설에서 찾는 것은 인류문화의 발전과정에서 타당한 방법의 하나라 할 수 있겠다. 그것은 인류가 구체적 생활이나 객관적 현실에 앞서 환상이나 순수의식이 작용했기 때문이다.

2006년 중국 정부는 전국의 무형문화재를 보호하고 합리적으로 이용하며 계승 발전시킨다는 방침에 따라 1차로 518개의 무형문화재를 지정하였다. 그 중에 특이하게도 전설이 6개가 지정되었다. 양축(梁祝)의 전설을 비롯하여 백사전(白蛇傳), 맹강녀(孟姜女), 동영(董永), 서시(西施), 제공(濟公)의 전설이 바로 그것이다. 그만큼 위의 전설들이 중국인들에게 널리 알려진 전설로서 스토리를 디지털 매체로 제작함으로써 문화콘텐츠로 만들 수 있다는 사실을 보여주는 반증이라 하겠다.

'백사가 인간계에 내려와 선비와 사랑에 빠지다'

백사전 전설은 본래 1천 년 전 북송 하남 탐음에 있는 허씨촌에서 유래하였다. 당시 허씨촌의 한 노인이 검은 매에게서 백사를 구해 준 일에서 유래하였다고 한다. 이 전설은 세월이 흐르고 대중화가 되면서 많은 스토리가 더해졌다. 그 이야기의 대략은 다음과 같다.

1천 년을 수련한 백사(白蛇)가 청어(青魚)와 함께 인간계로 내려와 각각 백소정(白素貞)과 소청(小青)이란 이름의 인간 여자로 둔갑한다. 백소정은 항주 서호에서 선비 허선(許仙)을 만나 사랑에 빠진다. 그런데 소심한 허선은 일련의 사건을 통해 두 여자의 정체를 의심하고 두려워하게 된다. 단오절에 허선이 승려 법해(法海)의 충고대로 백소정에게 웅황주를 마시게 하였고 정체를 드러낸 백사의 모습에 놀란 허선이 죽자 백소정이 천궁에 올라 영지와 선초를 훔쳐와 허선의 목숨을 구하였다. 법해가 허선을 보호한다면서 금산사에 가두자 백소정과 소청은 요술을 부려 금산사를 물바다로 만들었고 그 과정에서 많은 생명이 목숨을 잃었다. 그 벌로 백소정은 아들을 낳은 뒤 기력을 잃고 법해에게 붙잡혀 뇌봉탑 아래에 갇힌다. 후에 아들이 장성하여 장원에 급제하고 탑에서 제사를 지낸 뒤 어머니를 구출하여 온 가족이 화목하게 살았다. 나중에 소청도 제 짝을 찾게 된다.

백사전 전설은 처음에는 구전으로 전해지다가 나중에 설서(說書), 탄사(彈詞), 희곡(戲曲), 소설 등 각종 문학예술 형식으로 전파되었다. 이 전설은 명대에는 풍몽룡(馮夢龍)의 의화본소설집 ≪경세통언(警世通言)≫ 제28권에 〈 백낭자영진뇌봉탑(白娘子永鎭雷峰塔) 〉이란 제목으로 실리게 되었다. 청대에는 ≪뇌봉탑전기(雷峰塔傳記)≫, ≪뇌봉탑기전(雷峰塔奇傳)≫, ≪의요전(義妖傳)≫ 등의 작품이 나오면서 현재의 모습을 갖추어갔다. 그러다가 현대에 들어와 드디어 이 전설은 디지털 미디어 매체로 제작됨으로써 콘텐츠가 되기 시작한다. 영화감독 서극(徐克)이 홍콩 작가 이벽화(李碧華)의 〈 청사(青蛇) 〉를 바탕으로 영화를 제작한 것이다. 그리고 2011년에는 이연걸(李連傑) 주연의 새로운 버전인 ≪백사대전(白蛇大戰)≫이 제작되어 환타지 영화로

재탄생되었으니 드디어 문화콘텐츠로 우뚝 서게 된 것이다.

문화의 원형이나 문학의 모티프, 원천 스토리들을 다양한 문화콘텐츠로 직접 제작하고자 할 때 디지털 매체의 기능에 도움을 받을 수밖에 없다. 그중에서도 영상 촬영이 아주 중요한 역할을 하게 된다. 그런데 주지하다시피 한시는 영상 이미지의 성격이 워낙 강하기 때문에 이 이미지들은 그 자체로 영상화면으로 옮길 수 있는 특징이 있다. 다시 말해서 한시에 구현된 이미지들을 영상촬영의 기법을 구사해 영상으로 다시 구현함으로써 한시 자체가 직접 영상 콘텐츠가 될 수 있다는 말이다.

대표적으로 시 한 수를 들어 그 가능성 여부를 점검해 보자. 이백의 〈광릉으로 가는 맹호연을 전송하며(送孟浩然之廣陵)〉 시이다.

故人西辭黃鶴樓,	옛 친구가 서쪽으로 황학루와 작별하고
煙花三月下揚州.	꽃 만발한 삼월에 양주로 내려가네.
孤帆遠影碧空盡,	외로운 돛단배 먼 그림자 푸른 하늘로 사라지고
惟見長江天際流.	오직 장강이 하늘 끝으로 흐르는 것만 보이네.

시인은 지금 한 지점에 서서 자신과 이별한 뒤 목적지 광릉으로 가는 친구를 바라보고 있다. 시인의 눈은 광릉 가는 친구 맹호연을 계속 향해 있다. 이 시는 전체적으로 멀리까지 내다보이도록 화면을 구성하는 롱숏(long shot) 기법이 우세하게 적용될 수 있다.

제1구는 멀리까지 조망하는 영화기법 중 롱숏를 통해 화면을 구성할 수 있다. 롱숏의 범위는 상당히 넓으며 극단적으로 광활한 벌판이나 시야가 아득히 확 트인 장면을 제시할 경우 따로 분리하여 '익스트림 롱숏(extreme longshot)'이라 할 수 있을 것이다.

제2구는 방향이 전환되는 화면으로서 친구가 황학루를 떠나 장강으로 갈 때 방향 전환이 이루어진다. 이 시에서 딱 한 차례 있는 방향 전환이다. 방향을 전환하는 화면은 영화기법 중 디졸브와 와이프를 통해 구성할 수 있다. 디졸브는 하나의 영상에 다른 영상이 오버랩되면서 화면이 바뀌는 방식을 말하며 와이프는 뒤 화면이 앞 화면을 밀어내어 연속적 흐름을 끊는 편집 방식을 지칭한다.

제3구는 다시 롱숏로 화면을 구성하고, 제4구는 익스트림 롱숏으로 화면을 구성할 수 있다. 그리고 제3구와 제4구는 화면의 끝에 배가 사라지고 이어서 화면을 가득 메우는 장강의 물결이 펼쳐진다. 사라지고 나타나는 선후 관계에 초점을 맞추면 이 두 화면을 디졸브로 구성할 수 있다. 그 뒤에 먼 화면 끝으로 돛배가 사라지고 화면 가득 남는 것은 온통 물 뿐이다. 이때는 롱 테이크((long take)) 기법을 활용할 수 있다. 영상의 흐름의 장단에 따라 일정 길이 이상을 지속하는 경우를 롱 테이크라고 한다. 화면이 하나로 이어져서 유장하며 동적인 느낌을 주게 된다. 장면이 하나의 흐름으로 계속 이어지는 절구시 같은 경우는 끊어서 찍지 않고 롱테이크 기법을 활용해서 화면을 계속 이어지도록 구성할 수 있을 것이다.

****

우리가 어릴 적 자주 부르던 동요 중에 〈 반짝 반짝 작은 별 〉이 있다.

> 반짝 반짝 작은 별/ 아름답게 비추네 / 서쪽 하늘에서도 / 동쪽 하늘에서도 / 반짝 반짝 작은 별 / 아름답게 비추네

그런데 영어를 배우면서 처음으로 알파벳을 배우기 시작할 때 이 노래의 멜로디가 'ABCDEFG'로 시작하는 알파벳송과 같다는 것을 알면서 신기하게 생각될 때가 있었다. 만약 이 노래가 〈 Twinkle, twinkle, little star 〉의 번역곡이라는 것을 알게 되면 두 곡의 멜로디가 서로 같은 이유가 여기에 있었음을 자연스레 이해하게 될 것이다.

> Twinkle, twinkle, little star,/ How I wonder what you are! / Up above the world so high, / Like a diamond in the sky. / Twinkle, twinkle, little star, / How I wonder what you are!

그런데 더욱 놀라는 사실은 이 곡의 원곡이 모차르트의 변주곡이며 다시 그 원곡의 멜로디는 프랑스 지방의 민요였다는 사실을 알게 되면 이 노래의 유전과 전파의 면면

함에 감탄을 자아내게 된다.

하여간 이 〈 반짝 반짝 작은 별 〉은 포크댄스를 추면서 흔히 부르기도 하니 시와 같은 가사, 그리고 음악, 여기에 무용까지 그야말로 하나의 소재를 무궁무진하게 활용하는 원소스 멀티유스의 전형적인 예라 할 수 있겠다. 마치 고대 제천 행사 시에 하던 원시 종합 예술 같은 것도 이와 같은 것이 아닐까 생각해 본다.

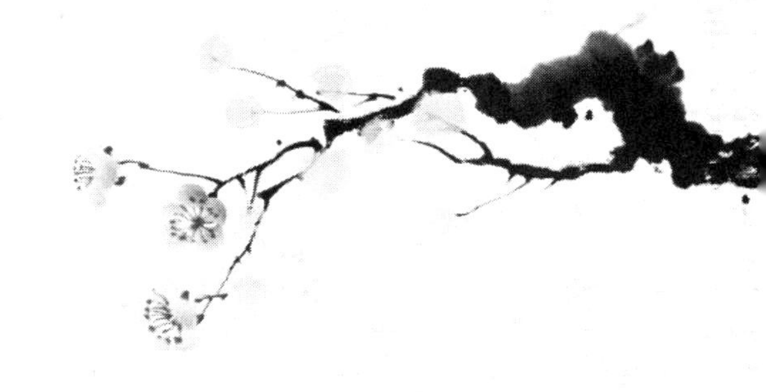

제9장

중국의 언어유희

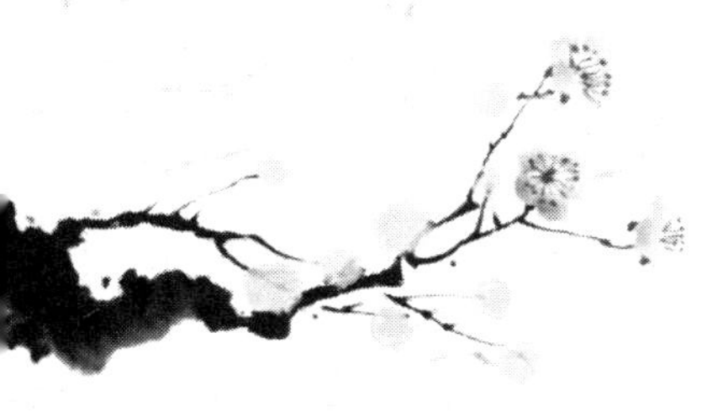

독서하기에 좋으나 독서를 좋아하지 않고, 독서를
좋아하나 독서하기에 좋지 않네.
(好讀書不好讀書, 好讀書不好讀書)

9.1. 언어유희와 대련

중국 지식인들의 언어유희는 흔히 대련(對聯), 수수께끼 풀이, 동일한 글자의 어순 바꾸기, 띄어 읽기 등의 방식에 의해 많이 이루어진다. 이중에서도 자신의 현학을 더욱 과시할 수 있는 방식이 바로 대련 유희이다. 본인이 출구(出句)를 짓고 상대방으로 하여금 운율에 따라 대구(對句)를 짓게 함으로써 지식을 테스트 할 수 있기 때문이다.

대련은 문이나 기둥에 써서 붙이는 짧은 문장으로서 본래 설날 아침에 악귀를 쫓아내기 위해 문에 붙이던 조그만 나뭇조각인 도부(桃符)에서 유래하였다. 당대부터 율시(律詩)의 대구로부터 발전한 정교한 대련이 각광을 받으면서 대련의 대부분을 차지하게 되었다. 대련은 설날에 붙이는 춘련(春聯), 결혼식 등 잔치 때 쓰는 하증련(賀贈聯), 장례식 때 쓰는 만련(挽聯), 이야기에서 유래된 고사련(故事聯), 명승지에서 볼 수

한국 명원민속관(한규설 가옥)의 대련

있는 명승고적련(名勝古跡聯) 등으로 나눌 수 있다. 대련의 기능은 무엇인가? 다음 대련이 아주 잘 말해 주고 있다.

楹柱本無言, 因聯發话.	기둥은 본래 말이 없는데, 대련으로 인하여 말을 할 수 있고
聯語原有意, 借楹生辉.	대련은 원래 뜻이 있지만 기둥을 빌어서야 빛을 발하는구나.

이 대련은 중국에 영련(楹聯), 곧 대련학회가 성립하였을 적에 전국 각지의 대련을 짓는 사람들이 분분히 와서 대련을 지어 축하하였는데 그 중의 하나로서 대련의 기능을 잘 설명해 주고 있다. 대련은 이처럼 건물의 기둥에 붙어서 그 건물의 유래나 정신을 잘 표현해 주기도 하고 또한 민가의 대문에 붙어서 복과 건강을 기원하는 주술적 기능도 담당하곤 한다.

명대 저명한 학자이자 유명한 시인이었던 이동양(李東陽)이 어렸을 적에 놀고 있었는데 어떤 사람이 '이동양기난(李東陽氣暖)'이란 출구를 짓고 그에게 대구를 짓게 하였다. '양'자는 이동양이란 이름의 '양'자이면서 동시에 뒤쪽의 '기'자와 한 단어를 구성하여 양기(陽氣)를 뜻하게 되었다. 이렇게 되면 '이동양의 기질은 온화하다.'의 뜻과 동시에 '자두나무 동쪽에 양기가 따뜻하구나.'라는 뜻까지도 나타낼 수 있다. 여기서 양기는 만물의 발생을 돕는 기운을 가리킨다. 이동양 역시 한 시대의 재능 있는 인물인지라 잠깐 생각하더니 금방 대구를 지었다. '유하혜풍화(柳下惠風和)' 유하혜는 춘추시대 노나라 대부의 이름인데 '혜'자는 유하혜의 이름자이면서 역시 뒤쪽의 '풍'자와 어휘를 구성하여 온화한 바람 또는 미풍을 뜻한다. 이렇게 되면 '유하혜는 기풍이 온화하다.'의 뜻과 동시에 '버드나무 아래 미풍이 온화하다.'는 뜻까지 나타낼 수 있다.

청대 광서제(光绪帝)가 자희 태후의 눈을 피해 진비(珍妃)와 화원의 초지에서 만나서 대련 짓는 유희를 하게 되었다. 먼저 광서제가 '이인토상좌(二人土上坐)'란 출구를 제시하였다. 출구의 뜻은 '두 사람이 흙 위에 앉아 있다.'는 뜻이며 동시에 '토'의 위에 '이인'을 놓으면 '좌'가 되는 이른바 글자를 분해하고 조합하는 대련이었다. 그러자 진비는 '일월일변명(一月日邊明)'이란 대구를 지었다. 대구의 뜻은 '하나의 달이 해의 옆에서 밝다.'는 뜻이며 동시에 한 개의 '월'이 '일'의 옆에 있는 '명'자가 되었다. 진비는 자신을 달에 비유하고 광서제를 해에 비유하여 자신이 황제의 옆에서 밝게 빛난다고 말한 것이다. 글자를 분해하고 조합하여 짓는 대련을 석자련(析字聯)이라 하기도 한다.

'호독서불호독서, 호독서불호독서'

명대 유명한 문학가 서위(徐渭)가 지은 대련이 아주 재미있다. '호독서불호독서(好讀書不好讀書), 호독서불호독서(好讀書不好讀書).' 이 대련은 두 구가 똑같은데 어떻게 풀어야 완성된 하나의 대련이 될 수 있을까? 열쇠는 '호'자를 서로 다른 발음과 품사로 읽어야 한다는 데 있다. 출구의 첫 번째 '호'자는 'hao' 제3성으로 읽고 형용사의 뜻으로, 두 번째 '호'자는 'hao' 제4성으로 읽고 동사의 뜻으로 풀어야 하고, 대구는 완전히 출구와 반대로 풀어야 한다. 이 대련의 뜻은 '독서하기 좋은데 독서를 좋아하지 않고, 독서를 좋아하니 독서하기에 좋지 않구나.'이다. 젊었을 때와 나이 들었을 때 각각 다른 독서의 취향과 건강 상태를 정확하게 묘사한 절묘한 대련이라고 할 수 있다. 동일한 글자의 품사를 다르게 활용하여 지은 전류련(轉類聯)이라고 말할 수 있다.

대련은 누군가 출구를 지으면 다른 사람이 대구를 이어서 짓는 일종의 지적 유희이면서 동시에 타인의 지식 정도를 가늠하는 테스트의 기능도 있다.

명대에 한 관리가 사원을 유람할 적에 수행원이 불상을 가리키며 '세 큰 부처님께서 사자와 코끼리, 연꽃에 앉아 계십니다.(三尊大佛坐狮坐象坐蓮花)'라고 하였다. 그러자 당시 현학(縣學)의 생원(生员)으로 있던 우겸(于谦)에게 대구를 지으라 하니 '한 서생이 봉황과 용, 계수나무에 기어오르고 있습니다.(一介書生攀鳳攀龍攀桂子)'라고 하자 모두 절묘하다고 칭찬하였다 한다. '반룡부봉(攀龍附鳳)'은 '용의 비늘을 끌어 잡고 봉황의 날개에 붙다.'는 뜻으로 '영주를 섬겨 공명을 세우다.'는 뜻이다. '반계(攀桂)'는 '계수나무에 기어 올라가다.'는 뜻으로 '과거에 급제하다.'는 뜻이다.

청대 말엽 양계초(梁啓超)가 강하(江夏), 지금의 무창(武昌)을 유람할 적에 강하를 다스리고 있던 장지동을 찾아가게 되었다. 장지동은 양계초에게 대련의 출구를 일부러 어렵게 내준 다음 대구를 지어 보라고 하면서 그를 난처하게 만들어 보려고 하였다. '사수강제일(四水江第一), 사계하제이(四季夏第二), 선생래강하(先生来江夏), 니시제이환시제일(你是第二還是第一)?' 이 출구의 뜻은 곧 '사수 중에서 장강이 제일이요 사계 중에서 여름이 두 번째인데 선생은 강하에 왔으니 당신은 두 번째인가요? 아니면 첫 번째인가요?'이다. 사수란 장강(長江)·회수(淮水)·황하(黃河)·한수(漢水)를 가리키는데 그 중 장강이 제일이다. 사계는 춘하추동이니 여름이 당연히 두 번째다. '강하'란 먼저 두 글자를 분리하여 풀면 각각 '강'과 '하', 곧 장강과 여름을 가리키고, 두 글자를 합치면 지명인 '강하'를 가리키게 된다. 이 출구는 특히 마지막 의문구가 있어서 대구 짓기가 쉽지 않게 한다. 물음에 대답을 반드시 해야 하는 것이다.

양계초는 천부적으로 자질이 뛰어난 인물이었기에 잠깐 생각에 잠기더니 곧바로 대구를 지어 보였다. '삼교유거선(三教儒居先), 삼재인거후(三才人居後), 소자본유인(小子本儒人), 아불거후야불거선(我不居後也不居先).' 이 대구의 뜻은 '삼교 중에 유교가 먼저이고 삼재 중에 사람이 나중인데, 후배는 본래 유생이니 나중도 아니고 또한 먼저도 아니옵니다.'이다. 삼교는 유(儒)·석(釋)·도(道)를 가리키며, 삼재는 천(天)·지(地)·인(人)을 가리킨다. '유'와 '인'을 분리하면 각각 유가와 사람이 되고 합치면 유생의 뜻이 된다. 출구의 물음에 '나중도 아니고 또한 먼저도 아니옵니다.'라고 한 대답이 아주 절묘하다 하겠다. 이렇게 대구를 짓자 장지동은 깊이 탄복하며 비로소 문을 열고 직접 마중을 나왔다고 한다.

청대 강남지역의 한 명사가 사천성 성도(成都) 망강루(望江樓)에 있는 당대 여성시인 설도(薛濤)의 옛집을 유람할 적에 대련의 출구를 지었다. '망강루하망강류(望江樓下望江流), 강루천고(江樓千古), 강류천고(江流千古).' 뜻은 '망강루 아래서 강이 흐르는 걸 보는데, 강루도 천고토록 서 있고, 강도 천고토록 흐른다.'이다. 여기서 '루'와 '류'는 두 글자가 음이 비슷하여 발음하기 어려운 말에 해당된다. 발음이 비슷한 글자를 되풀이 반복시켜 혀를 어지럽게 하는 이른바 잰말 놀이 하는 듯한 대련을 요구련(繞口聯)이라고 부르기도 한다. 한편 이 명사는 출구를 짓고 대구를 더 이상 짓지 못하였는데 그 뒤로 많은 세월이 흘렀어도 대구를 지을 수 있는 사람이 없었다. 그러다가 1964년에 이르러 망강루에서 노동자·농민·병사들의 시 짓기 대회를 거행하였는데 한 청년 노동자가 그 자리에서 대구를 지었다고 한다. '새시대상새시재(賽詩臺上賽詩才), 시대절세(詩臺絶世), 시인절세(詩人絶世).' 뜻은 '시 경연 누대 위에서 시 창작 재능을 경연하는데, 시 경연 누대도 절세적이요, 시인도 절세적이구나.'이다. 여기서 '대'와 '재' 두 글자 역시 음이 비슷하여 발음하기 어려우며, 대우와 기교가 모두 합치되고 내용도 좋은데 다만 운각(韻脚)의 평측(平仄)에 있어서 '세'자는 마땅히 평성이 되어야 하는데 측성이어서 출구와 조화를 이루지 못한 점이 약간 흠이긴 하다.

대련에는 글자의 본의와는 달리 실제로는 다른 상징적인 뜻을 내포시키는 경우가 종종 있다. 글자의 겉뜻은 그저 잠깐 빌려 온 데 불과한 셈이 된다. '청풍유의난류아(淸風有意難留我), 명월무심자조인(明月無心自照人)'이란 대련이 있다. 겉뜻은 '청풍이 일부러 나에게 불어와 나를 머무르기 어렵게 하지만, 명월은 무심히 저절로 사람을 비추어 주는구나.'이다. 겉으로만 보면 청풍과 명월의 얘기인 듯 보인다. 그러나 이 대련은 명말 왕부지(王夫之)가 청나라 조정의 등용 요청을 거절하고 멸망한 이전 왕조에 충성하는 지조를 바꾸지 않겠다는 뜻을 밝힌 대련이다. 속뜻으로는 '청풍'은 청 조정을, '명월'은 명 조정을 가리키니 모두 '청'과 '명'이란 글자의 겉뜻은 그냥 빌려 온 데 불과한 셈이 된다. 한편 이와 비슷한 맥락에서 '명월유정상조아(明月有情常照我), 청풍무사난번서(淸風無事亂翻書)'라는 대련이 있다. '명월은 다정하여 항상 나를 비추어 주는데, 청풍은 일 없이 공연히 어지럽게 불어 책장만 넘긴다.'는 뜻이다.

그야말로 유희를 위한 대련이 회문련(回文聯)인데 이 대련은 앞뒤로 읽어도 똑같다. '화상하화화상화(畵上荷花和尚畵), 서림한첩한림서(書臨漢帖翰林書)'는 앞뒤로 읽어도 글자가 똑같은 회문련이다. 이 대련은 발음이 같거나 비슷한 글자를 한 연에 함께 늘어놓아 볼 때는 의미가 비교적 분명하지만 그러나 듣기만 할 때는 글자를 구분하기가 쉽지만은 않다. 뜻은 '그림 위의 연꽃은 화상이 그린 것이요, 글씨는 한첩을 모사한 것이니 한림이 쓴 것이다.'이다.

대련 짓기는 상대방의 지식에 대한 교량(較量)이 기본이지만 한편으로 상대방에 대한 훈계와 이에 대한 비판이나 반박 등의 어조로 진행될 때가 많다.

청대 저명한 서예가 하소기는 어려서 부친의 사랑을 받고 자라 늘 부친의 어깨에 올라탄 채 서당에 다녔다. 이를 본 선생이 희롱하며 출구를 지었다. '자장부작마(子將父作馬)'. 뜻은 '아들이 아버지를 말로 삼았네.'이다. 그러자 어린 하소기는 좀 생각을 하더니 곧 대구를 지었다. '부망자성룡(父望子成龍)' 뜻은 '아버지가 아들이 출세하길 바라서이지.'이다.

한 서생이 매일 아침 일어나자마자 문밖에서 큰 소리로 책을 읽자 한 원외(員外)가 더 이상 참지 못하고 짐짓 혼잣소리 하는 체하며 그를 비꼬았다. '문외마시(門外馬嘶), 상필복중소료(想必腹中少料).' 뜻은 '문밖에서 말이 우짖으니 생각건대 필시 뱃속에 사료가 적어서이리라.'이다. 그러자 서생이 듣고 큰 소리로 대구를 지었다. '당전견폐(堂前犬吠), 긍정목내무주(肯定目內無珠).' 뜻은 '집 앞에서 개가 짖으니 틀림없이 눈 안에 눈동자가 없어서 그럴 거야.'이다. 원외는 서생을 말에, 서생은 원외를 개에 비유한 것이다.

한 과거시험에서 ≪상서(尙書)·태서(泰誓)≫ 중에 나와 있는 '매매아사지.(昧昧我思之.)', 곧 '나는 깊이깊이 그리워하노라.'란 뜻의 시험 문제를 출제하였다. 그러자 한 시험생이 워낙 건성건성한 사람이라 시험 문제를 '매매아사지.(妹妹我思之.)'로 잘못 옮겨 적었다. 뜻은 '누이여, 내가 그대를 그리워하노라.'이다. 그러자 시험관은 이 시험생이 분명히 틀리게 적은 줄 알면서도 고의로 다음과 같은 대구를 지었다. '가가니착의.(哥哥你错矣.)' 뜻은 '오빠, 당신이 틀렸어요.'이다. 잘못 썼음을 알면서도 고의로 그것을 모방하여 대구를 지은 사례이다.

9.2. 여러 가지 방식의 언어유희

수수께끼는 중국어로 미어(謎語)라고 하는데 중국인들의 지적 유희 중에서도 현재까지 매우 활발하게 이뤄지는 놀이 방식 중 하나이다. 문제를 내고 답을 맞히는 형식으로 지식과 재치를 교량하는 놀이이다.

수수께끼 하나를 내보도록 하자.

> 돌을 던져 부딪쳐서 물속의 하늘을 연다.(한 개의 화학원소 이름)
> (投石衝開水底天.)(化學名詞一)

즉 화학원소 이름을 맞히는 수수께끼이다. 이 수수께끼를 맞히려면 중국 문헌에 대한 지식이 조금 풍부해야 하는 어려움이 있기는 하다. 명청(明清) 백화소설인 ≪소씨 댁 셋째누이가 신랑을 세 번 난처하게 만들다.(蘇三妹三難新郎)≫에 나오는 얘기이기 때문이다. 이 이야기의 줄거리는 다음과 같다. 소씨 댁 어린 아가씨가 결혼하던 날 밤에 계집종더러 신랑 진소유(秦少游)에게 말을 전하라고 했다. "우리 아가씨께서 문제 세 가지를 내셨으니 반드시 다 맞히어야만 신방으로 들어오는 것을 허락하신다고 합니다." 신랑이 두 문제는 비교적 쉽게 맞히었다. 그런데 세 번째 문제는 '문을 닫고 창 앞의 달을 밀어낸다.(閉門推出窓前月)'를 출구로 하여 대구를 지으라는 것이었다. 신랑이 오랫동안 생각하였지만 좋은 구절을 얻지 못하였는데 벌써 북소리는 한밤중 삼경(三更)을 알렸다. 급한 마음에 땀방울이 비오듯 쏟아졌다. 이때 소식(蘇軾)이 아직 잠에 들지 않았는데 이 광경을 목도하고선 자신만이 이 어려움을 해결해 줄 수 있을 거라 생각하고 돌 하나를 들어 신랑 옆에 있던 물 항아리에 던졌다. 그러자 물 항아리 안에 있던 물들이 잔물결을 일으키며 한데 모여드는데, 물속에 남아 있던 달그림자의 빛은 사라져 버리고 물결만 끊임없이 흔들거렸다. 이 때 신랑은 깨달은 바가 있어 마침내 대구를 지어냈다. '돌을 던져 부딪쳐 물속의 하늘을 연다.(投石衝開水底天.)' 그러자 신방의 문이 비로소 활짝 열렸다고 한다.

이제 우리는 이 수수께끼 문제가 바로 진소유의 대구에서 나온 것임을 알았다. 그렇다면 이제 수수께끼 문제로 다시 돌아가 보자. 이 수수께끼의 절묘함은 문제의 의미 자체에 있지 않고 문제 밖에 있다는 점이다. 돌을 던져 물을 친 사람이 누구인가? 소식이 쳤다. 곧 '소식타(蘇軾打)'이다. 그런데 소식과 그의 아버지인 소순(蘇洵), 그의 동생인 소철(蘇轍) 이렇게 세 사람을 합하여 삼소(三蘇)라고 부르는데 이때 아버지 소순은 노소(老蘇), 소식은 대소(大蘇), 소철은 소소(小蘇)라고 부르기도 한다. 그렇다면 소식이 쳤다는 말인 '소식타'는 다시 '대소타(大蘇打)'가 되는 것이다. 그럼 '대소타'가 무엇인가? 바로 화학원소인 '티오황산나트륨'인 것이다.

그럼 이제 수수께끼 문제들을 본격적으로 출제해 보자. 독자 여러분도 한 번 이 놀이에 동참해 보면 어떨까 생각된다. 그래서 답안은 이 장의 맨 마지막 쪽에 병기해 놓기로 한다. 흥미를 좀 더 유발시키기 위해서이니 많은 양해 바란다. 힌트를 드리자면 중국 수수께끼는 문제의 뜻에 현혹되면 안 된다. 글자의 모양이나 발음, 구조 등을 잘 살펴야 한다.

① 너 때문에 나를 치고 나를 위해 너를 쳐서 너의 배를 터뜨리니 나의 피를 흘리는구나.(爲你打我, 爲我打你, 打破你的肚子, 流出我的血.)
② 일본인은 일·이·삼·사·오·육·칠·구·십이다.(日本人是一二三四五六七九十.)
③ 그는 있고 나는 없으며, 땅은 있고 하늘은 없다.(他有, 我没有, 地有, 天没有.)
④ 야간에는 있으나 대낮에는 없고, 꿈속에는 있으나 깨어나면 없고, 죽으면 있으나 살아 있으면 없고, 많으면 두 개이고 적으면 하나도 없다.(한 글자)(夜間有, 白天没; 夢裏有, 醒来没; 死了有, 活着没; 多則兩個, 少則全没.)(字一)
⑤ 봄꽃과 가을 달은 언제나 끝이 날까?(두 개의 절기)(春花秋月何時了)(节令二)
⑥ 날마다 넉넉하고 달마다 부족하다.(日日有餘, 月月不足)

다음으로 대련이나 수수께끼 같은 문자 유희 이외에도 중국인들이 즐겨 하는 유희가 있는데 그것은 동일한 글자의 어순을 바꾸어서 의미를 달라지게 하는 유희, 그리고 띄어쓰기나 문장부호를 다르게 함으로써 의미가 전혀 달라지게 하는 놀이 등을 들 수 있다. 이것은 모두 한문 내지는 중국어가 본래 지니고 있는 특징에서 기인한다. 한문은 기본적으로 다의적 특징을 지니기에 여러 가지 의미를 내포하고 있다. 즉 상황에 따라 전혀 다른 뜻이 될 수 있다는 얘기다. 또한 한문은 말할 것도 없고 현대 중국어 역시 조사나 접속사 등이 그다지 발달해 있지 않기 때문에 어순이 중요한 문법적 기능을 하는데 그럼에도 불구하고 띄어쓰기를 어떻게 하느냐, 그리고 문장부호를 어떤 식으로 찍느냐에 따라 의미와 문맥이 확연히 달라질 수 있는 것이다. 그 과정에서 물음과 대답을 주고받는 과정에서 전혀 다른 뜻을 염두에 두고 진행될 수 있기 때문에 일종의 놀이의 역할도 함께 겸할 수가 있는 것이다.

먼저 동일한 글자의 서로 다른 어순 배치에 따른 역할과 의미 변화에 주목해보자.

호(好), 갈(喝), 주(酒) 세 글자의 어순을 바꿔서 '올해 개인의 총결산(今年個人總結)'이란 제목 아래 문장 다섯 개를 만들어 보고 또 그것들이 일련의 연속적인 행위 과정이 되게 해 보자.

①문제가 무엇인가?(存在問題): 호갈주(好喝酒)

②원인 분석(分析原因): 주호갈(酒好喝)
③경험 총결(總結經驗): 갈주호(喝酒好)
④개선 조치(整改措施): 주갈호(酒喝好)
⑤노력 방향(努力方向): 갈호주(喝好酒)

①호갈주(好喝酒)에서 '호'는 동사술어로서 '좋아하다', '갈주'는 목적어로서 '술을 마시는 것'이 되어 '술을 마시는 것을 좋아하다.'는 뜻이 된다. ②주호갈(酒好喝)에서 '주'는 주어로서 '술', '호'는 형용사술어로서 '좋다', '갈'은 보어로서 '마시기에'가 되어 '술이 마시기에 좋다.' 나아가 '술이 맛있다.'는 뜻이 된다. ③갈주호(喝酒好)에서 '갈주'는 주어로서 '술을 마시는 것', '호'는 형용사술어로서 '좋다'가 되어 '술을 마시는 것은 좋은 일이다.'는 뜻이 된다. ④주갈호(酒喝好)에서 '주'는 주어로서 '술', '갈'은 동사술어로서 '마시다', '호'는 보어로서 '잘'이 되어 '술은 잘 마셔야 한다.'는 뜻이 된다. ⑤갈호주(喝好酒)에서 '갈'은 동사술어로서 '마시다', '호'는 관형어로서 '좋은', '주'는 목적어로서 '술'이 되어 '좋은 술을 마시다.'의 뜻이 된다.

한편 불(不), 파(怕), 랄(辣) 세 글자의 어순을 달리 조합하여 세 문장을 만들어 지역마다 다른 음식 취향을 표현하는 유희를 즐길 수도 있다. 중국 사천(四川)성 사람들은 기본적으로 매운 맛을 좋아한다. 그래서 그들은 '불파랄(不怕辣)', 즉 '매운 맛을 두려워하지 않는다.' 그런데 그들보다 더 센 정도로 매운 맛을 즐기는 사람들이 남창(南昌)을 중심으로 한 강서(江西)성 사람들이다. 그들은 '랄불파(辣不怕)', 즉 '매워도 두려워하지 않는다.' 그러나 중국에서도 가장 매운 맛을 잘 참고 즐기는 지역 사람들은 따로 있다. 바로 장사(長沙)를 중심으로 한 호남(湖南)성 사람들이다. 그들은 '파불랄(怕不辣)', 즉 '맵지 않을까 오히려 두려워한다.'

문장부호를 어떻게 찍고 또 띄어쓰기를 어떻게 하느냐에 따라 의미가 참으로 크게 바뀌는 게 한문(중국어)이다. 물론 우리나라나 다른 나라 언어에도 이런 현상은 조금씩은 모두 존재한다. 이를테면 '아버지가 방에 들어가신다.'도 가능하고 '아버지 가방에 들어가신다.'도 가능할 수 있다. 띄어쓰기를 어떻게 하느냐에 따라 달라진 경우다. 영어에서도 이런 현상은 발견된다. 'Dream is nowhere.(꿈은 어느 곳에도 없다.)'가 띄어쓰기 하나로 'Dream is now here.(꿈은 바로 여기에 있다.)'로 바뀔 수 있다. 또한 '불가능하다'는 뜻의 단어 'Impossible'에 점 하나를 찍으면 '나는 가능하다.'는 뜻의 'I'm possible.'이 된다. 마치 우리나라 유행가에 '님이라는 글자에 점 하나만 찍으면 남이 되는 인생사'란 가사를 떠올리게 한다. '빚' 이라는 글자에 점 하나를 찍어 보면 '빛'이 되기도 한다.

이제 고대 한문에서 띄어쓰기가 달라짐에 따라 의미가 달라지는 경우를 살펴보자. 당(唐) 동방규(東方虯)의 〈 왕소군의 원망(昭君怨) 삼수(三首) 〉에 '호지무화초(胡地無花草), 춘래불사춘(春來不似春.)', 즉 '오랑캐 땅에는 화초가 없으니 봄이 와도 봄 같지가 않네.'라는 구절이 있다. 그런데 이 중 '호지무화초' 시구를 가지고 네 번 반복하여 시 한 수로 만들어 볼 수 있다. 아마도 우리나라 선현들이 장난삼아 동일한 시구를 네 번 반복하여 절구(絶句)로 만들어 놓고 지적 유희를 즐긴 것이라고 생각된다.

胡地無花草
胡地無花草
胡地無花草
胡地無花草

시 한 수로 의미가 완결되게 하고자 할 때 중요한 열쇠는 역시 '호(胡)'자가 '어찌'란 뜻과 '오랑캐'란 뜻을 동시에 지니고 있는 다의어임을 인지하는 데 있다. '호'가 '어찌'로 쓰이면 단독으로 역할을 하지만 '오랑캐'로 쓰이면 '호지'로 조합되어 '오랑캐 땅'을 의미하게 된다. 즉 띄어쓰기가 각각 달라진다는 얘기다. 그리고 또한 문장부호를 어떻게 부쳐야 하는가 하는 문제 역시 이 시를 완성하는데 중요한 열쇠 역할을 한다. 제2구에서 의문을 제기하여 물음표를 찍어야 한다. 다시 제3구에서 제4구로 넘어갈 때 반문으로 전환시켜야 하는 것 역시 매우 중요한 사항이라 하겠다. 그러면 띄어쓰기와 문장부호에 유의하여 이 시를 다시 한 번 구성해 본 다음 우리말 풀이를 해 보자.

胡地, 無花草.　　오랑캐 땅에는 화초가 없다.
胡, 地, 無花草?　　어찌 땅에 화초가 없습니까?
胡, 地, 無花草;　　어찌 땅에 화초가 없으리오만
胡地, 無花草!　　오랑캐 땅이라서 화초가 없으리라!

공자가 인도주의자인지 아니면 현실주의자인지 바라보는 관점의 차이도 역시 띄어쓰기와 문장부호에 따라 달라질 수도 있다. ≪논어(論語)·향당(乡党)≫편에 보면 공자의 마굿간이 불탄 얘기가 기록되어 있다. 그런데 이 기록이 어떻게 끊어 읽고 문장부호를 붙이느냐에 따라 전혀 다른 의미로 읽힌다. 일반적으로 이 문장은 '구분(廐焚), 자퇴조(子退朝), 왈(曰): "상인호(傷人乎)?" 불문마(不問馬).'로 띄어 읽는다. 그렇게 되면 '마구간이 불에 탔다. 선생님께서 퇴청하셔서는 "사람을 다치게 하였느냐?" 물으시곤 말에 대해서는 묻지 않으셨다.'로 번역된다. 공자의 인도주의자로서의 면모가 부각되는 번역인데 기존에 유가를 신봉하는 학자들이 주로 이렇게 번역해 왔다.

그런데 다른 방식으로 다시 한 번 읽어보자. 이 문장은 또한 '구분(廐焚), 자퇴조(子退朝), 왈(曰): "상인호불(傷人乎不)?" 문마(問馬).'로 띄어 읽을 수 있다. 그렇게 되면 '마구간이 불에 탔다. 선생님께서는 퇴청하셔서는 "사람을 다치게 하였느냐? 하지 않았느냐?" 물으시곤 이어서 말에 대하여 물으셨다.'로 번역된다. '불'자가 문장 끝에 붙으면 한문은 의문문이 될 수 있기 때문에 이런 변화가 발생한다. 하여간 이렇게 되면 공자의 현실주의자로서의 평범한 모습이 부각될 수밖에 없다.

위처럼 현실주의자로서의 면모를 읽게 하되 또 다른 방식의 띄어 읽기가 존재할 수 있다. 이 문장은 또한 '구분(廐焚), 자퇴조(子退朝), 왈(曰): "상인호불(傷人乎)?" "불(不)." 문마(問馬).'로 띄어 읽을 수 있다. 그렇게 되면 '마구간이 불에 탔다. 선생님께서는 퇴청하셔서는 "사람을 다치게 하였느냐?" 물으시곤 "아닙니다." 대답하니 이어서 말에 대하여 물으셨다.'로 번역된다. 여기서는 '아닙니다.'는 대답을 하는 것으로 띄어 읽기를 하였다. 물론 공자의 현실주의자로서의 모습은 여전히 여기에 남아 있다.

우리나라에서도 띄어 읽기에 따른 우스운 얘기는 많이 전해지고 있다.

조선 시대에 선비와 동자가 함께 길을 걷고 있었다. 담장을 넘어온 남의 집의 탐스러운 사과를 보자 나이 어린 동자는 사과가 먹고 싶어 선비에게 따 먹어도 되느냐고 물었다. 그러자 선비가 '불가(不可), 불가(不可).'라고 했다. 즉 '하지 마라, 하지 마라.'는 뜻으로 말한 것이다. 그런데 이 말을 들은 동자가 웃으며 곧장 달려가 사과를 따 먹어 버렸다. 선비가 화를 내며 꾸짖었다. 그러자 동자가 억울하다는 듯이 말했다. 방금 주인님께서는 '불가불(不可不), 가(可)!', 즉 '하지 않을 수 없다면 해야겠지!'라고 대답하지 않았느냐고 도리어 억울하다는 듯이 따지는 것이었다. 한문은 글로 써도 문장부호를 어떻게 찍느냐에 따라 의미가 달라지는데 선비와 동자의 경우처럼 이렇게 말로 주고받는 상황이라면 더욱이나 서로 다른 의미로 띄어 읽고 들을 수밖에 없을 것이라 생각된다.

어느 고을에 살던 부자 노인이 늙어서 어렵게 아들을 얻었다. 자기 재산을 사위가 차지할 것 같은 생각이 들자 노인은 다음과 같은 유언을 남기고 죽었다. '칠십생자비오자가산전지여서타인물범(七十生子非吾子家産傳之女壻他人勿犯)' 그런데 사위는 유언을 보더니 장인이 자기 자신에게 재산을 물려주었다고 하면서 재산을 독차지해 버렸다. 사위는 유언을 다음과 같이 띄어 읽어 해석한 것이다. '칠십(七十)에 생자(生子)하니 비오자(非吾子)라. 가산(家産)을 전지(傳之) 여서(女壻)하노니 타인(他人)은 물범(勿犯)하라.' 즉 '칠십에 아들을 낳으니 내 아들이 아니라. 가산을 사위에게 전하노니 타인은 범하지 말라.'는 뜻이었다. 이윽고 아들이 장성하여서는 친자식에게 재산을 주지 않고 오히려 사위에게 주라고 했다는 아버지의 유언이 의심스러워 고을의 원님에게 이 문제를 해결해줄 것을 청하였다. 그러자 원님은 전혀 다른 방식으로 유언을 해석하여 마침내 재산을 아들에게 되찾아 주었다. 원님은 유언을 사위와는 다르게 띄어 읽어 해석한 것이다. '칠십(七十)에 생자(生子)하나 비오자(非吾子)리오? 가산(家産)을 전지(傳之)하노라. 여서(女壻)는 타인(他人)이니 물범(勿犯)하라' 즉 '칠십에 아들을 낳았으나 내 자식이 아니리오? 가산을 그에게 전하노라. 사위는 타인이니 범하지 말라.'는 뜻이었다. '내 자식이 아니리오?'라고 반문하는 것이 이 해석의 핵심 열쇠가 되고 있다.

한편 띄어 읽기 유희는 현대중국어에서도 종종 이루어지곤 한다.

한 손님이 남의 집에 머물면서 주인과 얘기를 나누고 있는데 밖에서 비가 오기 시작하였다. 그래서 손님이 주인에게 '하우천류객(下雨天留客).'이라고 써 주었다. 손님의 말뜻은 '비가 오고 있으니 하늘이 손님을 계속 머물게 하는군요.'라는 뜻이었다. 그러자 주인이 손님의 말 뒤에 자신의 대답을 써 놓았다. '천류인불류.(天留人不留)' 주인의 말뜻은 '하늘은 손님을 머물게 하려고 하지만 나는 머물게 하고 싶지 않습니다.'는 것이었다. 두 사람의 문답은 문장부호를 하나도 찍지 않은 상태였기에 '하우천류객천류인불류(下雨天留客天留人不留).'와 같이 한 문장으로 변해 버렸다. 그러자 손님이 재치 있게 그 문장에 두 개의 쉼표와 한 개의 물음표, 한 개의 감탄표를 찍었다. 그러자 '하우천(下雨天), 류객천(留客天), 류인불(留人不)? 류(留)!'이란 문장으로 변해 버렸다. 뜻은 바로 '비가 오는 날씨요 손님을 머무르게 하는 날씨입니다. 손님을 머무르게 하시겠습니까? 안하시겠습니까? 머무르십시오!'이다. 결국 주인이 손님을 머무르라고 대답하는 내용으로 상황이 완전히 바뀌게 된 것이다. 이게 바로 한문과 중국어에 존재하는 띄어쓰기와 문장부호의 묘미이자 재미있는 현상이라 하겠다.

한편 동일한 문장인데도 어떻게 띄어 읽느냐에 따라 남자의 입장을 옹호할 수도, 여자의 입장을 옹호할 수도 있는 경우가 있다. 먼저 여자의 입장을 옹호하는 문장으로 띄어 읽어보자. '남인몰유여인(男人沒有女人), 취활불료료(就活不了了).' 뜻은 '남자는 여자가 없으면 살 수 없다.'이다. 이어서 남자의 입장을 옹호하는 문장으로 띄어 읽어보자. '남인몰유(男人沒有), 여인취활불료료(女人就活不了了).' 뜻은 '남자가 없으면 여자는 살 수 없다.'이다. 참으로 절묘하고 신기하며 또 희한하기도 하다.

한편 중국인들은 언어문자가 영험한 힘을 갖고 있다고 믿기도 한다. 언어문자가 어떤 초월적인 힘을 지녀서 신령과 소통하여 각종 복이나 재앙을 가져다 줄 수 있는 주술성을 지니고 있다고 믿고 있는 것이다.

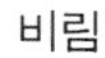
비림

피서산장

중국 서안(西安)에는 역대 비석들을 모아 놓은 비림(碑林)이란 비석 박물관이 있는

데, 이곳 입구에 있는 누각의 중앙에 비림 두 글자가 쓰인 편액이 있다. 그런데 이 편액은 '비(碑)' 자의 삐침을 생략하고 썼는데 여기에는 몇 가지 설이 전해져 오고 있다. 그 중 하나가 바로 언어문자의 주술성과 관련이 있다.

청대 말엽 임칙서(林則徐)가 아편전쟁(阿片戰爭)에서 영국군에게 패한 뒤 관직을 잃고 신강(新疆)으로 유배되어 가던 중에 서안의 비림을 지나면서 편액에 비림 두 글자를 썼는데 당시의 울적한 심경을 반영하기 위하여 삐침 하나를 없애 버렸다. 삐침 하나로 울적한 심경을 상징하게 하는 이런 행위는 불길하거나 불쾌한 뜻을 가리키는 언어문자를 피하여 말하지 않는 일종의 피휘(避諱) 행위와 같은 것으로 언어문자가 영험한 힘을 지녔다고 믿는 중국인의 전통적인 주술적 관념과도 관련이 있다.

이와 동일한 주술적 관점에서 중국인들이 문자를 조작하며 유희를 하는 행위는 이 밖에도 많다. 하북성에 있는 피서산장(避暑山莊)의 '피(避)'자는 도피의 의미도 담겨 있어 오른쪽 획을 구성하고 있는 '신(辛)'자의 아래에 가로로 한 획을 더 그었다고 한다. 또 항주(杭州) 서호(西湖)에 '화항관어(花港觀魚)'는 서호 8경 중의 하나인데 물고기를 뜻하는 '어(魚)'자 밑의 점 4개가 곧 불을 뜻하는 '화(火)'와 같기 때문에 물고기들에게 어울리지 않는다고 보고 물고기가 물에서 헤엄치라는 뜻에서 1개의 점을 빼고 3개의 점만 남겼다고 하는데, 왜냐하면 점이 3개만 남겨지면 곧 물을 뜻하는 '수(水)'의 의미가 되기 때문이었다.

****

중학교 때부터 영어를 배우면서 당시 영어 참고서 표지에 많이 쓰여 있던 격언 중 하나가 'A rolling stone gathers no moss.'였다. '구르는 돌에는 이끼가 끼지 않는다.'는 뜻이다. 그런데 고인물이 썩듯이 돌도 가만히 있으면 이끼가 끼기 때문에 한자리에 있지 말고 계속 굴러야 한다는 뜻으로 부지런히 살라고 교훈을 주는 말로 지금까지 오해를 해왔다. 그런데 최근에 TV에 출연한 한 영어 선생님의 강연으로부터 내가 그동안 잘못 알고 있었음을 깨닫게 되었다. 이 영어 격언은 돌에 이끼가 끼려면 가만히 한자리에 오래 있어야 하듯이 오직 한 우물만 파라는 의미였다. 구르는 돌처럼 왔다

갔다하는 사람은 도리어 신뢰할 수 없는 사람이라는 뜻이었다.

또 영어 격언 중 'Heaven helps those who help themselves.'는 흔히 '하늘은 스스로 돕는 자를 돕는다.'로 멋있게 번역이 된다. 그런데 나는 최근까지 이 말이 자기 스스로가 남을 도와줄 때 그 사람을 하늘도 도와준다고 잘못 알고 있었다. 이 말은 알고 보니 자기 자신이 성장하도록 노력하면서 자기 자신 스스로를 도와주는 사람을 하늘도 도와준다는 뜻이었다.

최근 들어 우리가 사용하고 있는 한자 성어의 뜻이 우리가 기존에 익숙하게 알고 있던 의미와는 다소 차이를 보이는 경우가 있는 것을 발견하였다.

'교학상장(教學相長)'은 흔히 '교사와 학생이 서로 성장하다.'는 뜻으로만 알고 있다. 그런데 이밖에도 '교사가 가르치면서 동시에 부족감을 느껴 배우면서 자신을 성장시키다.'는 뜻풀이도 가능하였다. 또 '교사가 학생을 본받아 배우면서 자신을 성장시키다.'로 풀이하는 경우도 있다. 이 때 '교(教)'자는 '효(效)'의 뜻으로 '본받다'는 뜻이다. 두 번째와 세 번째 해석방법은 모두 주어를 교사로 보고 대신 주어가 생략되어 있다고 간주하는 경우다.

성어 '천고마비(天高馬肥)'는 본래 의미가 다른 측면으로 이해되어 사용되고 있는 경우이다. ≪한서(漢書)·흉노전(匈奴傳)≫에 따르면, 흉노는 가을이 되어 말이 살찌고 활이 팽팽하게 되면 국경을 넘어 쳐들어온다고 한다. 당대 두심언(杜審言)은 "가을은 높고 변방의 말이 살쪄있다(秋高塞馬肥)"(〈증소미도(贈蘇味道)〉)고 하였고, 잠참(岑參)은 "흉노 땅에 풀이 누렇게 변하고 말이 마침 살찌니, 금산 서쪽에서 연기가 오르고 먼지가 날린다.(匈奴草黃馬正肥, 金山西見煙塵飛.)"(〈주마천행봉송봉대부출사서정(走馬川行奉送封大夫出師西征)〉)고 하였다. 따라서 천고마비는 가을에 날씨가 좋아지고 군마가 살찌기 시작하니 흉노족이 침입해 오기 좋은 계절이란 뜻이었는데, 이 말이 우리나라에서는 어느덧 하늘이 높고 말이 살찌는 좋은 계절로서 가을을 찬미하는 말로 둔갑하게 된 것이다.

성어 '화무십일홍(花無十日紅)'도 '천고마비'와 같은 의미 변화가 일어난 채 사용되고 있다. 이 말은 본래 송대 양만리(楊萬里)의 〈납전월계(腊前月季)〉 시에서 "꽃은 열흘 이상 붉게 피는 꽃이 없다 여겼을 뿐이건만, 이 꽃 월계화는 봄바람 불며 꽃 피지 않는 날이 없구나.(只道花無十日红, 此花無日不春風.)"라고 노래한 데서 나왔다. 즉 월계화는 사시사철 꽃을 피운다는 얘기다. 그런데 지금은 모든 꽃이 다 열흘 이상 붉게 피지 않는다면서 '권불십년(權不十年)', '호화불상개(好花不常開)', '호경불장재(好景不長在)' 등과 마찬가지로 화려한 시절은 오래 가지 않는다는 것을 강조하는 측면에서 많이 활용하는 성어가 되어버렸다.

성어 '성동격서(聲東擊西)'는 와전되어 활용되고 있는 성어이다. 본래는 성명서를 내서 동쪽을 치겠다고 선언해 놓고 갑자기 서쪽을 친다는 뜻인데 지금은 동쪽에서 소리를 내고 서쪽을 친다는 뜻으로 오해되어 많이 쓰이고 있다.

중국 숙어인 '망양보뢰(亡羊補牢)'는 글자 그대로 보면 '양 잃고 우리를 고치다'는 뜻으로 우리나라에서는 '소 잃고 외양간 고치다'는 숙어가 있어서 쉽게 대체해서 풀이하고 있다. 그러나 중국어 숙어는 그 뒤에 '미위지야(未爲遲也)'가 뒤따라오니 '아직 늦지 않았다'는 것을 의미하는데 반해서 우리나라 숙어는 '이미 늦었다'는 의미를 뒤이어 수반하니 전혀 다른 뜻이 된다고 할 수 있다. 즉 '망양보뢰'를 '소 잃고 외양간 고치다'로 풀이하면 뜻이 정확하게 번역되었다고 할 수 없는 것이다.

우리나라 사람들 중 나이 드신 분들은 한자에 친숙하기는 하지만 그러나 한문 구조를 잘 안다고는 할 수 없어서 종종 오역을 하는 사례들을 접하게 된다. 한 TV 프로그램 중에 〈 TV는 사랑을 싣고 〉라는 프로그램이 있다. 그날은 개그맨 배일집이 출연해서 자신의 은사인 한문 선생님을 찾았다. 이윽고 배일집이 은사를 만나는 자리에서 아마도 이 분이 한문 선생님이시기에 그랬는지 사회자가 평소 좋아하는 글귀를 남겨달라고 주문하자 이 나이 지긋한 한문 선생님이 '기립립인(己立立人)' 글귀를 들었다. 그런데 해석을 주문하는 사회자의 부탁에 '자기가 서야 남도 선다.'고 해석하는 것이었다. 그러나 이는 잘못된 해석으로 이 해석대로 한다면 '주술 + 주술'구조가 되어 '기립인립(己立人立)'이 된다. 이 글귀는 ≪논어(論語)≫에 나온 '기욕립이립인, 기욕달이달인(己欲立而立人, 己欲達而達人.)'을 축약한 것으로 보이는데 여기서 볼 것 같으면 '주술 + 술목'구조가 되어야 하니, 해석은 "자기가 서고자 하면 남을 먼저 세워야 하고, 자기가 현달하고자 하면 남을 먼저 현달하게 해야 한다."는 뜻이다.

이처럼 한문을 번역할 때는 고전에 대한 풍부한 상식이 요구되는데 왜냐하면 이미 다른 문헌에 출전이 있거나 역사적 유래가 있는 전고(典故)가 흔히 사용되기 때문이다. 그렇지만 이런 전고에 대한 상식이 없다 하여도 기본적으로 '주술목'이 기본 구조인 한문 문장구조, 그리고 4음절은 '2음절 + 2음절', 5음절은 '2음절 + 3음절', 7음절은 '2음절 + 2음절 + 3음절'로 이루어진 음절수에 따른 의미단위에 대한 인식을 철저하게 하고 있으면 많은 부분이 쉽게 해석될 수도 있다. 왜냐하면 한문이나 중국어 문장은 문장성분과 어순 등의 문장구조가 철저하게 준수되는데다가 음절수가 정형화되어 의미단위까지 확실하기 때문이다.

또 한문을 알고 있지만 현대중국어는 잘 모르는 사람이 현대중국어를 번역할 때도 한문 해독하듯이 중국어를 번역하여 쉽게 오류를 범하곤 한다. 선가(禪家)에서 화두(話頭)로 곧잘 인용되는 '끽다거(喫茶去)'는 흔히 우리나라 사람들이 연동구조로 보고 '차 한 잔 마시고 가게'라고 오역을 하곤 한다. 그러나 여기서 '끽'은 '거'의 목적이 되어 '차 한 잔 마시러 가게'라고 해석해야 한다. 또한 중국 숙어 중에 '학도로(學到老)'는 흔히 '도'를 글자 그대로 '도착하다'는 뜻으로 보아 '배워서 늙음에 이르다'로 번역하는데 좀 더 정확히 하자면 '도'는 '~까지'란 뜻의 전치사이자 결과보어로서 '늙을 때까지 배우다'로 해석해야 한다.

하기야 현대중국인들도 역시 한문을 해석할 때 자기들이 익숙한 현대중국어 상식으로 한문을 해독하여 틀리는 경우도 있다. 우리나라 사람들의 경우와는 정반대의 상황이다. 1992년도 대만(臺灣)대학에서 유학하고 있을 때이다. 당시 대만사범(臺灣師範)대학 국어중심(國語中心)에서 중국어회화를 배우기도 하였는데 그때 교재에 한의학의 4대 진단방법이 어휘의 예로 나온 적이 있었다. 바로 '망(望)', '문(聞)', '문(問)', '절(切)' 등의 네 가지 방법이었다. 그런데 대만 출신 중국어 교사는 자신의 중국어 지식에 의지해 '문(聞)'을 '냄새 맡다'는 뜻으로 번역하는 실수를 범하였다. 현대중국어에서 '문(聞)'은 '냄새를 맡다'는 뜻이지만 그러나 한문에서는 '듣다'는 뜻인데도 한문에 익숙하지 않은 현대중국인이라서 이런 오역을 범한 것이라 생각된다. 이 한의학의 4대 진단방법은 '바라보기(=관찰하기)', '병의 상황 듣기', '병증 묻기', '맥박 짚기' 등으로 보아야 한다. 영어로는 'to look', 'to listen', 'to ask', 'to measure' 등으로 풀 수 있다.

수수께끼 정답(謎語答案): ①문자(蚊子, 모기) ②왕팔단(王八蛋, 부끄러움도 모르는 놈) ③야(也) ④석(夕) ⑤하지(夏至), 동지(冬至) ⑥문(門)

참고문헌

百度, http://www.baidu.com

네이버, http://www.naver.com

成百曉 역주, ≪詩經集傳(上·下)≫, 傳統文化硏究會, 1994. 서울.

안동림 역주, ≪莊子≫, 현암사, 1977. 서울.

周振甫等 撰寫, ≪唐詩鑑賞辭典≫, 上海辭書出版社, 2001年. 上海.

車柱環, ≪中國詩論≫, 서울大出版部, 1989, 서울.

李炳漢 編著, ≪中國 古典詩學의 理解≫,通文館, 1992, 서울.

李炳漢, ≪漢詩批評의 體例硏究≫, 通文館, 1985, 서울.

李炳漢 編著, ≪中國 古典詩學의 理解≫, 通文館, 1992, 서울

黃永武, ≪中國詩學≫(鑑賞篇·設計篇), 巨流圖書公司, 1980, 臺灣.

지영재 편역, ≪중국시가선≫, 을유문화사, 1981. 서울.

김학주·이영주·안병국·김성곤 공저, ≪중국명시감상≫, 한국방송통신대학교출판부, 2004.

서성 역주, ≪양한시집(兩漢詩集)≫, 보고사, 2007. 서울

이병한·이영주 역해, ≪唐詩選≫, 서울대학교출판부, 1998, 서울.

신하윤 편저, ≪이백시선≫, 문이재, 2002.

김의정 편저, ≪두보시선≫, 문이재, 2002.

이종진 편저, ≪이상은시선≫문이재, 2002.

안이루 지음, 심규호 옮김, ≪인생이 첫만남과 같다면≫, 에버리치홀딩스, 2006.

송봉모, ≪상처와 용서≫, 바오로딸, 2004.

법륜, ≪스님의 주례사≫, 휴, 2012.

정호승, ≪내 인생에 용기가 되어준 한마디≫, 비채, 2013.

옥한흠, ≪고통에는 뜻이 있다≫, 국제제자훈련원, 2014.

황위평, 서은숙 역, ≪시는 붉고 그림은 푸르네≫, 학고재, 2003.

황위평, 서은숙 역, ≪시는 붉고 그림은 푸르네2≫, 학고재, 2003.

南北 編著, ≪詩情畫意總關禪≫, 齊魯書社, 2006. 中國 山東.

정선용 엮음, 이미란 찍음, ≪외로운 밤 찬 서재서 당신 그리오≫, 일빛, 2011.

송철규, ≪스토리를 파는 나라 중국≫, 차이나하우스, 2014.

정재찬, ≪시를 잊은 그대에게≫, 휴머니스트, 2015.

왕수이자오 지음, 조규백 옮김, ≪소동파평전≫, 돌베개, 2015년.

알프레다 머크(Alfreda Murck; 姜斐德), 〈畵可以怨否?－'瀟湘八景'與北宋謫遷詩畵〉, ≪臺灣大學美術史硏究集刊≫ 第4期, 1997.

衣若芬, 〈'瀟湘'山水畵之文學意象情境探微〉, ≪中國文哲硏究集刊≫ 第二十期, 2002年 3月.

衣若芬, 〈 漂流與回歸一宋代題 '瀟湘' 山水畫詩之抒情底蘊 〉, ≪中國文哲硏究集刊≫ 第二十一期, 2002年 9月.
졸저, ≪중국시의 세계≫, 신아사, 2012.
졸저, ≪중국 시론의 해석과 전망≫, 신아사, 2012.
졸저, ≪중국문학 비평용어의 개념분석≫, 해람기획, 2013.
졸저(공저), ≪중국어이야기≫, 차이나하우스, 2016.
졸저(공저), ≪한손에 잡히는 중국≫, 차이나하우스, 2016.
졸역(공역), ≪원매의 강남 산수 유람시≫, 지식을만드는지식, 2013.
졸역(공역), ≪바다의 달을 줍다≫(명대여성작가총서4, 서원시선, 1), 사람들, 2013.
졸역(공역), ≪귓가에 금작화 나풀거리고≫(명대여성작가총서5, 서원시선, 2), 사람들, 2013.
졸고, 〈 의경의 개념 분석 〉, ≪중국학보≫ 제43집, 한국중국학회, 1999.
졸고, 〈 중국 선진시기 시대정신에 따른 심미적 사유규범의 형성에 관한 연구 〉, ≪중어중문학≫ 제26집, 한국중어중문학회, 2000.

인용 시문의 제목 색인

(중국 시문은 색인의 편의를 위해 원제의 우리말 독음을 기준으로 한다.)

최교수의 한시이야기

2019년 3월 30일 초판 1쇄 발행

지은이 | 최 일 의
펴낸이 | 이 건 웅
펴낸곳 | 차이나하우스

등 록 | 제 303-2006-00026호
주 소 | 서울시 영등포구 영등포동 8가 56-2
전 화 | 02-2636-6271
팩 스 | 0505-300-6271
이메일 | chinanstory@naver.com
ISBN | 979-11-85882-67-3 *03820

값: 16,800원